W9-COX-637

ОБОЖЖЕННЫЕ ЗОНОЙ

ОБОЖЖЕННЫЕ ЗОНОЙ

Ю. ГАЙДУК

ОПЕРАЦИЯ «ПУШЕР»

МОСКВА
2000

ББК 84(2Рос-Рус)6
Г 12

Серия основана в 1998 году

Серийное оформление А. Кудрявцева

Гайдук Ю.

Г 12 Операция «Пушер»: Роман. — М.: Олимп; ООО «Фирма «Издательство АСТ», 2000. — 480 с. — (Обожженные зоной).

ISBN 5-7390-0554-X («Олимп»)
ISBN 5-237-01681-2 (ООО «Фирма «Издательство АСТ»)

Настоящая война наркодельцов разгорается в некоем областном го роде: «пушеры», так на лагерном жаргоне называют продавцов наркотиков, пытаются остановить конкурентов, заполонивших рынок партиями таблеток «экстази». Источник поступления этих таблеток, которые, как выясняется, дешевле и чище импортных, интересует и ФСБ. Возникает предположение, что производство наркотиков налажено в одном из местных исправительно-трудовых учреждений. Для проверки этого подозрения в колонию строгого режима командируется под видом заключенного уже известный читателю майор ФСБ Антон Крымов, успевший получить в уголовном мире кличку Седой.

ББК 84(2Рос-Рус)6

Часть первая

1

Этап... Господи, какое страшное слово!

В колонию они прибыли уже под вечер и теперь, в ожидании переклички, сидели на корточках, заложив руки за голову. Мерзкая картина мерзкой жизни, где каждому отмерен свой срок. От пяти лет и выше.

Все это было словно в каком-то похмельном кошмаре, словно в страшном сне, и, сидя на корточках, Антон то невольно косился на офицеров и прапорщиков, которые встречали на зоне этап, — эти, видимо, ждали прибытия более высокого начальства и до поры до времени оставались безучастными к серой, обовшивевшей толпе, — то невольно переводил взгляд на заключенных. Кое-кто из них точно так же, как он, бросал изучающие взгляды на пастухов, пиночетов, пасторов и сатрапов, как величали на зонах лагерное начальство, но основная серая масса была безучастна и равнодушна к происходящему. По крайней мере, внешне. Тяжелая дорога, видимо, окончательно добила и вымотала этих людей, и теперь их серые, усталые лица выражали полную покорность и безразличие к своей дальнейшей судьбе.

Этап!

Что и говорить, картина для постороннего глаза тягостная и унылая. К тому же моросил противный холодный дождь, и если бы Антон не знал, что на календаре сейчас июль месяц, то мог бы подумать, будто уже закончилось короткое лето, где-то далеко позади остались теплые денечки, а впереди ждет ненастный октябрь. Промокшая до последней нитки одежда, лихорадочный озноб, полнейшая неизвестность в будущем и ощущение отчаянной безысходности в настоящем — от этого можно было и завыть по-волчьи.

Однако всему приходит конец, закончилась и пытка ожиданием. На площадке появился подполковник внутренней службы в сопровождении двух майоров, и началась перекличка. Антон невольно хмыкнул: не врали, значит, на пересылке, что начальник «пятерки» Царев держит свою зону в ежовых рукавицах. И это несмотря на то, что его хозяйство — колония строгого режима, контингент которой далеко не всегда желает ходить по струнке. А потому Царев и встречает каждый этап самолично, чтобы видеть, кого ему бог послал на этот раз. Думая об этом и разглядывая Царева, Антон не сразу отозвался, когда выкликнули его фамилию, и тут же услышал более резкое и требовательное:

— Крымов!

Его подтолкнули в бок, и кто-то зашипел на ухо:

— Ты что, Седой, сразу в пердильник[1] захотел?

На этой зоне, как, видимо, и на всех зонах, были свои собственные порядки, и сразу же после переклички всех новичков загнали в камеру для этапируемых — наверно, для того, чтобы жизнь медом не казалась. Огромное гулкое помещение без окон, заплеванный цементный пол, от которого несло могильным холодом, единственная тусклая лампочка над дверью. И если это только начало, то что же будет дальше?

Бросив под задницу сумку с барахлишком и сменой нижнего белья, Антон сидел у стены и с каким-то непонятным чувством опустошения и тоскливой безысходности думал о своей первой ходке. Рядом жались друг к другу остальные, с кем пришлось познакомиться на этапе. Разговаривать никому не хотелось, да и не о чем было. Все, о чем можно было поговорить, переговорено еще на этапе, а заглядывать в будущее... Себе же в убыток будет. Чтобы унять озноб и дрожь, торопливо курили, цепко всматриваясь в освещенный полукруг у двери. Будто именно за этим размытым пятном света, которое отбрасывал самодельный рефлектор, должен был появиться всемогущий волшебник и каждому воздать по заслугам. Все чего-то ждали, и каждый, естественно, желал для себя лучшей доли. Или хотя бы более-менее сносной. На пересылке ходили разговоры, что с приходом в «пятерку» нового начальника колония незаметно превратилась в красную

---

[1] Пердильник — одиночная камера, карцер *(лаг. жаргон)*.

зону, то есть в лагерь, где бал правят не воры в законе и блатные беспредельщики, а лагерное начальство, и большинство заключенных, прибывших новым этапом, надеялись в душе, что, может, и правда все это разговоры, что, может, и минует их чаша нынешнего беспредела. Хоть и шли этапируемые по серьезным статьям, однако ж и они люди, и почему бы каждому из них не желать для себя спокойной жизни? И особенно — если ты первоходок.

Поддавшись общему настроению, думал об этом и Крымов, хотя на этапе его голова была забита совершенно иным.

Вот уж поистине неисповедимы пути Господни! Когда некий сверхотчаянный корреспондент публиковал в родной областной газете репортаж из городского морга, где лежат невостребованными десятки местных наркоманов, среди которых с каждым днем становится все больше школьников и сопливых юнцов, а затем, начав серию статей, попытался на свой страх и риск выявить — в местных рамках, естественно, — истинных виновников этой чумы двадцатого века, ему конечно же и в голову прийти не могло, что вскоре после его публикаций в колонии строгого режима окажется и майор Крымов, строго законспирированный сотрудник ФСБ. Как, впрочем, наверно, не думал и о том, что вскоре после этих публикаций городской морг пополнится его собственным трупом.

Именно эти публикации, а главное — его откровенно циничное убийство вызвали шквал откликов не только в российской, но и в зарубежной прессе.

Об этом было доложено Президенту, и он, в который уже раз, вызвал на ковер двух самых главных силовиков, призванных бороться с расползающейся по России наркотой, генералов, возглавляющих МВД и ФСБ. И если раньше обе конторы боролись с этим проклятьем по отдельности, зачастую мешая друг другу, а порой ставя и откровенные подножки, то теперь силовики решили объединить усилия и единым фронтом ударить по обнаглевшим наркодельцам. Тем более что такая спайка была просто необходима. В публикации, которая для журналиста областной газеты оказалась последней, упоминалась и зона, которая якобы является поставщиком сильнодействующих колес наряду с азербайджанскими торговцами наркотическим зельем. Именно поставщиком, а не потребителем, как это было раньше.

Это была первая и единственная публикация из серии заявленных материалов, в которых отчаянный журналист обещал высветить истинное лицо зоны. Не высветил, не дали... Убили парня в подъезде собственного дома, когда он поздно вечером возвращался из редакции. Сначала ударили чем-то тяжелым по голове, а потом засадили под сердце самодельную финку.

Город мгновенно наполнился слухами, на автобусных остановках и в магазинах кипели страсти по поводу «азербайджанской мафии», которая не только взвинтила цены на рынках, но и заполонила город «проклятой наркотой». Местный ОМОН попытался было прибегнуть к резиновым «демократорам», пару раз разогнав пришлых южан с городских рынков, но кто-то наверху ОМОН вовремя осадил, и все вернулось вскоре на круги своя. Правда, остался на кладбище могильный холмик, заваленное траурными венками каменное надгробие с портретом улыбающегося корреспондента областной газеты, который с юношеским бесстрашием направил свое перо против тех, с кем пока что бессильно бороться даже Управление по борьбе с незаконным оборотом наркотиков (УНОН) — выделившаяся из уголовного розыска спецслужба.

Но вообще-то бесстрашие бесстрашием, максимализм максимализмом, а все же в чем-то мальчишество подвело покойного, земля ему пухом. Увлекся, переборщил.

Азербайджанцы и зона! Ну, посланцы солнечного юга — это понятно. Но зона-то тут при чем?

Предположение насчет зоны было настолько чудовищным, неправдоподобным — его можно было бы сразу отмести, как выдумку или бред перевозбужденного сознания неопытного журналиста, возомнившего о себе бог знает что, если бы... Если бы не это самое убийство, случившееся буквально на второй день после публикации. Убийство жестокое, всем понятное: кто-то всесильный и беспощадный предупреждал особо любопытных: «Не лезь! Смертельно!»

И тут же возникал другой вопрос: кто мог решиться на подобное, прекрасно зная, что убийство взбаламутит и поднимет на ноги не только областные правоохранительные органы? Южане? Вряд ли.

Не такие уж они дураки, чтобы вот так, по-глупому, выбивать из-под себя наработанный рынок по сбыту наркотиков. Но тогда кто? А что, если на зоне действительно налажено производство наркотиков и тайна эта грозила всплыть на поверхность из-за того, что журналист каким-то образом до нее докопался? Отрабатывать эту версию было поручено специально созданной оперативной группе подполковника Панкова, в которую ввели и Антона Крымова.

Задумавшийся Антон, как и все в камере, вскинул голову, когда заскрипела массивная металлическая дверь, однако вместо пиночетов, вместо ожидаемого доброго волшебника в освещенном кругу нарисовались семеро парней в черных спецовках.

«Пополнение», — бесстрастно и так же отрешенно подумал Антон, еще не зная, что этапируемых запрещено разбавлять местным спецконтингентом. Он было опять ушел в свои размышления, как вдруг невольно насторожился, почувствовав, какая напряженная тишина повисла в полутемной камере. Его сосед справа пробормотал глухо:

— Шмон наводят, суки! — и сплюнул на пол.

Антон хотел было спросить, какой такой шмон, если их уже обшмонали вездесущие контролеры, но, подняв голову, понял, что хотел сказать более опытный сосед. В центре камеры стоял рослый, плечистый, совсем еще молодой мужик в подогнанной по фигуре черной спецовке и в сапогах с ушитыми голенищами. Он, видимо, чувствовал себя здесь полным хозяином и молча, одним только кивком головы отдавал указания своим шестеркам, которые крутились вокруг него.

— Ни хера себе — красная зона! — хмыкнул сосед и, устало откинувшись спиной на холодную стену, подвинул ногой небольшой узелок с харчишками. Мол, отберут, — ну и хрен с ними! Не велика потеря.

А освоившаяся шестерня уже вовсю шныряла, растрясая сумки, торбы и узелки несопротивляющихся зэков. Они еще не знали местных порядков, не знали, кто и что стоит за этим шмоном; страх быть избитым висел сейчас над каждым из них. Как говорится, в каждой избушке свои игрушки.

— Зря ты свою курточку на этапе не толканул, — неожиданно проговорил, видно, более опытный сосед, покосившись на вполне приличную джинсовую пару Антона.

— Почему?

Вопрос был откровенно глупым, но сосед все-таки пояснил, вновь сплюнув на цементный пол:

— Брючата, может, и оставят. А вот курточку снимут. Знатная курточка.

Впрочем, все это Антон понял уже и сам, лихорадочно соображая, как ему вести себя дальше. У него уже был кое-какой опыт общения с отрицаловкой[1], когда он торчал в следственном изоляторе, и

---

[1] Отрицаловка — блатные, отказывающиеся соблюдать правила внутреннего распорядка и режим содержания ИТУ.

этот опыт подсказывал ему: главное сейчас дров не наломать и под шестерками доморощенных авторитетов не оказаться.

А те наглели прямо на глазах, стаскивая на середину камеры вещи и продукты притихших от страха заключенных. Самое ценное тут же оседало в карманах авторитета, который черным монументом возвышался над растущей горкой отобранного тряпья, как бы показывая тем самым, кто есть настоящая власть на зоне и кого этим несчастным первоходкам надо бояться. Неожиданно он щелчком бросил на пол недокуренную сигарету, только что вытащенную из пачки «Мальборо», и шагнул на своих прямых ногах, впившись взглядом в сорокалетнего лысеющего еврея, который, словно мышь в норе, затаился в своем углу.

Камера притихла, ожидая, чем же закончится встреча этого волка с выбранной жертвой, и даже расторопные шестерки перестали мельтешить, зачарованно провожая своего пахана глазами.

А тот вальяжно подошел к окончательно струхнувшему мужику, умудрившемуся сменить дорогой костюм преуспевающего коммерсанта на обноски этапируемого зэка, и совсем уж неожиданно для камеры снизошел до того, чтобы сесть на корточки напротив еврея-первоходка.

В камере повисла мертвая тишина, и хорошо было слышно во всех углах, как пахан спросил участливо:

— Сам-то откуда будешь?

— Все, пи...ц еврею! — все так же тихо и вроде

бы безучастно прокомментировал этот вопрос сосед Антона и вновь сплюнул на пол. — Теперь Абрам всю жизнь на эту тварь горбатиться будет.

Антон кивнул согласно. Примерно то же самое происходило и в СИЗО, когда в камере появлялся очередной фрей, фуцел, бобер, локшовый фраер, как блатные величали богатеньких людей. Но там очередного фуцела камерные авторитеты доили месяц, три, от силы год, то есть пока длилось следствие, здесь же этого несчастного будут потрошить весь его срок. А может, и поболее.

— Чего? — ошалело переспросил фрей, и было видно, как он сжался в ожидании удара.

— Сам-то, говорю, откуда будешь? — с еще большей ноткой участия переспросил авторитет.

— А-а, да, — засуетился фрей, искательно улыбаясь и кивая плешивой головой, словно попугай на жердочке. — Спасибо.

— Чего «спасибо»? — не понял мучитель. — Сам-то, говорю, откуда...

— Ну да, — поспешил фрей, чтобы вовремя исправить свое тугодумство, которое заставляет ждать ТАКОГО человека: — Москвич я. Из Москвы.

Он хотел было уж и на ноги вскочить, чтобы не подумали, что он позволяет себе сидеть перед лагерным авторитетом, но тот мягко, с какой-то кошачьей грациозностью, положил ему на плечо свою руку.

— Сиди, родной. Еще настоишься перед начальством.

— Да, конечно, — с откровенной благодарностью и чуть ли не со слезами умиления на глазах закивал бывший коммерсант, преданно уставившись в глаза своему неожиданному благодетелю. — А вы? — спросил он в свою очередь.

Примолкшие было шестерки засмеялись, отчего их хозяин только зыркнул на них глазами, но все-таки удостоил фрея ответом:

— Я-то? Я издалека буду. Но не в этом дело.

— Да, конечно, — вновь закивал фрей, как бы тем самым извиняясь за столь глупый вопрос. И замолчал, всем своим видом показывая, что готов честно ответить на все, о чем спросит его новый знакомец.

— Статью какую пришили? — последовал новый участливый вопрос.

Фрей хлюпнул носом, вздохнул, словно корова на водопое:

— Сто семьдесят вторую.

Благодетель хмыкнул удовлетворенно:

— Пятерик?

Понурый кивок плешивой головой.

— А прокурор сколько просил?

И опять вздох:

— Семь лет.

— Во сучара поганая! — не выдержал кто-то из шестерок. — На полную катушку хотел!

— Цыть! — негромким окриком осадил его хозяин и вновь участливо посмотрел на поникшего фрея.

Невольно прислушивающийся к этому диалогу Антон неожиданно для себя подумал, что этот плечистый щеголь в ушитых сапогах и подогнанной черной робе был неплохим психологом. Он явно подводил этого неудавшегося банкира, которому влепили пять лет за незаконную банковскую деятельность, к серьезной раскрутке. Но чтобы тот не сомлел от страха раньше времени, убрал из своего лексикона всю лагерную феню и толковал на вполне человеческом языке.

— Значит, москвич, говоришь? — еще раз уточнил он.

Фрей улыбнулся просительной улыбкой.

— Да, если можно, конечно, теперь так сказать.

Вторя ему, улыбнулся и лагерный щеголь.

— Дома-то небось семья осталась?

— Конечно.

— Жена, дети?

— Да. Всего понемногу.

— Бедствовать, поди, теперь будут? — с какой-то иезуитской интонацией поинтересовался доброхот, и Антон вдруг почти ощутил, как напряглись его шестерки. Значит, скоро конец этому спектаклю.

Видимо, что-то неприятное для себя почувствовал и фрей, потому что мгновенно сжался и только слышно было его учащенное дыхание. Но, понимая, что хочешь не хочешь, а надо отвечать на поставленный вопрос, промямлил едва слышно:

— Весь дом описали полностью. Статья-то с конфискацией имущества. — Помолчал немного и добавил: — Все подмели. Начисто. Похоронить не в чем будет.

— Ну, зачем уж так-то? — ощерился в улыбке

щеголь. — Ведь припрятал на черный день что-нибудь, а? Ни за что не поверю, что остался голышом и не успел на родню даже машину переписать. А?

Нервно улыбнувшись, фрей неопределенно пожал плечами:

— Конечно, не совсем уж голый, но все-таки...

— Да и кореша, поди, остались? — продолжал наседать лагерный авторитет. — А?

— Ну... — замялся было фрей, как вдруг камеру прорезал взвинченный крик:

— Деньги, с-сука, выкладывай! Мани-мани...

Это было столь неожиданно и в то же время так точно психологически выверено, что несчастный фуцер сжался в страхе и непроизвольно поджал под себя ноги, как бы стараясь как можно дальше и глубже припрятать утаенную на этапе заначку.

— Н-нет! У меня н-нет денег, — заикаясь, пролепетал он, то озираясь по сторонам в поисках неожиданной поддержки, то умоляющим, просящим взглядом, трусливо и в то же время по-собачьи преданно заглядывая в глаза своему мучителю. — Нет. Все, что было...

Он не договорил, и было видно, как в беззвучном рыдании затряслись его чуть ожиревшие, рыхлые плечи.

Крымов почувствовал, как на него накатывает знакомая уже волна дикого бешенства; чтобы не сорваться — а это было ему сейчас совсем ни к чему, — он сделал глубокий вдох и заставил себя отвести от несчастного глаза. Краем глаза увидел, что его сосед тоже отвел глаза, видно тоже не желая видеть этот беспредел. Впрочем, в СИЗО случалось и покруче. Антон перевел взгляд на сидящих вдоль стен зэков, надеясь увидеть хоть одного, кто откровенно сочувствовал бы товарищу по несчастью, но увидел, что и ожидал: вся камера старалась изо всех сил не встречаться глазами с пришельцами. Кое-кто с откровенным облегчением вздыхал: меня, мол, сия чаша миновала — и ладненько.

Антон усмехнулся. Даже те, кому и отдавать-то было нечего, старались раствориться в общей массе, чтобы только на них не остановился указующий перст кого-нибудь из шестерни.

Страх! Дикий, неудержимый страх сковывал волю и сознание этих сокамерников, которые, в общем-то, были далеко не робкого десятка. Грабежи, убийства, изнасилования, хищения в особо крупных размерах — на это был способен далеко не каждый, и это был послужной список сбившегося в одну кучу стада, имя которому — этап. Но одно дело — воля, и совершенно другое — зона, где ты уже не человек, а заключенный, где царствуют свои законы и где на каждого крутого найдется с десяток еще более крутых.

Крымов покосился на вздрагивающего от страха фуцела. Банкир все так же сидел на полу, поджав ноги чуть ли не под горло, и с неподдельным ужасом смотрел на обступивших его шестерок.

— Нет. Н-нет у меня, — беззвучно бормотал он, искательно заглядывая в ухмыляющиеся безжалостные глаза и все больше и больше сжимаясь в маленький пухлый комочек.

— Нет, говоришь? — с откровенной угрозой процедил сквозь зубы его мучитель и вдруг почти заорал: — Колеса, с-сука, покажь!

И не успел фуцел опомниться, как кто-то из шестерок ухватил его за ноги и сорвал ботинки. Несчастный потянулся было за ними, чуть привстав с пола, но его коротким тычком усадили обратно, а самый ушлый из шестерни уже выламывал из ботинок каблуки.

В камере вновь повисла настороженная тишина, только постанывал несчастный фуцел, схватившись за голову и раскачиваясь из стороны в сторону, будто не ботинки свои он оплакивал, а отца или матушку, которые раньше времени ушли в могилу. Все ждали развязки этой сцены.

— Ну же! — поторопил шестерку фасонистый авторитет.

— Щас, щас, — бормотал тот, выкручивая на совесть прибитый каблук. В конце концов это ему удалось, он изо всех сил его рванул— и на пол упала плотно свернутая заначка.

В полутемной камере прошелестел вздох облегчения, кто-то произнес сдавленно:

— Баксы!

Антон увидел, как кривая ухмылка перекосила лицо авторитета.

— Ну вот, — проговорил тот негромко. — А ты, пидер, мамой клялся, что нету. Нехорошо-о-о.

Несчастный банкир сжался в ожидании удара, но у лагерного щеголя были на его счет совершенно другие планы, он только сплюнул презрительно, добавив при этом:

— Что в другом?

В тайничке второго каблука тоже были спрятаны доллары. Причем немалая сумма. Окончательно сломленный фуцел отрешенным взором смотрел на свои раскуроченные ботинки без каблуков, и такая мировая тоска плескалась в его глазах, что, казалось, он не с баксами вонючими расстался, а действительно потерял своих родных. Впрочем, его можно было понять...

Закончив шмонать несчастного фрея, бригада лагерных обирал двинулась по периметру стен, вдоль которых покорно и безучастно ждали своей очереди измочаленные, измотанные долгим этапом зэки. Кто-то пробовал шебуршить, когда у него отбирали последнюю пачку курева, но его сразу же осаживал кто-нибудь из соседей, молча кивая на сжавшегося в комочек банкира, оставшегося без копейки денег и без двух пар тонкого шерстяного белья, которым его снабдила заботливая жена. Мол, чего ершиться из-за паршивых копеек, когда... Однако в этой жизни все было относительно, и если фрею было жалко тысчонку зеленых, то кто-то и с пачкой сигарет не хотел расставаться. Однако обдиралы продолжали методично двигаться по периметру, и суетливая шестерня все стаскивала и стаскивала к ногам своего авторитета барахлишко заключенных. С какого-то парня содрали даже спортивные штаны с адидасовской нашлепкой. И все это молча, сноровисто, будто пришли не такие же зэки с зоны, а команда профессиональных мародеров в захваченном городе.

Успевший пообвыкнуться с тюремными порядками в СИЗО, Антон терпеливо сидел на своей сумке со сменным барахлишком и только изредка поеживался, плотнее запахиваясь в свою плотную джинсовую куртку. Исподлобья наблюдая за происходящим, он уже решил не очень-то лезть этим беспредельщикам на рожон, тем более что даже не знал, кого они могут представлять в лагерной иерархии. Мысленно распрощавшись со всем своим добром, он жалел только, что эту фирменную теплую курточку, которую он купил в памятном девяносто первом году, когда был в последней командировке за бугром, будет носить какая-нибудь сволочь. Ему вообще-то не так жалко было курточку, как обидно.

— Ну и хрен с ней, — неожиданно для самого себя пробормотал Антон и, закрыв глаза, привычно расслабился, откинувшись спиной к стене.

Открыл глаза, когда кто-то из шестерок остановился напротив пожилого мужика с курносым русским лицом, за весь этап не проронившего, пожалуй, и пяти слов, и, раскачиваясь с пяток на носки, процедил с придыхом:

— Ну ты, гумозник, встань, когда с тобой люди порядочные разговаривают!

Мужик поднял воспаленные от бессонных ночей глаза, попытался было подняться, но вдруг застонал, кривясь от боли, и ухватился за поясницу. Антон уже знал, что этот молчаливый мужичишка замочил по пьяни свою жену, ему влепили восемь лет строгого режима, и он почти весь этап провалялся на полу в приступе острого радикулита. Убийца, конечно, но, как говорится в Евангелии, не судите да не судимы будете. Тем более еще неизвестно, что за жена была у этого бедолаги. Может, блядь распоследняя, а может, еще большая, чем он, пропойца и они не поделили последний стакан. За время этапа и того срока, что просидел в следственном изоляторе, Антон навидался всяких людей, всяких преступников, и будь его власть, он бы половину из них отпустил после суда на волю, чтобы окончательно не коверкать жизнь случайно оступившимся людям или тем, кто совершил преступление в состоянии аффекта.

— Шо, уже обосрался? — процедил парень и вновь качнулся с носок на пятки, сплюнув под ноги длинным плевком.

— Во, бля! — не выдержал вдруг сосед справа, и Антон увидел, как он презрительно скривился в сторону обнаглевшей шестерки. — Не зная человека, с говном его сравнивать, гумозником называть. А себя, шнурка, в порядочные люди[1] возводить. Шнурок! Литерка[2] дешевая!

Парень крутанулся на голос и изумленно уставился на сидящего мужика, который посмел попереть на него.

— Шо? Шо ты провякал? — начиная играть на публику и угрожающе кривляясь, просипел он.

---

[1] Люди порядочные — блатные, воры и воровские «мужики».

[2] Литерка — прислужник авторитетного вора.

Антон покосился на соседа, до этого тоже не очень-то отличавшегося разговорчивостью и вдруг выдавшего целую тираду, перевел взгляд на притихшего радикулитчика, поднял глаза на литерку... Спроси его, зачем он тогда это сделал, Антон бы не смог вразумительно ответить. То ли ему тоже несчастного радикулитчика жалко стало — ведь, в общем-то, неплохой мужик был, то ли окончательно завелся от хамства и пакостного беспредела двадцатилетнего щенка-мародера, то ли свою джинсовую курточку заранее пожалел и понял, что сейчас появилась единственная возможность спасти ее, но он вдруг медленно поднялся с пола и в наступившей тишине процедил негромко:

— Слышь, парень, оставь мужика в покое. Радикулит у него. И так едва дышит.

— Шо?! — в откровенном изумлении выкатил глаза шнурок. — Да я тебя, падла...

— Успокойся, — попытался смягчить обстановку Антон. — Я же против тебя лично ничего не имею.

— Шо-о-о? — сунулся в его сторону шнурок. — Да ты, пидер, хоть знаешь...

— Да постой! Давай поговорим, — вновь попытался разрядить обстановку Антон. — Чего ты, как баба...

— Я — баба? — взвизгнул шнурок и всем корпусом крутанулся к своим, явно ожидая поддержки. — Левчик, можно я этого пидера порешу?

«Левчик, значит, — хмыкнул про себя Антон,

увидев, как в их сторону направился фасонистый авторитет. — В блатную Одессу, с-суки, играют».

А Левчик между тем подошел к Антону, остановился в трех шагах. Как бы прицеливаясь к неизбежной драке, вернее избиению, смерил его долгим презрительным взглядом, скривился в некоем подобии улыбки и, сплюнув на грязный цемент, сделал своим шестеркам знак рукой, чтобы те продолжали шмон и не вмешивались в его разборку раньше времени.

«Авторитет!» — с невольным уважением подумал Антон и чуть переместился в сторону, чтобы держать в поле зрения каждое его движение и уйти от возможного удара головой в переносицу. Коварного и страшного удара.

Молчал Левчик, молчал его шнурок, молчал и Крымов, окончательно поняв, что добром все это не кончится и кому-то придется умыться кровью. Страха не было. Просто он не знал еще местных порядков, и из-за этого Антону приходилось то и дело окорачивать, сдерживать себя. А так хотелось как следует уделать сначала Левчика, раскроив ему рожу от переносицы до нижней губы, потом французской подножкой завалить на грязный пол этого шнурка-придурка, догнав его увесистым пинком ботинка в щербатую пасть, а потом уж...

Что могло бы случиться потом, Антон так и не додумал.

— Тебя как кличут-то? — выцеживая слова сквозь зубы, неожиданно спросил Левчик.

Слегка растерявшись от этого вопроса, Антон в

какую-то секунду расслабился и вопросительно посмотрел на авторитета.

— Чего? — Пожалуй, это было самое глупое, что мог произнести сейчас Антон. Потом спохватился, но вовремя сообразил, что говорить, как его зовут, было бы, пожалуй, еще глупее.

А Левчик, продолжая все так же кривиться в неестественной улыбке, разглядывал и разглядывал молодого мужика, который был чуть старше его самого, но уже наполовину седой, а вот ума, видать, так и не набрался. По всему видать, что это был сопливый первоходок, который не знал законов зоны и которого, естественно, надо было учить. Учить, учить и учить, как говаривал, бывало, кто-то из вождей российского пролетариата, что и взяли себе на вооружение лагерные авторитеты, имевшие свои собственные взгляды на воспитательный процесс в российских колониях, СИЗО и тюрьмах. Однако у Левчика не было лишнего времени, и он только спросил, повернувшись к своей литерке:

— Узнай, почем у фраера джинса?

Шнурок, по-видимому, уже давно ждал этой команды и поэтому почти прыгнул к Антону, вцепившись рукой в курточку.

— Слышь, тебе же, падла, добром говорят. Сымай бобочку!

— Бросьте, ребята, — как можно мягче и доброжелательнее произнес Антон, перехватив кисть шнурка и следя за каждым движением Левчика. Он теперь уже окончательно успокоился и мог бы, в принципе, отдать этим фраерам свою поношенную курточку, но как вспомнил, что покупал ее в Камбодже, где его едва не ухлопали, а теперь вот ею будет пользоваться эта мерзопакостная падаль, — так и не смог себя пересилить. — Бросьте, ребята. Она же у меня последняя.

— О! Они еще барахтаются, — дергаясь, как на шарнирах, захихикал шнурок. И вдруг заорал в лицо Крымову, обдав его зловонным дыханием давно не чищенной пасти: — Руки, с-сука! Убери руки и скидавай джинсуху!

Антон почувствовал, как кровь ударила в лицо, в голове зазвенели сотни маленьких колокольчиков, стало трудно дышать.

— Отвали, говорю! — выдавил он из себя, продолжая сжимать тонкую кисть шнурка.

Тот, явно не ожидавший такого отпора, даже растерялся и в святом недоумении повернулся к своему хозяину. Мол, чего это он, козел поганый? Я же его, падлу, добром прошу.

— Ну ты, бычара, в натуре, — подал голос немногословный Левчик, которому, видимо, уже надоел весь этот никчемный кипеш. — Ты что же, базарить собрался? Мы ж тебе...

Антон хотел было что-то ответить, но Левчик не дал ему и рта раскрыть, как вдруг качнулся в его сторону, намертво впился мосластой пятерней в курточку, накручивая на кулак ее лацкан.

Уже почти ничего не соображая от накатывающего приступа бешенства, Антон чуть откинулся назад, прохрипел натужно:

— Оставь, ну... как человека прошу. Хочешь, сигареты возьми.

А шнурок тем временем визжал, брызгая ему в лицо слюной:

— Сымай, сука!! Пидер македонский! Бузить захотел, падла...

Он попытался было протянуть свою лапу к другому лацкану, но Антон успел перехватить и вторую его руку, решая в то же время, как ему быть. Поддаться и отдать курточку или... Антон повел взглядом по затаившейся в ожидании камере и понял, что помощи ждать ни от кого не приходится. Как говорится, не тот расклад. «Ну и хрен с ней!» — решил он для себя и, оттолкнув от себя шнурка, стал медленно расстегивать пуговицы.

Расстегнул одну, другую...

— Слышь, ребята, оставьте Седого.

Этот тихий и в то же время уверенный голос немногословного соседа заставил Антона поднять голову и, пожалуй, впервые за весь этап внимательно посмотреть на человека, который совсем недавно пожалел, что Антон не продал свою джинсу еще на этапе.

— Оставьте, говорю, — негромко повторил сосед и кивнул на горку барахла, которая возвышалась посреди полутемной камеры. — Что, мало нахапали?

От такого нахальства оторопел не только сам Левчик, но и вся его команда. Какое-то время в спертом воздухе висела гнетущая тишина и даже слышно стало, как брешут где-то сторожевые собаки. Прошли секунды, а может, и минуты.

Видимо все еще не понимая, кто это посмел поднять на него голос, — может, это и не человек вовсе, а затесавшийся среди этапируемых ибанашка, дубарь, тормоз стебанутый или попросту бельмондо, как называли здесь умственно отсталых людей, — Левчик нехотя отпустил лацкан джинсовой куртки и лениво, всем корпусом, развернулся к зэку, который все так же сидел на полу.

— Ты чево, баклан? Тебе шо, больше всех надо? Я ведь, с-сука, и замочить могу.

— Да пошел ты! — нехотя отозвался сосед, но Антон увидел, как он профессионально подобрался, готовый мгновенно, в любую секунду распрямиться и вскочить на ноги.

Антон ждал, что будет дальше. И что без крови здесь не обойтись — в этом теперь он был уверен твердо. Отступи сейчас Левчик хоть на грамм, дай малейшую послабку этим гребаным первоходкам — он сразу же потеряет весь свой авторитет, а вместе с ним и лагерные привилегии. Теперь Антон сторожко следил за каждым его движением, готовый в любой момент перехватить занесенную для удара руку или ногу. Бросил взгляд на подтянувшихся к ним шестерок. Они тоже ждали развязки этого спектакля, не понимая, чего медлит их хозяин.

И вдруг настороженную тишину разрезал истеричный крик шнурка:

— Мочи их, Левчик!

Антон увидел, как при этих словах взлетел вверх

его сосед и, не ожидая, когда лагерный авторитет вытащит свою заточку, коротким замахом справа заделал ему профессионального крюка. Когда тот завалился на пол, не успев даже хрюкнуть при этом, он с полуразворота свалил левой опешившего шнурка. Потом еще раз, еще, и когда тот начал заваливаться на пол, закрывшись от града ударов руками, Антон, словно прыгнув ножницами через невидимую планку, нанес страшный удар ногой еще одному холую из свиты Левчика, раскроив ему своим ботинком половину физиономии.

Кто-то из шестерок запоздало бросился на помощь хозяину, на ходу доставая заточку, но его встретил профессионально поставленный удар соседа, и тот отлетел на середину камеры, гулко треснувшись башкой о цементный пол.

Остальные остановились в нерешительности, кто-то склонился над Левчиком, который, закатив глаза, все так же лежал на полу.

«Нокаут!» — с неожиданным удовлетворением подумал Антон, выжидая, что же будет дальше. Не очень-то стремился лезть в дальнейшую драку и его сосед, потирая ладонью ушибленный кулак. И вдруг могильную тишину камеры прорезал чей-то истеричный крик:

— Суки! Бей их!!

Не успел Антон опомниться, как с пола повскакивали ограбленные зэки и бросились на завертевшихся посреди камеры шестерок Левчика. На свою беду, зашевелился и сам Левчик, попытавшись было встать на ноги, но его тут же опять завалили на пол и стали месить ногами, превращая фасонистого блатняка в кровавое месиво. Даже несчастный фуцел-банкир бросился в общую кучу, превращаясь в фухтеля[1].

— О, мать-перемать! — простонал Антон, с ужасом наблюдая эту расправу. Пожалуй, только он да его немногословный сосед не участвовали в этом избиении.

И вдруг он увидел, как кто-то из сокамерников вынырнул из этого побоища и бросился к горке барахла, заталкивая в карманы все, что удалось схватить. К нему тут же присоединился еще кто-то, потом еще и еще, и теперь такая же куча разъяренных тел барахталась над тряпьем. И что было тошнотнее видеть, Антон не мог бы сейчас сказать...

— Идиоты! — негромко процедил сосед и вновь опустился на свою котомку, всем видом давая понять, что не хочет иметь ничего общего с тем, что здесь происходит.

Антон невольно хмыкнул. Люди оставались людьми, будь то на воле, в колонии или на этапе. И в этом была их сила и слабость.

Неожиданно распахнулась массивная металлическая дверь и в освещенном проеме нарисовался дежурный офицер. Ошалело уставившись на валявшегося посреди камеры Левчика, окровавленных шестерок, которые, матерясь и размазывая красные сопли по рожам, с трудом поднимались с пола, на метнувшихся к стенам зэков, он моментально оце-

---

[1] Фухтель — смелый еврей *(лаг. жаргон)*.

нил ситуацию, гаркнул что-то в коридор, и когда к нему подскочили еще три охранника, заорал в настороженную темноту взбунтовавшейся камеры:

— По двое, с вещами, выходи-и-и!

Антон почувствовал, как его подтолкнул сосед справа. Резко повернулся к нему.

— Давай держаться вместе, — шепнул тот и, подхватив свою котомку, поднялся с пола. — Щас разборки начнутся, так что вместе-то оно веселее будет.

2

Однако то ли это ЧП с мордобитием утрясло начальство колонии, то ли еще по каким причинам, но крутых разборок с новичками почему-то не последовало, и весь этап перевели на карантин. Таков был порядок: прежде чем растасуют по отрядам — карантин. Именно здесь первоходок должен был пообвыкнуться в новой для себя обстановке и ознакомиться с правилами жизни на зоне.

К тому же и у лагерного начальства было время, чтобы получше присмотреться к новичкам. Тут уж кум — начальник оперативной части — и его шестерки работали вовсю. Кого курвой или дятлом заделать, как называли здесь доносчиков и осведомителей, а кого даже на признанку расколоть. Антона вызвали на третий день. Однако почему-то не к куму, а к заместителю начальника по режиму майору Зосимову. Антон уже прослышал, что кликуха у него была Государево Око — то ли потому, что начальник колонии носил звонкую фамилию Царев, то ли этот майор действительно блюл режим на зоне, следя, чтобы не допускались правонарушения.

Когда Антон вошел в кабинет и, стащив с головы матерчатую кепчонку, отрапортовал по уставу, Зосимов кивнул ему на стул по другую сторону стола.

— Значит, Крымов? — подняв на вошедшего глаза, переспросил майор.

— Так точно, гражданин начальник, — подтвердил Антон, лихорадочно соображая, зачем он понадобился Государеву Оку. Режима он пока что не нарушал, значит, какая-то падла накапала, что именно он первым ударил Левчика, и выходит, что и побоище затеял именно он.

«Только этого мне и не хватало», — вздохнул Антон и ясными, чистыми глазами посмотрел на майора. Мол, хотите казните, хотите милуйте, гражданин начальник, но так уж получилось. Но обещаю, что в следующий раз...

Однако майор начал совсем с другого. Он подвинул к себе крымовское обвинительное заключение, бегло просмотрел список статей, по которым шел Антон, и вновь поднял глаза, ощупав заключенного профессионально-цепким взглядом.

— Значит, на дури залетел? — Майор, похоже, обожал слово «значит».

Антон невразумительно пожал плечами. По легенде, которую ему состряпали в ФСБ, основная тяжесть обвинительного заключения падала на статью 228, часть II — «Незаконное изготовление, приобретение, хранение, перевозка, пересылка либо сбыт наркотических средств или психотропных веществ», и поэтому открещиваться от нее было бы просто глупостью. Однако и признаваться заместителю начальника по режиму, что ты полностью замаран в наркоте, было бы еще большей глупостью. По крайней мере, в этой ситуации. И поэтому надо было держаться версии, что ты вроде как бы и замешан в хранении и сбыте наркоты, а в то же время это далеко не так. К тому же из обвинительного заключения явственно следовало, что столичному следователю так и не удалось пришить Крымову часть III все той же 228-й статьи УК Российской Федерации, которая предусматривала лишение свободы до десяти лет. То есть это же преступление, но совершенное не в одиночку, а группой лиц по предварительному сговору. А на зоне каждому придурку было ясно, что если следак не сумел доказать предварительный сговор, значит пакетик с наркотой сами же менты поганые и подкинули, когда шмон дома наводили, то есть обыск делали.

Вот и решай, гражданин начальник, действительно Крымов с дурью вляпался или... Вариантов для фантазии было более чем достаточно.

Зосимов, видимо, все это прекрасно знал, да и человеком, как мог догадаться Антон, был умным, и поэтому решил не педалировать этот вопрос, спросив только:

— Значит, по навету злобному залетел? А дурь, значит, подбросили?

И вновь Антон пожал плечами.

— Пожалуй, что так, гражданин начальник.

При этом ответе Зосимов, еще раз окинув Крымова своими цепкими глазами, вдруг рассмеялся громким раскатистым смехом.

— Подбросили, значит! Вот же гады!

Он, похоже, решил принять игру Крымова, но Антон и не думал расслабляться, стараясь понять, с чего все-таки вдруг Государево Око заинтересовался каким-то первоходком. Вариантов для возможного ответа было много, но Антон счел наиболее вероятным самый первый: драка в камере для этапируемых, и теперь замначальника по режиму пытается со всякими подходами выявить ее зачинщиков.

— Хорошо, на том, значит, и остановимся, — проговорил он, отсмеявшись. И тут же спросил напористо: — Сам-то — колеса глотаешь или колешься? А может, просто косячка забиваешь?

Антон хмыкнул. Видать, не так уж и прост был этот сорокалетний поджарый майор с накачанной шеей человека, любящего свое тело. Стало быть, ему сейчас важно для чего-то выявить хоть малейшую причастность первоходка Крымова к наркоте. Зачем-то нужно знать, употребляет ли этот первоходок наркотики. «Колеса, колоться, косячка забить...» Слова-то разные, да смысл один. Ну что ж, придется снова огорчить майора.

— Никак нет, гражданин начальник, — отрапортовал Антон. — Дряныю этой не балуюсь.

Зосимов согнал улыбку с лица и с каким-то новым интересом еще раз прошелся по лицу Крымова.

— Даже так?

— Так точно, гражданин начальник!

— Ну что ж, хорошо, — негромко произнес майор, забыв вставить свое любимое «значит», и вновь уткнулся в обвинительное заключение Крымова. Антон терпеливо ждал, скрестив руки на коленях. Нервозное напряжение, возникшее поначалу от вызова в этот кабинет, уже почти совсем прошло, он лишь гадал теперь, какую же работу собирается проводить с ним Государево Око. А может, майор просто решил лишний раз подстраховаться от возможного заброса на зону той же травки, когда узнал, что с новым этапом прибыл довольно серьезный клиент с семью годами по двести двадцать восьмой статье УК? Как говорится, личный контакт и собеседование. Что, разве невозможно такое? «Да, вполне возможно», — сам для себя заключил Антон. И пожалуй, это самая реальная причина, почему заместитель начальника по режиму проводит беседу с заключенным столь мягко — по крайней мере, пока что. Мягко и доброжелательно.

Зосимов наконец-то завершил изучение дела Крымова, отложил его папочку на край стола и опять уставился на Антона, потирая рукой квадратный подбородок с ложбинкой посредине. Будто хотел лишний раз удостовериться, что он тщательно выбрит, а значит, может своим видом подать личный пример не только этой каторге Крымову, как величали на зоне заключенных с длительным сроком наказания, но и младшим офицерам, и контрактникам, которые заменили сейчас краснопёрых — солдат внутренних войск.

— Значит, дурью не балуешься? И пушером[1] никогда не был? — словно убеждая в чем-то самого себя, еще раз спросил майор.

Антон вскинул на майора чистый взгляд, как бы говоря тем самым, что он благодарен «гражданину начальнику» за то, что тот принял его игру, и он, заключенный Крымов, в долгу не останется.

— Так точно, не балуюсь!

— Хорошо, — одобрительно кивнул Зосимов, и Антон невольно обратил внимание и на его аккуратную стрижку, и на тщательно зачесанный пробор, в котором нельзя было сыскать и десятка седых волос. — Очень хорошо. А вот побег из следственного изолятора — это что, тоже пакостное дело следователя? Причем групповой побег.

Ну тут уж крыть было нечем, и Антон виновато понурил голову, как бы говоря тем самым: вот оттого и поседел весь напрочь. Жизнь-то какая! То ты бежишь, то за тобой бегут. А как поймают — так еще и наркоту поганую для полного срока подбросят. И в то же время... Как же не бежать, если все бегут? Можно сказать, стадное чувство подвело. Неизвестно было, понял ли майор эту выразительную пантомиму, однако, судя по его виду, он по-прежнему ждал от заключенного вразумительного ответа.

— Так точно, гражданин начальник, был побег, — хмуро подтвердил Антон. — За это и срок такой намотали.

---

[1] Пушер — торговец наркотиками, имеющий прямой выход на оптовиков, фигура в среде наркоманов значительная.

— Зачинщиком, значит, был? — спросил Зосимов, и в его голосе послышалась настороженность.

— Упаси бог! — Антон для убедительности вскинул руки к груди. — Упаси бог, гражданин начальник. Все побежали — ну и я рванул.

— Сколько человек?

— Пятнадцать. Когда на прогулку вывели.

— Поймали сразу?

— Нет, в Москве уже. Когда домой сдуру приперся. — Антон покосился на майора, не зная, стоит ли уточнять детали побега, однако тот утвердительно кивнул своей красиво посаженной на мощную шею головой. — Ну-у, в общем, не думал я, что менты, милиция то есть, будет у меня засаду держать, а они... Зацапали, одним словом.

— А остальные?

— Не знаю, — соврал Антон. Он хотел было добавить еще что-то, но Зосимов предупредительно остановил его:

— Значит, так. Об этом ты мне в следующий раз расскажешь, а сейчас о тебе самом немного побалакаем.

«Ни хрена себе — «побалакаем»! — насторожился Антон. — А до этого что делали? И вообще... «побалакаем»...» Он, конечно, допускал, что не вызывает своим видом в этом сорокалетнем майоре какой-либо антипатии, но и опускаться Оку Государеву до лагерного «побалакаем»... Впрочем, решил он, у каждого свои методы работы. Этот, видать, решил запрячь осужденного Крымова не кнутом, а пряником.

А Зосимов еще раз прошелся своим изучающим взглядом по лицу Антона, чуть задержался на все еще густых и когда-то темных волосах.

— Тебя, случаем, не Седым на этапе прозвали?

Антон улыбнулся вымученной улыбкой:

— Так точно, гражданин начальник! Именно это погоняло и прилипло. Только не на этапе, а в СИЗО еще. Седой и Седой. Ну, а мне-то что? Пусть и Седой. Да хоть бы горшком обозвали, лишь бы в печь не ставили.

— Горшком, значит? — хмыкнул Зосимов. — Насколько мне известно, тебя не очень-то в печь засадишь!

«И все-таки драка с Левчиком», — подумал Антон, живо вспоминая подробности ЧП в камере для этапируемых. Он постарался принять такой виноватый вид, будто собрался просить у майора прощения за свою выходку, но тот неожиданно остановил его поднятой рукой.

— Значит, так. Этот разговор мы тоже оставим на потом. А сейчас расскажите о себе. Где жили, чем занимались, словом, все, чтоб ясно было, как человек до жизни такой дошел.

Майор впервые обратился к Антону на «вы», и Крымов — хочешь не хочешь — обратил на это внимание. Интересно, что бы это значило? Проявление уважения к своему собеседнику, вернее, к осужденному по фамилии Крымов, который не побоялся вмазать по роже зарвавшемуся лагерному авторитету? Или же откровенная показуха с дальнейшей вербовкой по части стукачества? Впрочем, все это сейчас менее всего должно было бы занимать Антона. Его главной задачей на сегодня, так сказать программой минимум, было как можно надежнее осесть на этой зоне, чтобы затем перебраться в «шестерку». К тому же это на воле он мог бы сколько угодно делать логические умозаключения, а здесь колония строгого режима, и этим сказано все. Здесь свои правила и законы, которых он пока что еще не знает, и какая-нибудь местная традиция запросто может разрушить любое его логическое построение. Что гадать, почему на «вы» да отчего мягко! Не сейчас, так чуть позже все станет ясно.

Антон вздохнул, по тюремной привычке тянуть время пожал плечами.

— Ну, что рассказывать? — На этот раз он постарался обойтись без «гражданина начальника». — Родился в Москве. Там же и школу закончил.

— Десятилетку?

— Да. Потом армия.

— Какие войска?

— Пограничные.

— Значит, там и драться научился?

Антон вроде как исподлобья покосился на майора.

— В общем-то, да. Если, конечно, это можно считать дракой.

— Даже так? — удивился Зосимов. — Интересно. Ну и что же дальше?

— Затем вернулся в Москву, пошел слесарить на завод «Калибр», а там как раз через ДОСААФ набирали парней в парашютную секцию, и я, естественно, записался туда.

— Почему «естественно»? — перебил его Зосимов.

— Ну-у, меня вроде как тянуло к этому спорту, — нехотя и как бы о чем-то давным-давно забытом пояснил Антон. — К тому же у меня еще до армии было десять прыжков. В общем, довольно скоро отпрыгал положенное для присвоения первого разряда, и хотел уж я было завязать с этим делом, как вдруг меня пригласили в одно закрытое НИИ и предложили то, о чем я и мечтать никогда не мог.

Зосимов вопросительно посмотрел на Крымова, но тот только усмехнулся уголками губ.

— В общем, включили меня в отряд испытателей парашютов, и стал для меня парашют не просто хобби или временное увлечение, а работа. Тяжелая и опасная работа, за которую, между прочим, платили хорошие по тем временам бабки.

Антон замолчал, как бы ожидая в этом месте рассказа заинтересованных вопросов майора, но тот только крутанул своей крепко посаженной головой и пробормотал то ли с восхищением, то ли с сожалением:

— Господи, кто только здесь не перебывал! И артисты, и журналисты, а теперь вот еще и парашютный испытатель.

Он, видимо, специально исковеркал словосочетание «испытатель парашютов», заводя Крымова, но тот даже не обратил на эту мелочь внимания и только уточнил угрюмо:

— Бывший.

— Почему?

Антон помолчал немного, как бы подбирая для ответа наиболее правильные слова.

— Все та же история, гражданин начальник, и все та же беда. Как говорится, общероссийский синдром. Развалившееся государство прекратило финансирование, и почти весь отряд испытателей оказался на улице. Без работы и без денег. А те накопления, что были, инфляция сожрала.

— Понятно, — кивнул майор. — Действительно, общероссийский синдром. И вы, значит...

— Нет, нет, — перебил его Антон, сообразив, о чем может спросить сейчас Государево Око. — Нет, гражданин начальник. До того, как меня московская уголовка замела, я еще успел и на воле лиха хватить.

— Подробнее! — требовательно попросил Зосимов.

— Ну-у, во-первых, в семье скандалы пошли. Из-за денег. Вернее, из-за их отсутствия. А специальности-то у меня нет, так что куда идти? В общем, взяли в охрану. Там-то я и пить начал. Сначала помалу, а затем уже по-черному. Выгнали и оттуда. Да и дома стало как на фронте. В общем, жена забрала дочку и ушла к своим родителям. А потом и квартиру разменяла. Себе двухкомнатную отцарапала, а мне — однокомнатная досталась.

— Так чего же ты хочешь? — видимо, совершенно искренне удивился майор. — Скажи спасибо, что вообще не посадила.

— Так-то оно так, - согласился с ним Антон. — Только обидно уж очень. Та квартира, что у нас была, — трехкомнатная. Причем на мои кровные куплена. Думаете, зазря мне деньги платили?

— Ладно. Ну и что дальше? — направил его в нужное русло Зосимов. — Поди, совсем запил?

— Да, — угрюмо подтвердил Антон. — Потом спохватился, лечиться стал. В прошлом году даже в наркологии целый месяц лежал.

— Помогло? — заинтересованно спросил Зосимов.

— Да. Вот уже год скоро, как ни капли в рот не беру.

При этих его словах майор снова посмотрел на осужденного с особым вниманием и как сфотографировал, губ его коснулась едва заметная усмешка.

— Уваж-жаю, — протянул он. — И вообще... Редкий для наших мест кадр. Не пьет, не ширяется... Хотя на зону, между прочим, попал за наркоту! Отчего такой диссонанс, Крымов? Или, может, вы из тех самых новых русских, которые между партиями в большой теннис Россию наркотой наводняют? А? Чего молчите?

«Во подвел! — уважительно подумал Антон и облизал пересохшие губы. — А ведь как, зараза, стелил мягко!»

И еще подумал о том, почему бы в этой сложной разработке с наркотой не опереться на таких вот Зосимовых, которому, видать, совсем не зря придумали такое соответствующее погоняло — Государево Око. Однако все это были скоротечные мысли, а ему надо было отвечать на поставленный вопрос.

— Никак нет, гражданин начальник. Я и в теннис-то вовсе не играю.

— Возможно, — согласился с ним Зосимов. — А вот как насчет дури?

Антон пожал плечами и кивнул на обвинительное заключение: там, мол, все написано. Однако майору этого, видимо, было мало, и он произнес жестко:

— Читать я и сам умею. Я же хочу поближе узнать человека, который, едва прибыв сюда этапом, уже успел наломать дров. Молите Бога, что я в карцер вас не засадил! Сейчас можете идти, но помните — разговор наш далеко не закончен.

Вернувшись в секцию, где выдерживали на карантине новичков, Антон тоскливым взглядом окинул ряд двухъярусных шконок, под которыми торчали солдатские тумбочки на двоих, и все это — на фоне безликих казенных стен, окрашенных светло-коричневой масляной краской. Аляповато сколоченный стол под окном и массивная металлическая решетка завершали эту безрадостную картину. Здесь, конечно, было гораздо лучше, спокойнее и чище, чем в переполненной камере следственного изолятора, где от спертого воздуха глаза вылезали на лоб, но все равно это была ЗОНА, со своими отличными от тех, что на воле, законами и порядками. И какая, в принципе, разница: черная она, где балом правит блатная пана и лагерные авторитеты, или красная? Главное — это то, что человека ЗАСТАВЛЯЛИ терять здесь свое лицо и он надолго превращался из обычного гражданина в ОСУЖДЕННОГО, где каждый его шаг контролировали или красноперые с натасканными сторожевыми псами, или блатные, что, в конечном счете, было одно и то же.

Зона! А за решетчатым окном в лохмотья разорванных облаков проглядывало солнышко, набирало силы лето, кто-то собирался в отпуск или на дачу, а он, майор ФСБ Крымов, должен был слушать лай охрипших от собственной стервозности овчарок, строем ходить на поверку, в столовую и обратно, ловить на себе настороженные и в то же время откровенно любопытные взгляды зэков, которые уже были наслышаны о его драке с Левчиком, и ждать, чем закончится для него эта стычка с лагерным авторитетом. По опыту СИЗО он уже знал, что подобные вещи так просто не прощаются и Левчик, чтобы удержать свой засранный авторитет, должен будет сурово наказать зарвавшегося первоходка. Таков бы закон зоны, и его пока что никто не отменял. Оставалась, конечно, надежда на вмешательство лагерного начальства, но после этой беседы с Государевым Оком Антон понял, что если он не станет работать на него или плясать под его дуду, то помощи отсюда ждать не приходится...

О последствиях неотвратимой разборки с Левчиком и его шестерками и думать не хотелось.

«И надо же было так вляпаться!»

В секции в это время никого не было, и Антон,

малость помотавшись от двери к столу и обратно, завалился на свою шконку, по привычке заложив руки под голову. Он не мог больше думать о Левчике и холеном майоре, — и надо бы попытаться собраться и продумать свое дальнейшее поведение с Государевым Оком, чтобы выжать в дальнейшем как можно больше пользы для себя, вернее, для выполнения своего задания, но ничего путного в голову не приходило. И так, лежа на спине, он, видно под влиянием разговора с майором, как-то незаметно для себя невольно перенесся в лето прошлого года, когда...

Господи, это был даже не запой. Это были поминки по неудавшейся жизни, когда для него, молодого здорового мужика, в один момент кончилось буквально все, чем он жил раньше. Он был выброшен на улицу. Выброшен, как собака. Причем собака, которая верой и правдой служила своему хозяину, но вот в какой-то момент тот посчитал, что может обойтись и без нее. Какая-то падла нашептала хозяину, что теперь, мол, наступила сплошная демократия, все люди на земле — любящие братья, и теперь, мол, можно спокойно оставлять свой дом открытым. И тот, дурачок, поверил.

Впрочем, тогда многие коллеги Антона по бывшему КГБ и в новой жизни устроились неплохо. А вот он не смог. И не потому, что профессиональные данные не позволяли, уж чего-чего, а этого у Антона было не отнять, просто в тех местах, куда его приглашали, надо было не служить, а прислуживать, чему он так и не смог научиться.

И он не врал майору Зосимову, когда рассказывал о своих запоях и наркологической больнице, в которой оказался. Правда, это случилось с ним не после распада НИИ, в котором он якобы согласно легенде работал, а после того, как в начале девяностых годов разогнали его родной Комитет. Лично для него страшным итогом этого кошмара было медленное опускание на дно московской жизни и длинньющие запои, во время которых он старался хоть как-то забыться, уйти в себя, но главное — не видеть сытые, довольные рожи тех, кого ему приходилось охранять, работая в охранном бюро.

Он даже сейчас помнил, как шершавым от сухости языком облизывал по утрам спекшиеся губы, с трудом разлеплял набухшие веки. От этих непомерных усилий перед его глазами плыли черные волнообразные круги, что-то с хрястом двигалось в его черепной коробке и он, с трудом удерживаясь, чтобы вновь не провалиться в замшелую, липкую от пота темноту, заставлял себя натягивать джинсы, дрожащей рукой скоблить лезвием опухшее лицо и выходить из гулкой пустой квартиры на улицу. К тому времени от него действительно ушла жена с дочкой, разменяв когда-то купленную им квартиру. И бог знает, чем бы все это для него кончилось, если бы не его давний друг и коллега Игорь Панков, каким-то чудом удержавшийся в новой структуре государственной безопасности, продвинувшийся к тому же по службе и получивший звание подполковника. Новое руководство поручило ему подобрать надежных людей из бывших профессионалов.

К тому времени Россию уже захлестнула волна организованной преступности, и Президент, а вместе с ним и правительство наконец-то зачесали в затылках.

Господи милосердный, да где бы он был сейчас, бывший кагэбэшник Антон Крымов, человек без надежной специальности, которая могла бы прокормить не только семью, но и его самого, — где бы он сейчас был, если бы о нем не вспомнил тогда Панков?!

Антон даже улыбнулся, вспомнив тот вечер, когда Игорь к нему домой приехал и вывалил на грязную клеенку огромный пакет с закуской, от которой Крымов давно уже отвык, выставил на стол бутылки с красивыми наклейками. Чуть разомлевшие от выпитой водки, они сидели за столом, потягивали темное немецкое пиво и вспоминали то Никарагуа, то Анголу, где работали под кубинцев, то Камбоджу с Бирмой; об Афгане говорить не хотелось. И все это время Антон пытался угадать, зачем он вдруг понадобился Панкову. Наконец не выдержал, спросил:

— Слушай, Игорь, не трави душу. Зачем приехал? Ведь не ради того, чтобы меня этими самыми заморскими разносолами накормить?

Вспомнил, как усмехнулся на это Панков, потом налил себе полный стопарь «Кремлевской», молча опрокинул его в себя и только после этого произнес:

— Это ты точно сказал: не ради разносолов. Ты уж прости, старик, но такая скотская жизнь пошла, что теперь уже никто друг к другу просто так не ходит. Только по делу. Да и то по телефону больше стараются общаться. Зачем, говоришь, пришел?.. — Он замолчал, словно подыскивая правильные слова, долил в бокал пива, потом произнес, словно решившись сигануть в омут: — Хочу, чтобы ты вернулся на оперативную работу.

И замолчал, уставившись на Антона своими серо-зелеными глазами. Будто боялся, что тот сразу же откажет ему в столь неожиданной просьбе. Не менее ошалело смотрел на него и сам Антон, уже поставивший крест на своих погонах, они вместе с бывшим Комитетом давным-давно растворились где-то в прошлом.

— Я?

— Да, ты!

И опять Крымов растянул в улыбке губы, вспоминая те минуты гробового молчания, в течение которых они изучали друг друга глазами.

— Игорек, если бы это был не ты, а кто-то другой, я бы давно уже выбросил этого хохмача из дома, — наконец нашел что ответить Антон.

— Я догадывался, что услышу именно это, — как бы даже довольно кивнул Панков. — И все-таки я хочу, чтобы ты вернулся на оперативную работу. Такие профи, как ты, на дороге не валяются, и мое руководство полностью поддержало твою кандидатуру.

— Да, но Комитета-то уже нет! — взвился Антон. — Обосрали и сожрали вместе с говном!

Панков кивнул согласно.

— Верно, нет. Зато появились новые структуры.

В частности — ФСБ. А твое личное дело и объективка уже давно лежат в кадрах. Дело лишь за твоим согласием.

Панков говорил что-то еще, еще, и чем больше он говорил, тем больше заводился Антон, словно сам Игорь был повинен в нынешнем его состоянии, и когда тот закончил монолог, спросил хмуро:

— Ты хоть отдавал себе отчет, предлагая мою кандидатуру в вашу контору?

— Естественно.

— Не-е, — покачал головой Антон, — ни хрена ты не отдавал. Ты посмотри на меня. Ведь я же алкоголиком стал! Понимаешь? Ал-ка-шом, — по складам произнес он. — У меня и мозги совсем уже не те, что были раньше. И руки дрожат, как у пьяной проститутки. А по утрам трясун колотит такой, что без опохмела я и жизни себе уже не представляю.

О, он прекрасно помнил, как усмехнулся после этих слов Игорь. Усмехнулся кривой, вымученной улыбкой, больше похожей на оскал мертвеца.

— Знаешь, кого ты мне сейчас напоминаешь, — спросил он. — Китайского интеллигента времен культурной революции, когда они бичевали себя на партсобраниях, прилюдно каясь во всех смертных грехах.

— Да пошел ты!.. — обиделся Антон.

— Нет, я серьезно, — уже без тени улыбки сказал Панков. — Если бы я не знал тебя все эти годы и не сожрал с тобой пуд соли, то и впрямь бы принял всю эту мутоту за чистую монету. Давай-ка послушай меня еще. Кто из нас в какой-то момент не ломался? Было дело — которые запивали, а которые и на иглу садились. Многих уже и в живых нет. Но ты-то жив! Только вот жалость, ударила тебя жизнь по сопатке — ты и сопли распустил. Ах, он алкаш, — презрительно протянул он. — Да в гробу я видал твое алкашество. Подлечишься!

А потом были длинные коридоры знаменитого здания на Лубянке, короткий разговор с будущим начальством, длиннющее, несмотря на его гэбэшное прошлое, собеседование в кадрах и...

Это задание было уже шестым по счету за прошедший год. Причем оно логически вытекало из предыдущего, когда он провел целый месяц в камере следственного изолятора, выявляя своего бывшего коллегу по КГБ, ставшего против своей воли исполнителем операции «Славянская карта» под кличкой Стрелок. Отголоски этой операции долго еще будут слышаться не только в Москве, но и по всей криминальной России... И тот побег из тюрьмы, который припомнил ему сегодня майор Зосимов, действительно лежал на совести Крымова, но он вынужден был пойти на него, чтобы взять живым Стрелка... Когда же для разработки операции по наркотикам понадобился человек, которого можно было бы без особого риска заслать в колонию, где промышляли дурью, более подходящей кандидатуры, нежели майор Крымов, трудно было найти. До разгона КГБ он выполнял строго засекреченные операции, и на Лубянке его практически никто не знал в лицо. Не успел он засветиться и после возвращения в Москву, а там вскоре и обвал. Ему — чистые документы на руки, по которым он был испытателем парашютов закрытого НИИ, и работу в охранном бюро. Концовка — запой, наркологическое отделение московской больницы, уход из охранного бюро. Пусть его даже попробует проверить кто-нибудь из особо ушлых наркодельцов. Ну и что? Получит на запрос самые лучшие отзывы и характеристики. Человек пьющий, однако в совершенстве владеет дзюдо и карате. Первый раз арестован за хранение пистолета, из которого в свое время был убит милиционер. Пока шло следствие, удалось бежать из СИЗО, но вскоре он был пойман, после чего выявилась его связь с московскими наркодельцами. Учтя недоказанность первого обвинения и размытость второго, суд присудил ему только пять лет с отбыванием срока наказания в колонии строгого режима.

Более подходящего человека для предстоящей операции было трудно найти. Да его и не искали. Что же касается парашютного дела, то на счету Антона действительно был не один десяток прыжков и звание кандидата в мастера спорта...

3

Итак, приманка сработала.

Рустам даже невольно улыбнулся довольной улыбкой. Еще в дверях мэрии он заметил припаркованные «Жигули» восьмой модели, а это значило, что теперь он мог спокойно ехать на условленную встречу с Захаром. Эту «восьмерку» василькового цвета он засек еще три дня назад и с тех пор время от времени ловил ее в зеркальце заднего вида, когда приходилось выезжать в город. Его проверяли, а это значит — ему поверили. По крайней мере, хотелось бы на это надеяться.

Достав брелок с ключами, Рустам не торопясь, как и положено знающему себе цену человеку, спустился с величественных ступеней не менее величественного здания, в котором располагались городские власти, и направился к своему «мерседесу». Все эти дни над городом висели брюхатые дождливые тучи, но теперь вроде бы немного распогодилось, меж облаков проглянуло солнце, и его ухоженный «мерс», обласканный теплыми лучами и освеженный утренним дождем, выгодно отличался от неказистых «Жигулей» и «Волг», в большом числе припаркованных на автостоянке возле мэрии. Прежде чем нырнуть в машину, Рустам лениво потянулся, рассеянным, ничего не выражающим взглядом окинул ряд выстроившихся машин. В «восьмерке» сидели те же два парня явно цыганского происхождения, которых он видел и в первый день слежки, и во второй. И это тоже было хорошо. За все это время он не сделал ни единой промашки, которая могла бы дать повод усомниться в его легенде; получалось, что организованная за ним слежка тоже работала на него.

Рустам нырнул в нагревшийся на солнышке «мерседес» и включил зажигание. Через полчаса он должен встретиться с человеком, вполне возможно, с тем самым кончиком веревочки, потянув за который удастся распутать все это непонятное дело. Хотя хрен ли здесь непонятного? В России начался новый криминальный передел, на этот раз — рынка сбыта наркотиков, и какая-то неизвестная, но, видимо, очень мощная группировка не просто позарилась на город, который до последнего времени принадлежал землякам Рустама, но и в считанные месяцы вытеснила их из казино, ресторанов, ночных клубов и дискотек — всех тех мест, откуда шел самый густой навар. Выполняя роль секретного инспектора, о котором в городе не знал ни один азербайджанец, Рустам должен был не просто разобраться в этом откровенно наглом накате чужаков, но и постараться выявить поставщиков таблеток «экстази»[1], которые столь успешно потеснили азербайджанскую «лошадку»[2].

Убытки от этого неожиданного наката неведомых конкурентов были просто дикие. Только за три последних месяца группировка Рустама потеряла столько денег, что их вполне хватило бы не только на пенсионные пособия вконец обнищавшим русским старикам и старухам, но и на выплату долгожданных зарплат озверевшим от голода и безысходности учителям, которые унылыми толпами выстра-

---

[1] «Экстази» — как правило, синтетические наркотики из группы амфетаминов типа МДА, МДМА и др. Обладают сильнейшим действием на психику человека. Стопроцентное привыкание.

[2] «Лошадка» — метадон ипетидин. Сильнодействующий синтетический наркотик внутреннего применения, используемый в медицине, в том числе и для лечения наркоманов. По силе действия равен морфину. Обычно используется наркоманами как средство, помогающее перенести ломку.

ивались в пикеты, вымаливая у городских властей денег и хлеба — о молоке и сахаре они уже и думать забыли.

Изредка поглядывая в зеркальце и наблюдая за приметной «восьмеркой», которая продолжала висеть у него на хвосте, Рустам уверенно вел свой «мерседес» по городским проспектам и с неподдельной тоской думал о том, что на его век работы, видимо, хватит. Причем работы опасной и зачастую неблагодарной. Только наладится сбыт наркотиков в какой-нибудь губернии, как нá тебе... То местные отморозки наезжать начинают, то менты с ФСБ спохватываются и бросают за решетку сбытчиков да мелких оптовиков. Мелочь, конечно, по сравнению с тем, что ему предстоит провернуть в этом городе, но все равно неприятно. Будто дерьмовые штаны в паху трут и не дают шагнуть пошире. Россия, одним словом!

Тяжело вздохнув и притормозив на очередном светофоре, Рустам невольно задумался и о своей роли в этом бизнесе, который скоро, очень скоро поставит Россию раком и ее можно будет пялить во все дыхательно-пихательные и делать с нею все, что только захочется. Как с белобрысой проституткой в номере московской гостиницы, которая поначалу ставит свои условия, а потом, наглотавшись собственного говна с его члена, слезливо просит, чтобы ей позволили слезть с кровати. У него были свои собственные счеты с Россией, вернее — это была давнишняя обида за то, что еще в советские времена официальные власти бессовестно врали про сплошное равенство народов и «единую советскую семью», а на деле выходило... Стоило ему появиться после окончания школы в той же Москве, которая была столицей СССР, как он тут же превратился в презренного азера со всеми вытекающими последствиями. Правда, в педагогический институт он здесь поступил, закончил его и даже какое-то время проучился в аспирантуре, работая над диссертацией о значении социальных корней в росте преступности среди несовершеннолетних. Однако ему откровенно сказали, что защитить кандидатскую в Москве, тем более по этой теме, он просто не сможет и ему надо чесать в свой солнечный Азербайджан. А тут как раз подоспели события в Карабахе, когда армяне сумели преподнести себя так, что азербайджанцев стали считать едва ли не злейшими врагами человечества, затем поворотный девяносто первый год, полнейший распад величавого когда-то союза «братских» республик, и пошло-поехало...

В российскую столицу Рустам вернулся, когда бдительная московская милиция в каждом черном видела мафиозного чеченца и забивала свои камеры сотнями и сотнями «гостей столицы», выявляя их причастность к какой-нибудь из группировок. Рожденный на границе Азербайджана с Ираном Рустам менее всего походил не только на бандита-чеченца, но даже на того классического торговца фруктами, которые к этому времени заполонили все московские рынки, однако и его неоднократно останавливали, заставляя предъявить паспорт. Довольно высокий, спортивного сложения и в то же время с удивительно благородными манерами и красивым интеллигентным лицом, с высоким чистым лбом, Рустам пробовал поначалу отшучиваться, но, убедившись, что это себе же в убыток, молча совал паспорт в руки ментов, которых он ненавидел лютой ненавистью оскорбленного в лучших чувствах человека. Те отвечали ему тем же.

Аллах всемогущий, если бы они только знали, как глубоко наплевать ему на все эти проверки! К тому времени Рустам уже занимал довольно солидное положение в одной из азербайджанских группировок, которая заполонила наркотой не только московские рынки, но осваивала и более отдаленные регионы севшей на иглу России. Благодаря своему образованию, честолюбию и природной хватке он далеко обошел своих земляков и теперь уже мог писать диссертацию не о малолетних преступниках, а о том, как несколько семей из «братской» республики посадили на иглу едва ли не половину России. И он не переставал удивляться этому феномену, тем более что азербайджанский вариант организованной преступности поначалу благоухал ароматом роз, мандаринов и других даров щедрой южной природы. Еще со времен хрущевской либерализации его земляки начали понемногу осваивать колхозные рынки не только Москвы, но и России в целом. Правда, в эпоху действия законов о спекуляциях, нетрудовых доходах и тунеядстве это было совсем не легким делом. Для того чтобы обзаводиться различными справками, обеспечивать места на рынках и в гостиницах, улаживать конфликты с милицией и многочисленными чиновниками, требовалось постоянно действовать в обход закона. И естественно, что в одиночку торговать в чужой город никто не ездил. Как правило, в дорогу отправлялись большие группы родственников и односельчан. В те годы он был еще несмышленым пацаном, но отец, дядья и старшие братья рассказывали, как все это было. Итог известен. Многие города России, а в Москве отдельные рынки стали традиционным местом торговли выходцев из определенных районов Азербайджана.

Торговали в основном овощами и фруктами. Наиболее прибыльным, но и трудным делом была торговля цветами.

Рустам хорошо помнил, что во времена застоя азербайджанцы на рынках никому не мешали. Наоборот, они хотя и дорого, но зато в избытке снабжали россиян фруктами и цветами, значительно повышая при этом и свой жизненный уровень. Наиболее удачливые продавцы вообще становились подпольными миллионерами.

Эпоху перемен и рыночных реформ земляки Рустама встретили во всеоружии: они располагали необходимым опытом, подкупленными должностными лицами на местах; у них имелись строгая организация, значительные капиталы, а также налаженные каналы получения товара, его транспортировки и сбыта. Именно перестройка дала качественный толчок развитию азербайджанского бизнеса. А резкий взлет преступности внес светлую струю в традиционные рыночные отношения. Наезды, крыши, рэкет, разборки, дележки территорий, возросшая и ставшая агрессивной продажность чиновников и милиции, широкие возможности быстрого обогащения способствовали криминализации азербайджанских торговых группировок.

Рустам еще от отца знал, что в прежние годы торговцы старались стороной обходить земляков, занимавшихся чисто уголовным промыслом: грабежами, ломкой валюты и угоном автомобилей. Азербайджанская преступность в Москве была малозаметна. Теперь же лидеры торговых кланов стали устанавливать деловые связи с немногочисленными азербайджанскими ворами в законе, обзаводиться собственными боевиками, захватывать территории, прежде всего рынки, облагать данью своих же земляков-бизнесменов. Круг интересов постепенно расширялся, и торговцы овощами попутно становились владельцами магазинов, кооперативов и торговых палаток. Весьма популярным среди азербайджанцев стало подпольное производство фальшивой водки. Наряду с торговлей продуктами азербайджанских садов и огородов были налажены поставки заморских экзотических фруктов: киви, манго и ананасов. Для того чтобы обеспечить монополию на рынках, азербайджанцы пытались поставить под свой контроль и торговлю исконно российскими продуктами. Они по дешевке скупали в деревнях средней части России овощи и фрукты, заставляли приезжавших на рынки русских мужиков сдавать им свой товар по бросовым ценам. В случае отказа следовали меры неэкономического принуждения.

Рустам даже улыбнулся кривой усмешкой, с удовольствием вспомнив времена, когда сводки МВД громыхали взрывами грузовиков с картошкой, пестрели сообщениями о нападениях на торговцев помидорами и прочей мелочью.

Отстаивая свои права контроля над рынками, азербайджанцы устраивали настоящие побоища со славянскими, дагестанскими и другими преступными группировками столицы. Имели место и стычки с ОМОНом. Тем более что к этому времени земляки Рустама поимели новую рабочую силу — участников карабахского конфликта.

Правда, этот период дикого капитализма уже почти миновал. Сегодня земляки Рустама сидят в своих офисах, продавцы овощей торгуют на «своих» рынках, в «своих» палатках, а крупные цветочные магнаты занялись банковским делом и шоу-бизнесом, сделались владельцами гостиниц и ресторанов. Сам Рустам, так и не ставший кандидатом педагогических наук, о чем он откровенно жалел, так как автоматически поимел бы еще больший вес среди своих собратьев по криминальному бизнесу, пошел другим путем.

Азербайджанская оргпреступность — это прежде всего торговля наркотиками, и это сейчас знают все, кто хоть раз курнул травку. Причем зародилась эта торговля еще в шестидесятые годы, когда в качестве довеска к персикам и помидорам на российский рынок поставлялись небольшие партии дури растительного происхождения — из конопли и опийного мака. Круг покупателей был довольно узок — анаша и опий продавались только землякам, артистической богеме да уголовникам. Чуть позже к первоначальному набору из анаши, маковой соломки, черняшки (опия-сырца) и марфушки (морфия) ушлые торговцы добавили кодеин и другие наркосодержащие лекарственные препараты. Широкие слои россиян с наркотиками в то время еще не были знакомы, но в определенных кругах их потребление уже приобретало катастрофические размеры.

В восьмидесятые годы приложил к этому делу свою руку и Рустам, приобщая своих сокурсников и сокурсниц сначала к легкому кайфу, затем к более длительному и серьезному.

Однако по-настоящему прибыльным этот вид бизнеса стал только в годы перестройки, когда московский Черемушкинский рынок превратился в настоящую Мекку для стремительно растущей армии наркоманов. А затем наркоторговля растеклась и по остальным рынкам российской столицы.

Рустам радовался. И не только тому, что занял к этому времени достойное место среди своих земляков на иерархической лестнице, но и тому, что это была его ЛИЧНАЯ месть высокомерной, зажравшейся Москве, России и ее народу, который он теперь считал обыкновенным быдлом. Быдлом, с которым можно делать буквально все, пообещай ему только бесплатную дозу.

Сам Рустам этой дурью не баловался. Чтобы добиться всего, о чем он мечтал, надо было иметь много денег, очень много. А для этого требовалась не только дикая работоспособность, но и светлые мозги.

Сейчас мозги нужны были здесь, в этом обнищавшем городе, где в одночасье провалилась хорошо наработанная сеть мелких оптовиков и сбытчиков метадона. Конечно, подобные ЧП бывали и в других городах, в одной только Москве дважды приходилось восстанавливать сеть оптовиков, но здесь было совершенно иное. Поначалу в ночных барах и в казино появились пробные партии «экстази», и когда его распробовали настоящие ценители полного астрала, эти проклятые неизвестно откуда взявшиеся таблетки почти завалили город и их теперь можно было купить не только в престижных казино, но и на каждой дискотеке, где гремела музыка, а молодежь балдела от эйфории и галлюцинаций.

Из-под пакистанского метадона, который шел в Россию через земляков Рустама, была выбита экономическая почва. Это раньше, когда стояла проблема, как бы побыстрее посадить Россию на иглу, анашу да черняшку с марфушкой, они чуть ли не бесплатно раздавали их по школам да ПТУ, но потом надо было возвращать долги, и оптовики взвинтили стоимость того же метадона до такой планки, что и без всякой дури крыша могла поехать. И вдруг шикарная наркота, причем по бросовой цене! Тем более что с ней не надо было колоться — а просто заглотнуть кругленькую таблеточку с теплой водичкой и...

Все это было более чем странно. И даже не само появление «экстази» в этом губернском городишке, когда его и в Москве с Питером не хватает, странным было все то, что сопровождало это неожиданное появление. Произошел поголовный арест сбытчиков метадона, в то время как ни одного торговца соломкой или той же анашой не тронули даже пальцем. Но главное — цены на этот (весьма, кстати, высококачественный) товар. До сих пор «экстази» доставлялись в Россию из Европы и, естественно, никак не могли стоить дешево. За кордоном одна таблетка стоит полтора-два доллара. В России же оптовики скидывают их уже по десять-двенадцать баксов за штуку, а в розницу по клубам и кабакам таблетка идет по пятьдесят зеленых. Здесь же, в этом городе, была установлена почти смехотворная цена: двадцать баксов в казино, ресторанах и ночных клубах и чуть ли не символические десять баксов на дискотеках, где топталась молодежь. Что и говорить, почти дармовая цена за несколько часов эйфории и полного астрала.

И еще одна тонкость. Распространяли таблетки «экстази» только цыгане. Причем не пацаны да крикливые бабы, а ребята от восемнадцати лет и старше, которых прикрывала их чумазая родня. Раздумывая, с чего начать свое расследование, Рустам и зацепился за этот любопытный факт. Причем, интересен он был даже не тем, что именно цыган привлекли к распространению наркоты — сейчас этим делом практически каждый табор занимается, а тем, что цыганам не просто отдали на откуп сбыт «экстази», а заставили продавать его именно по той цене, которая нужна хозяевам, стоящим за этими сбытчиками.

Судя по размаху своей торговли, цыгане владели довольно крупной партией таблеток, которую они могли поиметь только у крупного оптовика. А тот, естественно, еще у кого-то. Но зачем оптовику, рискующему, естественно, собственной жопой больше других, идти на откровенный убыток?

Вопросы, вопросы и вопросы. И никакого ответа. Единственно, за что удалось зацепиться Рустаму и на чем он хотел сейчас сыграть, — это легенда, с которой он прибыл в этот город, и информация о том, что одной из сервисных автомастерских владеет авторитетный цыган, вокруг которого постоянно крутятся его соплеменники. Зовут цыганского авторитета Захаром.

Переключив скорость и влившись в поток машин, Рустам покосился на зеркальце, в котором то появлялась, то пропадала василькового цвета «восьмерка», и невольно хмыкнул, растягивая губы в самодовольной улыбке. Уж очень удачно вышло знакомство с этим матерым пятидесятилетним цыганом и то, как он клюнул на приманку новенького клиента.

В тот день Рустам тщательно побрился, привел себя в порядок и, попросив Аллаха о помощи, подъехал к приземистому домику из красного кирпича, над которым красовался огромных размеров щит со словами: ЗАХАР МОЖЕТ ВСЕ!!! Тут же были припаркованы два потрепанных «Жигуленка» и один «Москвич». За офисом просматривалась огороженная металлическим забором стоянка, где, видимо, и находилась сама мастерская. Вздохнув и еще раз обратившись к Аллаху, Рустам выбрался из своего «мерседеса», который на фоне старенького «Москвича» и не менее допотопных «Жигулей» выглядел сверхшикарной иномаркой, и направился к офису. Не успел он и до ступенек дойти, как распахнулась дверь и на пороге выросла статная фигура молодого цыгана, радушно улыбающегося во всю свою золотую пасть.

«Ни фига себе встречают!» — невольно усмехнулся Рустам и тоже как можно радушнее улыбнулся парню.

— Проблемы какие? — все так же продолжая щериться улыбкой добродушного хозяина, спросил цыган.

— Есть маленькие, — кивнул Рустам, цепким взглядом прощупывая парня. То, что это был не сам владелец мастерской, — ясно. По словесному портрету Захару было около пятидесяти лет, был он седовлас и грузен, как и подобает авторитетному цыгану его возраста. Однако в начатой Рустамом игре сейчас могло сыграть решающую роль даже мимолетное на первый взгляд знакомство, и он спросил, протягивая парню руку: — Надеюсь, сам Захар, который может все?

— Х-хе! — резко выдохнул тот и оскалился теперь уже всеми тридцатью двумя зубами: — Заха-а-ар! Захар — хозяин! Но и я тоже могу кое-что.

— Тогда ручник надо будет посмотреть и клапана, — устало произнес Рустам и кивнул на своего «мерса»: — Думаю, колодки полетели, а может, и тросик ослаб. Не знаю.

— Местный? — заинтересованно спросил парень, пропуская клиента в офис.

— Нет. С Москвы приехал, — как-то очень буднично и с той же ноткой усталости произнес Рустам.

— Даже так? — удивленно хмыкнул парень. — Тогда понятно, отчего клапана стучат и ручник не работает. — И вдруг засмеялся искристо: — Да ты не боись, брат! Наладим тебе ее, лучше новой бегать будет.

— Сделай, пожалуйста, — попросил его Рустам. — Только чтобы полный верняк был. Без халтуры. Ну а я в долгу не останусь.

— Будь спокоен, — откликнулся цыган. — А насчет халтуры — это ты зря. Кто у нас хоть раз побывал, на всю жизнь постоянным клиентом остается. Фирма! Захар и сыновья!

— Так ты...

— Да, — перебил его парень. — А с отцом я тебя сейчас познакомлю. Он и цену скажет, и тачку твою посмотрит. С иномарками он сам работает.

Когда Василий — так, оказывается, звали встречавшего Рустама цыгана — представил его отцу, тот самолично осмотрел «мерседес», поцокал языком и, профессионально тронув ногой чуть спущенный скат, вынес свой приговор:

— Тачку сделаем, конечно. Тут и разговоров нет. Однако повозиться придется. Пару дней — это уж точно.

Рустам удовлетворенно хмыкнул про себя. Пока что все шло как надо. Этот уверенный в себе цыган с седой львиной гривой встретил его как богатенького и щедрого клиента, а это значило, что Рустам уже расположил его к себе. Но ковать надо было, пока горячо, продолжать так удачно начатую игру, и Рустам в отчаянии замотал головой.

— Два дня — много. Мне сейчас по вашему городу придется много мотаться, а без машины... В общем, сам понимаешь. Время — это деньги.

Он специально сказал «по ВАШЕМУ городу», заострив на этом внимание Захара. И тот клюнул. А может, и просто в этом рукастом цыгане взыграли человеческие нотки.

— А что, ты не здешний? — заинтересованно протянул Захар.

— Да, — обреченно кивнул Рустам. — Я уже говорил твоему сыну: из Москвы.

— Далековато.

Рустам неопределенно пожал плечами, пробормотал глухо:

— Нужда заставит...

— Это конечно, — согласился с ним Захар и тут же спросил: — А по какому делу к нам?

И вновь Рустам пожал плечами, как бы думая: открываться — не открываться. Тряхнул головой: а, мол, откроюсь.

— Да как тебе сказать? Осесть хочу в ваших местах и, если удастся, дело свое открыть. Кафе или ночной клуб.

Он замолчал, давая Захару проглотить эту наживку, и вновь мысленно похвалил себя, что решил действовать через цыган. Если они действительно по-серьезному задействованы в сбыте «экстази», то этот седогривый владелец автомастерской, привыкший видеть в богатых клиентах серьезных людей, с которыми можно иметь дело, обязательно должен клюнуть на такие слова, как «кафе» и «ночной клуб». Но тот не торопился. Наконец, уважительно склонив перед гостем голову, спросил не без ехидства (впрочем, без злобного):

— А что, в златоглавой уже и мест не осталось для клубов?

— Отчего же, есть, — хмуро ответил Рустам. — Да не про нашу честь. Там и своим-то тесновато стало, а чтобы беженцу пробиться...

Захар прищурился на Рустама:

— Так ты...

— Да. Из Нагорного Карабаха.

— Азербайджанец? — уточнил цыган.

— С чего это вдруг? — почти обиделся на столь откровенное «оскорбление» Рустам. — Мать — армянка, а отец, правда уже покойник, еврей.

— А-а, — вроде как бы удовлетворенно промычал Захар, а затем добавил: — Я и смотрю, что на азера ты не похож. Да и говоришь без акцента. Евреи и армяне — это, конечно, другое дело.

Рустам безучастно слушал рассуждения хозяина мастерской о нациях и народностях, а сам в душе наливался звериной злобой.

«Козел старый! Чья бы корова мычала, а твоя... Азербайджанцы ему, видите ли, помешали! Ему евреев с армянами подавай. А сам-то говнюк черномазый! Небось все детство в таборе провел, а сейчас...»

Однако все это были эмоции, не имеющие к его делу совершенно никакого отношения, и Рустам как ни в чем не бывало продолжил рассказывать «свою» историю.

— Там же не только азеры с армянами жили, но и русские, и евреи, и даже турки с персами. Ну а когда резать друг друга начали, нормальные люди и поперли оттуда. Кто за жизнь свою боялся, а кому и вообще жить негде было. Ведь одних домов сколько в войне той сгорело! Да и жрать нечего стало. Так что, кто поумней был...

— Это понятно, — кивнул своей гривой Захар. — А в Москве-то как оказался?

— Родня у нас там, — неохотно пояснил Рустам. — По материнской линии. Давно уже в Москве осели. Ну и мы тоже думали как-нибудь пристроиться. Деньги-то есть, да и руки с головой тоже, а оно оказалось — херушки. Там таких, как мы... Вот и посоветовали добрые люди в ваш город податься. У моей родни связи здесь мощные есть, так что...

Он замолчал, как бы давая тем самым понять, что и говорить-то больше не о чем. Вот провернет свое дело, тогда и стол можно будет накрыть — и с вином, и с закусками.

— Значит, на клуб ночной настроился? — чуть погодя спросил Захар.

Рустам кивнул.

— Да. Рекомендации из Москвы привез, так что

сейчас в мэрии все бумаги оформлю, особнячок приличный подыщу и, как говорится, вперед.

— А живешь где?

— Пока что квартиру снял, а потом куплю что-нибудь. — Он покосился на хозяина мастерской и неожиданно улыбнулся: — Кстати, может, и ты мне чем-нибудь поможешь? Семья-то у нас большая, и как только я здесь обоснуюсь, надо будет всех вызывать. Так что, сам понимаешь, надо будет или пару квартир покупать, или дом хороший. А я здесь у вас только и знаю, что центр города.

Захар хмыкнул уважительно:

— Ну, это не проблема. Были бы деньги.

— Есть, хозяин, деньжата, есть! — успокоил его Рустам. — Хоть наши родные, хоть грины — зеленые.

— Тогда в чем дело? — пожал плечами цыган. — Деньги есть, желание есть, возможность есть... Чем не тост? — засмеялся он, делая какие-то знаки своему сыну.

Когда тот подошел к нему, вытирая грязные руки о ветошь, Захар приказал что-то на своем языке, и когда сын согласно кивнул своими черными блестящими патлами, он повернулся к насторожившемуся клиенту.

— Извини, дорогой. Кстати, тебя как зовут-то?

— Рустам.

— Хорошо, Рустам. Так вот. Если ты не против, раздели с нами стол. Ты — хороший человек, мы тоже хорошие люди. Глядишь, и пригодимся друг другу. Посидим, погуляем, песни попоем, гитару послушаем.

— Я не против, конечно, — «засомневался» было Рустам. — Но сам понимаешь...

— Об этом не беспокойся, — успокоил его Захар. — К утру тачка твоя будет готова.

А потом был действительно богатый стол с коньяком, вином и закусками, длинный разговор «за жизнь» и, наконец, слова, от которых моментально прошел весь хмель и учащенно забилось сердце. Это была удача, на которую он, откровенно говоря, мало рассчитывал.

Когда все уже прилично подпили, Захар обнял его за плечи и дружески подтолкнул к дверям.

— Слушай, парень, ты действительно хороший человек и дело задумал хорошее. Но сам понимаешь, город для тебя чужой, не успеешь и бар открыть, как сразу же рэкет разный попрет, деньги начнут требовать, условия ставить. Не хочешь сразу обезопаситься?

Рустам даже чуть не прослезился от этого участия.

— Как?

— Ну, это уж мои заботы.

Захар провел его в небольшую кухню, где женщины готовили мясо и резали зелень, одним только кивком головы приказал им удалиться и, когда хозяин и гость снова остались вдвоем, проговорил именно то, ради чего Рустам поперся в эту российскую тмутаракань и затеял возню с ночным клубом.

— Ты — хороший человек, мы — хорошие люди. И всем нам жить надо. А если друг другу помогать не будем, то кто же нам тогда поможет?

— Правильно говоришь, — улыбнулся цыгану Рустам и тут же посерьезнел лицом: — Прошу тебя, переходи к делу!

— А дело простое, — прищурился на гостя Захар. — Ты открываешь заведение, а я тебя со своими ребятами беру под свою крышу.

— Не понял, — недоуменно пожал плечами Рустам. — Какая разница? Платить-то я тебе все равно должен буду.

Захар усмехнулся в седые усы.

— А разница в том, парень, что плата у тебя будет особая. Ты еще и навар свой с нее иметь будешь.

И опять Рустам, у которого внутри все ходуном ходило от удачи, недоуменно пожал плечами.

— Не понимаю. Объясни толком.

Цыган взял со стола непочатую бутылку коньяка, ловко сковырнул жестянку, наполнил две пузатые рюмки, кивнул своему гостю:

— Давай сначала за дело выпьем.

Потом крякнул, зажевал коньяк веточкой сельдерея, поднял на Рустама совершенно трезвые глаза.

— Объясняю, парень. Ты открываешь свой клуб, бар или ресторан, так? Все местные отморозки уже знают, что ты находишься под моей крышей, и тебя оставляют в покое — меня в городе каждая приличная собака знает, табор наш тоже знают —с нами шутки лучше не шутить. Себе же в убыток будет. А плата, парень, будет такая. Ты позволишь моим ребятам приторговывать на своей территории дурью. И все дела!

«Аллах, ты услышал мои слова!»

Почувствовав, как снова захолонуло под сердцем, Рустам, чтобы ненароком не выдать свою радость, быстро опрокинул свою рюмку. Это была удача! Удача, надежда на которую жила в его душе, но кто делает дела, опираясь на одну надежду! И вот нá тебе! Цыган, оказывается, не только чуть ли не владел городом, но и имел самое прямое отношение к наркоте, которая потеснила Рустамовых земляков. Теперь главное — не проколоться. Но и не переиграть, строя из себя целку и полного дурака.

Проглотив коньяк и даже не ощутив ни вкуса его, ни крепости, Рустам, так же как и ожидающий ответа хозяин, зажевал его зеленью и, тяжело вздохнув, скривился будто от зубной боли.

— Спасибо за предложение, но... Опасно. Сам знаешь, что мне будет за это, если...

— Забудь об этом! — оборвал его Захар, уверенно тряхнув седой гривой. — Это тоже мои заботы.

«Чем дальше, тем становится все интереснее», — довольно хмыкнул про себя Рустам и с уважением посмотрел на всесильного цыгана.

— Ты это серьезно?

— А-а, — будто от навязчивой мухи отмахнулся Захар. — Ты о деле говори! Говори: согласен, не согласен. А вся эта милиция-полиция...

И все-таки Рустам еще не «сдавался».

— Соломка? — осторожно спросил он. — Или марфушка?

Захар так же брезгливо отмахнулся рукой.

— Этим пускай азеры на рынках промышляют!

— «Лошадка»?

— Бери выше.

— «Экстази»?

— Да.

— Из Европы?

— Какое твое дело, парень?! — уставился на него Захар. — Твое дело согласиться или отказаться. Рекомендую согласиться. Ведь все равно рано или поздно у тебя дурь появится, если заведение будешь держать.

Отрицать это было бы полнейшей глупостью, поэтому Рустам уточнил деловито, подняв глаза на ожидающего утвердительного ответа цыгана:

— Твои условия?

— Условия шикарные, парень. Как рубаха у цыгана. Мы берем тебя под крышу, делаем рекламу твоему клубу, обеспечиваем полную безопасность, и вдобавок к этому ты будешь иметь свои проценты от проданного товара.

— От наркоты? — уточнил Рустам.

— Естественно.

Рустам задумался на какое-то мгновение, но отказываться от столь выгодного предложения значило быть полнейшим идиотом, и он утвердительно кивнул головой:

— Согласен.

— Тогда по рукам! — засмеялся довольный Захар и вновь наполнил рюмки.

Выпив, умиротворенный цыган спросил доверительно:

— Сам-то не балуешься этим?

— Дурью?

— Ну.

— Упаси бог!

— Ну и правильно, — одобрил Захар. — А то ваш брат, южане... — И тут же рассмеялся раскатисто: — Правда, сам я, если честно, позволяю себе иногда травки курнуть. Оттягивает!

Рустам безразлично пожал плечами — мол, каждому свое, и вдруг подумал о том, не гонит ли этот цыган чернуху. Ведь если раскинуть мозгами, то главное для него — взять под свою крышу выгодную точку в центре города. А наобещать можно столько...

— Слушай, брат, — повернулся он к Захару. — Документы мои сейчас в мэрии, когда еще разрешение дадут. А подзаработать можно уже сейчас.

Захар вопросительно вскинул брови.

— Я через несколько дней возвращаюсь в Москву, и если у тебя есть приличный товар, то могу предложить его одному моему родственнику в столице. Он ресторанчик небольшой держит, у него известные люди бывают, и если будет стоящий «экстази»...

— Дело говоришь, — пробормотал Захар и в знак согласия опять тряхнул своей львиной гривой. Потом задумчиво пожевал губу, над которой топорщились усы с густой проседью, спросил: — Сколько, говоришь, ты в городе еще пробудешь?

— Дня три. От силы — пять.

— А потом?

— В Москву. Утрясу там кое-что с документами — и обратно.

— Хорошо, — согласился с таким раскладом Захар и проговорил, словно точку поставил: — Тогда сделаем так. Ты мне оставишь свой телефон и адрес, где остановился, и я тебе позвоню, когда подъехать надо будет. Потом и обговорим все как надо. Сам понимаешь — не я один в этом участвую.

И вновь они ударили по рукам и, довольные друг другом, пошли к гостям. Пили и ели много и долго, да так, что Рустам даже забыл про свой «мерседес», но к утру Захар объявил, что тачка уже готова и ждет хозяина. При этом отказался от оплаты, заявив, что это его личный подарок «будущему компаньону».

Рустам терпеливо ждал два дня, боясь спугнуть удачу. И вот сегодня утром телефонный звонок все же раздался. Звонил сам Захар. Сказал, что будет ждать его в два часа дня.

Рустам бросил взгляд на часы. До двух осталось пятнадцать минут. Еще один светофор на перекрестке, и он будет на месте. Невольно посмотрел в зеркальце. Хорошо! Все пока шло как надо.

В знакомой уже комнатушке офиса с одним окном, которую хозяин мастерской отвел под свой кабинет, кроме Захара сидел еще один цыган, молодой, с изрытым оспинками лицом и чем-то похожий на тридцатилетнего Николая Сличенко.

— Знакомьтесь, — представил его Захар, когда обнялся с гостем: — Золтан.

Рустам пожал довольно крепкую ладонь и невольно поежился от пронзительного и в то же время стремительного взгляда, который Золтан сумел спрятать за радушной улыбкой разухабистого цыгана, — ему, дескать, и жизнь не в радость, когда нет с собой подружки-гитары.

Видимо почувствовав какую-то неловкость, а может, из-за того, что опыта не было в таком деле, как наркоторговля, Захар покосился на гостей, которые были, пожалуй, одногодками, крякнул и достал из шкафчика початую бутылку коньяка с рюмками.

— Может, за знакомство? — потирая руки и пряча улыбку в усах, предложил он.

Рустам пожал плечами, что могло означать и полное согласие, и наоборот, но Золтан неожиданно нахмурился и жестом остановил хлебосольного хозяина.

— Сначала дело, — негромко произнес он, и Захар тут же послушался его, сдвинув бутылку с рюмками на край стола.

«Однако», — хмыкнул про себя Рустам, отметив повелительные нотки в бархатном баритоне Золтана. Да и то, как всесильный хозяин мастерской подчинился этому молодому цыгану, тоже говорило о многом. Судя по всему, именно уверенный в себе Золтан и был тем самым оптовиком, через которого наркота поступала в этот проклятый город. И даже если это было не так — все равно Золтан был далеко не последним лицом в сложной иерархической лестнице этого черномазого, бродячего племени, раз в силу каких-то обстоятельств ему должен был подчиняться даже такой человек, как Захар. Во всем этом еще предстояло разобраться. Но вот в том, что Золтан напрямую связан с наркотой, которая потеснила азербайджанскую «лошадку», у Рустама сомнений не оставалось вовсе.

Однако надо было продолжать играть свою роль, и он только улыбнулся, добродушно разведя руками.

— Как скажете, братья.

Но, видимо, решив, что улыбок, пожалуй, хватит, тут же посерьезнел лицом и добавил, уже обращаясь к одному Золтану:

— Надеюсь, Захар тебе все рассказал обо мне?

Тот кивнул головой, и прядь черных как смоль волос упала на смуглый лоб.

— Да.

И опять Рустам невольно хмыкнул про себя, вспоминая хвост — василькового цвета «Жигули», которые таскались за ним по всему городу. Захар-то рассказал, да только оптовик, которому требовались дополнительные каналы сбыта продукции, решил сам проверить чистоту и надежность нового клиента, и как результат... За этим коротким «да» Золтана крылось так много, что у Рустама даже екнуло внутри, стоило ему представить себе даже малейший прокол в легенде, согласно которой он оказался в этом городе. Еще по московским разборкам он знал, насколько страшной была кончина тех, кто пытался перейти дорогу конкурирующей группировке. Пытки, а потом обезглавленный труп на какой-нибудь лесосеке.

Чтобы освободиться от всех этих мыслей, которые могли, не дай бог, накликать беду, он моментально собрался и поднял на Золтана спокойный взгляд уверенного в себе человека.

— Тогда ближе к делу.

Разговор был профессионально-короткий и чисто деловой. Говорил в основном Золтан, упирая на ту информацию по Рустаму, которую поимел от Захара. И в конце внес предложение: если, мол, их новый знакомый действительно обладает возможностью выгодно толкнуть в Москве партию приличных наркотиков, то он, Золтан, мог бы предложить ему высококачественные «экстази», причем по довольно выгодной цене — пятнадцать баксов за таблетку. Каждая таблетка — 0,53 грамма. Насколько Золтану известно, в столичных ночных клубах и на дискотеках такие колеса идут по пятьдесят — шестьдесят зеленых за штуку, но те гораздо хуже по качеству, и если постоянные клиенты раскушают...

— Полный астрал, эйфория и галлюцинация, — заверил Золтан. — К тому же почти стопроцентное привыкание. А это, сам понимаешь, уже постоянная клиентура и серьезный навар.

И снова какой-то тревожный звоночек звякнул у Рустама внутри. Не ловушка ли? Уж как-то слишком легко и быстро вышел он сначала на торговца, теперь вот на оптовика, и оптовик вот-вот выведет его и на поставщика «экстази»... И эта легкость его тревожила.

«Хотя почему легко? — осаживал он свою тревогу. — Ни хрена себе легко! Надо было заранее вызнать про цыган и ихнего обожаемого Захара, вложить хер знает сколько денег в разработку легенды беженца из Карабаха, припереться за тысячи верст в эту тмутаракань. Легко...»

— Хорошо, — согласился с ним Рустам и тут же задал вполне естественный вопрос: — А если сбросить цену? Скажем, до двенадцати баксов?

Золтан отрицательно покачал головой и произнес, как нечто давным-давно решенное:

— Нет. Только по пятнадцать! Можешь считать, что я и так продешевил. — Он неожиданно засмеялся. — Можешь считать, что это из уважения к тебе. Все-таки свое дело будешь иметь в нашем городе. Ресторан! Смотришь, и понадобимся когда-нибудь друг другу.

Так же улыбнувшись, Рустам с сожалением развел руками — ну что ж, мол, на нет и суда нет.

— Сколько всего можешь предложить? — чуть погодя спросил он.

Золтан пожал плечами, перекинулся с хозяином офиса взглядами и как-то очень по-детски почесал в затылке.

— А сколько надо? Сотню, тысячу?

Рустам опешил на какую-то секунду и вдруг почувствовал, как нервным тиком дернулась щека. Он уже догадывался, что эти проклятые цыгане обладают большими возможностями в распространении «экстази», но чтобы эти возможности были неограниченными... Нечто подобное было, когда по заказу его земляков московские студенты-химики вывели формулу и произвели в доморощенной лаборатории сильнодействующий наркотик, прозванный «белым китайцем». Но это был порошок. Его надо было с величайшей осторожностью делить на дозы и только после этого вливать в себя. А здесь же!..

— Можно товар посмотреть? — спросил Рустам.

— И не только посмотреть, — как о чем-то само собой разумеющемся, хмыкнул Золтан. — Если желаешь — можешь и кайфануть на пробу.

С этими словами он достал из нагрудного кармана спичечный коробок, открыл его, и Рустам увидел десяток маленьких таблеточек, мирно лежавших на донышке коробка.

«Шестьсот баксов!» — невольно подумал он и аккуратно достал одну таблетку. И еще подумал о том, что если только это действительно «экстази», то по российским законам только наличие наркотиков такого типа приводит к возбуждению уголовного дела. Причем за любое количество препарата! А здесь же... И этот цыган, чем-то похожий на известного актера, свободно ходящий по городу, рассыпает перед ним горсть таблеток...

«Аллах всемогущий! Кто же за ним может стоять?»

Рустам покрутил перед глазами таблетку, лизнул ее языком и вопросительно уставился на Золтана.

— А почему зайчика нет?

Цыган усмехнулся. На тех таблетках «экстази»,

которые поступают в Россию из Западной Европы, действительно существуют вдавленные рисунки зайчика, торгового знака «Мерседес», а то и вовсе серпа и молота, и об этом спрашивают все, кто знает. Мол, не туфта ли? И Золтан ответил то же, что говорил всем:

— А ты что, хочешь, чтобы я с собой обвинительный приговор таскал? — И добавил: — Теперь умные люди без зайцев обходятся.

— Логично, — легко согласился Рустам.

Задержи, скажем, совершенно случайно милиция того же Золтана и обнаружь у него эти таблетки, он всегда может сказать, что это лекарство от давления или головной боли. Ведь не потащат же они их в лабораторию, чтобы анализ сделать!

— И все-таки, — сказал он, — мне нужна гарантия. Тем более что я возьму штук двести. На первый раз, конечно.

Золтан вскинул на Рустама недоуменный взгляд, повернулся к Захару.

— Слушай, или я чего-то не понимаю, или он не врубается. Я же ему русским языком говорю: бери на выбор таблетку и слови дома полный кайф. Понравится — бери партию. Не понравится...

— Не ширяется он и колесами не балуется, — пояснил молчавший до этого Захар.

— Тогда придется на слово поверить, — как-то очень просто и буднично сказал Золтан. — Если мне не веришь — Захар гарантией будет.

Рустам посмотрел на Захара. Тот пожал своими широченными покатыми плечами и утвердительно тряхнул своей роскошной гривой.

— Бери, парень. Не прогадаешь.

Договорившись о месте и часе передачи наркоты и денег, ударили по рукам, и Захар смог наконец-то наполнить рюмки коньяком. Когда выпили по первой и хозяин мастерской разлил по второй, Рустам спросил, кисло улыбнувшись:

— Слушай, а меня никто из ваших не тормознет на дороге? Все-таки десять тысяч баксов по розничным ценам повезу.

— Мудак! — беззлобно и даже не обидевшись отозвался Золтан. — Стану я из-за такой мелочи мараться, когда я на тебе в сто раз больше денег сделаю.

Когда Рустам вечером приехал домой и завалился в постель, он вновь вспомнил об этой фразе. «В сто раз...». И если этот цыган не врет, а он не врал, то какой же мощности поток «экстази» вливается в этот город, что обыкновенный оптовик может настолько свободно и легко распоряжаться им?!

Об этом даже страшно было подумать.

И теперь становилось понятным, почему столь низкой была розничная цена этих проклятых таблеток. Производители, крупные оптовики и вся остальная шушера, занимающаяся сбытом «экстази», составляли единую команду, которая играла на одном поле и по строгим правилам. По правилам, установленным на вершине этой пирамиды. Располагая практически неограниченным количеством «экстази», они без особого напряга поперли из города азербайджанскую «лошадку», одновременно приручая наркоманов к своей наркоте, которая и качеством была лучше, и ценою дешевле.

Размышляя обо всем этом, Рустам пришел к выводу, что паханы, которые держали в своих руках основной поток «экстази», уже завоевали город с областью и теперь пытаются выйти на крупные российские города, в частности на Москву. Те двести таблеток, предложенные ему Золтаном, будут пробным камнем, вброшенным на столичный рынок.

Хорошо, что они нарвались именно на него, а если бы сами вышли на белокаменную?..

От этой мысли его пробрал невольный озноб, и он даже подумал, не сдать ли московским сыскарям этих двух цыган, чтобы самому не мараться с ними, но тут же осадил разбушевавшуюся фантазию. Уж кто-кто, а он-то прекрасно знал, чем кончится эта подставка. Если даже оперативники сыграют очень чисто, то самой крупной рыбой среди арестованных окажутся Золтан с Захаром, да и то в этом не было особой уверенности. Что же касается поставщиков и крупных оптовиков, через которых наркота попадает к цыганам для дальнейшего распространения, то те останутся на свободе и вскоре найдут новые каналы сбыта.

У него же была совершенно другая задача: попытаться выйти на поставщиков, чтобы затем нейтрализовать их или, если это удастся, заставить работать на себя.

Понимая, что от всех этих горячих мыслей уже не заснуть, Рустам поднялся с кровати и, не зажигая света, осторожно выглянул в окно. Приметной «восьмерки», которая парковалась обычно на углу дома, на этот раз не было видно, и он облегченно вздохнул. Значит, ему поверили окончательно и сняли хвост, который все эти дни таскался за ним по городу. Это было хорошо. Очень хорошо! До отъезда в Москву, где он должен будет доложить не только о результатах своей командировки, но и принять решение по таблеткам «экстази», ему необходимо было встретиться с человеком из областного Управления ФСБ и влиятельным чиновником мэрии, отвечавшим за работу городских рынков. За услуги, которые эти двое оказывали землякам Рустама, им платили зелеными, и как раз теперь был тот случай, когда требовалась их помощь. В российской столице давно уже шла кампания по легализации продажи легких наркотиков, и вот пришла пора более активно включить в это дело и российскую глубинку. Аргументы сторонников такой легализации были более чем просты: запрет на мягкий наркотик подхлестывает спрос на сильнодействующие психогенные препараты вроде героина, крэка, кокаина и далее по бесконечному списку, в который, естественно, входил «экстази». И если бы это удалось, то сотни земляков Рустама открыто выставили бы на своих прилавках не только помидоры да бананы с мандаринами, но и марихуану с гашишем, которые изготовляют из индийской конопли и которые давно уже поставляются в Россию.

4

Прозвучал звонок отбоя, дежурный притушил свет, и в карантинной секции наступила тревожная тишина, прерываемая тяжелыми вздохами, бессвязным бормотанием засыпающих людей да тошнотворным скрипом продавленных панцирных сеток. Эта ночь должна быть последней на карантине. И что ждет их там, в отрядах, где совершенно другие нравы, порядки и законы, — об этом пока не знал никто.

Закинув руки за голову, Антон смотрел на серую от пыли лампочку под потолком, казавшуюся тусклым размытым пятном, и в сотый, если не в тысячный раз пытался проанализировать ту оперативную информацию, которой владела Москва, когда было принято решение о его внедрении в «пятерку». Вернее, это была даже не чистая информация, а умозрительные заключения, основанные на статье отчаянного журналиста, его трагической смерти и той волне сильнодействующего наркотика, которая накрыла собой уже не только сам город, но и область, стала потихоньку проникать в сопредельные губернии. Когда в Москву доставили несколько таблеток этого наркотика и положили на стол экспертам ФСБ, то выяснилось, что это — метаквалон, причем очень высокого класса. И еще одна тонкость: этот наркотик, вызывающий сильные галлюцинации, был изготовлен непромышленным способом. Эксперты также уточнили, что раньше метаквалон в России не выявлялся.

Встал вопрос: где в областном центре могли производить столь сильнодействующий первоклассный наркотик, причем в громадных количествах? Последняя статья трагически погибшего журналиста подсказывала адрес: зона. И это было похоже на правду. В городе кроме колонии строгого режима номер пять, которую местные жители называли «пятеркой», существовала еще и «шестерка», расположенная на территории химкомбината. Кто и когда из высокопоставленного начальства догадался поставить под трубами комбината нары туберкулезных зэков — было покрыто мраком, но факт оставался фактом: на территории комбината находилась межобластная больница для заключенных, откуда чаще вывозили ногами вперед, нежели выпускали со справкой об освобождении.

В Москве решили, что если метаквалон производится где-то за колючей проволокой, то скорее всего стать его поставщиком могла именно «шестерка». Там было все необходимое для этого оборудование, да и в опустевших от безработицы лабораториях можно было творить любые опыты. Сам комбинат работал на тридцать процентов от проектной мощности. А может, и того меньше.

Правда, тут же встал другой вопрос: если это так, то кому по силам оказалось вывести архисложную формулу метаквалона и тем более наладить его производство? Кому-то из местных алхимиков, решивших удариться в этот бизнес? Несерьезно. Вспомнили о студентах и аспирантах МГУ и Российского химико-технологического университета, которых арестовали незадолго до этого за подпольное производство «белого китайца». Почему не допустить возможность, что кто-то по недомыслию, а может, и по прямому сговору отправил кого-нибудь из этих химиков отбывать срок наказания именно в «шестерку». Но и здесь получился полный облом: в списках осужденных, которые маялись на территории межобластной больницы, вдыхая выбросы химкомбината, не было не то чтобы химиков-органиков, но даже людей с высшим образованием.

И все-таки наркота заполоняла город!

Антон знал, что сыскари из областного уголовного розыска тоже не сидят без дела и ведут собственную оперативную разработку, внедрив в спецконтингент «шестерки» своего секретного сотрудника; Антон должен был подстраховать его, находясь в «пятерке», но пока что результаты у местных по всем параметрам были нулевые. Если, конечно, не считать отлова розничных сбытчиков и мелких оптовиков, торговавших «лошадкой»; нити от них тянулись к посланцам солнечного юга, надежно осевшим в городе, и далее — в Азербайджан.

А Президент и возмущенная общественность требовали «найти, обезвредить и сурово наказать».

Тяжело вздохнув, Антон вытащил руки из-под головы и хотел уж было закрыть глаза, как вдруг раздался свистящий шепот соседа:

— Седой, что мне делать?

Антон закрыл глаза — даже не оборачиваясь на голос, он знал, что его сосед так же, как и он, лежит на своей койке с продавленной сеткой и, уставившись немигающим взглядом в потолок, ждет ответа. Впрочем, может, и не ждет. И вопрос этот задан им чисто спонтанно, чтобы только услышать человеческий голос в этой тишине.

— Жить, — устало произнес Антон. И сам удивился своему ответу. Еще совсем недавно он считал, что таких выродков надо расстреливать без суда и следствия, полностью одобряя в душе американский суд Линча, а теперь вот... «Жить».

— Как? — простонал сосед и замолчал надолго. — Ведь завтра по отрядам отправят.

Антон промолчал. Да и что он мог ответить на этот вопрос насильника, для которого завтра начнутся страшные дни испытаний длиною в десять лет?

И чем были для этого амурика[1] те несколько месяцев, которые он провел в следственном изоляторе? Преддверием ада, в который превратится для него эта зона?

Антон и сам не знал, с чего это вдруг открылся ему на этапе сорокалетний любитель несовершеннолетних девочек, — то ли хотел выплеснуть наболевшее, то ли искал защиты под крылом более сильного человека, который не претендовал на его измочаленную задницу, но Антон едва сдержал себя, чтобы не размазать эту гниду по черному от грязи, захарканному кровью полу. У него тоже была несовершеннолетняя дочь, которую жена забрала с собой при разводе, и у нее тоже мог быть точно такой же козел-отчим, распустивший слюни при виде пухлых, совсем еще детских ягодиц школьницы-подростка. Однако тюремная школа все же не прошла даром: сумел-таки Антон сдержать себя и молча выслушал рассказ-исповедь этого человека с редким именем — Мартын.

---

[1] Амурик — человек, осужденный за изнасилование несовершеннолетней.

Не судите, да не судимы будете!

Пожалуй, только здесь, на зоне, Антон стал по-настоящему понимать Евангелие, которое сначала просто перелистал, а потом вновь вернулся к нему, подчеркивая отдельные места и пытаясь понять истинный смысл этой великой книги.

...Сокамерники по следственному изолятору, куда доставили Мартына, заставили вновь прибывшего сидельца рассказать о том, что его сюда привело. Таков был порядок. Тем более что камера была маленькая, всего лишь на пятнадцать человек. Слушали молча, никто не издал ни звука. Ни слова осуждения, ни одобрения или тем более восхищения. Словно находясь под гипнотическим воздействием, Мартын подробно рассказывал, как он познакомился с разведенной женщиной, у которой была дочь-шестиклассница, как не мог спать ночами, вспоминая случайно увиденный детский лобок, покрытый легким пушком, и острые соски формирующихся грудей. А потом, когда он уже окончательно переселился к этой женщине, все это превратилось в сплошной кошмар, и однажды...

В тот день мать девочки вернулась домой чуть раньше обычного и, когда открыла дверь своим ключом, увидела страшную картину. На полу валялись сорванные с девочки трусики, тут же легкий халатик, а сам Мартын, задрав ей маечку и широко раздвинув ноги, равномерно двигал обнаженной белой задницей, входя в детскую плоть. Простыня была измазана кровью, а детский крик заглушал орущий магнитофон.

Бесстрастно рассказывая свою историю, Мартын вдруг понял, что как бы перестал существовать для своих сокамерников. Ему стало страшно — он до судорог, до смертного пота боялся сейчас не того будущего наказания, которое должен был определить ему судья, а этих вот мужиков, сокамерников, у многих из которых дома тоже остались несовершеннолетние дети. Он замолчал, а вечером, устроившись на указанном ему месте, забылся тревожным сном.

Проснулся от удара ногой в живот. Острая боль заставила сжаться в комок, но следующий удар швырнул его на пол. Несколько человек навалились сверху, кто-то заломил руки за спину, связал их простыней.

Били только ногами. Иногда, видимо для разнообразия, поднимали обмякшее тело на высоту плеч и затем резко бросали. Тело шмякалось на цементный пол, а лицо все больше и больше превращалось в кровавую маску.

Потом наступило самое страшное.

Мартын еще находился в беспамятном состоянии, когда его оттащили в дальний угол, поставили раком, сунув окровавленной мордой в нары, стащили штаны и стали насиловать. По очереди. Все пятнадцать сокамерников, подписав тем самым свой собственный приговор, который обрекал его на ежедневные, ежеминутные унижения и на дальнейшее существование, которое с большой натяжкой можно было назвать человеческой жизнью.

— Сопротивляться пытался? — спросил тогда

Антон. Ему противен был этот мужичишка, и в то же время он понимал, что надо хоть какими-то словами поддержать его. Было видно, что мужик сломался, давным-давно раскаялся и будет впредь за десять верст обходить каждую девчонку, но... Это было очень сложное чувство: отвращения, ненависти и жалости в одно и то же время. Не судите, да не судимы будете!

— О чем ты? — усмехнулся Мартын, и страдальческая мина исказила его лицо.

— А администрация СИЗО знала?

— Думаю, дежурные контролеры догадывались. А жаловаться... нет, сам я не жаловался... Меня же сразу предупредили, что если кому из начальства вякну, то... — И опять он усмехнулся горькой усмешкой. — Меня-то предупредили, а сами... Уже наутро весь изолятор знал, что я опущенный, мастевый[1]. Но мало этого, так мне еще и ребра ночью сломали. Боль страшенная, меня в санчасть перевели. Ну, врачи допытываться сразу стали — что, да как, да откуда такой перелом? Можно было бы, конечно, и признаться, но этого стука изолятор мне бы не простил, так что пришлось врать, что с нар, мол, упал.

Вспоминая этот рассказ-исповедь, Антон невольно, сам того не желая, сочувствовал Мартыну. Мало того, что он превратился теперь в опущенного, имя которому козел, петух, пидер и много еще других — зэки тут на редкость изобретательны, —

---

[1] Мастевые, мастяшки — общее название минетчиков, гомосексуалистов, лесбиянок и пр.

он стал к тому же и зачумленным, парией, жизни которого на зоне не позавидуешь. В столовой он будет сидеть за отдельным столом, на котором громоздится груда грязных полупустых бачков; он будет подъедать остатки за другими, а в баню ходить последним, с такими же бедолагами, как он сам, используя для мытья только помеченные шайки. И все десять лет, которые отмерены судом этому любителю детских сосков и несформировавшейся плоти, его и других таких, как он, опущенных, будет отделять от остальных заключенных незримая черта.

Причем страшнее всего будет в бараке.

После смены все будут лежать на койках, а он бессменной поломойкой будет ползать между ними, вышкрябывая пол. Кто-то от скуки плюнет ему в лицо, кто-то высморкается ему на голову, кто-то навалит кучу дерьма в сортире, а его пошлют убирать. Да разве может он представить себе сейчас, что ждет его на зоне после карантина? В СИЗО рассказывали, что есть настоящие садисты, которым унизить человека — все равно что королевского чифира глотнуть. Кайф! А уж что касается опущенных, то здесь над ними изгаляться, как говорится, сам бог велел.

Опущенный... Пожалуй, нет на зоне слова страшнее, чем это. Опущенный. Проклятие на все годы, что отпустил тебе прокурор.

Изгои среди изгнанных из общества, они терпят такие унижения и обиды, которые не могут присниться на воле и в страшном сне. «Ты - опущенный! Делай, что прикажут. Настучишь — пеняй на себя». Эти нехитрые правила им объясняют в первые же дни пребывания на зоне. Объясняют такие же изгои, как они, только имеющие больший стаж.

Да что там зона! Им и в камере СИЗО не сладко.

С невольным воспоминанием об опущенных, которые ждали своего суда в следственном изоляторе, но которым уже вынесли свой собственный приговор блатные, в памяти Антона вдруг всплыли заплаканные лица этих несчастных. Чаще всего они плакали по ночам, уткнувшись в подушки, и только плечи содрогались в рыданиях. Плакали от непомерной жалости к себе, припоминая многочисленные обиды сокамерников. «Подай!», «Принеси!» А вместо «спасибо» — увесистый пинок под зад. Это днем. А вечером, когда основная масса сокамерников заваливалась на свои шконки...

Тот же отморозок Верченый этаким чертом подскакивал к намеченной жертве, затаскивал его в полутемный угол и, заставив спустить штаны, прилипал сзади, похрюкивая от удовольствия. Он был первым. За ним выстраивалась очередь из его шестерок, а он уже зубоскалил, кривляясь:

— Братва, предлагаю новую девочку. Зовут — Жека. А попочка какая... Пэрсик! — И вдруг ржал на всю камеру: — Седой, не желаешь с девственностью своей проститься?

Антон опущенными брезговал и в то же время чувствовал к ним какое-то сострадание. Сострадание и брезгливую жалость. И в то же время его удивляли слезы этих несчастных. Они не были похожи на мужские слезы раскаивающихся или страдающих мужиков. У тех опущенных, которые смирились со своей участью, они мгновенно высыхали. А скорбное выражение на лице заменяла подобострастная, заискивающая улыбка. И это было еще противней.

Антону рассказывали, что именно опущенные больше всего лютуют во время массовых беспорядков в колониях. И это было понятно. Обиды, страшные унижения и нечеловеческие оскорбления, копящиеся в них годами, трансформируются в ярость, и клич закоперщиков бросает их на заборы локальных зон и участков, кидает на колючку внешнего заграждения. Представляя себе этот бунт изгоев, Антон почти видел, как прорвавшаяся злоба, желание отомстить за годы унижения застилают им разум, побуждают к разрушению всего и вся. Одним словом, опущенные.

С этими невеселыми мыслями о нравах зоны, с которыми ему теперь предстояло встретиться лицом к лицу, Антон и заснул незаметно. Однако проснулся не от звонка побудки, чем-то похожего на лай ощенившейся суки, а от дикого крика дежурного, который стоял в проходе между койками и, раззявив пасть, орал, тыкая рукой в сторону Мартына:

— Повесился, сука!! Пидер повесился!

Еще не осознав до конца страшного смысла этих слов, Антон рывком соскочил с койки и сунулся к Мартыну. Однако то, что он увидел, заставило его отшатнуться назад и ошалело опуститься на скрипнувшую под ним панцирную сетку.

...Мартын удавился на спинке кровати, связав

себе петлю из разорванной простыни. Сделал он это, видимо, еще глубокой ночью, когда окончательно заснул Антон и карантинная секция погрузилась в храпящую, бессвязно мычащую, вздрагивающую от ночных кошмаров темноту. Давно ли он вынашивал эту мысль или решение это пришло с надвигающимся страхом будущих кошмаров, — Антон не знал. Впрочем, это не так уж было и важно. Страшно другое. На старой панцирной сетке, застланной грязным, продранным матрасом, лежало теплое еще, вытянутое тело сорокалетнего здорового мужика, грязные голые ступни которого как бы упирались в спинку солдатской койки, у противоположной спинки, на фоне блеклой стены, безвольно свисала голова несчастного. И если бы не посеревшее лицо с выпавшим языком, который казался почему-то необыкновенно толстым и огромным, да мертвые глаза, можно было бы подумать, что этот бедолага...

— О, дьявол! — пробормотал Антон. В свои тридцать семь лет, из которых он почти половину отдал работе в бывшем КГБ и нынешнем ФСБ, он навидался самых разных смертей — столько, что их с лихвой хватило бы на пару десятков нормальных человеческих жизней, но то, что он видел сейчас...

А вокруг молчаливой, насупившейся толпой уже сгрудились проснувшиеся зэки, и кто-то проговорил негромко:

— Не вынесла, значит, душа издевательств.

— Каких, сука, издевательств? — подскочил к говорившему дежурный. — Ты хоть понимаешь, о чем, дуболом, базлаешь? Соображай тыквой-то своей! Пидер... козел поганый повесился! А главное — в мое дежурство, блядь сраная! Теперь к Государеву Оку да в оперчасть затаскают. О, бля-я-я...

И вдруг он крутанулся к угрюмо насупившимся зэкам.

— А вы что? Думаете так просто отмазаться? Хера! Это ЧП!! Карантинник сам на себя лапы наложил! Ох, с-сука, пидер македонский!.. — вновь заголосил он.

А по гулкому коридору карантинной секции уже стучали подкованные ботинки ваньков, и зэки невольно сжались в ожидании близкой расправы. Каждый из них почему-то думал, что и его доля вины есть в том, что удавился на своей собственной простынке этот несчастный.

Не судите, да не судимы будете.

Однако никто никуда никого не таскал, а просто каждому из них задали парочку ничего не значащих вопросов и посоветовали забыть про этот случай, будто и не было с ними никогда никакого Мартына. Насколько понял Антон, администрация этой колонии вообще с необыкновенной легкостью относилась ко всякого рода ЧП и нарушениям. Взять хотя бы тот же факт мародерства, когда в прибывающих этапах начал наводить свой личный шмон франтоватый Левчик. Или самоубийство этого несчастного мужика. Что это: новейшая методика «перевоспитания» или же полнейшее «наплевать» со стороны начальства на то, что творится в зоне? А в то же время на воле «пятерка» была на хорошем счету. По крайней мере, так информировали Антона.

Впрочем, долго думать обо всем этом не было ни времени, ни желания, тем более что Антона в тот же день перевели из карантинной секции во второй отряд и для него тоже начиналась новая жизнь. Надо было думать не только о том, как поставить себя в отряде, чтобы за человека, а не за говно считали, но и начинать работать по операции «Пушер». Его личные переживания мало кого волновали в Москве.

Теперь ему надо было как можно быстрее перевестись в «шестерку». Однако чтобы попасть в межобластную больницу, надо было или серьезно заболеть, или получить финку в бок — если, конечно, при этом жив останешься. Проинструктированный врачами-специалистами ФСБ, он мог свободно вызвать у себя гипертонический криз или симулировать какое-нибудь сердечно-сосудистое заболевание, вплоть до инфаркта, да и вызвать драку с поножовщиной тоже не было особой проблемой, но, познав на пересылке, на этапе, а потом и в карантинной секции первые законы зоны, Антон понимал, что сначала надо утвердиться, показать свое лицо в «пятерке», а затем уже перебираться дальше. У него не шла из головы та скоротечная стычка с Левчиком, и надо было ждать ее логического развития и конца. То, что этот блатной придурок, корчивший из себя лагерного авторитета, не простил ему своего прилюдного позора, — это факт, и слиняй сейчас Антон на больничную койку в шестую колонию, даже с самым тяжелым и серьезным диагнозом, все воспримут это как трусливое бегство, и та же братва в «шестерке» найдет способ, как посадить его задницей на кол.

Понимая все это, Антон день за днем, час за часом обживался на зоне, то и дело припоминая народную мудрость, что от сумы да от тюрьмы нельзя зарекаться. В каждой колонии были свои порядки, что же касается «пятерки», то здесь первые недели пребывания в отряде новички-первоходки «стажировались» с метлами в руках, до блеска вылизывая территорию зоны. Работа хоть и пыльная, да не противная, к тому же была возможность пообщаться с зэками из других отрядов.

Антона поставили на ответственный участок — на центральную площадь, где шло общелагерное построение.

Ему рассказали, что раньше тут была масса досок передовиков, отличников и ударников производства, а с фанерных щитов смотрели фотографии зэков, на которых надо равняться. Когда Антон попробовал было усомниться в этом, то начальник второго отряда капитан внутренних войск Левчук доходчиво и в то же время очень спокойно объяснил ему, что «не хера зубы ржать, их и выбить могут». Что же касается «пятерки», то она хоть и не институт благородных девиц, но в старые, социалистические времена и здесь отбывали срок такие, на кого можно было равняться остальным.

Антон на это небольшое словесное внушение только вытянул руки по швам, исподволь присматриваясь к капитану. Мужик как мужик, если не считать, конечно, его чисто хохлацкого происхождения. Пожалуй, того же возраста, что и Крымов, но из-за вечно багрового, мясистого лица, на котором тускло поблескивали щелочки глубоко запавших глаз, ему можно было дать и все пятьдесят. И если Государево Око был ухожен, чист и подтянут, то Левчук являлся прямой противоположностью майору. Засаленный китель с не менее замызганными погонами, давно не глаженные брюки с пузырящимися, пропитанными грязью и потом коленками и вечно не чищенные туфли на толстенной подошве. Общую картину дополнял страшенный перегар, который он выдыхал на зэков своего отряда.

Впрочем, на все это мало кто обращал внимание, и отрядники относились к Левчуку, как к вполне нормальной, но вконец опустившейся матери-пропойце, которую надо терпеть и создавать хотя бы видимость почитания. А то могут и заменить ее, прислав чистенькую, но злющую сучку-мачеху.

Долгое время Антон не мог понять, с чего бы можно было так опуститься, но потом ему рассказали, что «поначалу начальник как начальник был, но потом жена с кем-то из контролеров сбляднула и еще в девяностом с детьми на Украину уехала. Вот и запил мужик. А тут еще перестройка подобралась, в общем...» Антону это было понятно — сам недавно был в подобном положении. Правда, его жена ни с кем из сослуживцев флиртовать не собиралась, да и из Москвы не уезжала, но когда он запил, то вообще чуть ли не в бомжа московского превратился. Так что осуждать Левчука за вечно похмельную морду он не имел ни права, ни желания. Да и работенка у мужика была не сахар. Если его отрядники хоть через десять лет, но все же освобождались, то он здесь был прописан до конца своей службы. Как говорится, двадцать пять лет без права побега.

А начальнику второго отряда до выхода на заслуженный пенсион оставалось еще ох как много! Но если раньше, при социализме он вывешивал на отрядных стендах всяких там ударников производства, то теперь... Нынче все это стало немодно, и из стендов с фотографиями на центральном плацу сохранился лишь один — «Склонные к побегу». Впрочем, недобро глядящие с этого стенда физиономии воспринимались заключенными тоже как своего рода герои, достойные почета: крутые.

Антон уже успел узнать от отрядников, что в прежние времена здесь и плакатов было невпроворот. Причем всяких-разных. А нынче... Даже знаменитый «На свободу с чистой совестью!» убрали. Правда, один все же оставили. Самый большой, тот, который больше всего нравился самим зэкам. Это будто для них Маяковский написал в свое время, а кто-то из офицеров-умников умудрился вывести эти слова огромными черными буквами на красном полотнище: «Не опаздывай ни на минуту, злостных — вон! Минуты сложатся, убытков — миллион!»

Опаздывать зэку было некуда и неоткуда, а несбыточная угроза «Злостных — вон!» каждому радовала душу.

Впрочем, и радовала — тоже не каждому. На

глазах Антона из колонии выталкивали отсидевшего завсегдатая, так прятался мужик, упирался. Кричал, что для него второй отряд — «дом родной». Но более всего в «пятерке» любили вспоминать уголовника, сидевшего за кражи почти всю свою жизнь. Причем при всех властях. И вот когда его, семидесятичетырехлетнего, выпустили в очередной раз, он упал в ноги Государеву Оку, потом приполз к начальнику колонии, подполковнику Цареву, и взмолился, бедолага: «Не хочу на волю. Тут меня уважают, тут моя жизнь. А что старому на воле делать? Сплошная обуза!» Может быть, и смилостивился бы барин, так ведь старик и на зоне обуза. Тем более в нынешние времена.

В общем, списалось лагерное начальство с дочерью этого бедолаги, и она приехала встречать его с мужем и двумя сыновьями, то есть внуками вора. Говорят, купили старику фирмовый дембельский костюм под стать белой бороде и приличные колеса. Короче говоря, проводили. И вдруг через несколько месяцев он снова объявляется на зоне.

— Какими судьбами, дед? — оторопел Царев.

А тот ему в ответ радостно:

— Я ж говорил, гражданин начальник, что вернусь, вот и вернулся.

А потом узнали, что лагерный дедуля на первом же вокзале, когда дочка с внуком и мужем отошли за билетами, демонстративно спер чемодан.

Приняли его, естественно, как родного. Занял он почетное место в секции для престарелых, но после этого в «пятерке» стал ходить свой собственный любимый анекдот: «Мужики! На свободе полный беспредел! Лучше пересидим здесь!..»

Антон поначалу думал, что на волю не очень-то спешат только немощные старики, для которых воля что мачеха злая, но вскоре узнал, что это далеко не так. Не очень торопились на волю и маститые тюремные воры, проведшие в заключении чуть ли не всю жизнь. Тюрьма для таких что дом родной. И это без преувеличения. А в доме кто нужен? Хозяин! Вот они и хозяйствовали по колониям да по тюрьмам. Такой тюремный вор может объявить целую камеру, тюрьму, а то и колонию блядской, и никто не сумеет снять этой печати. Начальство колонии не будет спать ночами, вскакивая по тревоге, оправдываться перед различными комиссиями, проклиная все на свете, и когда к ним придет очередной вор и скажет, что он будет «держать порядок», тот же барин серьезно задумается над этим предложением. Кому нужно, чтобы на зоне были драки или, не дай бог, ограбление ларька? А то ведь и медсестру могут изнасиловать. А вор, который пообещал «держать порядок», этого не допустит.

Как говорится, есть авторитеты, есть воры в законе, а есть и тюремные воры. Выше только Бог... «Пятерку» держал вор в законе по кличке Череп, волю которого и указания исполняла и претворяла в жизнь команда блатных, в которую входил и Левчик. Когда Антон узнал об этом, он только невольно вздохнул и с тоской посмотрел на двойной ряд колючей проволоки, за которой мирно текла совсем другая жизнь. Правда, его немного успокоили, сообщив, что последнее слово здесь держат все-таки барин с Государевым Оком. И если Седому еще не накинули удавку на шею, значит...

Впрочем, что конкретно могло стоять за этим «значит» — никто не знал. Вполне возможно, что Антона невольно спасало сейчас самоубийство несчастного амурика. Со дня на день в колонию должна была нагрянуть комиссия, и ни самому Черепу, ни Государеву Оку с Царевым не нужен был еще один труп, да еще после кровавой разборки.

С тревогой размышляя о капкане, в который он попал, и о задании, в котором не продвинулся ни на йоту, Антон методично работал метлой и слушал разговоры про насущные проблемы «пятерки», которые теперь были и его насущными проблемами.

Оказывается, незадолго до прибытия его этапа здесь побывала какая-то крутая городская комиссия, которая грозилась в случае неуплаты колонией долгов отключить электричество, газ и телефон. Это была наипервейшая проблема всех российских колоний, коснулась она и «пятерки».

— Господа! — взмолился Царев. — Но ведь у меня строгий режим!

— А что значит «строгий»? — спросил кто-то из членов комиссии.

— А то значит, что четверть моего спецконтингента — это убийцы, а оставшиеся семьдесят пять процентов — совершившие тяжкие преступления: изнасилования, грабежи, разбои и всякое другое. Причем многие отсиживают не первый срок.

После этого ответа подобных угроз об отключении электричества уже не поступало.

...Антон махал своей метлой, до блеска вылизывая площадь для построения, и краем уха слушал жалобы офицеров, которые порой даже не замечали его присутствия.

— Скоро, блин, вообще зэков на свои деньги содержать будем, — жаловался какой-то старлей. — Вчера подполковник (это значит Царев) на оперативке сообщил, что положение на грани критического. Спецконтингент надо кормить, а чем? Раньше хоть хлеб с молоком комбинаты в долг отпускали, а теперь — херушки. Про мясокомбинат так и вообще говорить нечего. Уголь по предоплате. А запасов — с гулькин хрен. А что на счету появляется, тут же списывается за газ да электроэнергию.

— А чем ты их кормить-то будешь? — хмуро отозвался лейтенант. — Сиськой своей, что ли? Вспомни лучше, когда ты сам последнюю зарплату получал.

Антон не знал, как выкручивался подполковник Царев со своими хозяйственниками, но в меню у зэков была не только гороховая каша с тушеной капустой, но и рыба случалась, и мясо иной раз перепадало, что же касается картошки, то она со стола вообще не сходила. Ничего подобного Антон не видел ни в СИЗО, ни в пересыльной тюрьме, ни на этапе. Да и более опытные зэки острили незлобиво, что с таким харчем и на курорты не надо ездить.

И Антон всерьез задумывался, откуда у «пятерки» деньги. Хотя вполне возможно, что Царев рассчитывался с совхозами и фермерами собственной продукцией. Хотя в то же время какая уж там сейчас продукция? Так, слезы одни!

Еще недавно зэки областных колоний делали сотни наименований товаров: от электронных плат и узлов до автомобильных стеклоподъемников. Зэки-долгосрочники хвастались порой, что если «пятерка» давала иной раз сбой в производстве, то через пару дней мог остановиться и главный конвейер ЗИЛа. Теперь же картина иная.

От былых заказов остались крохи, да и самим предприятиям нечем колонии платить. Тот же ЗИЛ долгое время расплачивался с «пятеркой» грузовиками да холодильниками. И даже такое было, что однажды зарплату «пятерке» выдали велосипедами. Отбоярились — а там уж твое личное дело, как с этим самым велосипедом поступать. За сколько хочешь, за столько и продавай. Вот и приходилось хозяйственникам обменивать велосипеды на кирпич, кирпич — на сенокосилки и так далее. Короче говоря, часы на трусы, и где-то в конце этой цепочки порой даже удавалось получить деньги. Зэки шутили, что теперь по всей области бегают «ихние» ЗИЛы.

Занятый своим заданием, Антон пока не проявлял особенного стремления вникнуть в тонкости жизнеобеспечения колонии, но понимал, что если, скажем, производство полностью встанет — это одно, а вот если зэки останутся без тепла и света, а система охраны без электричества — это уже совсем другое. Здесь такое начнется, что и представить трудно. И он искренне сочувствовал сетованиям главного энергетика, который маялся в тоске из-за того, что основное производство катастрофически сокращается, а вот работенки у него прибавляется. Напрочь ветшает не только трансформаторная подстанция и котельная, но и вся система сигнализации. И случись вдруг массовый побег, столичная комиссия не будет интересоваться, как он довел свое хозяйство до полной ручки. Им нужен будет очередной стрелочник, козел отпущения — и они его найдут.

Антон мел территорию «пятерки» и порой ставил себя то на место Левчука, то на место Государева Ока или начальника колонии Царева. Как, спрашивается, тому же майору Зосимову требовать с осужденных выполнения распорядка, если они не обеспечены работой? Ведь соблюдение формы одежды и отношение к труду всегда считались важными критериями таких понятий, как «встал на путь исправления», «твердо встал на путь исправления» и в конце концов «доказал исправление». Теперь зэка уже не накажешь за отказ трудиться, наоборот, тот же спецконтингент разводит улыбчиво руками: «Работать готов, гражданин начальник, так что обеспечь-ка мое право честным трудом доказать, что и я встал на путь исправления».

Присматриваясь к своим сотоварищам по отряду, Антон видел, что это проблема даже более серьезная, чем он думал раньше. Из-за отсутствия работы мужиков начинало угнетать однообразие бытия, обыденность и замкнутость в пространстве: перед глазами одни и те же лица, одни и те же стены. Работа давала естественную отдушину, и ее отсутствие требовало какой-то иной разрядки. Результат? Разрядку находили в постоянных конфликтах, драках, нарушениях режима.

Одна сложность тянула за собой другую. Антону рассказали, как Царев, пытаясь решить проблему питания, еще пару лет назад своим личным распоряжением разрешил зэкам внеочередные дополнительные посылки с питанием, сигаретами и прочей разностью. Так что же? Проблему питания эта мера решила лишь наполовину, зато привела к тому, что стало приходить больше и общаковых посылок на подставных лиц, заключенные стали чаще покупать что-то друг у друга, а по зоне пошли гулять огромные наличные деньги.

Теперь Антон доподлинно знал, что в «пятерке» с тех пор и денежный общак вырос чуть ли не в десять раз. Зона зеркально реагировала на все, что происходило за ее пределами, и вполне естественно, что и здесь, как на воле, резко возросла роль денег.

Антону как-то рассказали о случае, который до основания потряс долгожителей пятой колонии, забывших, что такое воля, да и о новых крутых временах слышавших только по телевизору да по радио.

Пришел этой весной свеженький авторитет на отсидку и заявляет барину:

— Начальник, чего тебе нужно? Хочешь миллиард на твой недостроенный фундамент? Хоть завтра, только скажи, со счета в банке получишь.

Еще в Москве проинструктированный специалистами о порядках на зоне, Антон представлял, как все это могло тревожить Царева и его Государево Око. Зэковский общак, в отличие от профсоюзной кассы, как правило, идет на противоправные цели, из которых самая опасная — подкуп должностных лиц. И можно представить себе ситуацию, когда эти должностные лица не получают к тому же и собственного жалованья по два-три месяца. Да и зону теперь охраняют не красноперые, а офицеры и вольнонаемные контрактники, которых на пост надо девять человек, а бюджет выделяет лишь на шесть и три десятых штатных единицы. И тому же подполковнику Цареву, чтобы держать заключенных в пределах зоны, приходится перебрасывать во внешние караулы людей из надзора, то есть изнутри. В зоне, где полторы тысячи заключенных, на ночь остается лишь шесть-семь человек.

Как говорится, комментарии здесь излишни. Можно было только удивляться, как это до сих пор «пятерка» не рванула полным своим составом в бега. И еще Антон удивлялся тому, как это областная администрация допустила совмещение в колонии строгого режима тех, кто шел по первому разу, и воров-рецидивистов, для которых тюрьма что дом родной. Но все оказалось до примитивного просто.

«Энергосбыт» в письменной форме поставил ультиматум: если до такого-то числа колонии не погасят долги, то они отключат газ. Что делать, когда на дворе зима? Вот и пришлось переселить одну зону в другую, то есть сделать из двух одну. Это была крайняя мера, о последствиях которой зэковское начальство старалось не думать. Назвали сселенную зону «пятеркой», барином поставили подполковника Царева, и он каким-то чудом держал ситуацию в руках, наладив поначалу выпуск дешевых алюминиевых ложек, а затем форточных петель, дверных замков и ножей для сенокосилок. Продукцию брали; подполковник умудрился заключить с кем-то договор, и теперь на зону поставляли ивовые прутья, из которых не занятые на основном производстве мужики[1] плели корзины, разномастные кошелки, диковинные детские люльки (под старину) и прочую мутотень.

...Антон уже заканчивал убирать свой участок, когда к нему подбежал отрядный зыза и выдохнул, срываясь на сиплый говорок:

— Седой! Тебя бугор в клубе ждет. Приказал, чтобы одна нога здесь была, а другая там.

— Чего это вдруг? — прекратил махать метлой Антон, с непроизвольной брезгливостью рассматривая вертлявого, наголо остриженного придурка, схлопотавшего на полную катушку за групповое изнасилование какой-то несчастной старухи. Господи, до чего же блатные навострились кликухи и погоняла разные давать. Вот и этот — зыза. Полное ничтожество. В лучшем случае — несобранный, не-

---

[1] Мужик, производственный мужик — добросовестно работающий заключенный; воровской мужик — заключенный, делящийся заработком и частью выработки с ворами за их покровительство.

опрятный, неряшливый человек. Вернее, мерзкий человечишка.

— А я откуда знаю? — позволил себе маленькую вольность зыза. — Приказал, и все! Сказал, чтоб ты бросал свою метлу и двигал к клубу. Уборка там какая-то нужна, что ли...

Хмуро кивнув, Антон положил метлу на плечо и направился в сторону вытянутого одноэтажного строения из красного кирпича, в котором зэкам крутили кино, находилась библиотека, а раньше, говорят, и художественная самодеятельность была. Кто цыганочку мог сбацать, кто анекдоты травил да карточные фокусы показывал, но более всего заключенные любили хоровые спевки да товарища Маяковского декламировать. Сейчас все это дело заменил огромный цветной телевизор, приобретенный «пятеркой» на общаковые деньги.

В принципе, Антону было все равно, где махать метлой, но уж очень не хотелось уходить с ласкового летнего солнышка в дремотный полумрак мрачной каменной постройки, которая пропустила через себя десятки, если не сотни тысяч зэков.

Оставив метлу около дверей и приветственно кивнув дневальному, который сидел на корточках у входа, подставив лицо солнечным лучам, Антон нырнул в затхлую прохладу клуба и остановился недоуменно, не зная, где искать своего бригадира. Он уже слышал, что тот ждать не любит, и не хотел нарываться на лишние неприятности. Покрутил головой, пытаясь сообразить, где его мог ждать бугор, и, услышав голоса в одной из комнат, направился туда. Открыв поддавшуюся дверь, перешагнул порог и... В небольшой комнатушке, заставленной дряхлым реквизитом к какой-то постановке, на колченогом табурете сидел собственной персоной Левчик, а по бокам от него, словно два верных рыцаря, стояли пристяжные, те самые, которых в кровь измочалили остервеневшие от полного беспредела зэки, когда этап Антона прибыл в «пятерку».

Первым желанием Антона было рвануть назад, туда, где ласково грело солнышко и были люди, но он спиной почувствовал, как за ним выросла чья-то фигура, и тут же услышал отвратный скрип закрываемой двери.

«Конец котенку, срать не будет!» — с каким-то безразличием к самому себе подумал Антон и перевел взгляд на огромного бочкообразного зэка, который появился из-за фанерных щитов и начал медленно расстегивать ширинку. Потом вдруг одним рывком стащил с себя штаны и голый предстал перед Антоном, словно античный бог вина и любви Бахус. Правда, вместо нормального человеческого органа у этого дубаря между ног висело нечто похожее на обрубок трубы.

Антон даже содрогнулся от мысли, что этот штатный стеклорез, как здесь величали лагерных насильников, сейчас сунется к нему, и вдруг почувствовал, что у него взмокли подмышки, липким противным потом покрылись ладони. Надо срочно что-то делать, но что!

Защищаясь от предательского удара сзади, он автоматически сделал шаг в сторону и чуть развернулся, чтобы успеть перехватить первый замах. Он ждал этой разборки с Левчиком, ждал все эти дни, что был на карантине, а потом, когда мел квадрат центрального плаца, он даже готовился внутренне к этой разборке, но чтобы так неожиданно...

А в затхлой комнатушке продолжала стоять гнетущая тишина, и только бахусовидный дебил хищно пускал слюни, раскачивая «бабьей радостью».

В следующую секунду Антон вдруг почувствовал, что страх начинает уходить, уступая место заполняющей все его естество какой-то дикой злости, лютой, звериной ненависти. Теперь он мог уже более спокойно оценить свое незавидное положение. Да, он был хорошо тренирован, почти в совершенстве владел не только техникой бокса, родного самбо и карате, но и еще кое-чем из восточных единоборств, но это все хорошо в кино да на тренировочной площадке. А сейчас, когда перед ним стояли четверо молодых, здоровых мужиков, один из которых уже и штаны снял, чтобы поставить его раком, а сзади с удавкой в руках контролировал еще один ублюдок вонючий...

«Господи, пронеси!» — мысленно перекрестился Антон и сделал еще один шаг в сторону, чтобы полностью контролировать заднего.

— Ну шо, шахтер[1], обосрался и слова молвить не можешь? — лениво протянул Левчик, и его красивое лицо исказила гримаса ощерившейся ухмылки. — Ты же знал, мудозвон македонский, шо я до тебя доберусь! А?

---

[1] Шахтер — тяжкое оскорбление у блатных.

Расслабившись в ожидании первого удара, Антон молчал, сторожко следя и за мордатым зэком, который почти заслонил своей спиной входную дверь, и за лагерным фраером, которому нужен был показательный акт отмщения.

— Щас я ему впендюрю и он по-настоящему обосрется! — неожиданно заржал бочкообразный дебил и сделал шаг вперед, поигрывая своими хорхорами.

— Ша! — неожиданно остановил его Левчик. — Щас мы ему введем наркоз, потом сами коллективку устроим, а потом уж, Вася, ты ему скворечник разворотишь. А? — дернулся в сторону Антона Левчик. — Или, может, сначала в кости с ним сыграть, а потом дать вафельки погрызть?

Вполуха слушая зэковские перепевы лагерного фраера, Антон все-таки сообразил, что предлагал этот глумливый баклан хаверный, болтун, возомнивший себя бобром, то бишь авторитетом. Он предлагал сначала оглушить несчастного первохodка, затем поставить его на хор, коллективно изнасиловав, а потом уже отдать стеклорезу Васе, чтобы тот уже напрочь доконал мужика. Так мало этого, он еще предложил сначала выкрошить своему врагу зубы доминошной фишкой и, когда тот, окровавленный, останется без зубов, заставить его отсосать у каждого.

Насколько слышал Антон, это было самым страшным наказанием провинившихся на зоне.

От одной только этой мысли Антона вновь бросило в жаркий пот, и он глубоко вздохнул, осаживая закипающую ярость, чтобы не наломать раньше времени дров.

А Левчик продолжал изгаляться:

— Шо такое? — с блатным придыханием вопрошал он. — Вася, шахтер кажется все-таки обосрался раньше времени. Так что придется подмыть его. Сам знаешь, я этого страсть как не люблю. Помнишь, как ты впендюрил тому чмо из прежнего этапа? Ага, вспомнил. С этим козлом будет так же.

Довольный Вася радостно ржал, мастурбируя свою достопримечательность.

Наконец Левчику надоел словесный понос, а может, и времени не было, чтобы всласть поиздеваться над бестолковым первоходком, и он, прихватив синюшной от сплошной татуировки лапой увесистый табурет, шагнул к Антону.

— Тебя, козел, кажись, Седым кличут? — сплевывая на пол, просипел он, отводя руку с табуреткой для удара. — Так ты щас у нас в мастяшку превратишься. Не вразумел, козел? В пидера, значит, сука.

Может быть, на все это надо было что-то ответить, но Антон продолжал молчать, внимательно следя за тяжеленным самодельным табуретом, который должен был опуститься на его несчастную голову. Однако больше всего тревожил зэчара с удавкой в руках. Табуретка, даже самая тяжелая, еще куда ни шло, но если этот гаденыш сумеет накинуть ему на шею проволочную удавку — тогда пиши пропало.

Антон сделал еще один шаг в сторону, так, чтобы

полностью видеть изготовившегося амбала с удавкой, и в эту секунду Левчик сделал свою главную ошибку. То ли нервы у этого фраера не выдержали, то ли мозги замутились от сполоха воспоминаний о своем унижении от этой «седой гниды», но он вдруг резко взмахнул табуреткой и с пронзительным криком «Ну, бля-я-я!» изо всех сил запустил ее в голову Крымова. Моментально среагировавший на этот взмах Антон успел пригнуться, и табуретка врезалась в ощерившуюся рожу плечистого зэка с удавкой, припечатав его к двери.

Это был подарок судьбы.

Даже не мечтавший о подобной удаче Антон на какой-то момент замер, завороженно смотря, как медленно оседает по двери здоровенный отморозок, и только тяжелый, мучительный стон, прорывающийся сквозь выбитые зубы и расквашенные губы, говорил о том, что он еще жив. Хотя после такого удара другой бы и в жмурики сыграл.

Растерялся и Левчик со своими пристяжными. А несчастный Вася даже рот от удивления открыл, забыв про свою пипиську и выкатив глаза на лужу крови, в которую заваливался его дружбан.

— Ну, с-с-сучара поганая! Щас я тебя зубами, блядину козлиную, рвать буду!

Эта угроза, произнесенная наконец-то опомнившимся бугром, заставила Антона выйти из шокового состояния, и он с полоборота ударил расслабившегося Левчика. Ударил вытянутой стопой ноги, в стремительном прыжке, вложив в этот страшный удар весь свой страх и лютую ненависть.

Хрипло хрюкнув, будто ему забили кляп в горло, Левчик брызнул слюной и отлетел к стене, опрокидывая какие-то стульчики, табуретки, раскрашенные щиты и прочую постановочную мутотень.

Теперь натренированные мозги Крымова работали в режиме электронно-счетной машины, и он, опасаясь, что у этих отморозков может оказаться парочка заточек, пошел ва-банк. Мгновенно отпрыгнув назад и ухватив за ножку окровавленный табурет, заорал, раздирая рот в истеричном крике:

— Ложись, бляди, замочу!

Однако то ли эти беспредельщики были полными отморозками, которые не боялись уже никого и ничего, то ли, может, им просто деваться было некуда, но только один из них хмуро хмыкнул, покосившись на пытавшегося подняться Левчика, и чуть отступил назад, чтобы схватить табуретку.

— Щас, козел! — пробормотал он, нагибаясь и кивая своему корефану, чтобы тот обходил вконец охамевшего и обезумевшего первоходка слева.

И это тоже была их ошибка.

Пристяжной лагерного авторитета сделал шаг в сторону, еще один, и перед Антоном открылась незащищенная спина того отмороженного, который пытался нащупать самый тяжелый табурет.

Антон уже не думал о будущих последствиях, о том, что он может и убить несчастного парня, подставившего ему и свой хребет, и затылок, о том, что все это ему может слишком дорого обойтись, — и рванулся вперед, одновременно занося окровавленный табурет для удара. В тот момент он даже не понимал, что делает. Хотя его мозги и работали в режиме сверхсовременного компьютера, всем его существом по-прежнему владела лютая ненависть, замешенная на каком-то животном страхе. Да и ублюдок Вася продолжал стоять посреди комнаты с опущенными штанами, как бы напоминая всем своим видом, что может ждать несчастного первоходка по кличке Седой, если верх все-таки одержит Левчик со своей кодлой отморозков.

Тяжелый хрип, вырвавшийся из глотки Крымова, слился с тяжелым хрястом разваливающейся табуретки, опустившейся на выгнутую спину парня, и когда он почувствовал, как рухнуло под этим страшным ударом податливое человеческое тело, он в том же прыжке и тоже вполоборота ударил острым обломком ножки второго отморозка. Однако удар получился скользящий, и парень только слегка качнулся, успев защитить лицо руками. Но этой секунды вполне хватило на то, чтобы Антон отбросил сломанную ножку табурета и, когда тот открылся, в стремительном рывке ударил его головой в лицо, и когда тот, хрюкая сломанным окровавленным носом, попытался вновь спрятать свое лицо, Антон отступил на один шаг, судорожно передернул плечами и, как при замедленной киносъемке, провел удар ногой в пах...

Провел спокойно, не торопясь и уверенно, будто чужая боль могла доставить ему удовольствие.

Он не стал смотреть, что случилось с этим несчастным, не стал любоваться скрюченным на полу телом, которое непроизвольно дергалось от нечеловеческой боли, и так же медленно развернулся к обомлевшему бельмондо, которому, видимо, Левчик обещал не просто затраханную мастяшку, а самую настоящую целку. Тот как стоял с опущенными штанами, так и остался стоять, и только «бабья радость» малость поуменьшилась в размерах. В другое время это, может, было бы и смешно.

— Ну что? — тихо проговорил Антон, делая к нему шаг. — Стеклорезом, говоришь, лихим был?

Вася продолжал все так же молчать, но вдруг что-то прояснилось в его маленьких, заплывших глазках, он чуть нагнулся, пытаясь нашарить упавшие на пол штаны, — и его сейчас можно было бы легко добить, завалив двумя ударами на пол, но озверевшему Крымову этого было мало. То ли от тошнотного запаха крови, то ли от отступившего чувства страха, который всего лишь несколько секунд назад бросил его в мерзкий, липкий пот, а только он теперь был должен, просто обязан поизгаляться над этим отмороженным быдлом, возомнившим себя королем зоны.

— Чего молчишь, а? Ну, чего же ты? Трахай! Или, может, болт на полшестого смотрит?

Несчастный амбал умудрился все-таки схватить одной рукой штаны и, не спуская с Седого глаз, попытался натянуть их на пояс.

— Стоять, с-сука! — рявкнул Антон, с ужасом ощущая, как на него накатывает новая волна дикой ярости и бешенства. — Стоя-я-ять!

Вася дернулся, будто его прошило током, и ошалело уставился на своего мучителя. Мучителя, которого он уже должен был поставить раком и вперить ему балдометр по самые яйца.

— Значит, говоришь, не стоит? — уже почти не понимая, что он бормочет и все еще пытаясь сдержать нарастающую ярость, язвительно спросил Антон. — Ну что ж, значит, отдрючился, козел вонючий. Теперь тебя будут харить.

Он хотел было сказать еще что-то, но, увидев, как в диком крике разевается щербатая пасть этого придурка, с размаху влепил кулак в его тяжелый подбородок.

Что-то хрустнуло под пальцами, но крик уже вырвался из необъятной груди штатного стеклореза, и он завалился на спину, продолжая держать одной рукой спущенные штаны. А обезумевший Крымов уже месил его ногами, и чавкающие удары сливались с диким криком, рвущимся из человеческого горла.

Что было потом, Антон помнил смутно. Вернее, помнил распростертого на полу полуголого мужика, кровь, много крови и раззявившуюся в страшенном крике щербатую пасть. Впрочем, остались ли у несчастного зэка после этого даже те редкие зубы, которыми он пережевывал лагерную баланду, Антон сомневался.

Очнулся он, когда в комнату ворвался какой-то лейтенант с кодлой контролеров и на его спину, шею и голову обрушился град палочных ударов. В запарке он попытался было прорваться к выходу, туда, на солнце, где были люди и хоть какой-то закон, но его сбили с ног, навалившись всем гуртом, скрутили руки, заковав кисти в наручники, и вытащили к выходу, у которого уже собралась толпа возмущенных зэков.

Что они кричали и требовали, Антон не понимал. Да и не до этого ему было. Едва ли не бегом прогнав через территорию колонии, его впихнули в полутемный коридор смрадного кирпичного барака, который был приспособлен под кичу, конверт, коробочку, мориловку, плаху, крикушник и пердильник, как называли здесь карцеры, и, вмазав напоследок по шее, избитого и окровавленного, бросили на влажный цементный пол одиночки.

5

Соседа по карцеру увели так же неожиданно, как и подселили, по всей вероятности перевели в одиночку, и теперь, когда Крымов остался один, можно было спокойно подвести первые итоги этой его «командировки» на зону. Итоги были не бог весть какие. И что самое хреновое — уходило драгоценное время, отпущенное на всю операцию. Чтобы попасть на зону «чистым зэком», которому следак-падлюка ко всем его прежним грехам шил теперь и наркоту, Антон вынужден был пройти весь тернистый путь бежавшего из СИЗО подследственного заключенного, сперва объявленного в федеральный розыск, а потом наконец-то сцапанного московской уголовкой. Вновь СИЗО, этап и наконец-то — «долгожданная» колония, откуда он должен был уже собственными силами перебраться в межобластную больницу для зэков, располагавшуюся на территории химкомбината. На всю эту подготовительную часть операции ушло страшно много времени, но иначе было нельзя: мухоловов, то есть подсадных работников органов, тюремные бродяги распознавали мгновенно и так же мгновенно с ними расправлялись.

Да, времени ушло много, ничего не скажешь. Но эта потеря времени была хоть оправдана «производственной» необходимостью. Что же касается его нынешнего положения...

Лежа на жестких нарах штрафного изолятора, Антон терялся от собственного бессилия и злости на самого себя. Вместо того чтобы тихой сапой акклиматизироваться, не откладывая в долгий ящик шибко сильно «заболеть» и постараться как можно быстрее лечь на больничную койку, проникнуть туда, где запустили на поток производство «экстази», он, как щенок неопытный, засветился в этой проклятой «пятерке», сдуру показав свою крутизну. И теперь вот вместо того, чтобы выполнять четко разработанный план операции, мается в этом проклятом карцере, дрожа от постоянного холода и просто наблюдая, как по серым кирпичным стенам стекают тоненькие струйки воды. Видимо, не особенно вдаваясь в суть происшедшего, лагерное начальство влепило ему семь суток карцера, пообещав, если подобное повторится впредь, вообще засадить его в ПКТ, то есть в помещение камерного типа. А ПКТ — это уже месяц, если не больше. Антон не знал, какое наказание получил этот фраер недоношенный Левчик, который решил со своими халдеями наказать охамевшего первоходка, посмевшего прилюдно воспротивиться лагерному авторитету. Но, вспомнив драку в клубе, Антон невольно усмехнулся: пожалуй, этим ублюдкам карцер не понадобится. А вот что касается санчасти...

И все-таки время уходило. Быстро, безвозвратно, но главное — бездарно. Как сказал бы Панков: «Зарплата идет, а ты клопа давишь».

— Идиот! — выругался Антон и с тоской уставился в такой же серый, как и стены, потолок, на котором так же мерцали капли сочащейся воды. Теперь, засветившись на зоне в полную силу, он даже не знал, как должен вести себя дальше, чтобы как можно естественней попасть в межобластную больницу. Где-то подспудно у него даже мелькнула было дурацкая мыслишка нажраться гвоздей — якобы в знак протеста. Уж тогда-то он точно окажется на больничной койке! Но Антон тут же отбросил ее — надо было искать более разумное решение. Хотя... Пожалуй, как запасной экстремальный вариант можно было оставить и гвозди. Тем более что он довольно часто применялся тюремной отрицаловкой.

Антона даже передернуло, когда он представил себе процедуру глотания гвоздей. И, еще раз выругавшись — теперь уже матерно, он постарался думать о чем-нибудь другом. Как говорится, будет день, будет и пища — придумает что-нибудь. До окончания срока наказания ему оставалось еще три дня.

Антон принялся восстанавливать в памяти разговоры с отселенным сегодня сокамерником. Его засадили сюда, в карцер, днем позже, и трое суток сосед провалялся на соседних нарах, скрадывая своими рассказами тоскливые, сумрачные дни.

Мужику было лет сорок — сорок пять, не больше. Небольшого роста, какой-то весь округлый и с огромной лысиной вполголовы, внешне он казался добрейшего вида законопослушным гражданином и всем своим обликом скорее напоминал перезревшего колобка, нежели зэка, который уже долгие годы коптит небо за колючей проволокой. В карцер, по его словам, его засадили по чистой случайности. Кто-то пронес на зону несколько бутылок водки, а Государеву Оку капнули, будто это заказывал именно он. Вот и вкатили не разобравшись трое суток штрафного изолятора. Как бы авансом, чтобы установленный режим не нарушал. Но он, мол, не в обиде: зона — она и в Африке зона. И если майору Зосимову потребовалось кого-то наказать в срочном порядке, в назидание остальным, и если в это время под горячую руку попался именно он, «старорежимный» заключенный Василий Васькин, — значит, так и надо. А на рожон лезть и требовать правды, так себе же в убыток будет. Начни замначальника по режиму разбираться по-настоящему и найди он вдруг истинных заказчиков проклятой водяры, так с тобой свои же потом посчитаются. Одним словом — зона, она многому учит. А главное, учит, где язык попридержать, а где не грех и базар устроить.

Разговорчивый и общительный, он поначалу аккуратненько расспросил Крымова, что да как, за что тот на нарах оказался да откуда родом, а потом и про себя песню запел. Да такую, что Антон рот открыл.

— Хочешь верь, Седой, хочешь нет, но в прошлом я — довольно приличный химик, фармацевт, кандидат наук, причем самый настоящий, а не липовый, потому что являюсь лауреатом самых различных премий, а открытий и изобретений мне хватит еще на одну жизнь. Беды мои начались с того самого момента, как вышло дозволение кооперативы различные создавать. В тот самый год мы и организовали свой кооператив при ликеро-водочном заводе. Почему, спрашиваешь, из НИИ ушел? Да хреново там было. Атмосфера, можно сказать, не устраивала. К тому же кому хочется терпеть беспросветную поденщину за копеечную, даже по тем ценам, зарплату.

Короче говоря, свободы захотелось. И денег. Много денег. А научные интересы у меня были широкие, как, впрочем, и жизненные. Я-то и прежде для себя, любимого, самогон гнал — как слеза выходил. Вот и придумал, как эти методы очистки применить в промышленных масштабах. Понимаешь, убежден был: не нужно водке никаких добавок. Она ценна чистотой и крепостью. А все эти «Лимонные», «Спотыкачи» и «Перцовки» — только чтобы сивушные масла замаскировать. Понимаешь, нужна суперочистка, и тогда из любой фруктовой гнили можно получать деликатес, который здоровее любого коньяка будет.

Ну а тут как раз в нашей области из-за Чернобыля начался ажиотаж дикий вокруг спиртного. Даже трезвенники начали пить. Но спирт, как сам понимаешь, сжигает желудок, а сивуха печень разлагает, вот и потребовалась чистейшая водочка.

Провели мы первые опыты. Вроде все удачно. И пошла наша первая партия в торговлю, первые денежки поплыли. Вполне приличные. Я уж подумывал о собственных «Жигулях», а тут вдруг бах — и прокуратура. Цех-то наш и прикрыли. Оказывается, не может кооператив возле спиртного работать — это, мол, государственная монополия. А вдобавок ко всему следователь и дело какое-то завел. Невнятное дело. Но видит Бог, Седой, у меня все было чисто, как и сама наша водка.

Я, конечно, в трансе. Туда-сюда стал соваться, вот тут-то и отыскал меня один солидный немец — ну, конечно, наш, советский. Предложил для другого кооператива поработать. Причем уверил, что если у меня все получится как надо, то уголовное дело следак закроет. Дело и вправду закрыли. Только вот продукция этому немцу нужна была необычная. Какая, спрашиваешь? Понимаешь, интимного свойства. Собрался он делать препараты, чтобы у мужиков член стоял. Раньше-то их у нас в продаже не было, а тут вдруг первые появились, польского происхождения. И естественно, раскупали их, как хлеб в голодные годы. Ну, стал я изучать польские «секс-финиш» и «секс-марафон». Потихоньку врубился в это дело и говорю моему немцу: «Сделать такие могу, но нужны компоненты, оборудование, соответствующее помещение и, естественно, помощники». Он и говорит: «Ладно, надо только будет в Германию смотаться».

И веришь, Седой, все достал! Привез к себе на дачу, всю свою родню выгнал оттуда и говорит мне: «Здесь ты в полной безопасности будешь».

Ну, стал я работать. А он хлопочет, чтобы нашему кооперативу разрешили продукцию продавать. Оказывается, херушки! Не получилось. Я и засобирался домой: что ж попишешь, раз не судьба. А немец мой вдруг и заявляет: нет, мол, товарищ Васькин, так не пойдет. Нам с тобой сначала надо убытки покрыть. За оборудование, значит, компоненты и прочее. Так что поработаем малость налево. Ну, я, естественно, пораскинул мозгами, что к чему, и говорю своему то ли хозяину, то ли напарнику: «Не, мне это не с руки — в тюрьму-то стучаться. Мне еще и на воле пожить охота». Ну и поехал. Правда, доехал только до аэропорта. Там-то меня и повязали. Причина, спрашиваешь? Вполне уважительная. Будто я фальшивые деньги везу. Так что, браток, в Москву меня уже люди в форме сопровождали. Правда, поездом.

Но дальше, Седой, еще интереснее. Как в кино детективном. Доезжаем до Орла, и вдруг к нам в вагон садится мой немец, сучье вымя. И говорит, блядина: «Видишь, товарищ Васькин, какие длинные у нас руки. Так что лучше не вые... Вот тебе задаток, причем настоящими, а не фальшивыми, и давай-ка работать по-настоящему». Я на ментов моих посмотрел, а он протягивает мне потрепанный такой кейс, открывает, а в нем сто кусков пачками. Представляешь, что это за деньги были в то время? И вообще, врать не буду, платил он, с-сучара, щедро.

В общем, только я наловчился штамповать эти кремы с мазями для любви, как он дает мне новое задание: препарат для повышения внушаемости. Принес, падла, рецептуру, а она, видать, из какого-то фармацевтического государственного центра. Некоторых компонентов я и вовсе не знал, да и технология заводская. Короче говоря, увлекся раб божий Васькин. Видимо, ученый во мне взыграл. Одолел. Приспособил для наших возможностей. Сделал экспериментальную дозу. Опробовали ее сперва на охране — два здоровенных дебила стали у нас словно пластилиновые. Потом двух бабенок неприступных угостили под благовидным предлогом. Так они нам такой стриптиз показали, что я и в кино ничего подобного до этого не видел. В общем, спустя какое-то время нагрянули к нам на дачу монтажники по спецоборудованию, за ними электронщики, и стали мы нашу мозгобойку маскировать под джин, виски, мартель и прочую заграничную дрянь. Насколько я знаю, употреблялась она для переговоров с разными партнерами при создании совместных предприятий. И естественно, для облегчения рэкета. Сделал я потом и нейтрализатор, чтобы можно было с жертвой из одной бутылки лакать.

И не поверишь, Седой: затянуло меня это дело. Тем более что я это пойло и для себя самого использовал. Подпоил хозяина роскошного особняка, и продал тот мне его за полцены, причем еще благодарил страстно, что купил я у него эти хоромы. Перевез я туда свою семью, затем еще один особнячок почти за бесплатно приобрел, для телки моей, естественно. В общем, зажил, как мечтал когда-то. Но тут...

Вспоминая это место рассказа своего соседа по нарам, Антон невольно усмехнулся: уж очень горестное лицо было у мужика, да и лысина розовела.

— В общем, понимаешь, то ли мой хозяин палку где-то перегнул, то ли зацепил ненароком того, кого нельзя было и трогать, но как-то нагрянули к нам люди с автоматами в руках, быстренько уложили мордами в пол, следователь предъявил ордер на обыск и... Всем дали по хорошему сроку, рассортировали по этапам, и я, браток, переселился из моего дворца на зону. Сначала в одну колонию пихнули, потом перевели в другую, а в конце концов загнали сюда, в «пятерку». И я тут, честно сказать, уже пообвыкся, да и ко мне привыкли. Даже уважать стали. Ну а что здесь вот, в карцере оказался — так это, говорю тебе, чистая случайность. Можно считать, недоразумение.

Слушая пространный рассказ бывшего фармацевта, который, к своему несчастью, оказался и талантливым ученым, Антон вдруг поймал себя на мысли о том, что теперь знает, в чем ошиблись аналитики спецгруппы Панкова. С самого начала загнав себя в слишком жесткие рамки, они тем самым выдали для дальнейшей оперативной разработки искривленную картину подпольного производства «экстази» на территории дышащего на ладан химкомбината. Эти наркотические таблетки можно было считать высочайшим достижением фармацевтической мысли. И вывести их формулы, разработать технологию изготовления могли, по предположению аналитиков спецгруппы, только те самые гениальные университетские мальчики, блиставшие на химических олимпиадах, которых потом завербовали преступные группировки, заставив работать на подпольное производство наркоты. Ну, если не те самые, то такие же высоколобые пацаны. И они совсем, можно сказать, начисто забыли про талантливейших русских мужичков, работавших в многочисленных когда-то НИИ, — мужичков, которые могли бы стать гордостью в любом нормальном государстве. И таких в России было великое множество. Однако аналитики зациклились на уже осужденных студентах-химиках, и Панков с их подачи перешерстил на этот предмет весь наличный состав осужденных, тянувших срок в шестой колонии. А надо было бы заодно проверить наличие в контингенте осужденных фармацевтов вообще.

Да, это было упущение, которое теперь исправлять придется ему, Антону Крымову. И тут возникали свои проблемы, и проблемы нешуточные. Дело в том, что самым слабым местом в оперативной разработке по внедрению Крымова на зону была его связь с внешним миром. Вернее, с самим Панковым, который сейчас находился в Москве. Нельзя сказать, что управление об этом не позаботилось.

Регулярная двусторонняя связь Крымова с Панковым должна была заработать уже после того, как Антон попадет на территорию химкомбината. Примерно за месяц до его появления в «пятерке» на чистую коечку межобластной больницы удалось положить оперативника из РУОПа, то есть регионального Управления по борьбе с организованной преступностью, у которого была хорошо отлаженная связь с городом, и связной по команде Панкова должен был сам выйти на Антона. Но это все будет потом, а вот сейчас... Сейчас ему не оставалось ничего другого, как слать зашифрованные письма по московскому адресу. Впрочем, все последнее время он был лишен возможности дать о себе весточку, не говоря уже о том, чтобы сделать кое-какие выкладки. Сначала карантин, в течение которого заключенный не имел права переписки, а теперь вот штрафной изолятор с соответствующими последствиями. Мало того, не оставалось сомнения и в том, что после его стычки с Левчиком и этой проклятой драки в клубе отныне он, осужденный Антон Крымов, будет находиться под особо пристальным присмотром замначальника по режиму майора Зосимова.

— Муда-а-ак... Ох, мудак! — матерился Антон, проклиная себя за невыдержанность при первой стычке с Левчиком. Теперь вот получалось, что из-за этой его оплошности вся операция могла полететь к чертовой матери.

Чувствуя, что больше не в силах лежать на жестких нарах, Антон рывком соскочил на холодный пол, раз двадцать отжался на отдающем могильной сыростью цементе и вновь завалился на нары, снова уставившись невидящим взглядом на слабосильную грязную лампочку, которая почему-то казалась покрытой мокрой плесенью — точно так же, как этот серый, давящий на психику потолок, как вечно влажные стены. Очнулся, когда в коридоре загремела посуда — дневальный развозил обед.

Малость вздремнув и успокоившись за это время, Антон почувствовал себя немного увереннее. Он глубоко вздохнул, разгоняя кровь, с силой потер мочки ушей, и когда дневальный открыл тяжеленную дверь пердильника, он уже сидел на нарах в ожидании лагерной баланды. Молча приняв от дневального миску с теплым варевом, которое дурманяще отдавало разваренным горохом, и пайку черного, квелого хлеба, Антон терпеливо дождался, когда вновь закроется дверь, и лишь после этого с жадностью набросился на нехитрый харч. Заполняя пустой желудок приятным, обволакивающим теплом, гороховое хлебово казалось сейчас вкуснее сборной мясной солянки, которую Антон заказал себе в свой последний поход в московский ресторан перед тем, как его должна была «повязать» столичная уголовка. Пайку квелого хлеба он оставил на второе, досуха подчистив им стенки алюминиевой миски.

Покончив с едой, он невольно отрыгнул разваренным горохом, заправленным, по всей вероятности, машинным маслом, и в ожидании дневального отвалился на нары.

Вскоре щелкнула задвижка и в камеру вновь вошел дневальный — на этот раз он собирал пустую посуду. Когда Антон протянул ему вычищенную до блеска миску, дневальный вдруг обернулся на дверь, потом перевел свои глазки на Крымова и неожиданно спросил, приглушив сколько можно голос:

— Седой?

Антон едва не поперхнулся от такого обращения. Это было не по уставу, не по правилам, вопреки внутреннему распорядку, где все расписано от «а» до «я». А тут вдруг — «Седой»! Седой... Этой кличкой его наградили еще во Владимирском СИЗО, когда он отрабатывал операцию «Славянская карта». Намертво прилепившись к нему, кличка последовала за ним и в эту «командировку» — этой кликухой его называли и на этапе, и на карантине, но чтобы дневальный... Это было необычно, могло значить все что угодно, и Антон невольно насторожился, внутренне подобравшись в ожидании очередного подарка судьбы. Вернее, подарка зоны с ее неписаными законами и правилами.

— Так точно, гражданин начальник! Осужденный Крымов. — Следуя законам театрального искусства, Антон в этом месте сделал как бы невольную паузу и, словно оправдываясь перед дневальным за свою раннюю седину, добавил негромко: — Кличка — Седой.

Он выжидающе замолчал, поедая глазами «гражданина начальника», который вдруг ни с того ни с сего опустился до рядового зэка, назвав его кличкой.

— Да ты расслабься, — поморщился дневальный. — И слушай сюда. — Он вновь зачем-то обернулся, проговорил негромко: — Сейчас к тебе Череп придет. Так что двери я оставлю открытыми.

Несмотря на постоянный холод в промозглом пердильнике, Антон вдруг почувствовал, как его бросило в жар. Он даже не испугался этого известия, нет. Он только вдруг с какой-то обреченностью подумал, что у каждого опера, работай он на уголовку или на родное ФСБ, бывает свой конец — у кого-то раньше, у кого-то позже... Что же касается его, секретного сотрудника ФСБ майора Крымова, то ему, видимо, придется подохнуть в этом вот промозглом от постоянной влажности застенке, имя которому — карцер, штрафной изолятор. Череп, о котором столь доверительно сообщил блядина-дневальный, был паханом «пятерки», держал в страхе, как уже был наслышан Антон, всю колонию. И чтобы такой лагерный авторитет, как Череп, опустился до общения с несчастным первоходком, успевшим наломать за короткое время столько дров... Такого не бывает даже в кино, а уж что касается реальной жизни... Научившись мгновенно анализировать самые сложные ситуации, Антон, всегда трезво смотревший на жизнь, прекрасно понимал, что, скорее всего, жить ему осталось недолго. Видать, эта сука Левчик ходил в ближайших помощниках у Черепа и тот самолично решил вынести приговор строптивому первоходку.

Сумев справиться с накатившим страхом, Антон ухмыльнулся в лицо дневальному:

— Чему обязан столь высокому визиту?

— Не знаю, — ощущая эту издевку, хмуро отозвался тот и добавил: — Меня попросили тебе сказать, я и говорю.

...Когда вновь громыхнула за ушедшими «гостями» тяжелая окованная дверь и уж который раз за этот день брякнула металлическая задвижка, находившийся все это время в страшном напряжении Антон без сил опустился на нары и в изнеможении закрыл глаза. За годы работы в КГБ, когда подолгу приходилось «сушить портянки» за бугром, а затем участвовать в оперативных разработках антитеррористической группы, которая была создана по прямому указанию бывшего председателя КГБ Юрия Андропова, Крымову не единожды приходилось прощаться с жизнью, готовясь схлопотать пулю в затылок или в лоб. Но там было совершенно иное дело. Там он мог постоять за себя, в критические моменты на помощь могли прийти его товарищи, в конце концов можно было пораскинуть умишком, как без особых потерь выбраться из экстремальной ситуации, но здесь, в этом сером застенке... Еще полчаса назад, когда дневальный объявил ему о столь неожиданном высоком визите, Антон сравнил себя с серенькой мышью, загнанной в угол голодными остервеневшими котами. Еще полчаса назад он мысленно готов был проститься с жизнью, и вдруг...

Вот уж воистину говорят, что пути Господни неисповедимы.

...Череп вошел в карцер в сопровождении двух здоровенных мордоворотов, в которых за версту угадывались профессиональные спортсмены, причем довольно высокого класса. Впрочем, для чего ему понадобилось это сопровождение, было непонятно.

Высокий и костистый, с мощным размахом прямых плеч, от которых едва ли не до колен свисали такие же мощные руки, он воплощал звериную силу, помноженную на человеческую хитрость. На мощной жилистой шее сидела такая же мощная голова с глубоко запавшими глазами, а венчал весь этот необычный облик совершенно лысый череп, от рождения, видимо, не знавший волос...

От этого мужика несло силой, властью, и если бы Антон не знал, что этого лагерного пахана кличут Черепом, он бы и сам так назвал его. Череп! Авторитет, при одном упоминании о котором затихали самые драчливые бакланы и который, как перво-наперво просветили Антона, держал под собой весь блатной контингент «пятерки». Непонятно только было, как это могло уживаться: Череп и красная зона, каковой считалась колония.

Остановившись на пороге карцера, он смерил поднявшегося с нар Антона тяжелым взглядом глубоко запавших глаз, хмыкнул что-то про себя и молча кивнул охранникам, чтобы оставили его один на один с проштрафившимся первоходком. Затем что-то сказал вполголоса стоявшему за его спиной дневальному, и тот послушно вышел следом за спортсменами за порог, прикрыв за собой тяжеленную дверь. Успевший несколько успокоиться, хотя и готовый к самому худшему, Антон терпеливо ждал дальнейшего развития событий. Правда, на какой-то момент у него была мыслишка завалить на цементный пол эту лысую человекоподобную обезьяну, а потом и вовсе скрутить ей шейные позвонки, но он тут же отогнал это навязчивое желание — ждал, что же предпримет в этой неожиданной ситуации Череп. И вообще, хотелось понять, зачем, для чего надо было авторитету такого ранга навещать приговоренного первоходка?

А Череп продолжал стоять все так же у закрытых дверей карцера и все так же молча рассматривать Антона. Молчал и Крымов, сторожко следя за каждым движением пахана.

— Седой? — неожиданно спросил Череп, и Антон поразился этому глубокому, грудному голосу, которому позавидовал бы любой диктор телевидения. В нем была сила и спокойная уверенность в себе.

Антон по въедающейся в кровь лагерной привычке не спешить с ответом пожал плечами.

— Вообще-то, осужденный Крымов. Но в СИЗО нарекли Седым.

— В каком СИЗО?

— Владимирском.

— В первую ходку или сейчас?

Антон невольно насторожился. А Череп-то, похоже, уже знаком с его личным делом, хотя и задает для чего-то эти, в общем-то, пустые вопросы. А может, это они только ему, Антону Крымову, кажутся пустыми и ничего не значащими? И совершенно иными представляются этому пахану с руками гориллы и голосом маститого диктора Центрального телевидения? Но что более всего удивило и поразило Антона, так это то, что в голосе Черепа не слышалось даже намека на враждебность. А это, насколько мог сообразить Антон, было хорошим знаком.

— В первую, — вздохнул Антон. И чуть погодя добавил: — Нынешней весной.

— Кто смотрящим был? — продолжал допытываться Череп.

Страх перед скорой расправой прошел, и теперь Антон снова лихорадочно соображал, для чего он мог понадобиться лагерному авторитету. Причем настолько понадобиться, что тот даже самолично заявился к нему в карцер, что было не только страшнейшим нарушением внутреннего распорядка и режима, но и противоречило всей лагерной субординации — кто он, и кто здесь Череп. Первоходок и пахан... Царь и бог... А тут еще эта непонятная игра в вопросы и ответы... Единственное, что мог сейчас предположить Антон, так это то, что Череп поимел о нем какую-то важную для себя информацию и теперь решил самолично удостовериться в ее правдивости.

— Балтазавр, — пожав плечами, ответил Антон.

Назвав кличку смотрящего по камере во Владимирском СИЗО, с которым он успел закорефанить, когда отрабатывалась операция «Славянская карта», Антон невольно покосился на Черепа и удивился происшедшей с ним перемене. На костистом лице пятидесятилетнего мужика вдруг отразилось нечто вроде улыбки, в глубоко запрятанных глазах даже запрыгали какие-то искорки.

— Что, живой еще? — пророкотал он.

Антон усмехнулся.

— А что ему сделается? Здоров как бык, только кашляет малость.

— Это ему краснoперые еще на пересылке, что на Черной речке, легкие отбили, — участливо вздохнул Череп. — Лет двадцать назад. Мы тогда с ним в одной лямке срок тянули. Времена, я тебе скажу, были... Чуть что, так тут же тебе — в морду. Конвой совсем озверел: шаг влево, шаг вправо — считаю побегом. С-суки рваные! Знаешь, сколько наших в те годы полегло?

Антон кивнул участливо:

— Балтазавр рассказывал.

— А меня не вспоминал? — вдруг как-то совсем по-детски спросил Череп.

— Н-не помню, — осторожно ответил Антон. — Сам понимаешь, не до этого мне тогда было.

— Оно конечно, — согласился с таким доводом Череп и вновь посерьезнел лицом: — Кто еще из братвы был при Балтазавре?

«Проверяет, — окончательно уверился в своей догадке Антон. — На вшивость проверяет. Видать, побаивается чего-то пахан. По всей вероятности, того, что под личиной того Седого, который с группой подследственных заключенных совершил сверхнаглый побег из СИЗО, в «пятерку» вместе с этапом мог прибыть и мухолов. Только так. Иначе зачем все эти игры в кошки-мышки?»

Осознав это, Антон вдруг почувствовал, как растворяются остатки страха, и закрыл глаза, припоминая клички пристяжных Балтазавра и более-менее авторитетных воров, с которыми он маялся в следственном изоляторе. Негромко называя имена и клички, он искоса поглядывал на лагерного пахана, пытаясь уловить его реакцию. Тот, видимо, был доволен результатом опроса, потому что согласно кивал своей костистой головой, а несколько раз даже крякнул удовлетворенно, бормоча:

— Жива, видать, братва! Это хорошо.

Насколько мог догадаться Антон, многие из этих имен были как бы осколками его воровской юности, когда короткая воля сменялась тюрьмой, этапом и длинными сроками за колючей проволокой, когда на зонах еще чтили воровские законы. И еще он догадывался о том, что буквально сегодня во Владимирский следственный изолятор от Черепа пойдет малява[1], в которой он передаст привет знакомой братве, а также всем «ворам и бродягам», и попросит срочно отписать ему про Седого. Что, мол, за человек и как себя вел на нарах? Окончательно освободившись от недавнего страха, Антон теперь задавался только одним вопросом: «И все же еще раз: зачем, для чего он столь остро понадобился этому авторитетному лагерному королю, который по самой сути своего положения никогда бы в жизни без особой нужды не опустился до посещения в карцере какого-то первоходка? Просто проверка? Нет, что-то за этим еще...»

Они проговорили еще минут пятнадцать, после чего Череп произнес, как нечто давно решенное:

— Переночуешь еще одну ночку в пердильнике,

---

[1] Малява — записка, письмо.

а завтра выходишь отсюда. Останешься в отряде Левчука, но пахать будешь в бригаде Бурята.

Не зная, как все это понимать, Антон согласно кивал, однако спросил на всякий случай:

— А как же этот... Левчик?

Череп хмыкнул и презрительно сплюнул на пол.

— Забудь. Щас он в санчасти, а как только лепила его выпишет, переведут в другую колонию. — И вновь сплюнул, пробормотав негромко: — Фраер безмозглый! В авторитеты лез, коз-з-зел. Окружил себя шестерками, а сам... Ну, да ладно! Забыли об этом.

Слушая все это, Антон не верил своим ушам, и порой ему казалось, что он находится в каком-то полубреду... Однако все это было вполне наяву, и когда за уходящим Черепом дневальный захлопнул дверь и прогремел задвижкой, Антон без сил опустился на жесткие нары. Насколько он мог понять, старушенция в белом саване и с косой в тощих руках прошла мимо него и на этот раз. Как любил говорить Панков, это радовало душу. И в то же время столь пристальное внимание к его персоне со стороны лагерного пахана было Антону хоть и лестно, а все же не могло не тревожить. Ведь для него «пятерка» была всего лишь перевалочной базой.

Его задание — межобластная больница на территории химкомбината.

Часть вторая

1

Панков верил и не верил своей удаче. При досмотре международных почтовых отправлений, поступивших на центральную таможню того самого города, в котором отбывал свой «срок» Антон Крымов, внимание дежурных привлекла упакованная в полиэтилен посылка — огромный плюшевый бык. Пункт назначения — Эстония, город Пярну. В небольшой записке, которая лежала в посылке, некий Валентин Строев писал, что посылает своему эстонскому другу Отто Окасу это прекрасное плюшевое парнокопытное в память об их знакомстве на Рижском взморье, которое произошло в год Быка. Такая совершенно немужская сентиментальность показалась таможенникам, имеющим нормальную сексуальную ориентацию, очень уж подозрительной. Оно конечно, Пярну — это западный, можно сказать, капиталистический образ жизни, там и педики с лесбиянками должны водиться, но чтобы наш, русский, с каким-то эстонцем, пусть даже на Рижском взморье... В общем, все это вызвало определенные подозрения.

Посылку исследовали с максимальными мерами предосторожности. Сначала взвесили. Пустышка. Вес полностью совпадал с указанным на ярлыке игрушки — шесть килограммов. Проверили наличие металла. Тоже впустую. Металла нет. Наконец спустили на быка собаку, натасканную на наркотики. Собака осталась совершенно равнодушной.

На таможне почесали в затылках. Что делать? Отправлять плюшевого бычка по адресу?

И все-таки посылка не внушала доверия!

На всякий случай прошлись с лупой по корпусу огромной игрушки. И вот оно! Под хвостом, где сходились швы, таможенники обнаружили неровную строчку. Что это? Брак изготовителя или бычок перенес дополнительную операцию? Когда вскрыли, то ахнули: плюшевый бычок был начинен небольшими таблетками, которые отправитель или отправители на всякий случай пересыпали ядреным табаком-самосадом. Именно этот табачок и натолкнул на подозрение, что таблетки эти — пресловутые колеса, их и табачком-то удобрили, чтобы натасканные собаки не унюхали наркотик.

Начальник центральной областной таможни, которому доложили о столь странной находке, — раньше те же колеса и марихуана, наоборот, ПОСТУПАЛИ в город, но чтобы отсюда их переправляли в Эстонию — это было по меньшей мере непонятно, и он принял решение не связываться ни с областным Управлением внутренних дел, ни с местным ФСБ, а сразу же отправил бычка-наркомана в Москву, где тот попал на рабочий стол начальника спецгруппы подполковника Панкова. И оказался для оперативников подарком судьбы, нежданно-негаданно свалившимся с неба. Даже на первый взгляд становилось очевидно, что таблетки, извлеченные из выпотрошенного нутра плюшевого бычка, аналогичны наркотическим таблеткам «экстази», которые заполонили уже чуть ли не всю область. А теперь вот, значит, поперли и в далекую Эстонию. Видимо, перенасытив родной регион, таинственные производители «экстази» проверяли теперь возможности сбыта своей продукции в городах бывших «братских» республик, куда на летний отдых съезжались довольно небедные люди, многие из которых наверняка были бы не против не только поплескаться на Рижском взморье, но и полностью расслабиться вечерком, приняв для полного кайфа таблетку «экстази». Как логично предположил Панков, таинственные российские производители таблеток сбивали цену западным поставщикам «экстази» и надеялись, вероятно, захватить и этот рынок сбыта высококачественных наркотиков. Азербайджанцев у себя они уже потеснили, оставив им только рынки, где те толкали безусым юнцам и всякой швали дешевую, низкопробную дурь, от которой, по мнению настоящих дилеров, было мало навару, но много риска.

Правда, пока что все эти мысли насчет Пярну лежали в области догадок и предположений. Окончательную точку в них должна была поставить лаборатория ФСБ, куда и было отправлено содержимое плюшевого бычка.

Панков посмотрел на часы, покосился на молчавший телефон, в нетерпении прошелся от стола к окну, затем вновь сел за стол: химики обещали закончить окончательный анализ изъятых на таможне таблеток к пяти вечера, однако предварительный сравнительный анализ с теми таблетками «экстази», которые были изъяты у наркоманов на городской дискотеке, пообещали прислать пораньше. Панков вновь посмотрел на часы. Четверть первого, а из лаборатории ни слуху ни духу. Он уж было сам потянулся за трубкой, как телефон наконец забренчал. По мере того как Панков слушал обстоятельный доклад звонившего, его мало-помалу отпускало то напряжение нервного ожидания, в котором он пребывал с самого момента получения посылки с плюшевым бычком.

Выслушав доклад о результатах анализов, которые должны были лечь в основу подробного заключения, он сказал: «Спасибо. С меня причитается» — и аккуратно, почти ласково положил трубку на рычажки.

Итак, анализы химиков ФСБ подтвердили то, о чем он уже догадывался и сам. Наркотические таблетки, изъятые областными таможенниками, относятся к разряду «экстази» и совершенно идентичны тем таблеткам, которые цыгане распространяют по ресторанам, ночным клубам и молодежным дискотекам города. В малых дозах эти таблетки вызывают эйфорию, в больших — галлюцинации. Интоксикация наступает в течение получаса с момента приема и длится в течение трех-четырех часов. Последствия приема ощущаются две-три недели: наступает депрессия. Судя по количеству таблеток, набитых в плюшевого бычка, поставщики «экстази», нащупывающие новые рынки сбыта, каким-то образом вышли на эстонский канал в Пярну. Однако открестившаяся от России Эстония с ее проблемами сейчас менее всего волновала подполковника Панкова, хотя, конечно же, эстонские спецслужбы тоже будут поставлены в известность об их земляке по имени Отто Окас. Его сейчас волновало совсем другое. Отправителем подарочного бычка был некий Валентин Строев, совершенно реальный человек, житель города, рядом с которым коптел своими трубами химкомбинат. В лабораториях этого комбината, скорее всего, и делали эту высококачественную дрянь. Причем этот самый Валентин Строев был фигурой далеко не последней в цепочке производитель — сбытчики. Если исходить только из количества дорогостоящих таблеток «экстази», набитых в плюшевое брюхо, Строев мог быть как крупным оптовым покупателем, так и основной базой, поставщиком, на которого имели выход уже более мелкие торгаши и те же цыгане. Это один вариант. И второй, который тоже нельзя было упускать из виду. Если производство российского «экстази» наладила хорошо организованная преступная группировка, то вполне возможно, что этот самый Строев отвечал в ней за разработку новых каналов сбыта.

Как бы то ни было, во всех случаях это была та самая веревочка, потянув за которую можно было размотать и весь клубок. Надо было срочно лететь в командировку, чтобы уже на месте разобраться, что здесь к чему.

Начальник областного Управления ФСБ генерал Толстых встретил Панкова безо всякого энтузиазма. Во-первых, это была вполне естественная обида на столичное руководство ФСБ за недоверие к местным контрразведчикам, которых Москва практически отстранила от разработки операции по наркодельцам, оставив им лишь право копаться в собственном дерьме, отлавливая мелких распространителей дури на городских рынках, дискотеках и в барах. Впрочем, даже не эта обида давила на генерала. По его собственному признанию, в конторе появился какой-то перевертыш, а возможно и не один, через которого происходит утечка оперативной (и не только) информации. Анализируя последние провалы готовившхся в этих стенах разработок и мероприятий, можно было предположить, что этот гаденыш или гаденыши — далеко не последние люди в областном Управлении ФСБ и имеют доступ к самым секретным материалам. Но кто это — пока можно было только гадать на кофейной гуще, хотя за это дело и взялась вплотную Служба собственной безопасности управления. Насколько понял Панков, откровенно запаниковавший генерал теперь мог доверять лишь этому небольшому подразделению своей конторы, в которое он самолично подбирал людей, проверяя каждого не только на профпригодность, но и на любовь к деньгам. Правда, на вопрос Панкова «Можно ли им доверять ПОЛНОСТЬЮ?» он неопределенно пожал чуть оплывшими плечами и тяжело вздохнул:

— Слышали небось поговорку: обжегшись на горячем, дуешь на холодное? Так вот и я теперь. Верить-то я этим ребятам верю. И в то же время... Случись что, Москва такие промахи не прощает. А мне, как сами понимаете, поработать еще хочется.

Что и говорить, разговор получился откровенный. И Панков был благодарен генералу за эту откровенность. Но то были генеральские трудности, а ему, московскому подполковнику, требовалась профессиональная помощь опытных сыскарей из областного Управления ФСБ, на что он, собственно, и рассчитывал, вылетая сюда из Москвы. А потому и спросил с нарастающей злостью:

— Геннадий Михайлович, а у вас еще остались люди, которым вы ЛИЧНО полностью доверяете?

— Естественно! — вскинулся генерал, с откровенной неприязнью взглянув на столичного визитера. Впрочем, Панков его понимал: одно дело амбициозная Москва с ее требованиями к «чистоте рядов», и совершенно другое дело — огромная область, российская глубинка, где стали править вольнолюбивые губернаторы и где царят свои собственные законы.

— Хорошо, — постарался улыбнуться Панков, чтобы хоть как-то смягчить этот неприятный разговор. И добавил: — Господи, Геннадий Михайлович, да неужели я вас не понимаю?! Думаете, только у вас одних проблема с перевертышами? Как бы не так! Их и у нас хватает. Причем на самых разных уровнях.

Он помолчал, ожидая реакции генерала, не дождался и сказал, вздохнув:

— И все-таки нам с вами придется работать вместе. По крайней мере, пока не раскрутится дело с убийством вашего журналиста. Кстати говоря, именно расследование этого убийства будет официальной крышей моего пребывания в городе. О наркотиках будет знать только узкий круг лиц, которым вы полностью доверяете. Думаю, что такой расклад вполне устроит и вас, и меня.

Видимо соглашаясь с московским гостем, генерал тряхнул гривой каштановых волос, которым начинающий лысеть Панков мог только позавидовать.

— Годится, — пробасил он и, видимо считая эту часть разговора законченной, спросил участливо: — Вы где думаете остановиться: в гостинице или на конспиративной квартире?

Панков пожевал губами. Можно было бы, конечно, пожить и в гостинице, тем более что эта командировка предполагалась короткой. Но уж очень не хотелось отсвечивать в городе, где в связи с заказным убийством журналиста областной газеты и поиском убийцы на ноги были подняты все правоохранительные органы и, по идее, должны были внимательно анализировать все списки проживающих в гостиницах людей.

— У вас что — есть надежная квартира? — спросил он.

— Обижаете, подполковник! — впервые улыбнулся генерал. — Конечно есть. Как говорится, из резерва верховного командования. И что немаловажно — недалеко отсюда. Можно сказать, в центре города.

— Тогда — на квартире, — попросил Панков. — И для связи — надежного человека.

— Без проблем! — вновь пробасил Толстых и жестом радушного хозяина развел руками. Он, видимо, уже оттаял от той настороженности, с которой встретил московского визитера, и теперь был рад помочь ему хотя бы той малостью, которую мог позволить без ущерба для собственного участия в той оперативной разработке, которую закрутила Москва.

— Хорошо, — поблагодарил его Панков. — Тогда давайте перейдем к делу. Первое, что мне надо узнать, — это все о некоем Валентине Строеве. Сами понимаете, официальный запрос мы послать не могли, боясь утечки информации. Так что все будем решать здесь, на месте.

Квартира, на которую московского гостя привез совсем еще молоденький лейтенант из областного Управления ФСБ, выделенный генералом для оперативной связи, менее всего напоминала те конспиративные и явочные квартиры, на которых перебывал Панков за свою пятнадцатилетнюю службу сначала в КГБ, а затем и в нынешнем ФСБ. О промежуточных названиях службы государственной безопасности он старался не вспоминать, так же как и о тех страшных временах после августа девяносто первого года, когда казалось, что в правительстве и в аппарате президента все посходили с ума и готовы сдать с потрохами и полностью стереть с лица земли даже само понятие «государственная безопасность» только для того, чтобы потрафить кучке особо горласто-злобных крикунов, назвавшихся демократами. И им тогда это практически удалось. Внешняя разведка, правда, пострадала чуть меньше, а вот что касается контрразведки, к одному из Управлений которой принадлежали и они с Крымовым... Панков, как и его коллеги, оказавшиеся в одночасье выброшенными на улицу, и сами понимали, что бывшему теперь КГБ необходима чистка и перестройка структурной работы, но уничтожение полностью десятилетиями создаваемого генофонда государственной безопасности — это могло произойти только в несчастной России. Причем дважды в течение одного только века: сначала в семнадцатом году, а затем в девяносто первом. Правда, потом опомнились, особо крикливым «демократам» дали под зад, да и сами они полностью показали свое истинное лицо, хапая все, что плохо лежало, и стараясь вовремя свалить за границу, но было уже поздно. Вместе с водой выплеснули и ребенка, и тому из профессионалов, кто чудом уцелел в структуре нынешней Федеральной службы безопасности, еще долго пришлось расхлебывать ту кашу, которая заварилась в России в первые годы незабываемого десятилетия конца двадцатого века.

Эта конспиративная квартира тоже была прямым порождением «перестроечной» работы областной службы безопасности и, видимо, держалась на случай приезда какого-нибудь проверяющего московского визитера. Нынешние демократы хоть и поливали грязью коммунистов за излишнюю любовь к комфортным условиям жизни и барство во время чумы, но сами уже давным-давно переплюнули их и не заботились даже хотя бы о видимости приличного поведения. Бывший начальник отдела областного Управления КГБ полковник Толстых, открыто поддержавший в девяносто первом году приход нового президента и в одночасье ставший начальником Управления с генеральской звездой на погонах, прекрасно знал маленькие слабости прорвавшихся к власти демократов и, чтобы не иметь с ними особых хлопот, старался потрафить им даже в мелочах. И конечно же одной из таких мелочей должна была стать эта конспиративная квартира, предназначение которой было — скрасить вынужденное пребывание очередного московского визитера в заштатном российском городе, где, казалось, остановилась не только промышленность, но и сама жизнь.

Огромная трехкомнатная квартира, расположенная на шестом этаже недавно отреставрированного дома, была шикарной даже по московским меркам. Продуманная меблировка (изысканный испанский гарнитур под красное дерево) плюс недавний евроремонт как бы напоминали о богатстве и щедрости хозяина, прекрасно понимающего, ЧТО именно есть жизнь и ЧЕГО она стоит, если в ней нет пусть даже таких маленьких, но все-таки радостей.

Получив от лейтенанта ключи и оставшись в квартире один, Панков обходил комнату за комнатой и только удивленно хмыкал, прикидывая, сколько все это стоит. М-да, безбедно жило областное Управление, если могло позволить себе подобную роскошь. Но особенно поразила Панкова шикарно отделанная спальня с огромной деревянной кроватью посредине, на которой спать без такой же шикарной телки было просто грешно.

«Интересно, — подумал Панков, — а бабенок на ночь тоже лейтенанты по конспиративным квартирам развозят? Или командированное начальство само должно снимать их в кабаках?»

Хмыкнув в который уж раз, он сбросил с себя пропотевшую рубашку, брюки, сунул ноги в мягкие, удобные тапочки, которые стояли у дверей, и, чувствуя, что проголодался, прошел на кухню, которая могла поразить любого встроенной мебелью и огромным шведским холодильником, скромно приткнувшимся в углу. Обычно на явочных и конспиративных квартирах оставляли печенье, сухарики да чай с кофе, здесь же, похоже, были другие порядки. Панков потянул на себя дверцу холодильника и чуть не подавился голодной слюной. Предусмотрительные хозяева квартиры оставили своему гостю все, чтобы жизнь не казалась кислой: от сырокопченой колбасы и швейцарского сыра до баночек с красной икрой и печенью трески. В морозильном отделении лежало несколько целлофановых пакетов, набитых пельменями явно домашнего производства. А завершало все это с десяток бутылок баварского пива и две литровых бутылки водки с очень симпатичными наклейками.

— Ни хрена себе! — невольно выдохнул Панков, впервые встречая такой прием в родной России. Одно дело дорогостоящий номер гостиничного «люкса» за бугром — видывали, видывали, когда приходилось выполнять ту или иную миссию, и другое дело... Он уже не сомневался, что эта «конспиративная» квартира давно засвечена, что про нее знают все, кто хотел бы о ней знать, но ему было на все это наплевать. Здесь он по поводу убийства журналиста, и его мало интересует, насколько успешно законспирирует его ушлый генерал Толстых.

Волновало другое: надежность молоденького рыжеволосого лейтенанта, которого выделил ему для связи начальник Управления, и надежность оперативников, с которыми он должен был провести одну-единственную операцию. Правда, незаконную. Однако генерал заверил его, что эти не подведут. И добавил, прощаясь и уже обращаясь к Панкову на «ты»:

— Сам пойми, хоть и завелось в конторе несколько блядей, что, конечно, тоже меня не красит, но что бы я был за начальник, если бы не имел надежных кадров. Так что насчет утечки информации будь спокоен: ручаюсь за них, как сам за себя.

Но одно дело — заверения бывшего полковника, успевшего подняться на гребень политической волны и стать генералом, и совершенно другое — незаконность предстоящей операции, за которую им обоим могли и задницу надрать. Для полной разработки линии Валентин Строев — поставщик Панкову требовалось не только узнать как можно больше об этом человеке, но и негласно проникнуть в его квартиру, чтобы произвести соответствующий шмон. Расчет был прост: если Строев располагает таким количеством таблеток «экстази», что свободно посылает их «своему другу по Рижскому взморью» Отто Окасу, значит, они должны быть у него и дома. Если же нет, то этого Строева кто-то подставил, прикрывшись его именем. И надо будет искать — кто. Однако здесь-то и наступал самый щекотливый момент: для негласного проникновения в квартиру требовалась санкция прокурора, а именно ее у Панкова и не было. Опасаясь спугнуть нечаянно засветившегося сбытчика «экстази» и не зная, кто конкретно за ним стоит, Панков боялся распространения оперативной информации и следовательно — ее возможной утечки. Прокурор — это, конечно, хорошо. Но, зная нравы российских силовых ведомств, особенно в глубинке, и зная, какие суки там порой работают, он теперь опасался всех и каждого, отчего и решился на этот противозаконный шаг.

Размышляя, с чего лучше начать: с аппетитных домашних пельменей или с темной охлажденной жидкости, привезенной из далекой Баварии, Панков сглотнул слюну и потянулся за пивом. Открыв бутылку, надолго присосался к горлышку и оторвался от пива, только почувствовав, как проходит жажда. Вместе с жаждой моментально прошло и сосущее чувство голода. Он прошел в ванную комнату, обложенную голубой с прожилками итальянской плиткой, открыл кран с горячей водой. Как ни странно, но вода была именно горячая, хотя столичные газеты писали о кризисе электричества и топлива в глубинке. Пустив мощную струю теплой воды в объемистую ванну с позолоченными ручками, вновь вернулся на кухню, достал из холодильника еще две бутылки холодного пива, поставил их около края ванны и только после этого залез в теплую воду, предварительно плеснув в нее хвойного шампуня, оставленного предусмотрительными хозяевами «конспиративной» квартиры.

После перелета, летней жары и всех треволнений, которыми он жил последнее время, это был ни с чем не сравнимый кайф, о котором нельзя было и мечтать еще час назад. Потягивая холодное пиво, он плескался в роскошной ванне и невольно думал о превратностях работы, на которую подписался в самом начале восьмидесятых годов, когда председателем КГБ СССР был еще Андропов. В ту пору он, Игорь Панков, только-только закончил институт, в совершенстве знал не только ведущий английский, но и французский, мог изъясняться на немецком, и его, молодого и здорового, естественно, пригласили на Кузнецкий мост, как шутили кагэбэшники, в филиал «Детского мира». Немолодой уже полковник поговорил с ним «за жизнь», а потом без обиняков сказал, что райком комсомола рекомендует его, Игоря Панкова, для работы в органах. Просто и ясно. И он, естественно, согласился.

Панков невольно усмехнулся, вспомнив, как яростно их поливали грязью после августа девяносто первого, когда игра в демократию достигла своего пика. А ведь еще незадолго до развала Союза работа эта считалась сверхпочетной, и он лично не знал людей, которые бы отказались от нее. Это было престижно, почетно, но главное — аббревиатура из трех букв — КГБ — словно завораживала человека и он становился ее рабом.

Тогда, в самом начале восьмидесятых, чуть ли не по всей планете полыхали «горячие точки», где требовалось присутствие грамотных советских спецов, и ему предложили пройти обучение по курсу «противопартизанская борьба». Это было заманчиво, пахло романтикой, и он дал согласие. Учился под Москвой, и когда закончил, то кроме английского, французского и немецкого знал еще язык страны, в которой предстояло работать. А также обычаи и нравы народа, природно-климатические условия и прочее. Тестирование и подготовку на выживаемость их группа проходила в определенном районе. И хотя каждого из них готовили для работы в конкретной стране, побывать пришлось во многих местах.

Теоретически все они должны были выполнять роль инструкторов и не имели права участвовать в военных действиях. Но это лишь теоретически. На деле же он лично не один раз проводил акции по уничтожению командных пунктов повстанческих формирований, мест сбора их лидеров, да и самих лидеров. Делалось это просто. Допустим, необходимо нейтрализовать штаб неких повстанческих сил. Вначале это пробуют сделать местные кадровые войска, потом силы безопасности. Если у них ничего не получается — тогда наступает очередь русских «инструкторов». Сначала обстрел неуправляемыми снарядами типа «земля — воздух», потом зачистка этого места из пулеметов. После чего они добивали все, что еще шевелится, и быстро сматывались восвояси. На смену им тут же приходили местные парни. Быстрее всего вести об очередном таком побоище доходили до американских журналистов. Те прилетали, делали снимки, брали у кого-то интервью, а потом в газетах появлялось очередное сообщение о разгроме группировки или штаба силами безопасности аборигенов.

Но вообще-то задания были разные: сбор информации, проведение диверсий и террористических акций, ответственность за которые по предварительной договоренности брали на себя местные ультраорганизации, работа по сколачиванию разрозненных партизанских отрядов в так называемый «единый фронт национальной борьбы». Всего не перечислить.

Самым «веселым» местом осталась для него Ангола, ситуация в которой была примерно такой же, как в России в гражданскую войну. Одни за СВАПО, другие за УНИТА. Разделилась деревня надвое, и воюют. Он лично учил черных братьев тактике ведения партизанской борьбы, учил обращению с советским и наиболее распространенными видами американского оружия. Как вдруг смотрит — кто-то довольно грамотно противостоит ему. Тогда-то и подумал, что либо французский легионер точно так же, как он, натаскивает «своих» черных братьев, либо американец. Хотел уж было личную вылазку сделать, а тут вдруг старейшина деревни заявляет ему, что с ним лично желает встретиться офицер с противоположной стороны. Предложение, конечно, более чем опасное, и узнай об этой встрече начальство Панкова, неприятностей хватило бы выше крыши, но уж больно ему захотелось познакомиться с тем типом. Договорились об условиях встречи. И вот выходит он, Панков, в назначенное время на открытое место, глядь, а навстречу идет мужик вроде как знакомый. Подошел поближе — и рот открыл: Антон Крымов, с которым он отрабатывал учебные прыжки на планирующих парашютах. «Тебя-то сюда каким ветром занесло?» А Крымов хохочет: «Таким же, что и тебя». Так и воевали: три дня он Антона громил, три дня тот его. А в выходной на вертолет — и в Луанду, чтобы душу отвести.

Игоря Панкова, прошедшего огонь, воду и медные трубы, нельзя было уличить в сентиментальности, но сейчас, когда он вспомнил Антона именно в связи с событиями в Анголе, ему вдруг стало не по себе. Хоть и не забывал он о нем с той самой минуты, как Крымов вновь переступил порог следственного изолятора, чтобы стать сердцевиной оперативной разработки по этой проклятой наркоте. И так стало Панкову тоскливо от того, что Антон сейчас находится в этом же городе, причем совсем рядом, полчаса езды на автобусе. Но Антон был за проволокой, а он, начальник спецгруппы подполковник Панков, плескался в хвойной теплой воде этой шикарной ванны и попивал из горлышка охлажденное баварское пиво. Нет, это не было угрызением совести. Просто откуда-то навалилось паскудное ощущение предательства, от которого никакое, даже самое разбаварское пиво не полезет в горло.

Невольно поморщившись от всей этой хренотени, которая вдруг навалилась на него именно сейчас, Панков ясно понял, что гложет не что иное, как мысль о сгинувшем на этапе Крымове. Именно сгинувшем, потому что по тем сведениям, которые имел Панков, было видно, что тот этап без каких-либо осложнений и ЧП добрался до «пятерки», что осужденных перевели на карантин. И все! Ни слуху, ни духу. Майор Крымов будто растворился в этой проклятой колонии. А ведь по плану оперативной разработки он должен был уже «серьезно приболеть» и перевестись в шестую колонию, официально называемую «межобластной больницей» и находящуюся на территории криминального химкомбината. Наслушавшись рассказов про зверские страсти на зонах, где балом правит отрицаловка, и про то, как блатные расправляются с подсадными утками, Панков уже клял себя, что согласился на эту рискованную операцию с зоной, но, как говорится, состав ушел и рельсы разобрали. Правда, здесь его хоть в какой-то степени успокаивали два фактора. Первый — это то, что «пятерка», в которой начальником был подполковник Царев, считалась в области не просто красной, но еще и образцовой, где за последний год не произошло ни одного ЧП или бунта заключенных. Правда, эту отчетность немного подпортил удавленник из числа стеклорезов, то есть тех, как пояснили Панкову, кто осужден за изнасилование, но эта статья уголовного кодекса к Антону не имела совершенно никакого отношения. И второй фактор — это то, что колония продолжала жить своей размеренной жизнью, а это значило, что в эту жизнь влился и Антон.

И все-таки Панкова уже по-настоящему тревожило молчание Крымова и то, что он слишком долго задерживается в этой проклятой «пятерке». Уходило драгоценное время, отпущенное на операцию. А наркотические таблетки «экстази» продолжали расползаться уже не только по этому городу и области, но поползли, как уже сказано, и в бывшие «братские» республики. Это счастье и удача, что на таможне перехватили плюшевого бычка, а если бы он ушел в Эстонию? К тому же кто скажет, сколько таких бычков уже разбежалось по России!

Об этом не хотелось и думать.

Панков вновь потянулся было за бутылкой, но тут вдруг зазвонил телефон. Одно из двух — это либо генерал Толстых, либо рыжий лейтенант Степин. Но если начальник областного Управления

ФСБ, будучи столь радушным и хлебосольным хозяином, мог просто поинтересоваться настроением и самочувствием столичного гостя, то лейтенант мог звонить только по делу.

Выбравшись из ванны, Панков набросил на себя огромное махровое полотенце и зашлепал мокрыми ногами к продолжавшему верещать телефону. Менее всего ему сейчас хотелось говорить с генералом, но вот с лейтенантом... Звонил как раз он.

— Товарищ подполковник? Это лейтенант Степин. Есть первые данные по Строеву.

— Ну? — выдохнул Панков.

— Щас, товарищ подполковник! — и Панков словно бы увидел, как заторопился этот вихрастый рыжеволосый лейтенант, и было слышно, как он зашуршал бумажкой, на которой были записаны полученные данные. — Щас!

Наконец он разобрался со своими записями и вновь приник к телефонной трубке:

— Слушаете, товарищ подполковник?

— Да, конечно.

— Так вот. Валентин Петрович Строев. Возраст — двадцать шесть лет. Родился в поселке Мутное — это в сорока километрах от города. Закончил среднюю школу и был призван в армию. После демобилизации вновь вернулся по месту прописки, но работать стал в городе. Заключил контракт с областным Управлением внутренних дел и три года нес службу контрактника в колонии, что на территории химкомбината.

От этой информации у Панкова чуть ли не перехватило дыхание. Выходит, не зря он тащился в эту даль, бросив дела в Москве? Не подвела, не подвела, значит, интуиция.

— Конкретнее про работу контрактника можно? — попросил он.

Степин замялся на какую-то секунду, потом сказал виновато:

— Товарищ подполковник, сами понимаете, времени мало было. Пока что известно лишь то, что он нес службу дежурного контролера.

— Хорошо, спасибо, — успокоил старательного лейтенанта Панков. — Что дальше?

— Когда контракт закончился, Строев не стал его продлевать, а прошел платные курсы барменов и его тут же взяли на работу в ресторан «Центральный», при котором открыты ночной клуб, молодежная дискотека и казино.

— Это здесь, в городе? — уточнил Панков.

— Да, конечно.

— Что еще?

— Ну-у, пока что ничего, — вновь замялся лейтенант. — Работаем, товарищ подполковник. Да! — вдруг спохватился он. — Еще один факт. Правда, не знаю, будет ли он вам интересен. Этот самый Строев недавно приобрел дом в городе и уже переехал туда из своего поселка. Родители остались в Мутном, там у них тоже небольшой домишко.

— Хорошо-о, — протянул Панков. Это была дополнительная информация, которая могла лечь в будущее уголовное дело. Бармен, конечно, денежная нынче работа, но не настолько, чтобы за год можно было накопить на покупку собственного дома. К тому же он знал нравы новых русских областного масштаба. Здесь не Москва, и чаевыми в кабаках они не очень-то бросаются. Так что, выходит, Валентин Петрович Строев имел дополнительный заработок, причем такой, который значительно перекрывал его основные доходы. — Спасибо, Коля, — поблагодарил лейтенанта Панков и добавил: — В семь жду тебя с машиной. Надо будет посмотреть, что за домишко приобрел господин Строев.

2

«Домишко», который сумел купить нынешний ушлый бармен ресторана «Центральный», а в недалеком прошлом — дежурный контролер межобластной больницы, а попросту колонии для больных заключенных, оказался вполне приличным небольшим коттеджем — целая улица таких выросла в старой части города на месте истлевших, покосившихся, наполовину ушедших в землю частных домов. Насколько понял Панков, это место облюбовали себе те из горожан, которых неизвестно, можно ли было назвать новыми русскими, но бедными точно назвать было нельзя. К тому же можно было вполне определенно сказать, что это люди, понимающие толк в жизни и не желающие больше прозябать в потрескавшихся хрущобах и пришедших им на смену панельных девятиэтажках, оставив эти прелести цивилизованной городской жизни мелкому чиновному люду, государственным служащим да рабочему классу, который лишился работы и теперь мыкался по обнищавшей России в поисках случайного заработка.

Люди, которые понастроили себе эти коттеджи, скупив по дешевке старые бревенчатые дома вместе с приусадебными участками, хотели не просто сытной, но и красивой жизни, как в американских фильмах, до которых они дорвались, когда в Россию хлынул вал видеопроката. И они получили ее, о чем с легкой завистью подумал подполковник ФСБ Панков, имевший в Москве небольшую квартирку в панельном доме. Здесь же вся улица утопала в яблоневых садах, которые плотным кольцом окружали деревянные и каменные коттеджи, скрывая их от постороннего глаза. Но что сразу же отличало эту улицу от американской, так это высоченные заборы, за которыми таилась своя, скрытая от постороннего глаза жизнь. Как говорится, мой дом — моя крепость. К тому же крепость, охраняемая злющими цепняками, каждый из которых был ростом с теленка, а в некоторых дворах разгуливало и по два таких пса. Видать, было что охранять хозяевам этих домов.

Такой же лохматый цепняк гремел цепью и в просторном дворе бывшего дежурного контролера межобластной больницы.

Проехав пару раз по аккуратно заасфальтированной улице, вдоль которой наливались сочными плодами яблоневые сады, Панков попросил Николая поставить машину где-нибудь неподалеку от коттеджа и долго наблюдал за домом, в котором не ощущалось даже малейшего признака жизни. Если не считать собаку, конечно.

— Он что, здесь совершенно один живет? — наконец спросил Панков.

Лейтенант пожал плечами.

— Я это смогу только завтра точно выяснить, товарищ подполковник. Но по всей вероятности один. Родители остались в Мутном, да и сам Строев пока что не женат.

Вполне удовлетворенный таким ответом, Панков кивнул:

— Если так, то это очень хорошо. — Он помолчал, продолжая разглядывать закрытые окна дома, потом вновь повернулся к Степину, который со своим рыжим вихром на голове и в довольно вульгарной рубахе-распашонке менее всего напоминал суперменистого лейтенанта ФСБ, какими их принято показывать в кино. — Слушай, Коля, мне не позже чем завтра надо знать график и режим работы этого бармена хотя бы на ближайшие трое суток. Режим и график!

— Слушаюсь, товарищ подполковник! — отчеканил лейтенант. И добавил: — Без проблем. К тому же, насколько я знаю работу «Центрального», они там с открытия, то есть с семи вечера, и до закрытия пашут.

— А закрытие во сколько?

— Ресторан до двенадцати ноль-ноль. Правда, это сам ресторан только в полночь закрывается, а вот ночной клуб и казино — так эти до утра.

— И что, так каждый день?

— Точно не могу сейчас сказать. Но сегодня узнаю и вечером вам сообщу.

— Так это значит, что Строев как раз сейчас коктейли за стойкой крутит? — в раздумье пожевав по привычке губами, заинтересованно спросил Панков.

— Следовательно, да.

Панков вновь пожевал губами и вдруг усмехнулся, тронув лейтенанта за плечо.

— Как думаешь, а не пора ли нам воочию увидеть владельца столь знатного дома?

Степин пожал плечами, что, видимо, означало: «Ваше дело, товарищ-барин подполковник. Куда прикажете, туда и отвезу».

— Вот и ладненько, — кивнул Панков. — Сейчас восемь, так что мы с тобой и за столиком посидеть успеем, и на нашего голубя полюбоваться. Я угощаю.

Даже со стороны было видно, как замялся Степин.

— Ну, ты чего? — тронул его Панков.

— Товарищ подполковник, — голос парня был тихим и неуверенным, будто он уже винил себя, что осмелился возразить столичному начальству, — товарищ подполковник, оно, конечно, спасибо за приглашение, но здесь дело в том, что город-то наш хоть и областной центр, но все равно маленький. Да и в «Центральный» ходит сейчас определенный контингент, который постарался изучить наших сотрудников в лицо. Так что, сами понимаете, меня и узнать могут. А вместе со мной и вы засветитесь. А насколько я понял, вам это ни к чему.

Панков хмыкнул, покосился на вихрастого лейтенанта. М-да, это, конечно, не российская столица, здесь, как говорится, своих героев знают в лицо. И узнай вдруг кто-нибудь из «нехороших» людей лейтенанта областного Управления ФСБ, который привел в кабак не девушку-раскрасавицу, а сорокалетнего мужика, эти нехорошие люди обязательно постараются выяснить, что это за птица такая и что ей в этом кабаке надо. Конечно, выяснят ли — это еще вопрос, но что круги по воде пойдут — факт. Это Панкову было сейчас совсем ни к чему.

— Хорошо, — согласился он с лейтенантом и хлопнул его по плечу. — Но до ресторана ты меня все-таки подбрось. А в двенадцать ночи сделаешь контрольный звонок. Годится?

— Слушаюсь, товарищ подполковник!

На свою квартиру, которую у него язык так и не поворачивался назвать конспиративной, Панков вернулся чуть позже одиннадцати. Принял освежающий душ, достал из холодильника бутылку водки, которая уже успела покрыться легкой изморозью, сделал себе несколько бутербродов с сырокопченой колбасой и уютно устроился в кресле, сервировав по-холостяцки журнальный столик. За то время, что он просидел в ресторане и баре, наблюдая за Строевым, он выпил только пару рюмок вполне приличного коньяка да пару бокалов настоящей «Алазанской долины». Так что аппетит вроде как разгулялся, но он ни при каких условиях не мог позволить переступить тот запрет, тот разрешенный им самому себе допустимый минимум спиртного — пусть даже очень хорошего, под хорошую закусь, — за которым начиналось опьянение. Вот и добирал он сейчас в ожидании телефонного звонка то, что было недобрано в «Центральном». К тому же было о чем и подумать, наблюдая, как искрится в хрустальной рюмке охлажденная водка.

Панков никогда не считал себя ни аналитиком-провидцем, ни асом сыскного дела, который работает по наитию, но в том, что шустрый и в то же время уверенный в себе бармен «Центрального» завязан на наркоту, Панков уже не сомневался. Чуть ли не два часа наблюдая за ним и посетителями первоклассного по российским меркам кабака, которые, судя по всему, были здесь постоянными клиентами, он мог поставить рубль за сто, что Валентин Строев здесь едва ли не центровая фигура. К его стойке, за которой он крутил коктейли и разливал по фужерам джин с тоником и виски с содовой, то и дело подходили вполне прилично одетые молодые люди, о чем-то шептались с ним, расплачивались довольно крупными купюрами, он на короткое время скрывался в своей подсобке, после чего внимательно оглядывал зал, длинную стойку бара, за которой кайфовал молодняк, и из рук в руки передавал очередному клиенту сдачу. Где-то часам к десяти вечера наметанный глаз Панкова засек за столиками несколько поплывших пар и тоже мог дать рупь за сто, что мужички эти с молоденькими девочками малость перебрали в дозе, причем не спиртного. Уж он-то знал, что от выпитой водки или коньяка люди ведут себя по-иному, они становятся более агрессивными и настырными; в данном же случае клиенты Строева плыли.

Панков не мог сказать точно, каким типом колес приторговывает шустрый бармен. Но по поведению довольно красивой девчушки за соседним столиком, которую обхаживал сорокалетний козел с брюхом как у беременной женщины, он мог догадываться, что это «экстази». Девочка заторчала на глазах, закайфовала, и казалось, что ее счастью не будет конца. Видимо, этот богатенький брюхатый козел страдал комплексом неполноценности и теперь накачивал свою очередную жертву, чтобы потом, в постели, вволю поиздеваться над ней.

Расплатившись с официантом, Панков прошел в зал, откуда гремел тяжелый рок молодежной дискотеки, постоял немного в проходе, наблюдая за потным, тяжело дышащим муравейником орущих, кричащих и просто раскачивающихся людей, над которыми плясали разноцветные блики освещения, и повернул к выходу. Даже неопытным глазом можно было заметить кайфующие пары, которые уже успели принять дозу.

Что и говорить, обладатель небольшого, но зато новенького коттеджа Валентин Строев выбрал сверхудачную точку для сбыта наркоты. Лучший ресторан города, в котором он имел постоянную клиентуру, тут же молодежная дискотека, куда нищим и бедным вход запрещен, и естественно — казино. Заведение, посещение которого многие клиенты даже не представляли себе без добавочного кайфа. И конечно же лучше всего здесь мог идти «экстази». Во-первых, настоящий кайф, а во-вторых, не надо было искать вену, чтобы ширнуться грязной иглой.

Да, имея такую клиентуру, бывший дежурный контролер «шестерки» мог бы себе позволить приобрести и более дорогой коттедж. Вместе с иномаркой.

Степин позвонил ровно в полночь. Будто сидел все это время у телефона и ждал, когда стрелки сойдутся на цифре двенадцать.

— Товарищ подполковник?

— Да, лейтенант. Понял и докладываю: у меня все в порядке. Сейчас ложусь спать. Что у вас?

— Выяснил режим работы бармена.

— Ну и?..

— Все эту неделю — с семи вечера до двенадцати. Следующую неделю отдыхает. Но что интересно: он частенько после работы остается посидеть в ночном клубе или сыграть в казино. Предпочитает карты. Потом забирает с собой приглянувшуюся девчонку и едет домой.

— Хорошо-о-о... — протянул Панков, прикидывая, что, поскольку прошедший день — среда, у него еще есть время, чтобы провести задуманную операцию. Однако он понимал и то, что оттягивать это дело не стоит и надо будет завтра же убедить генерала, чтобы тот выделил ему надежных людей. — Хорошо, Николай. Спасибо за информацию. Завтра, думаю, увидимся.

— Машину утром подать?

— Да нет, спасибо. Хочу пешочком по городу пройтись.

Панков посмотрел на часы: девятнадцать тридцать. До заката солнца время еще оставалось. Но надо было начинать операцию, чтобы успеть закончить обыск до наступления темноты. Негласное проникновение в квартиру, тем более без санкции прокурора, — это не обыск с приглашенными понятыми. Здесь главное — не засветиться, а это значит, что надо было успеть прочесать коттедж при дневном освещении. По крайней мере, те два этажа, окна которых выходили на улицу. Подвал с подземным гаражом можно было прощупать и с помощью фонариков.

«Ну, с богом!» — мысленно перекрестился он и всем корпусом развернулся к трем оперативникам, которые мирно сидели на заднем сиденье, дожидаясь его команды. Вихрастый рыжеволосый лейтенант уютно устроился за баранкой оперативной «Волги», которую выделил московскому гостю начальник областного Управления ФСБ. Как смог убедиться Панков, генерал вообще оказался более чем смышленым мужиком, у которого, несмотря на его звание и положение, все еще не умерла жилка настоящего сыскаря. Выслушав утром московского подполковника, его доводы и резюме в отношении бармена ресторана «Центральный», он без всяких условий и оговорок пошел ему навстречу, хотя это и было противозаконно. И случись вдруг какая-нибудь осечка или, не дай бог, утечка информации... Однако Толстых плюнул на все эти «если» и выделил Панкову людей, которым, по его заверению, он верил больше, чем себе.

— Ну что, господа офицеры, — улыбнулся Панков, — приступим, помолясь?

— Как прикажете, господин подполковник! — моментально поддержал игру невысокий тридцатилетний капитан, которого начальник Управления рекомендовал как аса негласных обысков и вообще — сыскного дела.

— Тогда с богом! Кто из вас собакой займется?

— Я, товарищ подполковник, — негромко отозвался оперативник, который сидел крайним слева. — Я уже этого кобеля прощупал, думаю, проблем не будет. Эта зверюга натаскана на охрану, так что пускает в дом буквально всех и молча. Работать начинает, когда непрошеные гости попытаются выйти из дома. Можно было бы, конечно, его и сразу нейтрализовать, но зачем? Я тут прихватил с собой «Гон-один», так что проблем не будет.

Заметив недоуменно-вопросительный взгляд московского начальника, оперативник пояснил:

— Это концентрированная вытяжка из выделений суки во время течки. Уже опробовано. Действует безотказно.

Первыми в калитку утопающего в зелени палисадника прошли оперативник с «Гоном» и капитан, прихвативший с собой новенький кейс, набитый ключами от дверных замков и отмычками самых различных конфигураций. Из окна «Волги», которую Степин поставил метрах в ста от дома, было видно, как капитан поднялся на высокое крыльцо коттеджа, украшенное деревянным резным навесом, осмотрел массивную дверь с замочной скважиной, затем порылся в своем кейсе, буквально минуту-другую поколдовал над замком — и вошел внутрь. Это было сигналом, что пора двигаться и Панкову со вторым оперативником. Рыжеволосый лейтенант оставался для страховки в машине, имитируя какую-то поломку и ремонт. Это было предусмотрено для отвода глаз особо любопытных соседей. Двое оперативников, дежуривших в ресторане, также подстраховывали бармена «Центрального», вздумай он вдруг смотаться домой. На этот случай они бы затеяли с ним драку, после которой он бы попал уже не домой, а в больницу.

Кивнув сидящему позади него оперативнику, что пора идти, Панков выбрался из машины и вальяжным шагом уверенного в себе человека двинулся к коттеджу. Они вошли в калитку, невольно покосились на здоровенного цепняка, который выполз из своей будки и, положив умную морду на лапы, настороженно и в то же время спокойно наблюдал за гостями. Взятый щенком из областного питомника Управления внутренних дел и натасканный на сторожевую работу, он четко и ясно усвоил свою задачу: всех впускать и никого не выпускать. В отсутствие хозяина, естественно.

Панков впервые проводил негласный обыск с несанкционированным проникновением в квартиру и поэтому даже растерялся в первый момент, когда оказался внутри коттеджа. Этот дом только с улицы казался небольшим и компактным — видимо, на фоне других строений, которые чем-то напоминали средневековые замки и которые язык не поворачивался назвать домами. Это гнездышко бывшего контролера-контрактника изнутри тоже было впечатляющим. Огромная зала с камином, дубовая резная лестница на второй этаж, где находилась спальня и еще две большущих комнаты, заставленных, видимо, недавно купленной мебелью. Плюс кухня на первом этаже, столовая и ванная комната с обложенным розовой кафельной плиткой туалетом. Под коттеджем — гараж и нечто вроде цивилизованного погреба, который при желании мог бы сойти и за однокомнатную квартиру в блочных «хрущобах».

М-да, что и говорить, вполне оперившийся Валентин Петрович Строев собирался жить на широкую ногу, да и вкус, видимо, имел неплохой. Однако все это была чистой воды лирика, а сейчас надо было искать доказательства, которые бы напрямую подтвердили причастность бармена ресторана «Центральный» к наркоторговле. Если же этого не будет, то всем глубокомысленным доводам и выводам Панкова грош цена. И вызови ты его сейчас на допрос, ушлый Валентин Строев будет твердить, что про плюшевого бычка, тем более начиненного какой-то наркотой, он знать ничего не знает, просто, видимо, кто-то из недругов подставил несчастного бармена, переправляя наркотики от его имени. Что же касается этого дома, то он его действительно купил, уже работая барменом. Откуда такие деньги? Ну, во-первых, большие чаевые, сверхурочная работа сразу в трех точках, а во-вторых... Во-вторых, ему несколько раз здорово подфартило на рулетке в родном казино. И все! Едва наметившуюся разработку одного из каналов сбыта «экстази» можно будет считать закрытой. Мало того, этим можно было спугнуть и непосредственных производителей таблеток, заставив их тем самым временно лечь на дно. А именно этого Панков и боялся пуще всего.

Заметив его мимолетную растерянность, «ас негласных обысков» ощерился в улыбке.

— Не беспокойтесь, товарищ подполковник! Если в этой хибаре что и запрятано — найдем. Задача поставлена ясно, так что без проблем.

Панков невольно хмыкнул. Эти два слова — «без проблем» — похоже, и являлись тем кредо, на котором построил работу своей конторы генерал Толстых.

— Тогда с богом!

Сыскари областного Управления ФСБ действительно знали свое дело не понаслышке. Довольно быстро и в то же время без суеты они провели «аналитический» осмотр дома и, прикинув, где именно хозяин мог бы хранить коробочку-другую столь дорогостоящих таблеток, начали планомерный осмотр. Чтобы не висеть у них над душой и самому заняться делом, Панков спустился по внутренней лестнице в подвальное помещение, вдоль кафельных стен которого тянулись встроенные шкафчики, и, как учили когда-то опытные сыскари, пошел по ходу часовой стрелки, методично открывая дверцу за дверцей и внимательно осматривая потаенные уголки и посуду, где Строев мог бы хранить свой товар. На то, о чем можно было только мечтать, он натолкнулся, когда уже осмотрел добрую часть шкафчиков. Бармен «Центрального», видимо совсем ошалев от своей безнаказанности, потерял всякую осторожность и, закупив сразу целое стадо плюшевых бычков, засунул их в объемистый шкаф, прикрыв сверху рваной накидкой.

— Японский бог! — выдохнул Панков, не веря своим глазам.

Господин Строев, по всей вероятности, был не просто крупным сбытчиком и не мелким оптовиком, а, похоже, являлся активным членом наркотического синдиката, в обязанности которого входило не только распространение «экстази» в самых бойких точках города, но и налаживание новых каналов сбыта за пределами области. Иначе на хрен, спрашивается, ему это стадо громоздких плюшевых игрушек?

Панков достал из шкафа упакованного в плотный целлофан бычка, внимательно осмотрел его, прощупал каждый шов, заглянул под хвостик, где было проще всего произвести бычку «операцию», и положил обратно. Даже на первый взгляд было видно, что строчка — фабричная, шитье — еще не нарушенное, каждой стежок на месте. Значит, эти бычки еще ждали своего часа и каждому из них предстояла своя дорога. Хотя, впрочем, один-другой из них мог предназначаться и для «эстонского друга» из Пярну, если окажется удачной первая попытка.

Главное же заключалось в том, что бывший контролер-контрактник из «шестерки» искал новые, дополнительные каналы сбыта, а ему, Панкову, удалось сесть ему на хвост.

Наскоро осмотрев оставшиеся шкафчики и не найдя в них ничего для себя интересного, он поднялся в каминный зал коттеджа, где капитан со своими сыскарями также заканчивали осмотр своей части дома, и непроизвольно взглянул на огромные настенные часы. Стрелки показывали без четверти девять — выходило, что они провели здесь уже более часа. Впрочем, об этом можно было догадаться и по отсвету закатного солнца, легшему на стены этой красивой комнаты, в которой, наверное, было так приятно посидеть в холодный вечер у потрескивающего березовыми поленьями камина. Вкратце сообщив о своей находке, Панков спросил, есть ли какой-нибудь улов у сыскарей.

— Похоже, что кое-что нащупали, — отозвался капитан. — И если не ошибаюсь, именно то, что вы ищете.

— Ну же! — поторопил его Панков.

— Таблетки, товарищ подполковник. Можно сказать, на виду лежали: в аптечном шкафчике, в спальне.

— Много? — настороженно спросил Панков,

еще не веря в полную удачу. Хотя для возбуждения уголовного дела вполне хватило бы и того стада плюшевых бычков, которые безмолвно лежали в подвале дома.

— Очень много! Четыре баночки из-под но-шпы.

— Не может быть! — выдохнул Панков. — Что же он, мудак, что ли, полный, чтобы держать здесь такой компромат? Ведь случись, что он вдруг засветится на перепродаже, и заделай ваша контора или милиция у него санкционированный обыск... это же сразу срок! Причем, немалый.

— Вот и я поначалу так же подумал, — хмыкнул капитан. — Ну, страдает человек печенью, запасся на всякий случай лекарством; у моей жены этой но-шпы тоже две баночки стоит. Но потом пригляделся получше, а таблеточки-то эти цветом отличаются. Настоящая-то но-шпа светло-желтого цвета, и на ней буковки какие-то выдавлены, а у этого гуся таблетки почти белые и без буковок. Да и зачем этому здоровому лбу сразу четыре баночки лекарства, когда оно в аптеках свободно лежит? В общем, сами, товарищ подполковник, решите: наркота это или нет.

Докладывая о своей находке и в то же время наблюдая, как его коллеги заканчивают досмотр тех потаенных уголков, где бы можно было спрятать наркотик, капитан вновь усмехнулся, однако на этот раз улыбка его была кислой.

— А что касается того, что этот самый бармен — полный мудак, то думаю, что здесь вы не правы. Не мудак он, нет. И думаю, что и законы он знает не хуже нас с вами. Знает о том, чем может грозить ему такое количество наркоты в доме. Но знает он также и о том, что для настоящего обыска с понятыми и прочей чехардой необходимо возбуждение уголовного дела, а главное — санкция прокурора. И вот тут-то, видать, у этих ребят все схвачено и за все заплачено. Как в милиции, так и в прокуратуре.

— Но ведь этим может заняться и ФСБ, — проговорил Панков, вспомнив слова генерала Толстых, что, видать, и у него в Управлении завелась плесень.

— Может, — хмуро отозвался капитан. — Только кто поручится, что и в нашем следственном аппарате не завелось какой-нибудь бляди? Деньги-то вон какие вокруг этого дела крутятся. Кто удержится против соблазна, а кто...

— Ясно. — Панков покосился на разоткровенничавшегося сыскаря. То, что в нынешнюю ФСБ проник этот микроб продажности и предательства, уже ни для кого не было секретом. Как в самой столице, так и в российских губерниях. Но об этом старались помалкивать даже в своем кругу. И на то было две причины: во-первых, откровенно боялись широкой огласки, что привело бы к новой перетряске кадров, при которой не только лес рубят, но и щепки летят. Причем этих самых щепок было бы гораздо больше, чем больного леса. И второе, что тоже было немаловажно: Федеральная служба безопасности была прямой преемницей всесильного КГБ, а офицеры Комитета до его последнего дня гордились своей неподкупностью и чистотой рядов. — Ясно, — повторил Панков и не смог удержаться от язвительности: — А куда же служба собственной безопасности смотрит?

Капитан, который по возрасту давно уже должен был стать майором, пожал плечами.

— Видимо смотрят куда-то. Только ведь те, кто запродались, они ведь тоже не дураки. Как говорится, все с высшим образованием. Так что... — И, как бы заканчивая этот неприятный для него разговор, он отрешенно махнул рукой.

— Хорошо, не будем, — согласился с ним Панков и тут же спросил: — При досмотре вы нигде не видели записной книжки хозяина?

Капитан по-мальчишески наморщил лоб, вспоминая.

— Пожалуй, видел. Но ведь вы же на нее не ориентировали.

— Где? — быстро спросил Панков, не обращая внимания на обиженный тон капитана.

— Одна записная книжка в кармане его джинсовой куртки, что в спальне висит, и вторая — ту, правда, можно скорее назвать телефонной книгой, — на столике.

— Спасибо, капитан! — одобрительно улыбнулся Панков и почти бегом взлетел по лестнице в спальню. Его интересовали последние записи развернувшегося торговца наркотой. И особенно те, которые выходили за пределы города и области.

Внимательно перелистав замусоленные странички записной книжки, он хмыкнул удовлетворенно — многие свежие записи говорили сами за себя и давали широкий простор для дальнейшей оперативной разработки. Затем спустился вниз, быстро пролистал такую же потрепанную общую тетрадь, что лежала у телефона, и повернулся к капитану:

— Фотоаппарат с собой захватили?

— А как же! — почти обиделся на такой вопрос капитан, которому предъявили чуть ли не прямое обвинение в непрофессионализме.

— Тогда пусть ребята переснимут все страницы этих книжек, и уходим отсюда.

— Что, есть что-нибудь интересное? — не выдержал капитан, которому неизвестно почему задерживали присвоение очередного звания.

— Есть! И даже очень есть.

Из дома выходили гуськом. Первым — оперативник со старым башмаком в руках, сильно смоченным «Гоном». За ним — остальные. Цепочку замыкал капитан, который должен был и двери закрыть.

Когда вышли на высокое крыльцо и увидели сидящую перед ступеньками огромную серую зверюгу, которая внимательно следила за непрошеными гостями и, судя по всему, даже не думала уступать им дорогу, Панков растерялся, почти осязаемо ощутив на ногах рваные раны, оставленные собачьими клыками. Однако кобелина вдруг поднялся с задницы, принюхиваясь, как-то странно повел мордой, и в это время в сторону его конуры полетел башмак...

Все остальное можно было только снимать на

видеокамеру для передачи «Очевидное — невероятное».

Вдыхая сладостные запахи из концентрированной вытяжки, верный, но столь подло обманутый людьми потомок сторожевых и конвойных собак, которых новые русские брали в местном питомнике УВД, бросился на старый башмак; из-под его серого брюха вывалился красный, воспаленный сучок, и он, яростно рыча и неистовствуя, стал рвать башмак зубами в поисках спрятавшейся куда-то течной сучки. Теперь можно было не только спокойно выйти за калитку высоченного забора, но и вывезти из этого коттеджа пару машин барахла.

В Москву Панков возвращался с четырьмя таблетками явно липовой но-шпы, изъятыми из каждой баночки по штуке, и проявленными фотографиями многочисленных адресов и телефонов, переснятыми в доме криминального бармена. Самого Строева генерал Толстых обещал взять под надежное негласное наблюдение. Но главное — обещал фиксировать все попытки почтового отправления плюшевых бычков.

Вспоминая свою последнюю встречу с начальником областного Управления ФСБ, Панков уже тогда понимал, что силами только своей спецгруппы ему с этим объемом работы не справиться. А поэтому и попросил генерала о помощи.

— Без проблем! — согласился с ним Толстых. —

Тем более что и у нас уже ведутся в этом направлении кое-какие разработки.

— Утечки информации не будет? — чуть замявшись, спросил Панков, вспомнив и предупреждение самого генерала, и горестный монолог сыскаря-капитана о плесени, появившейся среди офицеров управления.

— Это я беру на себя, — хмуро отозвался генерал и поморщился, словно московский визитер наступил ему на самую больную мозоль. — По крайней мере, в эту группу людей подбирал лично сам, как уже сообщал вам, подполковник.

Откинувшись на спинку самолетного кресла и почти убаюканный гулом моторов, Панков анализировал результаты командировки и понимал, что, как только химики подтвердят идентичность изъятых у бармена таблеток с теми таблетками «экстази», которые уже лежали в лаборатории ФСБ, — в чем он был совершенно уверен, — надо будет тут же переводить основной состав его спецгруппы в эту криминальную область, оставив в Москве лишь несколько человек — для оперативной отработки тех адресов, что были записаны в общей тетради и записной книжке Валентина Строева. Хотя раньше эту часть всей операции предполагалось провести, когда Антон Крымов перейдет из «пятерки» в зону химкомбината. Однако теперь, когда Панков воочию увидел объемы производимой на территории области наркоты и почти осязаемо почувствовал наглость этого криминального синдиката, он понял, что ждать, пока Крымов выйдет на непосредственных производителей таблеток «экстази» (что тоже стояло под очень большим вопросом), — это терять драгоценное время. Надо будет скорректировать всю оперативную разработку и попытаться выйти на производителей уже с двух сторон: и через Крымова, и выявляя криминальные связи бывшего контролера-контрактника Строева. И здесь опять-таки требовалась помощь начальника областного Управления ФСБ.

Единственное, чего сейчас боялся Панков, — это возможная утечка информации.

3

Несмотря на то, что все люки были открыты, в чердачном пролете было непомерно жарко, душно, и Доцент боялся, что будущей ночью кого-нибудь из жителей «города» хватит кондратий. А новый труп — новые неприятности и общение с ментами, у которых разговор один: резиновая палка да пинок тяжеленным ботинком под ребра. Впрочем, этих ребят в форме тоже понять можно: наркоман — он и в Африке наркоман и обычных человеческих слов не понимает. Сам-то он в последнее время сидел на «лошадке» и мог бы на денек-другой, пока не схлынет эта жарища, в которой всю последнюю неделю утопал город, свалить с этого огромного чердака, в котором жило сейчас не менее сорока наркоманов и который стал их городом, но он не мог даже помыслить об этом, чтобы не пропустить информацию, которую должен был передать затем своему бывшему институтскому товарищу Кольке Степину. В местном педагогическом институте, который они закончили ноздря в ноздрю, Степина звали просто Рыжим, а теперь гляди-ка — лейтенант ФСБ. Вот уж верно говорят, что пути Господни неисповедимы.

Привалившись к вентиляционной трубе и закрыв глаза, Доцент слушал вполуха неторопливый разговор какого-то паренька с девчушкой, которые совсем недавно обосновались на этом чердаке огромного, вытянутого здания и, как видно, приглянулись друг дружке. Они лежали на полосатом замызганном матрасе, который притащили неизвестно откуда, и как-то очень по-детски обсуждали свои проблемы.

— Я-то с марфы[1] начал, то есть меня в больнице на это дело посадили, когда я там лежал. Ну а когда вышел, стал продолжать.

— И сколько времени ты колешься?

— Два года марфы и два — винта[2]. Так что четыре годика стаж.

— Ну-у, — со вздохом протянула девчонка, — у меня стаж поменьше, и не так регулярно. А началось как-то в летние каникулы. Вмазали меня, я вот так же лежу и говорю: ребята, в кайф! Целую неделю мы с ними завивали, а через неделю я — вот так вот, в общем, совершенный скелет, обтянутый кожей.

---

[1] Марфа — морфин.

[2] Винт (первитин) — амфетамин более сильного действия, чем эфедрон.

Жрать хочу, спать хочу... Идешь по улице — на тебя все смотрят.

— Нет, ты не права, — неожиданно возразил ей парнишка. — Это чисто винтовая подсадка[1]. Когда глядишь в зеркало — действительно кажется, что ты скелет, обтянутый кожей, и на улице такое ощущение, что на тебя все глазеют. А на самом-то деле никто ничего не видит. Отвинченного может распознать только тот, кто сам шмыгался этим делом. Мои родители, например, за четыре года так и не поняли ничего. Я прихожу домой под винтом, они спрашивают: а чего у тебя глаза такие красные? А я им говорю: устал очень. И они, дурачки, все время верили.

Слышно было, как они засмеялись каким-то нервным, издерганным смехом, а потом девчонка продолжила:

— А мне как-то вкололи, и вскочил вдруг фурункул какой-то на руке. Я маме показываю, а она: ой, деточка, у тебя, может, аллергия какая! Давай мочалкой потрем. Она трет, а я под винтом, но она ничего не замечает. Трет и говорит: не беспокойся, щас это у тебя пройдет.

Они вновь засмеялись, а девчонка уже вошла в раж:

— Или прихожу и говорю: мам, я есть хочу. Ну, мама мне суп, конечно, наливает, а я сделаю две ложки и понимаю, что не могу есть. Вот и говорю: мам, я щас спать лягу. Ложусь на кровать и дейст-

---

[1] Подсадка — наркозависимость.

вительно откалываюсь с открытыми глазами. Это я потом уже узнала, что люди под винтом откалываются с открытыми глазами. Они могут смотреть куда-нибудь в потолок и спать при этом. И вот лежу я так с открытыми глазами, а мама мне: ты спишь? Сплю, говорю. А почему с открытыми глазами? Не знаю, говорю. Видать, давно не спала или в школе переутомилась. Ну, мама, конечно, оставляет меня спать и уходит на работу.

«Идиоты какие-то, а не родители! — хмыкнул про себя Доцент. — Хотя, впрочем... Откуда матери этой девчонки, вкалывающей где-нибудь уборщицей сразу на трех ставках и горбатящейся от зари до зари, знать про какие-то колеса, винты и марфы и реакцию человека на них, если она до ее нынешней беды с дочерью-школьницей даже слова «наркотик», поди, не слыхала. Запрещено было в бывшем Советском Союзе писать об этом! «Зависали», «задвигались» и «откидывались», то есть употребляли, кололись и умирали там, за бугром, в странах чуждого нам капитализма, но чтобы в стране, которая стройными рядами, поколонно, шла к светлому будущему...»

А паренек между тем продолжал:

— Ты глюки-то ловила?

— Ну!

— Какие?

— Да, понимаешь, самые разные. Но в последнее время поперло то, чего боялась. Когда поняла, что меня менты засекли и участковый пасти начал, то тут такое началось... То опера за мной с собаками гонятся, то еще что-нибудь похуже.

— Ну-у, это еще по-божески, — вздохнул паренек. — А меня крысы преследовать стали. Идешь, а кругом — крысы! Что ни шаг, то крыса. А потом, когда под винтом подсел на телегу[1], стал, блин, как будто ученый... ищу эффективный способ борьбы с наркоманией. И веришь, чуть не съехал по этой теме.

— А я когда проглотила десять колес, то думала, что просто откинусь. Передо мной вот такая спираль шла, шла, и я врубилась: когда спираль пойдет в обратную сторону, то сойдется в одну точку и я просто сдохну.

— Ишь ты! — цокнул языком паренек. — Это серьезно. А меня уже откачивали. Знакомый пришел — ты, говорит, лежишь как мертвый и весь зеленый. Не синий, понимаешь, а зеленый. Говорят, любой покойник сначала зеленеет, а потом уж синеет. Ну, знакомый меня откачал, так что — выжил.

Они говорили о чем-то еще и еще, но Доцент уже не слушал их, стараясь понять: сам-то он как докатился до этого чердака со скопищем наркоманов и как, каким образом его родной город, где он, Олег Климов, родился и вырос, поимел столь серьезную подсадку?

Доцент не мог бы назвать точную дату начала формирования черного рынка медикаментов, включая психотропные препараты и наркотики, но, по-

---

[1] Подсесть на телегу — дойти до края.

жалуй, именно ельцинский указ «О свободе торговли», выплеснувший на улицы не только его родного города, но и всей России толпы людей, которые что-то остервенело перепродавали друг другу, стал той временнóй меткой, от которой можно было бы вести условный отсчет начала бурного развития черного лекарственного рынка. Толкучка около городского стадиона и сейчас представляла собой живую картинку словно бы из послеуказного времени. Этот же указ стал отличной ширмой для лекарственных мальчиков, к которым относился и он, студент областного педагогического института Олег Климов. Именно эти мальчики, а не пресловутые бабушки-старушки стали зачинателями психоторговли. Плечистые, подтянутые, с объемистыми спортивными сумками, они умудрялись оставаться незаметными среди сомкнутых шеренг стихийных толчков и в то же время делать так, чтобы их легко находили, кому надо. Никто не покушался на выбранные ими места возле «опознавательных знаков». Скажем, табачный киоск или два крайних столба на той же площади у стадиона. Коллеги Климова по этому бизнесу могли вполне доступно объяснить, как пользоваться тем или иным препаратом, а их речь, еще не забитая жаргоном и сленговыми словечками, выдавала пусть незаконченное, но всетаки высшее образование.

Но постепенно структура торговой гвардии на улицах города начала меняться. Разбогатевшим мальчикам стало западло самим мокнуть под дождем или стучать ботинком о ботинок на морозе.

Свято место пусто не бывает. И добровольные помощники нашлись быстро: ими оказались сами наркоманы. А вскоре и они стали исчезать, теснимые азербайджанской группировкой, освоившей рыночную торговлю анашой и маком. Впоследствии они освоили также и торговлю метадоном — сильнодействующим синтетическим наркотиком внутривенного пользования.

Начавший с колес, которые шли в сочетании с нозепамом, тазепамом и цикладолом, выпускник областного педагогического института, получивший среди городских наркоманов кличку Доцент, постепенно перешел на более сильную наркоту, которая и сформировала у него два вида зависимости: физическую и психическую. Будучи довольно грамотным человеком, он мог бы и сам прочитать сотню профессиональных лекций о страшном вреде наркотиков, но поделать с собой уже ничего не мог. И только спасался иногда «лошадкой», чтобы затем вновь вернуться к привычным наркотикам. Больше всего ему нравился ФЦП — галлюциноген, фенциклидин, который зачастую толкают под видом ЛСД. Галлюцинации, нечувствительность к боли, чувство прилива сил и собственной неуязвимости. Он, правда, довольно хреново выводится из организма, накапливаясь там и доводя до необратимых последствий. Об этих самых последствиях Климов тоже знал, ощущая их на собственной шкуре, и знал, что шмыгаться, то есть употреблять наркоту, ему осталось недолго: старуха с косой уже стояла за его плечами.

Эти мысли стали часто посещать его, и всякий раз он старался отогнать их, надеясь, что, пока водятся в кармане деньжата, он сможет в любой момент пересесть на «лошадку». Позволить себе эту роскошь мог далеко не каждый: один грамм метадона стоил пятьдесят — шестьдесят баксов. Разовая доза — около десяти миллиграммов. А вот сколько надо, чтобы привести себя в более-менее «нормальное» состояние... В день иногда уходило от тридцати до ста миллиграммов этой гадости. Простым воровством, на что шли практически все наркоманы и особенно малолетки, Климову заниматься не хотелось, да и не мог он пойти на это в силу собственного воспитания, оттого и стал авторитетным пушером по кличке Доцент. Навар пока что шел неплохой, оттого и был он при деньгах и при кайфе.

Он чуть приоткрыл глаза и покосился на притихшую парочку, которую то ли повело, то ли просто развезло в этой духотище от полного истощения организма. Эти, поди, хоть и базлают про винт, но сидят, судя по всему, на эфедроне — наркотике, который производят в домашних условиях из эфедрина и теофедрина. Его основное «преимущество» перед другими — низкая стоимость, которая, правда, компенсировалась страшенным разрушительным действием, вызывающим опасения даже у самих наркоманов. Эта дрянь стоила до пятидесяти тысяч рублей. Он и сам как-то попробовал колоться этой отравой и, в общем-то, мог понять кое-кого из населяющих этот чердачный город. Эйфория, искаженное восприятие времени и реальности. Повышенная возбудимость и сильное сексуальное возбуждение, особенно у женщин.

Так что парни воруют где ни попадя и что ни попадя, чтобы только поиметь к вечеру этот несчастный полтинник, а у девчонок чуть проще, вернее — меньше криминала: утром — доза, вечером — минет.

Правда, после того как азеры заполонили центральный городской рынок, появилась еще одна дешевая дрянь, так называемый «русский героин». А если проще, то ацетилированный опий, который также приготовляется в домашних условиях путем обработки сухой измельченной маковой соломки растворителем или уксусным ангидридом. Большей и паскудней дряни, чем этот раствор не отделяемого белого или коричневого героина, за что он и получил за рубежом это свое название, Доцент не пробовал. Но что самое страшное в нем — так это жесткая зависимость после первых же приемов.

Попробовал Климов как-то и завязать. Это случилось два года назад, когда его с трудом откачали в больнице и он трое суток провалялся в реанимации под капельницей. Он тогда здорово испугался за свою жизнь, но... Да, нынешние врачи-наркологи научились достаточно быстро и эффективно избавлять наркомана от физических страданий. Но намного сложнее с другим видом зависимости — психической, принципиально неизлечимой. Действие наркотика, как очень сильное впечатление, отпечатывается в памяти. А еще точнее — в энграммах — материальном субстрате памяти, рассредоточенном по всему мозгу. Коварство наркотика многогранно, и, в частности, оно заключается в том, что уже никогда этот отпечаток из памяти человека не сотрется — до последнего его вздоха[1].

И еще одна подножка ждет наркомана, решившего завязать. Организм уже никогда не восстановит синтез медиаторов[2] в прежнем объеме — только частично. Этим и объясняется то, что многих бывших наркоманов легко отличить по подавленному настроению, вялости, замедленности реакций и заметному отсутствию ярко выраженных желаний. Человек так и остается на всю жизнь «потушенным».

Будучи довольно грамотным человеком, за что он и получил кличку Доцент, Климов прекрасно знал все это, но поделать с собой уже ничего не мог, оставив для себя единственную отдушину — «лошадку». А зная, что не так уж и далеко то время, когда откинется и он, а местный участковый зафиксирует еще один труп, он стал вдруг страшной ненавистью ненавидеть рыночных оптовиков, у которых брал наркоту для дальнейшей перепродажи. И не потому даже, что они посадили чуть ли не пол-России на иглу, наживая при этом огромные состо-

---

[1] В головном мозге человека расположена большая часть микроскопических сверхчувствительных образований — рецепторов. Именно через них человек получает ощущения от принятых наркотиков. У здорового человека рецепторы взаимодействуют с нейромедиаторами, сверхактивными веществами, которые вырабатывает сам организм. Наркотик выталкивает из рецептора медиатор и начинает взаимодействовать с ним сам.

[2] Медиаторы (нейромедиаторы) — химические вещества, выделяющиеся под влиянием нервных импульсов; способствуют передаче этих импульсов от одной нервной клетки к другой.

яния, а потому, что от жадности своей частенько бодяжили наркоту, разбавляя ее всякой хренотенью, в том числе и небезопасной. Он знал случаи, когда тот же эфедрин некоторые сбытчики смешивали для увеличения веса с фотофиксажем, который при внутривенном введении способен убить человека. Или взять тот же мак, произрастающий в зоне чернобыльской катастрофы. Популярен, сволочь! Мутировав, он отличается теперь бóльшими размерами, то есть дает обилие зеленой массы. А на то, что он радиоактивно загрязнен, оптовики уже не обращают внимания, хотя от него уже откинулось несколько человек только здесь, на этом самом чердаке.

Понимая все это, он в то же время понимал, что слишком глубоко завяз и теперь ему уже не поможет никакой нарколог. И порой на Доцента накатывало вдруг не только чувство ненависти, но и чувство жалости к таким вот пацанам и девчонкам, которых все больше и больше набивалось в его город, и город разросся так, что уже и имя заимел свое — Аляска. И надо же было ему в один из таких моментов, когда накатила эта самая жалость, столкнуться у центрального рынка с Рыжим, Колькой Степиным, который был когда-то не только его сокурсником, но и другом. Явно обрадовавшийся такой встрече Рыжий предложил зайти в кафе, сказал, что угощает, и вот там-то, распив с ним на двоих бутылку коньяка, Доцент и разоткровенничался. Степин сидел раскрыв рот, и это почему-то доставляло Доценту сладостное удовольствие. А потом настала очередь раскрыть свою пасть и ему, Олегу Климову — когда Рыжий вдруг признался, что сразу же после окончания института его пригласили на работу в ФСБ, что теперь он уже лейтенант и после очередной перетряски Управления его перевели в отдел, на котором висели проблемы областного масштаба, связанные с наркотой.

— Врешь! — только и выдохнул тогда Доцент.

Однако Колька не врал и даже показал ему свое удостоверение. Потом Рыжий взял еще пару бутылок коньяка и повез его к себе домой, где, пожалуй, чуть ли не впервые за последний год Доцент по-настоящему отмок в теплой ванне, затем они выпили еще и еще, Колька заставил его поесть как следует, а потом просто уложил спать на диван, на котором он, Доцент, и провалялся чуть ли не сутки. Затем опять немного выпили, уже по-настоящему покалякали за жизнь, и когда бывший студент областного педагогического института по кличке Рыжий, а ныне лейтенант ФСБ Николай Степин убедился, что его дружок уже никогда не покинет свою Аляску, он без обиняков предложил ему сотрудничать с ФСБ. И, как это ни странно, Доцент согласился, тем более что непосредственным его куратором должен был стать сам Николай.

Информацией Доцент обладал богатой, и уже к весне на столе у Степина лежала едва ли не полная информация по оптовикам и пушерам, которые работали с азербайджанской группировкой, как вдруг произошло невероятное. В городе появился почти дармовой «экстази», вскоре практически вытеснивший из увеселительных заведений не только метадон, но и героин с кокаином, которые также поставляли азеры, безбожно бодяжа при этом. В городе заметались в панике не только «братья» из солнечного Азербайджана, которые на глазах теряли огромный рынок сбыта, но и фээсбэшники, у которых новые таблетки выбили, можно сказать, почву из-под ног. Одно дело — усатые торговцы, которые уже были у них под колпаком, и совсем другое — неизвестно откуда поваливший вал высококачественных и при этом очень дешевых таблеток, за которыми неизвестно кто стоял. Доценту удалось лишь выяснить, что основной сбыт шел через цыган, табор которых уже несколько лет как обосновался на окраине города, превратившись постепенно в самострой. Но это, как говорится, уже были проблемы самого Рыжего с его конторой. Что касается наркоманов Аляски и других чердачных городов, то их к «экстази» даже не подпускали. Не тот уровень.

И все-таки, хотели они того или нет, но городских наркоманов ждали какие-то серьезные потрясения, приближение которых Доцент чувствовал собственной шкурой. Причем потрясения довольно скорые. Доцент попробовал было провентилировать это дело у Крысолова — президента Аляски, но тот только отмахнулся уныло, добавив при этом, что не хватало еще честным наркоманам своей жопой рисковать ради каких-то азеров. Хоть и считали Доцента умным человеком, но из этой фразы он ничего не понял, попросил было разъяснить, но неожиданно рассвирепевший президент вдруг гаркнул на него, посоветовав заткнуться и не отлучаться надолго: ему, мол, скоро понадобятся все жители Аляски. Доцент, конечно, мог бы эту жирную сволочь с заплетенными в косичку волосами и на хрен послать, однако, подумав немного, решил с Крысоловом не ссориться. Президент — он везде президент, хоть в Кремле, хоть на Аляске. С той только разницей, что в Кремле выбирают на четыре года, а здесь — пожизненно. И хоть ему столько же лет, что и Доценту, и Доцент значительно умнее его, но главный здесь — Крысолов, и его слово — закон.

Доцент тяжело вздохнул, проклиная себя за то, что сам себе выбрал эту жизнь с опустившимся отребьем, и в это время кто-то постучал в закрытую дверь, что находилась напротив него. Условным паролем, который Крысолов менял каждую неделю. Два удара, пауза, еще два удара, и после паузы — три. Значит, кто-то свой. Доцент нехотя поднялся, повел плечами, разминая кости. Хотя прошедшей ночью его опять настигла очередная ломка, однако утром он принял дозу «лошадки», и сейчас вроде бы отпустило. Однако на душе было все равно хреново.

Подойдя к чердачной двери, которая вела на лестницу последнего подъезда, он откинул массивный крючок и увидел в светлом проеме длинного и словно высушенного на солнце парня, который давно уже заимел свою срамную кликуху — Глист. Был он таким же пушером, как и Климов, однако с меньшим наркотическим стажем и еще каким-то чудом держался на легкой дряни.

— Привет, Доцент! — Глист шагнул в темноту

чердака и пожал вялую руку своего коллеги. — Что, ломает? — спросил участливо, определив его состояние по одному лишь пожатию руки.

— Малость. На «лошадке» сижу.

Глист хмыкнул.

— Может, выручить по дружбе? У меня с собой полный набор. Колеса, травка, героин, немного коки и ЛСД.

— Не! — решительно мотнул головой Доцент. — Перекантуюсь.

— Ну смотри, — ощерился в беззубой улыбке Глист и тут же спросил: — Крысолов у себя?

— А куда он, жирная жопа, денется? Ему же из города уйти — подвиг совершить.

— Тогда проводи! Разговор есть.

Спотыкаясь в темноте и матерясь, пробираясь лабиринтом вентиляционных труб, они пошли в сторону тускло светящейся лампочки, откуда доносился приглушенный ритм тяжелого рока и все явственней пахло марихуаной. Еще одна дверь — и они оказались в просторном помещении, которое освещала грязная стоваттка, подвешенная к какой-то балке. Разбросанные циновки и матрасы, на которых лежало человек двадцать наркоманов. Кто в штанах, но большинство в трусах и плавках — душно. А какая-то герла вообще оттопырила на грязной циновке голую задницу и, по-видимому, ловила кайф. Сам же Крысолов сидел в своем президентском кресле, возле которого стоял самый настоящий телефон, подключенный к линии пустующей квартиры, и смотрел какую-то ахинею по украденному телевизору.

Около кресла терся такой же жирный и противный кот Травкин, почти обязательная принадлежность всех чердачных городов. Доцент почти патологически не переносил эту тварь. И не потому, что с детства не любил котов и кошек, а потому, что этот самый Травкин просто обожал, когда постояльцы Аляски обкуривали его анашой или кормили хлебом, вымоченным в водке.

Явно обнаглевший и зазнавшийся Крысолов, видимо, напрочь забывший такие слова, как «привет» и «здравствуй», лениво отвернулся от экрана телевизора, процедил сквозь черные, прогнившие зубы:

— Принес?

— Естественно!

— Что?

— Полный набор. Правда, коки только четыре порошка.

— Почему? — почти взревел Крысолов. — Я же больше просил.

Глист невразумительно пожал своими костистыми плечами, на которых не хватало для законченного образа только той самой косы, которую таскала на себе известная смерть-старушка, закутанная то в белую, то в черную накидку.

— Сказали, что на этой неделе вообще больше не будет. И еще: если ты со своей Аляской завтра не выйдешь на общегородской митинг, тебе вообще оставят только «русский героин».

— Чего-о-о?! — взвился со своего продавленного, вонючего кресла Крысолов. — Они чего, совсем, что ли, охренели? Что за митинг еще? Ты же раньше говорил — демонстрация!

Он вновь завалился в свое кресло, оттопырил резинку давно не стиранных трусов и всей пятерней почесал лобок, в котором, похоже, уже давно поселились «друзья народа», а попросту говоря — мандавошки.

— Я и щас говорю — демонстрация. Но, видать, планы у заказчика изменились. Теперь так: сначала вся городская наркота, школьники и студенты собираются у стадиона, выстраиваются в одну колонну и идут на центральную площадь, к городской управе. А там уже главное действо: митинг. Лозунги и всякие там флажки с транспарантами уже готовы.

— О чем митинг-то? — поперхнувшись, спросил Климов.

Крысолов даже не удостоил его ответом, а Глист пояснил:

— Все продумано, Доцент! Видать, умные люди головы ломали. В общем, так. Завтра весь город должен выйти на демонстрацию и митинг с требованием легализации наркотиков и свободной продажи марихуаны, героина и части синтетических галлюциногенов, исключая «экстази».

— Они что, охерели?! — выдавил из себя Доцент. — Нас же заметут всех!

— Не бэ, Доцент! — радостно засмеялся Глист. — У тех ребят все схвачено. Так что менты будут тебя же и оберегать.

Климов хотел было возразить что-то, но Крысолов тут же перебил его:

— Все! Заткнулись на эту тему! — Он развернулся всей своей обрюзгшей массой к Глисту: — Передашь от меня, что вся Аляска будет на площади.

— У стадиона! — уточнил Глист.

— Я и говорю, что у стадиона. Теперь — к делу. Показывай товар.

Глист вытащил из-под пояса небольшой пакет, завернутый в целлофан, но тут же спросил на всякий случай:

— Чем расплачиваться будешь? Здесь товара на семьсот баксов.

Крысолов смял свою бульдожью морду в некоем подобии улыбки.

— Как всегда, рыжевьем. — Он потянулся своей лапой к штанам, которые валялись рядом с креслом, и вытащил из кармана горсть золотых колец, цепочек и сережек — улов жителей Аляски за последние два дня. — Возьми, сколько положено. Надеюсь, цена рыжевью та же?

Что-то бубня, Глист рассматривал сережки с цепочками, прикидывая их стоимость, но Климов уже не слушал его, лихорадочно соображая, что́ стоит за этой демонстрацией с митингом и знает ли об этом Степин. Однако в голову ничего путного не приходило, и он, стараясь не выдать своего волнения, вновь прислушался к разговору авторитетного пушера со своим президентом.

— Пистолет нужен? — спросил Глист, передавая

остатки золотых украшений Крысолову. — Задешево отдам. «Макаров»!

— У меня своих два, — лениво откликнулся Крысолов. — Так что поищи кого-нибудь другого.

Считая, по-видимому, разговор законченным, он уже было стал разворачивать пакет с наркотой, как вдруг вскинул свою жирную, массивную голову, засаленные волосы которой были заплетены в косичку, и почти заискивающе посмотрел на Глиста.

— Слушай, ты пушер авторитетный, если знаешь, где достать можно, сделай любезность.

— Ну? — насторожился Глист, пораженный столь неожиданным переходом.

— Понимаешь, кальян хочу, — опять сморщился Крысолов в подобии улыбки. — Кальян! Чтобы не просто эту дрянь курить, а чтобы как падишах восточный! Понимаешь? И чтобы вокруг герлы танцевали. Голые.

«О господи! — едва не рассмеялся и в то же время ужаснулся Доцент. — Поехала крыша у придурка!»

Да и Глист свой щербатый рот открыл, видимо пораженный не столько вполне понятной просьбой президента Аляски, сколько герлами, которые должны были танцевать и извиваться вокруг него.

— Эти, что ль? — кивнул он своей остроконечной головой на полуобнаженных девчонок, безучастно валявшихся на рваных, замызганных циновках и матрасах.

— Ну! — утвердительно кивнул Крысолов, сгоняя со своей рожи улыбку. — А что?

— Да ничего, — пожал плечами Глист. — Сделаем!

Явно удовлетворенный ответом, Крысолов откинулся на спинку своего президентского кресла, и чтобы потрафить пушеру, а заодно показать свою беспредельную власть, спросил:

— Может, девочку хочешь? Свеженькие есть. Малолетки!

— Не-е, — проблеял осторожный Глист. — Мне здоровье дороже. Я СПИДа боюсь!

Проводив пушера до чердачного выхода, Доцент вернулся в «президентские апартаменты», которые в скором времени должен будет украсить еще и восточный кальян, и спросил хмуро:

— Ну, что думаешь по этому поводу?

— Насчет демонстрации?

— Естественно!

Крысолов почесал своей лапой лоснящуюся от грязных волос голову.

— А куда мы на хрен денемся?! Раз надо — значит надо.

Хмуро кивнув в знак согласия, Климов поплелся на прежнее место, чтобы только не видеть эту сытую, вконец обнаглевшую рожу, возомнившую себя падишахом. Хотя... Здесь, на Аляске, он действительно пользовался безграничной властью, и любая из девчонок считала за честь угодить ему в постели. И еще одно мучило: информация о какой-то демонстрации и митинге, которую принес Глист. Кто-то, видать, начал серьезную игру с местной властью, добиваясь легализации наркотического рынка, и Климов вдруг заволновался, знают ли об этом в Управлении ФСБ и лично Степин? Видимо, нет. Иначе кто бы допустил такое сборище на центральной площади города?

Промучившись у своей вентиляционной трубы, где хоть не так ощущалась летняя духота, Климов наконец-то принял окончательное решение и выбрался на раскаленную от солнца улицу. Купил в газетном киоске пару телефонных жетонов и побрел к дому, на первом этаже которого находилась почта и где можно было без посторонних глаз позвонить по заученному телефону.

Народу в этот час на почте почти не было, стеклянные телефонные будки стояли свободные, и он, проверив на всякий случай, не плетется ли за ним кто-нибудь из постоянных клиентов «Аляски», набрал служебный номер Степина. Однако трубка откликнулась совершенно незнакомым мужским голосом и на вопрос Климова ответила, что Степина нет и не будет ближайшие двое суток. В командировке, мол.

Климов растерялся. Перенесший ломку и успевший принять дозу «лошадки», он уже не мог сообразить: «Как же так? Деляги от наркоты готовят на завтра ТАКУЮ акцию, он в клюве приносит ее Степину, а его, видите ли, нет на месте!»

— Жаль! — пробормотал Климов и уже хотел было повесить трубку, как вдруг услышал:

— Если что серьезное, скажите. Он должен звонить, я передам.

Доцент замялся. Он был информатором Степина, но раз такое дело...

— В принципе, у меня для него информация, — чуть подумав, проговорил он, вновь прижав трубку к вспотевшему уху.

— Серьезная? — осторожно спросил мужской голос.

— Думаю, да.

— Так говорите! Мы все здесь в одном котле варимся.

В общем-то, этот мужик был прав, но Климов спросил на всякий случай:

— Простите, а вы кто?

— Коллега Николая. Только по званию старше. — И чуть напористей: — Говорите же!

...Когда Климов выложил все, что услышал от Глиста, на другом конце провода немного помолчали, видимо оценивая значимость его информации, а потом все тот же голос произнес негромко:

— Спасибо, друг! — И тут же: — От кого записать информацию?

— Передайте, что Доцент звонил.

— Хорошо, Доцент! Спасибо.

Господи, если бы мог знать Олег Климов, что этим самым звонком он подписал себе смертный приговор! Однако он даже помыслить не мог, что и в Федеральной службе безопасности появились бляди и иуды, готовые продавать и продаваться, как проститутки на панели, ради сотни-другой американских долларов. Как это ни страшно, но прокуратура, милиция, кабинеты следователей и ФСБ превратились в кормушки, уткнувшись рылом в которые можно было и жить припеваючи, и при погонах ходить. И естественно, что каждый информатор или секретный сотрудник, внедренный в криминальную группировку, был для них злейшим врагом и тут же подлежал уничтожению.

Это был закон!

С трудом разлепив глаза, которые словно сомкнулись после страшного удара по голове, когда он сел в эту машину, Климов попытался сообразить, что же с ним произошло. Однако воспоминания были обрывочные, вялые, и единственное, что он помнил, так это то, что его вызвали во двор дома, когда он снова вернулся на свой чердак, и какие-то два мужика пригласили его в «Волгу» с тонированными стеклами. Сказали, что его ждет Степин. Мол, неожиданно вернулся из командировки. Он забрался на заднее сиденье, рядом с ним устроился один из этих мужиков, они выехали со двора, и когда сворачивали на почти безлюдную улицу...

Это было все, что он помнил. Единственное, что он смог сообразить, — что времени после его отключки прошло немало и ударили его, видимо, кастетом, когда он смотрел в боковое стекло. Правда, в тот момент они выезжали на дорогу, а сейчас «Волга» забралась в какой-то подлесок, который утопал в вечерних сумерках. А может, эти сумерки у него в глазах?

С трудом повернув гудящую от боли голову, он

увидел все того же скуластого мужика с аккуратным пробором на левую сторону, который и сделал его собственную тыкву невменяемой. Ощущение было такое, будто дури до тошнотиков накурился и сейчас не мог прийти в нормальное состояние. Повел головой и увидел своего второго мучителя, который до этого сидел за баранкой, а сейчас вылез подышать свежим воздухом.

— Ну что, Академик, оклемался? — растягивая тонкие губы в улыбке, спросил скуластый.

— Доцент! — вяло поправил его Климов, с трудом двигая шершавым языком по пересохшему нёбу.

— Мудак ты и козел, а не Доцент! — вдруг рассердился скуластый, натягивая на руку перчатку и вкладывая в нее блестящий кастет.

Он слегка, видимо для пробы, ткнул этой железякой куда-то ему в подреберье, и Климов едва вновь не потерял сознание, задохнувшись от резкой боли. В это время в салон заглянул тот, второй, что прогуливался у машины, проговорил негромко:

— Ты бы потише его! Он нам живой пока что нужен.

— Знаем! — коротко отозвался скуластый и покрутил перед лицом Климова блестящим кастетом. — Ну что, козел, сам говорить начнешь или помочь?

— О чем? — пересиливая шоковую боль и все так же с трудом разлепляя ссохшиеся губы, выдавил из себя Климов. Из того, что он сейчас услышал, до его сознания дошла только одна фраза: «Он нам живой пока что нужен». Выходит, его уже приговорили, и сейчас им требуется только его признание. Но какое? И в чем? И при чем здесь Колька Степин, именем которого его выманили с чердака и заставили сесть в эту машину?

Вопросы, вопросы и вопросы. И никакого ответа.

— О чем, спрашиваешь? — Скуластый уже почти вплотную подвинулся к Климову и вдруг опять ткнул кастетом. На этот раз в область печени. — Он, козел вонючий, еще спрашивает, о чем! — И вдруг почти взревел: — О своей работе информатора, падаль! О том, с какого времени пашешь на ФСБ! И еще о том постарайся вспомнить, — почти прошипел он, крутя ребром кастета у глазной впадины, — какую информацию успел передать Степину. И повторяю: за все время работы!

Как бы собираясь с мыслями и тем самым оттягивая время расправы, Климов вновь закрыл глаза. Теперь он уже понимал, в какой попал переплет, доверившись «коллеге» Степина. Но главное, за что он себя сейчас ругал, так это за то, что самолично обозначил свою кличку. Доцент! Действительно, мудак, а не Доцент. Ведь кличка у наркомана все равно что удостоверение личности у нормального человека. Враз найдут, кому надо. Стало страшно. Он провел языком по зубам и вдруг почувствовал в дупле сгнившего зуба посторонний предмет. Поначалу хотел было выплюнуть его, но тут вдруг словно протрезвел, вспомнив, что незадолго до того, как его позвали во двор, он скатал в малюсенький целлофановый пакетик тот грамм чистейшей коки, что выпросил все-таки в долг у Глиста и засунул его в дупло, опасаясь, что ночью начнется очередная ломка, а он забудет, где спрятал этот заветный пакетик. И еще вспомнил, что Глист уверял, будто этот кокаин чистейший. А это значит, что грамм надо будет разделить на три дозы, иначе — смерть.

«Господи, миленький, чего делать-то?» — металась в его смятенной страхом голове лихорадочная мысль.

Однако ничего путного на ум так и не приходило; все было словно в тумане, и единственное, что он понимал сейчас четко, что живым ему из этого подлеска не уйти. Хоть покайся он сейчас в своем сотрудничестве с ФСБ, хоть отпирайся намертво. Живым они его не оставят! И еще: он страшно боялся боли.

— Ну же, падла, я жду! — с откровенной угрозой произнес скуластый, ткнув его кастетом чуть ниже глаза. — А то ведь и экзекуцию могу начать.

— Да-да, конечно, — послушно, чтобы только его больше не били, закивал Климов, выкатывая из дупла крошечный пакетик. В какую-то секунду он вдруг почувствовал пакетик на кончике языка и, боясь, что мордоворот разгадает его хитрость, быстро проглотил кокаин...

Часть третья

1

Рустам был доволен. И тому имелись причины.

В самом центре российского города, над проблемами которого он сейчас ломал голову, разбушевалась невиданная не только в этих краях, но, пожалуй, и во всей России демонстрация. Впрочем, нынешнюю Россию митингами и демонстрациями сейчас не удивишь, но здесь было совершенно другое. Демонстранты, большей частью которых была совсем еще сопливая молодежь, требовали легализовать наркотики на основе конопли. По центральным улицам областной столицы топали сотни и сотни, если не тысячи закоренелых и начинающих наркоманов, на которых в немом изумлении вылез поглазеть чуть ли не весь город. Затраханное старшее поколение молча взирало на размалеванных детей и внуков, демонстранты же открыто курили травку и тащили огромные плакаты с надписями: «ЛЕГАЛИЗУЙТЕ ЭТО!»

Были здесь и свои глашатаи, подобранные из крепких парней, которые кричали во все горло:

— Даешь травку!

Стараясь затеряться в глазеющей толпе, чтобы ненароком где-нибудь не засветиться, Рустам двигался параллельно колонне по направлению к центральной площади города, где должно было завершиться выступление областных наркоманов, завершиться митингом, на котором собравшиеся должны выдвинуть городским и областным властям свои основные требования. И только после этого снова разойтись по своим чердакам и трущобам.

Он слушал, как кто-то из зевак возмущался, кто-то, наоборот, оправдывал «глупую еще молодежь», кто-то взывал к гражданской совести и кричал, что надо, мол, «позвонить куда надо» и вызвать воронки с милицией и спецназом, но все это были отдельные выклики, которые никто не слышал. И Рустам был откровенно горд за себя. Эта «невинная» демонстрация, преподнесенная как «выпускание пара у бунтующей молодежи», была санкционирована городской мэрией, и деньги, которые были заплачены «нужным людям», позволяли надеяться не только на то, что все пройдет тип-топ, но и должны были обеспечить защиту милиции, случись вдруг какая-нибудь непредвиденная стычка наркоманов с теми же коммунистами или какой-нибудь леворадикальной хренотенью — политическими силами, откровенно шокированными этим сверхнаглым выступлением одуревшего от своей безнаказанности молодняка, подогретого халявной наркотой.

Рустам любовался не только своей работой, но и был горд за своих земляков, которые не пожадничали, пустили часть вырученных от продажи наркотиков денег на откровенный подкуп тех городских чиновников, от которых зависела их дальнейшая судьба и развитие бизнеса. Итог был налицо. По центральным улицам обалдевшего областного города шли наркоманы, и на них было любо-дорого смотреть. Потрясая крашеными гривами, утыканные сережками и булавками, которыми были проколоты не только уши и носы, но и губы, они шли, дергаясь в такт орущему тяжелому року, что-то пели, и за ними тянулось сладковатое облачко дурмана.

За несколько кварталов до центральной площади в эту колонну, чем-то похожую на огромную пеструю змею, стали вливаться толпы скандирующих старшеклассников из городских школ, которые еще не успели сесть на иглу, но уже открыто курили травку, и Рустам вновь порадовался за себя. Число потенциальных клиентов росло день ото дня, и это говорило за то, что их бизнес будет процветать вечно. Правда, немного огорчали конкуренты и особенно этот проклятый «экстази», заполонивший область, однако он уже не сомневался в том, что ему удастся не только справиться с цыганским табором, через который эти колеса шли в город, но и заставить производителей таблеток работать только на его клан. А уж цены на этот наркотик он будет определять лично сам! Ну а те, кто не захочет работать на него...

Он только вчера вернулся из Баку, где доложил о результатах своей ознакомительной поездки в эту область, а спецы проверили в химической лаборатории привезенные им таблетки — те самые, что продал ему Золтан. И когда верхушка его клана окончательно убедилась в том, что их бизнес теснит едва ли не промышленное производство «экстази», который из-за своей бросовой цены уже потеснил азербайджанскую наркоту, ему тут же были предоставлены неограниченные средства, группа боевиков, прошедших Чечню, и полная свобода действий. Конечная цель его новой командировки — выявить поставщиков «экстази» и заставить их работать на него!

Рустам даже не заметил, как вместе с любопытствующей и глазеющей толпой добрался до центральной площади города, над которой, как памятник прошедшим временам, все еще возвышался гранитный обелиск вождю революции. Как бы в насмешку, здесь, под памятником, городские наркоманы и их доброхоты от каких-то политических партий и общественных движений должны были провести невиданный в этих краях часовой митинг.

Час, и не более! Так решила городская мэрия, она же обязала милицию поддерживать надлежащий порядок во время всего шествия наркоманов и их митинга на площади. У всех на памяти был недавний случай в соседней области, когда спецназ палками-демократорами разогнал студентов, требующих стипендии и возможности учиться бесплатно. Уж какой тогда пресса подняла вой! А случись подобное здесь... Ведь весь цивилизованный мир обрушится на головы мэра с губернатором, обвиняя их в нарушении элементарных демократических норм и прав человека.

И опять Рустам порадовался в душе за себя и свой клан, руководство которого не жалело денег для подкупа нужных людей. Уж кто-кто, а он-то хорошо знал, что каждый вложенный рубль возвратится сторицей. Причем в баксах. И пусть даже городские власти наплюют потом на это «молодежное движение за свободу демократических прав», но отголоски этого невиданного действа останутся в памяти тех же ментов, призванных бороться с наркотой. И они уже не будут свирепствовать в азербайджанских рядах на рынках, разыскивая среди ящиков с фруктами тот же гашиш или марихуану. Задумывая этот общегородской спектакль, основными действующими лицами которого стали сами наркоманы, купленные люди в мэрии смогли убедить городскую власть, что легализация всего, что творят из конопли, — это для города величайшее благо. Аргумент, конечно, был довольно спорным, но пока что срабатывал: запрет на так называемый мягкий наркотик подхлестывает, мол, спрос не только на такие сильнодействующие психогенные препараты, как героин, крэк и кокаин, но и на такую заразу, как таблетки «экстази», которые уже заполонили весь город. Этим Рустам убивал сразу двух зайцев: давал своим землякам возможность более свободной и безопасной торговли мягкими наркотиками и в то же время натравливал милицию и городские власти на распространителей «экстази».

Подойдя чуть ближе к памятнику Ленина, под

которым уже тусовались не только подогретые небольшими дозами наркоманы, но и вполне приличные на первый взгляд мужики, также желавшие сказать свое слово в этом диалоге слепых с глухими, Рустам прислушался. И невольно поморщился, глядя на то, что творилось сейчас у огромного мраморного постамента. Оговаривая с нужными людьми условия демонстрации и митинга, он напирал на то, чтобы на митинге перед мэрией звучали только выступления в «защиту демократических прав» и требования легализовать наркотики на основе конопли, но то, что он слышал сейчас...

Даже бабы из какой-то общественной группы «Родители против наркотиков» притащились, неизвестно откуда узнав про это сборище. Они-то и орали больше всего, брызгая слюной. Впрочем, их можно было понять.

— Да, у нас любой и всякий имеет право на свое мнение, но я не считаю, что какие-либо наркотики должны быть узаконены, — взывала в сторону величавого здания мэрии сорокалетняя бабенка в цветастом платье, видимо мамаша какого-нибудь восьмиклассника. — Возьмите моего сына, люди! Наркоман, сидит на героиновой игле. Он мальчишка еще, а ему жить-то осталось не больше года! А с чего начинал? С этой самой травки, которую сейчас хотят продавать открыто. Одумайтесь, люди! Одумайтесь!! Даже русское пьянство, некогда считавшееся главной угрозой существования нашего генофонда, нашей нации, сегодня отходит на второй план.

Однако бабенку эту освистали и, даже не дав ей договорить, почти стащили с цокольной плиты, освободив место новому оратору — высокому сухощавому мужику в светлой рубашке.

— О чем вы говорите, дама? О каких наркотиках может идти речь при таком пьянстве и алкоголизме, как у нас? С водкой надо бороться, с водкой, и, может быть, даже разрешить свободную продажу легких наркотиков! Вы, конечно, мать, но, видимо, не знаете, что по антисоциальному воздействию с этой проклятой водкой сравнятся разве что только опиаты. Однако должен сказать вам, что количество опиатчиков по сравнению с алкоголиками в России настолько мизерное, что и говорить нечего.

Что же касается легких наркотиков типа конопли, то тут даже вопроса быть не может. Почему? Отвечаю. Да потому, что сегодня даже ребенку малолетнему понятно, что никакой серьезной угрозы общественности эти наркотики не представляют! Люди же, утверждающие обратное, — это корыстные демагоги или дремучие неучи. И если еще можно простить безграмотность, то первые прекрасно знают, что конопля и героин — вещи несравнимые, но они объединяют их для создания общественного жупела.

И я вам вот что скажу, люди! Ныне реальная общественная проблема — это тяжелые наркотики и таблетки типа «экстази». Однако наши городские власти и правоохранительные органы совершенно не хотят заниматься этой проблемой предметно и для этого создают фиктивную проблему наркотиков вообще. А ведь они отлично понимают, что в таком виде она принципиально нерешаема. Это все равно что лечить больного, которому поставлен неправильный диагноз. Но именно это им и нужно. Да, именно это!! Поставить ложный диагноз и тупыми запретами загонять болезнь внутрь.

— О чем, о чем он говорит?! — неожиданно прорвался голос какой-то женщины. — Легализовать продажу? Люди, одумайтесь! Эта страшная болезнь захватывает молодые души, не считаясь ни с чем. Наши дети умирают долго, мучительно, день за днем теряя человеческий облик! А возьмите статистику! Число законченных наркоманов в России, ежегодно увеличиваясь на четверть, уже подбирается к миллиону... Вдумайтесь в эти страшные цифры!

Она пыталась сказать что-то еще, видимо очень наболевшее, но ее тут же оттеснили подальше от мраморного вождя революции, который с кепкой в руке продолжал вести массы в светлое будущее, а с цоколя, где когда-то лежали живые цветы, уже вещал другой оратор:

— Товарищи дорогие! Я вот что хочу сказать. Поскольку наркотик для наркомана товар самой первой необходимости, этот несчастный всегда найдет возможность заплатить любую цену. Иначе доходы производителей и поставщиков не превышали бы доходов от алкоголя и табака.

На что ему тут же возразили из толпы:

— Ну, чудак мужик! Да ты хоть знаешь, что миллиардные доходы наркобизнесу приносит не производство и даже не поставка товара, а ЗАПРЕТ на производство и поставку. — Слово «запрет» было произнесено с таким смаком и выражением, что оно даже как бы повисло над площадью. — Так вот, должен доложить вам, что сейчас во всем мире идет борьба, чтобы упразднить само понимание наркотиков как товара. Наркотики должны быть доступны всем, в каком угодно количестве и бесплатно!

Этому мужику долго аплодировали, и Рустам еще раз подумал о том, что деньги, которые пошли на этот «стихийный» митинг, возвратятся к нему сторицей. Нанятые организаторы этого спектакля поработали творчески, заранее подготовив выступающих, и Рустам уже не сомневался, что послабление на продажу легких наркотиков настанет. Может быть, и негласное, но оно будет. Правда, общий тон и настрой демонстрантов несколько портили общественники из движения «Родители против наркотиков». Все та же бабенка в цветастом платье вновь пыталась прорваться к микрофону, однако ее не пускали, и она орала из толпы:

— Одумайтесь! О детях своих подумайте, люди! Ведь никто не знает, к каким катастрофическим последствиям может привести свободная продажа марихуаны, героина и синтетических галлюциногенов!

И снова ей заткнули рот, а с цоколя ей возражал уже другой оппонент:

— Я вам вот что скажу, дама. В Голландии совершенно свободно продается марихуана, кстати и люди там живут гораздо лучше, чем в России, однако никто наркоманом не стал. Вот таблетки типа «экстази» легализовать нельзя — это слишком опасная штука. Все равно что продавать в магазинах игрушек взрывчатку — погибнет море людей. А что будет плохого, если зарегистрированный наркоман сможет покупать героин в аптеке или коноплю на рынке? Уверяю вас, дорогие власти: обвального увеличения не будет! — уровень опийной наркомании зависит не от милицейских запретов, а от общественных табу. А также от наличия в обществе маргинальных групп, склонных это табу нарушать. Обыватель боится героина не потому, что за него сажают, а потому, что просто страшно. Другое же дело — марихуана. Да, легализация конопли может вызвать рост ее потребления, но взамен этого упадет спрос на такие препараты наркотического воздействия, как «экстази». Вот где собака зарыта.

Слушая попеременно сменяющих друг друга выступающих и наблюдая за реакцией возбужденной, взвизгивающей от восторга толпы, Рустам порой даже поверить не мог, что все это — дело его рук. Стоило только чуть-чуть пораскинуть мозгами да не пожалеть денег, тем более что уже были чиновники, готовые их взять, как тут же образовалось и «общественное мнение», но главное — нужная реакция городских властей на это дело. И еще Рустам думал о том, что подобное возможно только в обнищавшей России, и он презирал ее за это. Также он думал и о том, что для многих чиновников, которые сейчас зачастили в церковь, не их православный Бог нужен, а совсем другой божок, имя которому — деньги. Причем чиновники эти как среднего ранга, так и высокого. И без разницы, где они сидят: в жиреющей Москве или в затраханном городишке областного масштаба. И этот немаловажный фактор следует использовать как можно больше, вовлекая в наркотический водоворот всех, кто хоть как-нибудь мог бы способствовать его бизнесу. Тем более что необходимые деньги для этого были.

Придя к столь утешительному для себя заключению, Рустам посмотрел на часы в золоченом корпусе и с сожалением цокнул языком: до назначенной встречи с Захаром оставалось не более получаса, а так хотелось досмотреть разыгранный им спектакль до самого конца. Однако сейчас главной его задачей были два цыгана: Золтан да владелец сервисной мастерской, и ему важно было не проколоться даже на мелочах, чтобы показать себя учтивым гостем и надежным компаньоном, с которым можно работать и впредь.

Он стал выбираться из гудящей толпы, но все-таки в какой-то момент остановился, чтобы дослушать басовитого оратора.

— ...да проблема-то ведь не в том, легализовать что-то или нет. А в том, что наше правительство, как и городские власти, не желает во всем этом разбираться. И если бы наши чиновники из мэрии были способны всерьез взяться за проблему сильнодействующих наркотиков типа «экстази», они бы давно уже запретили одни и разрешили продажу других, более слабых наркотиков. Но им, конечно, удобнее запретить все скопом, а потом показывать по телику, как ОМОН разгоняет городские рынки, у азеров коноплю отбирает. Да, легализация — это жестокий путь, но альтернативы ему нет. При государственном, я имею в виду почти дармовом распространении наркотиков не будет необходимости в так называемых пирамидах, когда ломаемый наркоман приводит к дилеру новичка; за бесплатную дозу, конечно. И я уверен, что популяция наркоманов снизится до некоторой малой величины и, скорее всего, останется такой навсегда как популяция носителей тех или иных совокупностей генетических признаков. Это я вам как врач говорю! И еще: наркоманию надо легализовать в обязательном порядке. В результате резко уменьшится количество несчастных случаев, связанных с использованием некачественного сырья. Это я тоже как врач утверждаю.

— Врач, говоришь? — взвизгнул из толпы пронзительный женский голос. — Козел ты, а не врач! Ты же клятву Гиппократа, сволочь, давал!

Кто-то закричал что-то еще, разноцветная толпа заволновалась, задергалась, послышался отборный мат и женский крик, но Рустам уже выбирался из уличной толпы зевак и только молил Аллаха, чтобы разгоряченные наркотой мальцы не наломали дров, разбираясь с теми, кто выступал против.

То ли хозяин автомастерской действительно был хлебосольным хозяином, то ли ему требовалось полное расположение богатенького столичного гостя, но когда Рустам подъехал к мастерской, над которой все так же красовался огромный щит с призывными словами «ЗАХАР МОЖЕТ ВСЕ!», на пороге офиса уже поджидал дорогого гостя сын мастера Василий, а сам хозяин отдавал последние указания по сервировке стола. Они обнялись, как старые добрые знакомые, которых объединяла не только дружба, но и общее дело, и Захар, тряхнув своей львиной гривой, указал гостю на почетное место.

Это было красиво и приятно: богато сервированный закусками и вполне приличными винами стол, две молодые таборные цыганки, которых этот пятидесятилетний цыган держал здесь вместо прислуги, и то умиротворение и довольство сытой, спокойной жизнью, которое излучал этот дом. Для полного кайфа не хватало только гитары да песен, но Рустам уже знал, что будет и это, когда они вдвоем обговорят дело и хозяин даст команду пригласить к пиршеству своих домочадцев и пару-тройку влиятельных таборных цыган.

Испытывал ли Рустам хоть малейшие угрызения совести, когда садился за этот стол и говорил тост за хозяина? Нет! Это была его работа, и вино он пил не с другом своим, а с конкурентом по бизнесу, который осмелился помешать ему делать деньги и уже наступал на пятки, вытесняя с завоеванного рынка. Это была его командировка в стан врага, причем врага не менее жестокого, чем и он сам, а в такой драке на выживаемость все средства хороши — от пистолета до подкупа и лести, а если того требовало дело, то можно и хлеб пополам разломить за одним столом со своим врагом.

Однако ничего этого он словами сказать не смог бы, поскольку давно уже ни о чем таком не думал, придерживаясь в этой жизни единственного принципа: выживает сильный, жестокий. Что же касается совести и прочей мутотени, то эти абстрактные понятия были для него приемлемы только на родине, среди своих, а здесь, в России, на чужой земле...

Когда выпили по первому фужеру благоухающей «Алазанской долины» и закусили «с дороги», Захар поднял на гостя свои черные, но уже заметно усталые глаза, спросил раскатисто:

— Как там златоглавая?

Понимая, что это только начало главного разговора, Рустам улыбнулся и так же лениво ответил:

— А что ей сделается? Столица, она и есть столица. Хоть в засуху, хоть в войну, хоть в голод. Как говорится, богатый нищего не поймет, а если еще проще, то гусь свинье не товарищ.

— Жирует, значит? — уточнил цыган.

— Выходит, что так.

Захар наполнил фужер гостя и вдруг неожиданно рассмеялся, вытирая ладонью глаза.

— Это хорошо, что жирует. Значит, деньжата имеются. А это значит, что и нам кое-что перепадет с барского стола. А? Или, может, я не прав?

Рустам усмехнулся.

— Отчего же, хозяин? Прав! Полностью прав. — И, видимо, решив, что пора и о деле слово молвить, добавил, покосившись на дверь: — И людей деньжастых в столице невпроворот. И должен тебе с радостью сказать, что каждый из них хочет жить не только богато, чего уже добился, но и красиво. Как говорится, с полным наслаждением. Чтобы и кайф приличный был, и девочки, подобные сочному персику, и ванна с французским шампанским.

— А русского шампанского, значит, не хотят? — блеснул золотыми фиксами хозяин мастерской.

— Нет, не желают, — подыгрывая ему, оскалился в вымученной улыбке Рустам. — Только выдержанный «Бурбон» и «Мадам Клико» подавай.

— Это хорошо-о-о, — мгновенно посерьезнев, протянул Захар. — Очень хорошо. Значит, и мы кое-что поимеем. — Он помолчал, кивком головы пригласил гостя поднять фужер, проговорил негромко: — Давай выпьем за случайные встречи, которые посылает нам Бог и которые творят порой нашу жизнь. Я очень рад, что у тебя в тот день забарахлил твой «мерс» и ты приехал именно ко мне. — И вдруг закончил, чуть повысив голос: — За наше общее дело!

— Да, за дело! — повторил за ним Рустам и медленно выцедил вино.

Они перекинулись еще парой ничего не значащих фраз, и наконец Захар спросил:

— Ну, как там наши таблетки, пошли?

Рустам невольно напрягся. Это был самый ответственный момент разговора, от которого могла зависеть судьба всей его дальнейшей командировки в этот город, и сейчас важно было не проколоться. Ни в чем! Этот пятидесятилетний цыган хоть и прикидывался этаким хлебосольным барином-простачком, однако в нем за полверсты чувствовалась железная хватка, воля, но главное, чего больше всего опасался Рустам, — эта массивная голова была наделена не только седовласой львиной гривой, но еще и мозгами, которые почему-то не высохли от систематических возлияний и прежней разгульной таборной жизни. С этим цыганом требовалось держать ухо востро и прежде, чем что-либо сказать, хорошо подумать. Впрочем, он и сам был не лыком шит, загодя приготовился к этому разговору, и поэтому на каждый вопрос у него был готов ответ.

— Пошли! — коротко ответил Рустам и замолчал, покосившись на хозяина дома.

Тот насторожился.

— Что? Какие-нибудь проблемы? Товар-то ведь чистейший!

Рустам внутренне улыбнулся. Пока что разговор шел по его сценарию. И хотя хозяином здесь был этот цыган, но инициатива уже переходила в руки гостя.

— В том-то и дело, что чистейший, — вздохнул Рустам.

— Не понял! Объясни, — вскинул на него чуть прищуренные глаза Захар и отставил пустой фужер в сторону.

— Да чего тут объяснять, — продолжал валять дурочку Рустам, но потом, видимо, решил снизойти к непонятливому хозяину дома: — Я когда таблетки в Москву привез и своим показал, те, естественно, засомневались немного. Уж не подделка ли? Сам понимаешь, наркоту так бодяжат, а в Москве столько туфты ходит, что...

— Ну и... — поторопил его Захар.

— В общем, сначала дали на пробу своему человеку, сам понимаешь, чтобы потом не проколоться, и когда тот поимел стопроцентный кайф, решили пустить постоянным клиентам.

— Ну?

Рустам сотворил на лице вымученную улыбку и бессильно развел руками.

— Я тебе и говорю, что все дело в том, что товар твой оказался чистейшим. Народ-то привык к бодяге, а тут... В общем, наша клиентура на другой день прибежала опять, таблетки разлетелись буквально в один момент, тут же появились новые клиенты, а у нас... — развел руками Рустам и тут же добавил, посерьезнев лицом: — Короче говоря, дело обстоит так. Если у вас еще есть в достаточном количестве товар, то я могу взять большую партию оптом. Клиентура у нас, повторяю, надежная, так что канал сбыта будете иметь постоянный. И естественно, что вы мне поможете в решении моих вопросов здесь, в городе. То есть надежная крыша моему заведению и прочее. О процентах поговорим позже.

Захар слушал, скрестив на столе тяжелые кисти рук, но даже хреновый физиономист мог бы без особого труда определить, насколько доволен таким поворотом этот цыган. Однако он тоже должен был держать свою масть, а потому не особенно торопился с ответом. Наконец все-таки поднял на гостя глаза, всей пятерней залез в свою львиную гриву, которую, казалось, ни одна расческа не возьмет, и только после этого произнес:

— Ну что ж. Это хорошо, очень хорошо, что товар пошел. Поможем тебе и здесь. Это без проблем. Однако сразу насчет большой партии... Сам понимать должен, не я один эти вопросы решаю.

— Золтан? — быстро и в то же время осторожно спросил Рустам.

Захар негромко хмыкнул и как-то снизу вверх зыркнул на гостя.

— Золтан... Золтан тоже не главная фигура в этом деле, но товар ты будешь получать через него.

— А расплачиваться?

— С ним, естественно.

— Хорошо, это меня устраивает, — кивнул Рустам и просяще уставился на хозяина. — Так как все же насчет большой партии? — Он не отводил глаз от лица цыгана, не готового ответить на просьбы Рустама о большом количестве таблеток «экстази». — Ты все-таки постарайся ускорить решение этого вопроса. Если да, то да, а если нет, то...

— Не в этом дело, — остановил его Захар. — Что товар будет, я тебе голову на отсечение даю. Но ты сразу просишь большую партию, а это, сам понимаешь... Я даже не знаю, есть ли она в наличии.

Взлохматив свою гриву, он поднялся со стула, валко подошел к двери, крикнул:

— Эй, позовите Василия!

Когда через несколько минут появился его сын, Захар распорядился:

— Возьми любую машину и срочно найди Золтана. Дело есть!

Рустам мысленно потирал руки. Видимо, не зря

его приметили крутые люди, от которых напрямую зависела жизнеспособность и сытая жизнь его клана. И поставили его не каким-нибудь оптовиком в занюханный российский городишко, что тоже было почетно и обеспечивало хоть и опасную, но довольно гладкую и беспечную жизнь, а почти сразу же воздвигли на высоту, о которой он совсем еще недавно и мечтать не мог. Ведущий инспектор, то есть ведущий проверяющий, как говорится, щит и меч огромной структуры, с правом вынесения собственного приговора и принятия необходимых решений. Главное — чтобы все это шло на пользу ИХ дела. А там, глядишь, и до самых высоких высот добраться можно будет. И все это благодаря его уму, знанию людской психологии и, естественно, природной хватке и смекалке.

Вот и сейчас. Он смог провернуть такую акцию с общегородской демонстрацией, на которую выползли из своих нор почти все местные наркоманы. И это ему тоже в плюс зачтется. Но даже не это его сейчас грело больше всего. Золтан!.. Если осуществится его хорошо продуманный план в отношении этого цыгана, в чем Рустам уже не сомневался, то он и возложенную на него миссию выполнит, и с приличным наваром останется. Если этот грязный цыган, возомнивший себя бароном, согласится продать ему тысячу таблеток «экстази», то он, Рустам, сможет поиметь на них около сорока тысяч баксов. В Москве, конечно. А это — деньги!

Пока сын Захара искал в городе Золтана, Рустам

спросил хозяина мастерской, откуда бы ему можно было без лишних свидетелей позвонить в мэрию.

Захар удивленно развел руками.

— Как откуда, родной? У меня в каморке городской телефон стоит! Звони сколько душе твоей угодно будет. А если вдруг там кто-нибудь болтается, выгони от моего имени.

Это Рустама вполне устраивало, и он уже как добрый знакомый прошел в рабочую каморку автомеханика. Быстро набрал нужный номер, и когда на другом конце провода подняли трубку, спросил:

— Иван Петрович?

Эти два вроде бы ничего не значащих слова несли в себе столько информации, что, узнай о ней тот же Золтан или седовласый хозяин автомастерской, они тут же повесили бы своего «дорогого» гостя за ноги и пытали бы до тех пор, пока кишки не полезли.

Слова эти были обращены к командиру группы боевиков Бабеку — он уже прибыл в город и поселился у своего земляка, в деревянном доме, главным украшением которого был огромный плодовый сад во дворе. И обозначали эти два слова, что Рустам уже находится у Захара, разговор прошел успешно и они ждут Золтана, который должен скоро подъехать. Кто такой Золтан, Бабек уже знал. Знал также и то, что ему надо очень аккуратно «сесть на хвост и далее действовать по обстановке». Благо машина у земляка была.

— Да, Иван Петрович! Говорите, — раздался голос, в котором не было даже малейшего акцента.

Пытаясь как можно правдивее играть свою роль на тот случай, если его кто-нибудь подслушивает, Рустам почти искренне прижал свободную от трубки руку к груди:

— Иван Петрович, дорогой! — чуть ли не пропел Рустам. — Это ваш московский гость беспокоит. Я сегодня должен приехать к вам в мэрию насчет разрешения об открытии бара с ночным клубом, но в центре города такое творится... Да и вам, думаю, сегодня не до меня. Так что если позволите, то до завтра. В то же время.

— Хорошо, без проблем, — довольно мягким голосом отозвалась трубка. — Кстати, а где вы сейчас находитесь? Может, помощь какая потребуется?

— Нет, нет! Благодарю вас. А заглянул я к своему другу, хозяину автомастерской. Как говорится, чтобы приятное с полезным совместить. Ждем еще одного товарища. Может быть, присоединитесь?

— Нет, нет. Благодарю вас. Да и время, можно сказать, рабочее.

— Тогда до завтра, — вновь проговорил условную фразу Рустам и положил трубку.

Вернулся Рустам к себе на квартиру только на следующее утро, как и в прошлый раз. Довольно сильно трещала голова от обильного застолья, которое устроил в честь «нового московского друга» хлебосольный Захар, но все это было чепухой по сравнению с их с Золтаном договоренностью. Причем разговор произошел еще задолго до застолья, а значит, на трезвую голову.

Когда Рустам выложил ему свое предложение, тот усмехнулся сначала, затем почесал свой горбатый носище и только после этого спросил хрипло у гостя:

— Значит, и у вас на эти таблеточки покупатель нашелся?

— Нашелся! — не вдаваясь в подробности, негромко произнес Рустам.

Золтан вновь долго и упорно изучал гостя. Наконец, когда молчание стало уже невмоготу, спросил прищурясь:

— И сколько думаешь взять на этот раз?

Стараясь не переиграть, да и палку не перегнуть, Рустам пожал плечами — мол, сколько дашь, но потом все-таки произнес и свое слово:

— Тот товар разошелся довольно быстро, так что если бы с тысчонку таблеток... — и замолчал мгновенно, пытаясь уловить реакцию оптовика на такое предложение.

Тысяча таблеток высококачественных «экстази» на рынке — это целое состояние. Если, конечно, продать с умом.

— Тысяча... — Золтан вновь почесал переносицу. — Тысяча! Да ты хоть соображаешь, сколько это?

— Вполне, — пожал плечами Рустам. — Однако если судить по твоим возможностям...

Короче, договорились на том, что у Золтана сейчас столь крупной партии нет, но он обязательно «провентилирует этот вопрос» в самое ближайшее время, даст знать о результате Захару, а тот уже — Рустаму. На этом и ударили по рукам, явно довольные друг другом. Сделка, можно сказать, состоялась.

Моментально приведя себя в порядок парой сильнодействующих таблеток с витамином С и еще какой-то дрянью, Рустам выглянул в окно и, когда убедился, что хвоста за ним нет, набрал номер телефона по тому адресу, где жил со своей командой Бабек.

— Слушай сюда! — безо всякого предисловия начал Рустам. — Договор, можно сказать, подписан, но этим козлам требуется время. Видимо, старые запасы истощились, а новый товар еще не поступил. Твоя задача — сидеть со своей командой на хате и вести самый благопристойный образ жизни. В город без особой надобности не высовываться. И все время, понимаешь — буквально каждую минуту и час, сидеть на телефоне. Эти козлы могут позвонить в любую минуту, и мне тут же понадобитесь вы. Причем все! Да чтобы машина на ходу была, — чуть погодя добавил он.

В трубке было слышно, как удовлетворенно хмыкнул Бабек, но вслух сказал почтительно:

— Хорошо, хозяин! Все будет в лучшем виде.

Когда Рустам положил трубку на рычажки, то невольно усмехнулся: «Хозяин! Вроде бы ничего особенного, тем более что и как откровенную лесть расценить можно, но все равно приятно. Хозяин...»

2

Всю последнюю неделю, думая о посещении Черепа, Антон пребывал в каком-то странном состоянии. Да, конечно, он был удивлен этим визитом. Но к удивлению отчего-то подспудно примешивалось чувство какого-то внутреннего, неосознанного страха, поганого тем, что он грызет тебя и утром, и ночью, и вечером, и ты начинаешь метаться из угла в угол, как зафлаженный зверь, только оттого, что не можешь найти его причину. Все те изменения, которые произошли в лагерной жизни Крымова, пока что не поддавались сколько-нибудь разумному объяснению, и, главное, он никак не мог просчитать, чем все это кончится для него лично и не провалит ли он вконец операцию по внедрению в зону химкомбината.

Вопросы, вопросы и вопросы, на которые у него не было ни одного вразумительного ответа.

Сразу же после того, как его соизволил самолично посетить в карцере лагерный пахан и они мирно поговорили с ним вроде бы ни о чем, вспомнив, правда, общих знакомых по Владимирскому СИЗО, Антону вечером вместо положенной тюремной баланды доставили в трех мисках чуть ли не королевский ужин с куском отварного мяса и кружкой крепко заваренного чая, а на другой день вообще вывели из мрачного изолятора, хотя до окончания срока наказания оставалось еще два дня.

Мысленно он поблагодарил Черепа, который, имея на зоне практически неограниченную власть, видимо, решил зачем-то продемонстрировать всем свое покровительство к зубастому первоходку, успевшему сотворить столь наглый побег из следственного изолятора, да и здесь, на зоне, с ходу наворотить дел. Антон вышел из полутемного, влажного карцера и невольно сощурился на ярком солнечном свете, от которого уже успел отвыкнуть за эти дни. По привычке сразу заложив руки за спину, он вопросительно повернулся к конвоиру, спрашивая, куда идти.

— Вперед! — лениво прохрипел тот, дыхнув на Крымова застарелым водочным перегаром. И добавил, видимо снизойдя к заключенному: — Майор Зосимов ждет.

Антон хмыкнул про себя. Ну, то, что в его нынешней судьбе сыграл роль Череп, используя свои возможности лагерного пахана, — это было ясно. Но вот то, что он, первоходок Крымов, зачем-то в этой ситуации вновь понадобился майору, наводило на кое-какие размышления. Это означало, что Череп не только вхож к заместителю начальника по режиму, но и имеет на него влияние, если с его подачи Крымова досрочно выпустили из карцера.

«М-да, — размышлял Антон, идя впереди конвоира. — Вот тебе и красная зона, ярлык которой навесило на себя местное начальство». Насколько он знал от заключенных, красная зона — это не черная, где балом правят лагерные авторитеты, а слово пахана — закон для того же начальника отряда, а порой и для самого начальника колонии с его шестерками при погонах. Здесь же, в «пятерке»...

Зона вроде бы считается красной, а вор в законе Череп распоряжается осужденными, будто не майор Зосимов, а именно он, уголовный авторитет, является заместителем начальника по режиму и волен делать со спецконтингентом все, что ему вздумается. Захочет — помилует, а не понравится какой бедолага — может и на хор поставить.

Однако, здраво поразмыслив и решив не делать раньше времени никаких выводов, чтобы вновь не попасть впросак, Антон решил положиться на судьбу и в кабинет майора вошел уже свободно и раскованно.

Заместитель начальника по режиму, похоже, уже поджидал Крымова. Щеголевато-подтянутый, словно американский генерал на смотринах, в свежей, отутюженной форме, он являл собой образец того, каким должен быть старший офицер-воспитатель, которому поручена судьба едва ли не полутора тысяч осужденных. Небрежно и в то же время без какого-либо панибратства он кивнул Антону на стоявший возле стола стул, и тут же отмахнулся устало, едва Антон забубнил привычное:

— Гражданин начальник, осужденный...

— Садись, — оборвал его Зосимов и, когда Антон настороженно присел на кончик стула, спросил с грубоватой ухмылкой, мгновенно словно сфотографировав Крымова изучающим, скользящим взглядом: — Ну, как первое крещение?

Ожидая от Государева Ока совершенно других слов и растерявшись в первую минуту от этого непонятного и даже как бы дружеского обращения столь высокого начальника к провинившемуся зэку, Антон виновато пожал плечами. Однако, понимая, что, видимо, надо что-то и сказать, пробормотал негромко:

— Хорошего, конечно, мало, но... В общем, постигаю азы, гражданин начальник.

— Азы... Знаешь, пожалуй, это даже хорошо.

Зосимов вдруг рассмеялся и, уже не скрываясь, в упор рассматривал Крымова. И ощущение было такое, будто майор желал проникнуть в самое нутро человека, с которым вдруг свела его жизнь за этой колючей проволокой, охраняемой по ночам стервозными сторожевыми овчарками. Впрочем, Антон сейчас понимал этого офицера, который некогда добровольно, вероятно по рекомендации райкома или горкома комсомола, загнал себя практически на всю жизнь на территорию той же зоны, где отбывали наказание и убийцы, и грабители, и насильники. Но те, когда кончался срок, освобождались и выходили на волю, а майору корпеть здесь до выхода на пенсию.

Так что в душе Антон и понимал его, и даже сочувствовал немного. Но, как говорится, человек сам кузнец своего счастья. И если Зосимов выбрал себе эту собачью работу, значит, так тому и быть. А может, она даже и нравится ему. Сам-то Крымов тоже не от большого ума оказался среди уголовников, хотя мог бы спокойненько продолжать работать в той же ФСБ, ну а что в другом отделе — это наплевать.

— Значится, говоришь, азы, — повторил

майор. — Это хорошо, конечно. Но знаешь, Крымов, лучше всего эти самые азы изучать на чужой жопе. Если непонятно — уточню: на чужих ошибках учиться надо. А то если все на своих да на своих...

Он не договорил, сунул руку в ящик письменного стола и бросил на когда-то полированную поверхность тоненькую папку-скоросшиватель, в которой Антон тут же узнал свое личное дело. Но что более всего поразило Крымова в словах Государева Ока, так это почти дружеский тон и уж совсем неформальное обращение заместителя начальника по режиму к только что освобожденному из карцера зэку. Будто в кореша ему набивался майор Зосимов или в паханы-наставники.

К тому же этот непонятный визит Черепа, когда он торчал в изоляторе, затем барский ужин, досрочное снятие наказания, освобождение из карцера, а теперь еще и этот дружеский тон...

Какая-то одна длинная цепочка, в плетении которой угадывалось что-то более серьезное, нежели обыкновенная мужская симпатия лагерного пахана к громко заявившему о себе первоходку. Но вот что?

— Вот так-то, Крымов! — закончил свои философские изыски Зосимов, лениво, похоже просто для вида, полистал его личное дело, потом захлопнул папочку и вновь уставился своими серыми глазами-буравчиками на Антона.

— Слушай, Крымов, а ведь ты еще тот гусь! — неожиданно проговорил он.

Антон невольно дернулся от этого «гуся», будто

его прошило электрическим разрядом. Видать, совсем нервы сдали.

«Неужто прокололся где-то?» — обожгла сознание ставшая почти навязчивой мыслишка, но Антон тут же сумел взять себя в руки и даже сотворить на лице обиженную мину. Поднял на майора глаза.

— За что так, гражданин начальник? Я же все по совести...

— Я и говорю, что по совести, — согласно кивнул Зосимов. — Но вот только листаю твое дело и думаю: ты кроме как драться, людей убивать, с парашютом прыгать да наркоту в городе толкать что-нибудь еще умеешь?

И снова Антон лихорадочно соображал, к чему бы майору вести с ним эти задушевные разговоры? Вербануть хочет? Стукача из него сделать? Так вроде бы он на эту роль еще не годится. Тюремный стаж совсем маленький — и его, естественно, до поры до времени будут воспринимать как потенциального стукача. Тогда что же еще?

Впрочем, времени на скрупулезный анализ у него не было, надо было что-то говорить, однако Зосимов вновь опередил его:

— С дракой, что в клубе учинили, я наконец-то разобрался, и эти козлы во главе с Левчиком будут, естественно, наказаны. Но вот что касается тебя... — Майор Зосимов, как и подобает Оку Государеву, призванному верой и правдой отстаивать на зоне уставной режим, задумчиво побарабанил пальцами по личному делу Крымова, проговорил задумчиво: — Если ты еще хоть раз подобное побоище устроишь...

— Так я же... — попытался оправдаться Антон, но майор остановил его движением руки:

— Так вот, если ты еще хоть раз подобное устроишь, то блатные устроят тебе элементарную темную, а кто-нибудь в это время заточку тебе в печень воткнет. Однако мне это дело ни к чему, да и мужик ты вроде бы не испорченный еще, сто́ящий, так что...

Он задумался на секунду, еще раз изучающе сфотографировал своими глазками сидящего перед ним Крымова и наконец-то вынес решение:

— Останешься в своем третьем отряде, но работать будешь в бригаде Бурята. Парень он надежный, спортсмен, так что, думаю, вы найдете общий язык. Да и в обиду он не даст, — чуть подумав, закончил Зосимов. — А пока что — все! Иди в отряд. Если будут какие проблемы... В общем, дверь моего кабинета всегда открыта.

Антон шел к отрядному бараку, в деталях вспоминая разговор с майором и уже ничего не понимал в законах этой зоны и в том, кто здесь кому голова. Первым, кто сказал ему о Буряте и о том, что он будет теперь работать в его бригаде, был все тот же лагерный пахан по кличке Череп. Что же касается заместителя начальника по режиму майора Зосимова, то он только повторил его слова.

Знаменитый бугор, в бригаду которого определили Крымова, оказался довольно флегматичным молодым мужиком, квадратные скулы которого и определили его кличку: Бурят. Впрочем, приметен он был не только своими железными челюстями, но и почти квадратным туловищем. Шеи как таковой у него практически не было — сразу от плеч начинался мощный затылок, и это сразу же выдавало в нем профессионального штангиста, который за годы тренировок и соревнований толкнул и поднял не одну сотню тонн железа.

Крепко тиснув Антону руку, он провел его на второй этаж кирпичного строения, в котором располагался третий отряд, властно, как хозяин всего этого барака, кивнул дежурному по блоку и так же по-хозяйски распахнул дверь одной из комнат. Заметив на лице Крымова легкую оторопь, усмехнулся, довольный:

— Бригада у нас, можно сказать, маленькая, всего лишь десять человек, так что все умещаемся в одной комнате.

И это действительно была комната, а не секция, как положено в колониях строгого режима. Чистенькая и ухоженная, с аккуратно заправленными деревянными кроватями, она меньше всего напоминала стандартные, серые и вонючие, отдающие смрадом и потом спальни барачного типа с металлическими койками в два яруса; больше всего она смахивала на образцово-показательную комнату заводского общежития, где ушлый комендант и себе спуску не дает, и всем, кто под его приглядом проживает. Прибранные тумбочки с салфетками, поверх которых лежали книги, над двумя кроватями — две гитары-семиструнки, полумягкие стулья вокруг накрытого чистенькой скатертью стола и вдобавок ко всему — огромный черно-белый телевизор, возвышающийся на специально сделанной подставке из дюралевых уголков. Длинные, из мягкой ткани шторы дополняли общую картину этой роскошной жизни, так мало похожей на аскетические и жесткие порядки колонии строгого режима.

После мрачных, сочащихся влагой стен холодного карцера Антону показалось, что он попал в какой-то сюрреалистический мир, где все только понарошку, просто чтобы позабавить несчастного зэка, и стоит ему только проснуться...

Видимо поняв состояние новичка, Бурят расплылся в довольной широченной улыбке.

— Что, Седой, не ожидал? Эх ты, бедолага! Люди везде устроиться могут, было бы желание.

Антон понятливо кивнул в ответ на эти слова, но тут же не удержался, чтобы не спросить:

— А не отнимут?

— Кто? — еще шире расплылся в улыбке Бурят. — Тем более, что все по закону.

— Это как же? — вновь не удержался, чтобы не спросить, Антон: что-то он не помнил, чтобы на карантине или в той бригаде, куда его направили с самого начала, в секциях красовались такие же телевизоры, а зэки спали на чистеньких деревянных кроватях.

— А очень даже просто, — милостиво пояснил Бурят. — Пятидесятилетие победы над Германией было? Было! Льготы всякие участникам войны и инвалидам дали? Дали. А у нас в бригаде аж целых два афганца бывших с медальками на грудях! Так что сам понимать должен: положено — отдай!

Конечно, была в словах Бурята и доля правды, но большей частью все же лапша, о чем, правда, Крымов в подробностях узнал чуть позже. Однако то, что он хоть какое-то время до перевода в «шестерку» будет жить во вполне человеческих условиях, словно отодвинуло вдруг в сторону все его треволнения последних дней. Он спросил, какую из коек можно занять.

— А вон, рядом с моей, — кивнул Бурят на третью койку от окна. — Мужик только что освободился, так что можешь считать ее счастливой.

Антон бросил на заправленную кровать свой узелок с нехитрыми пожитками, повернулся к бригадиру. Спросил на всякий случай:

— Тебе одному о себе рассказать или когда бригада вернется?

— Зачем? — пожал своими широченными плечами Бурят. — Я, в принципе, о тебе все знаю. Ну а в остальном... В общем, закон у нас простой: поменьше трепа. Каждый в деле себя показывает.

Антон согласно кивнул головой, однако отчего-то застопорился на слове «в деле». В каком, к черту, деле, если вся колония практически простаивает без работы и начальство с трудом великим наскребает крохи, чтобы прокормить заключенных да в робу одеть.

Впрочем, дело, которым занималась бригада Бурята, оказалось действительно достойным внимания. Вернее, это была информация для размышлений — еще одна из тех, которыми снабдила Крымова «пятерка». Оказывается, вся обязанность бригады Бурята заключалась в том, чтобы качаться все восемь часов, которые заключенные должны были отработать в промзоне. Однако Антон сразу же обратил внимание на то, что буквально каждое утро половину бригады усаживали в закрытый воронок и увозили в неизвестном направлении. Антона пока что к этой половине хорошо тренированных парней не подключали, так что, где они пашут целый рабочий день, он не знал, да и они не распространялись, видимо накрепко предупрежденные кем-то, что короткий язык — это лишний шанс для того, чтобы жизнь была долгой. Он тоже не особо лез с расспросами, хорошо запомнив предупреждение своего бригадира, что любопытных и болтунов здесь не любят.

Качались бригадники и отрабатывали приемы рукопашного боя и восточных единоборств в довольно гулком просторном помещении на территории промзоны, за стеной которого находился какой-то цех. Насколько понял Крымов, зэков приводили в этот цех с улицы и они горбатились там над дверными замками и прочим ширпотребом, который еще имел спрос на рынке. Крымов несколько раз видел, как эти самые замки зэки упаковывали в картонные коробки. Хоть и нищенский, но все-таки материальный приработок, дававший подполковнику Цареву возможность сводить концы с концами.

Да, все это было так и полностью укладывалось в логическую схему, кроме одной вещи: зачем, для чего начальству «пятерки» понадобилась команда хорошо натасканных мастеров рукопашного боя, часть которых всегда была под рукой, а вторая половина...

И опять вопрос, на который у Крымова не было хотя бы более-менее приемлемого ответа. Где бывала в это время вторая половина бригады?

И все-таки однажды, на третий или четвертый день тренировок в бригаде спортсменов, Антон решился задать Буряту вроде бы вполне естественный вопрос: «Для чего, собственно, Государеву Оку, а следовательно, и начальнику колонии нужна столь серьезная команда бойцов?»

Бурят только усмехнулся на это, однако снизошел до новичка ленивым, сквозь зубы процеженным ответом:

— Знаешь, сколько блатных и шпаны на зоне? То-то! И вместо того, чтобы здесь творился полный беспредел, колония идет в числе красных. Как думаешь, почему? Вот я и говорю: сила боится только силы.

Он замолчал, остановив на Крымове тяжелый взгляд узких, чуть раскосых глаз, и добавил, внушительно отделяя слово от слова:

— А вообще-то, поменьше задавай вопросов. Как говорится, меньше знаешь, дольше жить будешь. Придет время — сам все узнаешь.

«Сам все узнаешь!» Этим было сказано все. Вернее, почти все. «Хоть ты и в моей команде, но пока что себя еще ничем не показал и проходишь испытательный срок. Сгодишься — станешь полноправным членом бригады, ну а если что...»

Решив больше не рисковать, Антон воздержался от дополнительных вопросов, только согласно кивнул — мол, да, чтобы противостоять вконец обнаглевшим блатным, на зоне нужны надежные люди, которые смогут усмирить любую бузу. Он давал понять, что этот ответ его вполне устраивает, хотя в то же время прекрасно отдавал себе отчет, что ответ Бурята — это чистой воды брехня. Он еще не знал, что из себя представляет начальник колонии подполковник Царев, но то, что лагерная отрицаловка полностью ходит под Черепом, ему было ясно как божий день. Что же касается самого лагерного пахана, то он имел практически свободный доступ не только в карцеры штрафного изолятора, но был вхож также и в кабинет майора Зосимова. А это уже говорило о многом. Случись вдруг среди блатных какая-нибудь серьезная заварушка, суд бы вершил Череп. Причем по просьбе начальства колонии.

Однако все эти мысли и наблюдения Антон мудро оставил при себе, исподволь приглядываясь к членам команды Бурята. У него даже язык не поворачивался, чтобы назвать этих молчаливых мордоворотов бригадой, и невольно сравнивал их с теми зэками, с которыми успел познакомиться во Владимирском СИЗО, а потом на этапе, да и здесь, в «пятерке», когда проходил карантин.

Разные это были люди, совершенно разные, хотя многие из тех, кто сидел с ним в СИЗО, считали себя крутыми. Невольно припомнился рассказ-исповедь бывшего сокамерника, с которым Антон провел чуть ли не месяц в одной камере, — тому мужику просто надо было выговориться, душу раскрыть перед свежим человеком.

Антон даже голос его помнил: с легкой хрипотцой, приглушенный.

— Знаешь, Седой, о жизни-то своей непросто рассказывать, — как-то начал он, хотя Антон вовсе и не просил его исповедоваться. — Но знаешь, воспоминания, суки, как черти давят по ночам. Видимо, все-таки есть боженька на земле, и каждый из нас приходит к осознанию своих поступков.

«Ну, началось!» — недовольно усмехнулся Антон, вспомнив, что буквально день назад к ним в камеру приходил немолодой уже священник из какой-то церкви и, зачитав какую-то молитву, просил Бога простить заключенным их прегрешения, а самих зэков уговаривал покаяться. Многие из мужиков тогда плакали, особенно первоходки, а этого, видать, проняло только сейчас, с опозданием...

Закинув руки за голову, Антон лежал на своей шконке и слушал чуть глуховатый, неторопливый, будто из нутра льющийся голос своего соседа.

— Школа, юность. Знаешь, Седой, об этой поре у меня самые добрые воспоминания. Были хорошие друзья, с которыми ходил в турпоходы, устраивали вечера и дискотеки. Учился я неплохо, особенно любил историю с литературой. Да и здоровьем Бог не обидел. Боксом занимался, борьбой. Считал, что так лучше буду готов к службе в армии.

Вслушиваясь в эту спокойную речь, Антон вдруг

уловил в ней какие-то совершенно забытые в этой камере слова. Человеческие и простые. Видимо, батюшка из местного прихода так сильно подействовал на психику соседа, что тот даже говорить начал по-человечески, начисто позабыв блатную феню.

— Ну вот, а в шестнадцать лет влюбился, понимаешь. Да так влюбился — думал всерьез, что это первая и последняя любовь в моей жизни. Веришь, Седой, я просто боготворил свою Оленьку! Видел в ней смысл своей жизни.

Антон помнил, как в этом месте сосед вздохнул, какое-то время молчал, будто пытаясь понять те свои чувства к девчушке, потом произнес грустно:

— Не знаю, Седой, когда между нами черная кошка пробежала, но только отношения наши стали портиться, появилась какая-то озлобленность друг к дружке, а потом я вообще увидел с ней другого парня. Причем на танцах. Как тут все во мне взыграло! Втиснулся между ними прямо во время танца — и в рыло ему. Парень — в больнице, я — на скамье подсудимых. Думал, все, конец мне. Но судья оказался мужиком толковым и, в общем-то, пощадил меня. Припаяли, конечно, тогдашнюю двести шестую уголовного кодекса, но всего лишь три года с отсрочкой на два.

Он вновь замолчал надолго, потом продолжил, горько усмехнувшись:

— Вот тут бы мне и одуматься, а я решил свою правоту доказать. Вернее, доказать, что без Ольги мне куда лучше. И знаешь, весело зажил. Друзья новые появились, девчонки. На эту жизнь, конечно, нужны были и деньги соответствующие, но тогда я еще мог выкручиваться, не переступая закона. А тут как раз и служба в армии подоспела.

Я к тому времени уже женат был, и дочка росла. Причем, веришь — нет, но жена меня любила, а я... Короче говоря, я просто смеялся над ее чувствами, хотя со стороны наша жизнь и казалась вроде бы идеальной. Ни ссор, ни скандалов. Однако не было и любви. Поверь, Седой, но не видел я в ней человека. И не знаю, простит ли меня Бог за это! В общем, развелся я с ней, как только после дембеля домой вернулся.

Понимаешь, вновь к сладкой жизни потянуло, и, естественно, деньги потребовались. Короче говоря, закон переступил без колебаний и оказался на скамье подсудимых с целым букетом статей: кража, грабеж, сопротивление милиции — в общем, по приговору я должен был выйти на свободу только через шесть лет.

А потом сам знаешь: СИЗО, низкие потолки, темные камеры, столбом стоит махорочный дым. Впечатления тягостные — неужели смогу здесь выжить? Правда, первый день отсыпался от КПЗ. Проснувшись, увидел, как играют в нарды. Игра вроде незатейливая, но увлекательная. Тогда-то впервые услышал слова «игра под интерес».

После обыденных вопросов типа «как попал», «откуда родом», спросили: «Как жить собираешься?» Я тогда честно ответил, что жить буду мужиком.

Сейчас, Седой, конечно, смешно оглядываться назад, но тогда это было действительно так. И было мне всего лишь двадцать два года, жизни практически еще не видел, да и подлости за это время еще никому не успел сделать.

Антон тогда хмыкнул невольно. «Подлости не успел сделать». А семья, да и люди, которых он ограбил? Впрочем, у крутых такие мелочи за подлянку никогда не считались.

— Ну вот, а вечером мне предложили поиграть в «светофор», — продолжал исповедоваться сосед. — Сам знаешь, это нечто вроде прописки. Игры я тогда, к сожалению, не понял, и пришлось мне применить все то, чему в спортивной секции научился. Кому-то зубы выбил, кому-то руку сломал — в общем, свое место «под солнцем» завоевал с боем, причем довольно быстро. Правда, в тюрьме пробыл больше года. Кассационная жалоба и прочая волокита — короче, не хотел ехать в колонию. И жизнь уже проще казалась, и камеры казались не такими тесными. Одним словом, повидал я многое, да такое, от чего у неискушенного человека волосы встанут дыбом. Толковища, разборки — все это стало буднями жизни. Здесь научился отбирать чужой труд и еще многому из того, в чем вчера просил всех нас покаяться перед Богом батюшка. Так и жил. Поддерживал отрицаловку, вешал лапшу на уши соплякам-первоходкам. Крутил камерой как хотел. И мало кто догадывался, отчего то одна, то другая неприятность сваливается на голову какого-нибудь зэка. Все делалось чужими руками, сам же я всегда оставался в стороне.

В письмах домой писал: «Мама, я исправлюсь,

скоро приду! Стараюсь делать все так, как ты мне говорила». А в это время в проходняке между кроватями били по моему слову «мужика», который не сумел вовремя отдать долг. В общем, Седой, много зла я принес людям, много. И простит ли меня за это Бог — не знаю. Но и это еще не все.

Когда срок кончился, вернулся я домой. Правда, к дочери меня целую неделю не подпускали. Жена моя бывшая тогда уже другого мужика в дом привела, и он дочке вроде как отчимом стал. Но потом все-таки в дом впустили. Я к дочке то да се, подарки какие-то принес, а она меня и спрашивает вдруг: «Папка, а ты не будешь меня звать спиногрызом, как дядя Коля?» Тут-то меня и закрутило по новой. Рыло этому самому «дяде Коле» набок своротил и в бега подался. Меня уже многие из авторитетов знали, так что в момент пригрели и даже деньгами снабдили. Однако должок платежом красен. Приказали мне наехать на одного мужичка, который хотел дело свое завести, да, видимо, прогорел и в крупных должниках остался. Ну, приехал я к этому мужичку, зашел к нему в квартирку, а у него — голые стены да трое сопливых детишек на кровати сидят. В общем, Седой, пожалел я этого многодетного бедолагу, вроде как глазенки мои открылись и понял я бессмысленность и подлость того, что должен был сделать. А волк не может жалеть! Это закон! Иначе тебя потом накажут. В общем, стал я подставкой на следующем деле... Срок у меня большой, время есть над чем подумать и о чем Бога попросить...

Вспоминая этот рассказ своего бывшего сокамерника, Антон пытался сопоставить его, сравнить с теми быками, с которыми оказался сейчас в одной бригаде, и не мог найти ничего общего. Эти казались ему жестче, современней и безжалостней, хотя и тот бедолага, прошедший огонь, воду и штрафные изоляторы российских колоний, был далеко не паймальчиком и на его совести лежал не один труп.

И он все чаще и чаще задавался вопросом, уже начиная верить Буряту: «А может, действительно Государево Око держит эту команду профессиональных убийц на случай, если блатные затеют какую-нибудь заварушку? А что касается его связки с Черепом... Так ведь сколько случаев было, когда ссучивались самые, казалось бы, крутые и непримиримые авторитеты, чтобы завоевать расположение лагерного начальства и досрочно выйти на свободу. И чем Череп лучше или хуже себе подобных?

Однако, хоть эти вопросы и волновали Антона, по-настоящему его мучило все-таки другое. Как наконец перебраться в «шестерку»? Может, действительно нажраться гвоздей, прикинувшись откровенным психом? Или сговориться с кем-нибудь из чахоточных, чтобы тот сдал анализы вместо Крымова?

Надо было на что-то решаться! Причем как можно скорее.

3

Дом, в котором Рустам поселил боевиков Бабека, казался вроде бы и неказистым с виду, но зато утопал в зелени сада, да и был на поверку гораздо больше, чем казался снаружи. То ли за счет надстроенной мансарды, которая из-за ломаной крыши превратилась в настоящий второй этаж, ничем не уступающий первому, то ли из-за огромного полуподвала, где свободно разместились гараж на две машины и вполне приличная котельная, способная обогреть не только этот дом, но, пожалуй, и всю эту улочку, которая числится вроде бы и окраиной, а в то же время отсюда до центра города рукой подать. Да и вместительный погреб был заделан по всем правилам, что тоже говорило в пользу владельца дома: уж где-где, а здесь-то каждый плод сохранится до будущего урожая, не то что у какого-нибудь нерадивого хозяина из местных.

О Джабарлы, хозяине дома, Бабек знал немного, но и того, что знал, было вполне достаточно, чтобы с полным уважением относиться к крепко сложенному земляку, который в свои сорок лет не имел ни единой седой волосинки на голове. Широкие, мозолистые руки, больше привычные к кетменю, чем к такому темному делу, как наркотики, выдавали его крестьянское происхождение. И тем не менее дом Джабарлы являл собой классическую перевалочную базу наркоты, которая шла из Азербайджана на здешнюю область.

По своему опыту зная, что слишком длинный язык всегда укорачивает шею, Бабек тем не менее хотел иметь хотя бы самую малость сведений о человеке, в доме которого будут жить его боевики, и Рустам вкратце рассказал историю владельца этого дома, довольно типичную для многих выходцев из

Ленкоранского района. Но если большинство ленкоранцев так и остались рядовыми торговцами наркотиками растительного происхождения, то хваткий Джабарлы смог стать птицей высокого полета. А ведь начинал когда-то тоже с простого... Вместе со своими односельчанами привозил в Россию собственными руками выращенные помидоры и персики, торговал ими сначала на рынках Москвы, затем стал осваивать и другие районы России. Благо, что была она необъятной, да и деньги здесь у людей водились. Мало-помалу перешел к торговле легкой наркотой: из конопли и опийного мака. Здесь тоже своих покупателей хватало — куда ни глянь, лагеря да зоны. А за колючкой этот товар шел нарасхват, да и бабки за него платили немалые. Причем опасности практически не было никакой. Бритоголовые курьеры сами подходили к его прилавку, выкладывали завернутые в платочки деньги, а он им называл место, где лежит товар.

Когда дело встало на поток и Джабарлы сообразил, что на одних только персиках далеко не уедешь, а наркобизнес приносит хоть и опасный, но зато довольно высокий и надежный доход, о котором его семья и мечтать никогда не могла, он решил переключиться только на наркоту, а продажу дорогостоящих фруктов оставить лишь для прикрытия. А тут, кстати, те самые люди, у которых он брал наркотики, сами посоветовали ему осесть в чем-то приглянувшемся Джабарлы областном городе и создать здесь надежную перевалочную базу. Осесть прочно, солидно и не мельтешить больше между

Азербайджаном и Россией. Товар же ему будут доставлять люди помоложе и не столь обремененные семьями.

Джабарлы с радостью согласился. Да и как было не согласиться, если он в конце концов становился почти настоящим боссом, почти хозяином не только этого города, но и всей области, по которой шастали его оптовики, сбывающие свой товар уже более мелкой твари, а те в свою очередь — несчастным, готовым души продать за это зелье. Сам же Джабарлы этой дрянью не баловался, да и двум своим сыновьям крепко-накрепко заказал.

К этому времени он был уже довольно известным человеком на Центральном городском рынке, имел вполне приличный авторитет, мог свободно разобраться с разбушевавшимися земляками, и поэтому городские власти безо всякой волокиты разрешили ему купить приглянувшийся домик с огромным садом. Он быстренько надстроил второй этаж и сделал еще один этаж в виде подвала, огородился высоченным забором и стал, как говорится, жить-поживать да добра наживать. Ковры и японские телевизоры — это не в счет. Однако двумя своими машинами, одной из которых была вместительная пятидверная «тоёта», гордился.

Правда, более ушлые земляки предупреждали его: не надо, мол, в обнищавшей России пыль людям в глаза пускать, но Джабарлы только улыбался на это в свои густые черные усы да приговаривал:

— Как ты к людям, так и они к тебе. Не будь

жадным, поделись куском хлеба с бедным — и тебе никогда в жизни красного петуха не пустят.

И это была правда! Не только ближайшие соседи, но и вся небольшая улочка, где доживали свой век старенькие деревянные дома, семью Джабарлы любила и, случись вдруг какая-нибудь хренотень, всегда бы встала на ее защиту. Хоть этот дом и был обнесен высоченным, сплошным забором, но в то же время он всегда был открыт людям. Кто в долг придет попросить, кто еще что. А когда к Джабарлы приезжали затоваренные ранними огурцами и помидорами земляки, то первыми их пробовала многочисленная русская детвора, которая уже видела в «дяде Джабарлы» чуть ли не своего кумира.

Правда, никто вокруг даже не догадывался, чем он занимается на самом деле. Торговец фруктами — и все!

Мало-помалу к первоначальному набору из анаши, маковой соломки, марфушки и опия-сырца добавилась торговля кодеином и другими наркосодержащими препаратами. К этому времени народ уже как следует приучили к наркоте, ее потребление стало приобретать катастрофические для русского населения размеры, деньги потекли рекой, и Джабарлы уже подумывал о строительстве собственного особняка с бассейном у себя на родине. Ну а когда к этому традиционному набору добавилась еще и «лошадка» — сильнодействующий синтетический наркотик внутривенного пользования, дом на родине и вовсе перестал быть мечтой.

В общем, дела пошли, а вместе с ними все мощнее становился денежный поток. Правда, спокойную жизнь мелких оптовиков и торговцев иногда подпорчивали набеги омоновцев и злопакостные козни Управления по борьбе с незаконным оборотом наркотиков, но все эти наскоки разбегались мелкими волнами, и касались они только мелких оптовиков, которые отделывались то легкими штрафами, то смехотворными сроками заключения. Что же касается самого Джабарлы, то он как был чист, так чист и остался. И любой крупный оптовик, завязанный на Джабарлы, и под страхом смертной казни не признался бы, где берет тот же метадон с ласковым названием «лошадка». От ментов да от омоновцев всегда можно отмазаться, как, впрочем, и от ФСБ, а вот месть людей, которые поставили Джабарлы на это дело... О ней страшно было даже подумать.

И как бы все было хорошо и гладко, если бы не этот проклятый накат «экстази»! Эти неизвестно откуда взявшиеся таблетки не только выбивали почву из-под Джабарлы и его сыновей — они реально угрожали прикончить и всю его дальнейшую карьеру. Вот почему он был рад приезду Рустама, тем действиям, которые он развернул в городе, а уж к боевикам его относился как к самым желанным гостям. Чтобы быть максимально полезным общему делу, он выделил в распоряжение Бабека и его команды собственную машину. Не «тоёту», конечно, — «Жигули» неприметного серого цвета, а за руль приказал сесть старшему сыну Аслану, знавшему город и его окрестности как свои пять пальцев.

Для проживания команде Бабека был выделен весь второй этаж, да и кормили их как на убой. Правда, самому Бабеку радости от такой жизни не было. Привыкший к действию и круговерти жизни, когда не знаешь, откуда получишь пулю, Бабек маялся от такой сытой и спокойной жизни и только молил Аллаха, чтобы как можно скорее вышел на связь Рустам.

Бабек рвался в бой и злился на слишком спокойного и рассудительного Рустама, который все выжидал чего-то. Черт его знает чего — имел, что ли, особые виды на этого цыгана, за которым теперь была установлена постоянная негласная слежка. Более решительный, но и более примитивный боевик не знал, чего тянет их босс, и от этого злился, срывая злость на своих же ребятах и на Линде, которая вместе с ним выходила из обугленной и разрушенной Чечни, когда стало ясно, что русские воевать больше не намерены. А нет войны — ну и что без дела торчать. Не грабить же себе подобных...

Впрочем, была ли эта Линда для Бабека женщиной — тоже еще вопрос. Снайпер — да! Причем, снайпер высочайшего класса, какие водятся только в прибалтийских странах. Но вот зачем она в свои двадцать пять лет приперлась из своей Эстонии в Чечню — этого Бабеку не было дано понять. Да он и не пытался особо. А когда однажды попробовал сунуться к ней ночью, то получил такой удар по яйцам, что часа два вздохнуть не мог. А когда пришел в себя, то вдобавок ко всему услышал:

— Еще сунешься — пристрелю! Таких красавцев, как ты, и в Таллине хватает.

Он заскрипел зубами в бессильной ярости перед этой блондинистой сучкой в камуфляжном комбинезоне, однако больше подобных попыток не делал. Как-то в одном бою, кажется это было на площади Минутка в Грозном, он видел, с какой спокойной и умной целеустремленностью она хреначила русских мальчишек, которые пытались взять штурмом их дом. Да и стреляла, сучка белобрысая, не в голову, чтобы наповал, а в коленную чашечку, и когда солдатик падал, извиваясь от боли, к нему тут же бежали его товарищи, и вот тут-то...

Стреляла она почти не целясь, но после каждой такой серии на площади оставались три, а то и четыре трупа. А самого́ подстреленного, своего манка она добивала последним. Прицельным выстрелом в голову.

Как-то после боя Бабек спросил ее:

— За что дерешься, красавица? Я-то за Аллаха да за попранные мечети, а ты за что?

Она долго молчала, потом затянулась сигаретой и только после этого проговорила негромко:

— У меня с русскими тоже свои счеты!

И столько ненависти было в этом спокойном голосе с чудны́м прибалтийским акцентом, что, пожалуй, именно в тот момент Бабек по-настоящему и зауважал ее. Зауважал как человека, на которого можно положиться.

— А когда война кончится, что будешь делать? — спустя какое-то время спросил он ее, в душе надеясь, что она согласится на его предложение. На его родине вовсю разворачивался наркобизнес и, как он знал, требовались решительные, умные и в то же время жестокие боевики для охраны перевозимого товара. Ему же было предложено создать свою собственную пятерку «для особых поручений».

Линда только вздохнула, пожала плечами и, пожалуй, впервые за все то время, что Бабек знал ее, улыбнулась.

— Не знаю еще. Не думала. Но я же мастер спорта, так что на мой век работы, думаю, хватит.

Вот тогда-то он и предложил ей поехать с ним сначала в Азербайджан, где будут обговорены все условия их работы, а затем уж и в Россию.

Подумав немного, Линда спросила, какова будет ее личная роль в этой пятерке. Бабек ответил более чем кратко и более чем откровенно:

— Стрелять!

Линда согласилась. Однако тут же предупредила: если кто из своих вздумает сунуться к ней — пристрелит без разговоров. И добавила:

— Когда мне мужчина понадобится, я сама об этом позабочусь.

На том, как говорится, и поладили.

Остальные три боевика вошли в команду Бабека по личной рекомендации Рустама и под его ответственность. Парням было также по двадцать пять лет, правда в боевых действиях участвовали не в Чечне, а в Нагорном Карабахе. Все трое — хорошие самбисты, стреляют почти из всех видов стрелкового оружия, а также хорошо водят как отечественные машины, так и иномарки.

В общем, команда была как на подбор, а вот насчет обещанной здесь работы и вознаграждения...

Особенно же раздражало и бесило вынужденное бездействие. Хорошо отлаженная боевая машина начинала терять свои основные качества: единый настрой на цель, слаженность, но главное — управление. Даже железная Линда и та стала томно вздыхать и закатывать глаза, когда ребята крутили по видаку очередную порнуху. Телевизор, видак с ящиком какой-то американской хренотени, кассеты, нарды да обильная еда под длинные «семейные» разговоры — это, пожалуй, было единственным развлечением и отдушиной для души, которое мог позволить своей команде Бабек. На спиртном и наркотиках, даже самых легких и безобидных, лежало табу. Чем очень был доволен и сам хозяин дома. Джабарлы, как уже сказано, сам наркотиков не употреблял и своих сыновей держал в строгости, сумев внушить им, что ему нужно хорошее потомство, а не дебилы, которыми теперь переполнены не только Средняя Азия с Кавказом, но и русские города, и поэтому в этом доме даже травкой никогда не пахло, хотя не только этой, но и более серьезной дрянью были забиты все тайники, к которым имели доступ только сам Джабарлы да его старший сын, понемногу приобщающийся к отцовскому бизнесу. Но когда Аслан все-таки решил однажды попробовать запретный плод и отец увидел его расширенные зрачки, он даже не стал его ругать. Он просто запер его на два дня в каморке подвала, дав тем самым прочувствовать, что такое наркотическое похмелье, а затем провел небольшую родительскую беседу, концовка которой была такова: «Хочешь расслабиться и оттянуться, пожалуйста. Возьми деньги, прихвати с собой хорошую телку и поезжай на месячишко хоть в Крым, хоть в Турцию. Но если еще раз замечу, что ты балуешься дрянью...»

Он не договорил, какие кары небесные падут на голову поникшего Аслана, но после этой короткой беседы в доме Джабарлы даже разговоры про кайф прекратились. Что же касается младшего отпрыска Джабарлы, то ему хватило и того, что он слушал неторопливую речь отца и видел поникшую голову Аслана.

И все-таки вынужденное безделье расслабляло не хуже той же наркоты. Единственная обязанность, которая лежала сейчас на команде, — это негласная слежка за Золтаном и скрупулезная фиксация всех его встреч в городе. Однако этот цыган почти не вылезал из своего табора и только вечерами наезжал с какой-нибудь очередной шлюхой в ресторан «Центральный». Пил и гулял до закрытия, разбрасываясь деньгами, затем перебирался в казино, просаживал там очередную пачку денег и уже под утро выползал к своему «опелю», за которым всегда, как пришитые, следовали красные «Жигули» с двумя довольно крепкими парнями цыганистого вида.

«Охрана», — решил Бабек; впрочем, об охране его уже предупредил Рустам.

Но эта без особых затей детская слежка могла

увлечь только такого мальчишку, как Аслан, и Бабек, по собственному опыту зная, как деморализует боевика полное бездействие, решил принять свои меры. Он теперь поднимал свою команду в семь утра, затем по два-три часа заставлял заниматься зарядкой, если так можно было назвать эту пытку, после чего отрабатывал спецприемы, и как завершение — два контактных боя без правил.

Линда же в это время занималась по своей собственной системе, но тоже выматывалась так, что на нее без слез и смотреть-то нельзя было.

После этого — контрастный душ на пятнадцать минут, благо у Джабарлы была не только холодная, но и горячая вода, и только после этого, гладко выбритые, причесанные и более-менее прилично одетые, они садились к столу.

Хозяину дома это явно нравилось, тем более что и его сыновья стали перенимать у гостей здоровый образ жизни, и когда они все вместе рассаживались за длинным столом на открытой веранде, там кроме свежих овощей, фруктов и еще горячих лепешек, которые замечательно пекла жена Джабарлы, лежали уже огромные шампуры с исходящими соком шашлыками.

Ближайшим соседям и тем знакомым, которых он встречал на своей улице, довольный Джабарлы надо и не надо охотно сообщал, что к нему с родины приехал его племянник с невестой и друзьями.

— И все — спортсмены! — с гордостью добавлял он.

Соседям это было приятно. И даже не сам факт,

что хорошего человека навестил хороший племянник, а то, что невеста этого приезжего азербайджанца — наша, русская. А это русскому человеку всегда приятно. И вдвойне приятней, что такая красивая девушка попадет в такую хорошую семью.

Господи, знали бы эти простодушные русские дураки, открывающие душу любому, скольких неопытных русских мальчишек положила эта красивая блондинка в чеченской бойне! Если бы такое вдруг открылось в Штатах, кичащихся своей демократией и защитой прав человека, то над ней бы сразу учинили суд Линча. А у нас? В лучшем случае — морду пощипали бы да клок волос выдернули.

Россия!..

Но наконец-то долгожданный телефонный звонок вознаградил терпение Бабека и его бойцов. Причем случилось это утром, когда они только-только заканчивали заниматься зарядкой. На садовой полянке неожиданно появился хозяин дома, передал потному командиру боевиков трубку радиотелефона. Звонил Рустам.

— Слушай меня внимательно, Бабек. Сегодня в четыре мне назначена встреча с твоим цыганом (он имел в виду Золтана). До этого времени он должен, видимо, получить товар. Пасите его, как невесту, глаз с него не сводите! Причем делай это сам! И еще: фиксируй и записывай каждый его контакт в течение всего дня! Даже самый маломальский. Когда поймешь, что он уже направляется к Захару, — запрягай свою команду и действуйте по намеченному плану. Все ясно?

— Да!

— Вопросы есть?

— Один. Где сам в это время будешь?

— Захар назначил мне встречу к четырем, но я приеду к нему чуть раньше. Может, за полчаса. Сам понимаешь, для чего.

— Ясно, хозяин! — радостно гаркнул Бабек и добавил негромко: — Все сделаем в лучшем виде!

— Команда в порядке? — на всякий случай поинтересовался Рустам.

— Как часы!

— Тогда все. С тобой я свяжусь вечером или же в крайнем случае утром. Постарайся до моего появления не наделать особых глупостей. Золтан мне нужен только живой!

— Ясно, хозяин!

В ожидании этого желанного звонка не менее Бабека волновался и Рустам. Впрочем, можно было, конечно, плюнуть на те несколько пачек баксов, которые сами лезли в руки, и давно уже выпотрошить у Золтана адресок поставщика таблеток «экстази», прихватив этого богатенького цыгана, когда он в очередной раз выползал из ночного казино, но Рустам и сам бы после этого перестал себя уважать, упустив дармовые сорок, а то и все пятьдесят косарей зеленых. Тем более что предварительный разговор уже был и теперь оставалось только ждать и ждать, когда Золтан встретится с поставщиком и тот выложит ему обещанную тысячу таблеток.

И вот, наконец-то!

Захар позвонил около десяти утра и вальяжным голосом доброго барина сообщил, что «товар у человека и тот сможет сегодня же передать его гостю».

Не в силах сдержать свои чувства, Рустам облегченно вздохнул и закрыл глаза. Фраза, произнесенная Захаром, означала, что Золтан получил всю партию наркотика и купля-продажа должна произойти именно сегодня.

— Хорошо, — стараясь ничем не выдать охвативших его чувств и казаться как можно более спокойным, отозвался Рустам. — Когда и где?

Захар чуть подумал и спросил в свою очередь:

— Ты будешь уже с деньгами?

— Естественно!

— Тогда лучше всего у меня. В четыре.

— Хорошо, — согласился с таким предложением Рустам. — Буду в четыре.

— Хоп! — громко выдохнул цыган, будто ударил по рукам, оформляя сверхвыгодную для себя сделку, и повесил трубку.

То ли от столь длительного ожидания, то ли оттого, что вдруг отпустила страшенная нервотрепка, когда приходилось прикидываться то дурачком, то другом, Рустам без сил откинулся в кресле, ощутив вдруг, как он устал за дни командировки в этом проклятом городе. Однако он не дал себе расслабиться — Рустам умел ждать и знал, что за все это потом воздастся сторицей.

Успокоившись и приведя мысли в порядок, он вновь поднял телефонную трубку и набрал номер Джабарлы. Переговорив с Бабеком и отдав ему необходимые распоряжения, он полез в ванну, чтобы полностью привести себя в порядок. Уж кто-то, а он-то знал, что русские, к коим он относил и цыган, встречают не только по одежке, но и по щетине на морде. Да еще по запаху туалетной воды, которым от тебя должно разить на каждой более-менее значительной встрече или сделке. Правда, сделки сегодня не будет, но... Порядок есть порядок. Да и этот седой цыган Захар любил, чтобы его клиенты не отработанным маслом воняли, а хотя бы французским мужским одеколоном. Одним словом, цивилизация!

Ровно за полчаса до обговоренной встречи Рустам подъехал к офису под призывной вывеской «ЗАХАР МОЖЕТ ВСЕ!». Его встретил Василий и, улыбаясь во всю свою цыганскую рожищу, сообщил, что отец уже ждет дорогого гостя. Прихватив с собой кейс, набитый купюрами, Рустам выбрался из машины и, попросив Василия, чтобы тот посмотрел свечи, направился в кабинет хозяина.

Когда обнялись — уже почти по-братски, Захар спросил:

— Деньги привез? А то у Золтана не было сразу такой суммы, чтобы расплатиться с поставщиком.

— Естественно, — пожал плечами Рустам и положил свой кейс на стол. Достав небольшой ключик, щелкнул никелированными замочками, открыл крышку, и перед цыганом открылась картина, от которой и дух могло захватить.

— Хорошо! — ощерился в счастливой улыбке

Захар и захлопнул крышку. — Убери пока что. Сам знаешь, народ тут всякий ходит.

После этого он поднял телефонную трубку, по памяти набрал какой-то номер и, пожалуй, не менее минуты говорил с кем-то по-своему. Когда закончил, вновь обернулся к вопросительно уставившемуся на него гостю:

— Я сказал, что все в порядке. Золтан сейчас выезжает.

— С товаром? — уточнил Рустам.

— Конечно.

Аккуратно закрыв никелированные замочки на ключ, Рустам поставил кейс за кресло, как выразился цыган, подальше от любопытного глаза, и поудобнее развалился в кресле, искоса поглядывая на суетящегося механика. Видимо, от этой сделки ему должен перепасть немалый процент из денег, что лежали сейчас в небольшом черном чемоданчике, и поэтому он мельтешил, как сваха на смотринах.

— Может, коньяку граммульку? — предложил он, не зная, как скоротать время до приезда Золтана.

— Да ты что, Захар! — вскинул на него удивленные глаза Рустам. И вдруг прищурился с азиатской хитринкой: — А может, ты споить меня хочешь, а?

У цыгана даже рот открылся от такой незаслуженной обиды, а Рустам уже смеялся во все свои тридцать два зуба.

— Шутка это, Захар, шутка! Сам же говорил, что это только начало. И те деньги, которые мы будем с тобой делать... — Он не договорил, многозначительно подняв палец, но и так было ясно, что планы у него большие, причем связаны они именно с расчетом на авторитетного владельца автосервиса.

— Тогда чаю или кофе, — хмыкнул явно польщенный Захар и крикнул кому-то в темноту коридора, чтобы сделали «хороший чай».

Они тянули из разрисованных чашечек наваристый чай с лимоном, говорили о всякой всячине, и каждый в душе хотел, чтобы как можно скорей закончилась эта бодяга ожидания. Но если седой механик уже подсчитывал свои барыши, то для Рустама они пока были в тумане, отчего эти минуты неизвестности были для него страшнее пытки.

Нельзя сказать, чтобы он не был уверен в команде Бабека, но одно дело, когда ты сам участвуешь в деле или находишься черт знает где от этих мест, и совершенно другое дело, когда контролируешь ситуацию, которая еще неизвестно чем закончится. Золтан ведь тоже не дурак. Он, конечно, без основательного сопровождения столько наркоты не повезет. Да и выпендриться порой любит своей крутизной и той охраной из соплеменников, которая постоянно сопровождает его в поездках по городу. Но тут уж как получится. Сейчас оставалось только ждать, даже вида не подавая, что ты волнуешься от приближения той роковой минуты, когда окончательно станет ясно, что Золтан уже не появится на пороге этой мастерской. Или же...

О втором варианте Рустам старался даже не думать.

Ровно в четыре хозяин офиса и Рустам почти одновременно посмотрели на часы. Золтана не было, хотя он должен был выехать еще полчаса назад. А это значило...

У Рустама радостно екнуло где-то под ложечкой, и он, чтобы скрыть свою радость и, не дай-то Аллах, не засветиться, вопросительно уставился на Захара, показав пальцем на стрелку часов. Мол, время — деньги. По крайней мере для него. К тому же он еще утром предупредил механика, что ровно в пять его будут ждать в мэрии для окончательной утряски всей этой волокиты с разрешением на открытие ночного клуба и бара.

Захар удивленно хмыкнул — опоздание Золтана было ему непонятно, пожал своими широкими плечами, видимо стараясь как можно дольше оттянуть время, медленными глотками допил остатки чая и только после этого вновь поднял телефонную трубку.

А стрелки часов неумолимо бежали вперед и уже показывали четверть пятого. За те сорок пять минут, что Золтан выехал из своего дома на окраине города, можно было уже дважды добраться до мастерской Захара. Да и звонка никакого не было с дороги, — ведь случись вдруг у них какая-нибудь авария или непредвиденная задержка, непременно предупредили бы. И это тоже показалось Захару странным. Странным потому, что Золтан тоже был предупрежден о том, что в семнадцать ноль-ноль Рустам должен быть в мэрии. А ведь нужно еще время на дорогу. К тому же надо бы и деньги пересчитать, и товар посмотреть.

Затаив дыхание, Рустам наблюдал, как механик, то и дело сбиваясь, набирает дрожащей рукой чей-то номер. Выходит, почувствовал что-то неладное и теперь пытается выяснить, где мог застрять этот любвеобильный придурок с несколькими упаковками таблеток «экстази».

Наконец Захар набрал нужный номер и замер в ожидании, когда на другом конце провода поднимут трубку. Но вот наконец-то...

Захар что-то быстро-быстро затарахтел по-своему, ему, видимо, тоже что-то отвечали, и по тому, как посерело смуглое лицо механика, Рустам понял: все получилось!

Чисто автоматически он посмотрел на часы: шестнадцать двадцать три. Если все идет по плану, то Золтан уже в подвале Джабарлы. И теперь противнику уже ничего не переиграть. Этот седой цыган тоже не дурак и, почувствовав неладное, будет просчитывать буквально каждый шаг тех людей, которые были завязаны на этой многотысячной сделке, но к нему, Рустаму, у него не может быть никаких претензий. Приехал он в этот офис еще тогда, когда Золтан только-только выходил из дома, все это время они были вместе, так что заподозрить его в чем-нибудь...

И все-таки ухо надо было держать востро.

— Ну? — вопросительно и в то же время с явным неудовольствием от столь несерьезного поведения партнера спросил Рустам и постучал пальцем по циферблату: — Сам понимаешь, я этой встречи в мэрии целый месяц ждал.

Захар виновато развел руками и вновь пожал своими широкими плечами.

— Не знаю, дорогой, что и думать. Дома сказали, что он давно уже должен быть у меня. А его... В общем, сам видишь!

— Может, по дороге случилось что? — осторожно спросил Рустам. — «Опель»-то его хоть и блестит со всех сторон, а лет десять уже поди бегает.

Это была единственная зацепочка, на которой можно было выиграть еще час-другой.

Все еще с надеждой посматривая на дверь, Захар скривился, будто его мучила зубная боль, и устало рухнул в соседнее кресло.

— Бог его знает. Всякое может случиться. И в то же время... Понимаешь, я ему самолично ее недавно перебирал. Так что...

И вдруг, словно зверь разъяренный, вскочил с кресла, заметался по крошечной комнатенке.

— А он что, сучонок напудренный, позвонить с дороги не мог?! Или, может, слишком крутым стал? Уже бароном себя считает, падла?!

Подлетев к своему небольшому сейфу, Захар достал оттуда початую бутылку коньяка, плеснул себе в огромный фужер и выпил залпом, даже не предлагая гостю.

Рустам внутренне усмехнулся. Значит, проняло мужика. И пока что виноватым он считает только этого напыщенного щенка, который может позволить себе подобную вольность по отношению к барону.

— Ну ничего! — почти прорычал он, убирая бутылку обратно в сейф. — Он у меня надолго этот день запомнит! Захар тоже не последний человек в этом городе. И если понадобится табор на ноги поднять...

Он не договорил, но Рустам вдруг почувствовал, какой лютой ненавистью ненавидит этот мастеровой цыган всю ту молодую поросль своих соплеменников, которые даже не могут по-человечески взять деньги, которые сами идут им в руки. Вот воровать по-мелкому — это другое дело. Или пришить кого-нибудь в кустах. Здесь им равных нет.

— Ладно, успокойся, — попытался сбить его накал Рустам. — Мало ли что могло случиться.

Еще раз глянув на часы, он потянулся за кейсом и медленно поднялся с кресла. С виноватым видом показал на циферблат.

— Прости, брат. Но, сам понимаешь, ждать больше не могу. — Потом подумал немного и добавил: — Думаю, часам к шести освобожусь. И как только... В общем, как только твой Золтан появится, запирай его в этой комнате и ждите меня. Я буду звонить, как только освобожусь. Хоп?

А что мог сказать седой цыган? Сиди, мол, здесь и не рыпайся, пока не прояснится, куда мог подеваться этот прощелыга напыщенный? Конечно, нет. А потому он только кивнул своей роскошной гривой и виновато развел руками.

— Прости, брат, что так получилось. И будь уверен, этот козел до твоего прихода отсюда не выйдет.

Господи милосердный, если бы он только знал правду о том, где сейчас находится сын его друга и брата!..

4

Наконец-то наступал и его звездный час.

Выслушав сообщение Рустама, Бабек повернулся к стоявшему неподалеку Джабарлы и, передавая ему трубку, спросил:

— Фургон на месте?

Под фургоном он подразумевал длинномерную фуру, в которой поставщики Джабарлы доставляли из Азербайджана ранние помидоры, овощи и фрукты. Хоть и числилась она за кем-то из подневольных водителей-азербайджанцев, но на самом деле принадлежала самому Джабарлы — он распоряжался ею по своему усмотрению. Гаишники области уже знали сорокалетнего усатого азербайджанца, он исправно платил им положенную дань, и когда вдруг случались накладки с доставкой крупной партии той же маковой соломки, Джабарлы лично садился за баранку и без особого риска доставлял товар в нужное место. Сегодня фургону предстояло сыграть совершенно иную роль.

— Как и договаривались, — кивнул хозяин дома и спросил с надеждой: — Что, сегодня, да?

Несловоохотливый Бабек лишь невнятно пожал костистыми плечами, в которых чувствовалась какая-то почти звериная, взрывная сила.

— Похоже, что да.

— Дай-то Аллах! — молитвенно скрестил руки Джабарлы. — И так уж долго ждали.

— Ничего, — усмехнулся Бабек, и его жесткое, мужской красоты лицо приобрело хищническое выражение. — Как это у русских говорится? Кто ждет, тот и бабу мнет!

И рассмеялись оба.

Бабек посмотрел на часы. До начала операции времени было еще предостаточно, но надо было не только морально подготовить команду, но и отследить Золтана с его телохранителями, чтобы, упаси Аллах, не произошло какой-нибудь накладки. И сам Бабек, и его команда уже имели опыт по захвату заложников, но то были практически боевые действия, когда требовались только безрассудная отчаянность да умение вовремя затолкать опешившего человека в машину, здесь же...

План, разработанный Рустамом, требовал четкого исполнения именно каждой детали захвата, а главным фактором во всей операции оставалось время. Случись какая-нибудь непредвиденная задержка, хватятся этого цыгана с его наркотой его соплеменники раньше времени — стрельбы не избежать. А именно этого больше всего опасались как сам Рустам, так и хозяин гостеприимного дома, приютившего его боевиков. Однако план планом, но пистолеты с глушителями и пара короткоствольных автоматов, не считая, конечно, разобранной на части снайперской винтовки с оптическим прицелом, тоже лежали наготове.

— Фура заправлена? — на всякий случай спросил Бабек. Сейчас, когда определилось время начала операции, он вдруг успокоился, и его мозги — мозги профессионального убийцы — теперь работали в одном направлении.

— Полный бак. Сегодня проверял.

— Масло?

— Полный порядок, — успокоил его Джабарлы. — Машина как часы. Садись и... — Он не договорил, лишь усмехнулся в свои густые черные усы, видимо представив, что скоро освободится от проклятых конкурентов и снова станет черным кардиналом города. Но главное — деньги. Иранский метадон продолжал поступать на его базу, на этом были задействованы десятки людей, рискующих своей свободой, а он, как обмочившийся щенок, тыкался из угла в угол и никак не мог обеспечить товару приемлемый сбыт. Конечно, марфушка и прочая разбавленная хренотень на базаре шли, но вот прибыль от них... Вся эта мутота не могла дать и десятой части того, что приносил метадон.

— Кто поведет фуру? — чуть скосив глаза на хозяина дома, осторожно спросил Бабек. И это был далеко не простой вопрос. Случись какой-нибудь серьезный прокол, и гореть тогда водителю машины синим огнем. А вести машину мог или сам Джабарлы, или его старший сын. Впрочем, это отцовское дело — решать, кто подставит свою задницу в случае возможного провала. Бабек, конечно, верил в свою счастливую звезду и почти на все сто процентов не сомневался, что все пройдет как надо, но, будучи человеком неглупым и осторожным, всегда допускал возможность срыва операции. Пусть это будет даже один процент из ста... Вот и сейчас он допускал этот один процент. Тем более что с цыганами он никогда раньше дел не имел, а потому и старался обезопаситься от любой случайности.

— Фуру я сам поведу, — хмуро ответил Джабарлы. — Меня вряд ли кто остановит. — Он усмехнулся тяжелой, нехорошей усмешкой. — Все-таки лицо в городе приметное, можно сказать, каждая собака знает. А вот Аслан... Сам понимаешь, парень еще молодой, неопытный. Но если он вам нужен... — И замолчал, уставившись черными угольками настороженных глаз на командира боевиков. Дело, конечно, оставалось делом, но и сына потерять...

— Не боись! — кисло улыбнувшись, успокоил его Бабек. — Разработка чистая, ему только придется порулить малость на своем «Жигуленке».

— Хоп! — явно довольный подобным раскладом, согласился с Бабеком хозяин дома и тут же спросил: — Хозяйке на стол накрывать?

— Естественно! — расплылся в белозубой улыбке командир боевиков и добавил: — Да чтоб мяса побольше было! Кто его знает, когда еще покушать придется.

В то утро они плотно и сытно поели, запили ароматный шашлык китайским зеленым чаем и принялись за последние приготовления к предстоящей операции. Бабек приказал еще раз проверить пистолеты, ножи и удавки, на всякий случай самолично проверил коротКоствольный десантный автомат. Он почти наверняка знал, что эта надежная игрушка не пригодится, но... Как это у русских говорят: береженого Бог бережет. Он же надеялся на помощь и благосклонность Аллаха, который призывал мусульман выступать против неверных. Правда, Бабек уже и сам запутался, кто в этом мире сейчас истинный мусульманин, почитающий Коран и Аллаха, а кто неверный. В последнее время настолько все перемешалось, что он порой за голову хватался, пытаясь найти истину. Правда, один великий поэт сказал когда-то, что «истина в вине», и ему тоже порой хотелось хотя бы попробовать этого зла, но Бабек, верный сын своих родителей, был истинным мусульманином, в меру своих сил и возможностей почитал Коран, а потому в рот не брал вина и других за этот порок презирал, а особенно когда нажирались как свиньи его же соплеменники.

В условленное время перезвонил старший сын Джабарлы и сообщил, что красные «Жигули» припаркованы у дома двух братьев цыган, исполнявших роль охранников при Золтане, которые пока что никуда не выезжали. Сделав необходимые распоряжения, Бабек вернулся к своей команде. Теперь требовалось буквально каждый пункт предстоящей операции расписать поминутно.

15.35

Сменившая свою камуфляжную форму и пропотевший спортивный костюм на шелковые шорты-юбочку и почти открытую легкую кофточку, из-под которой заманчиво просвечивали упругие, небольшие груди, Линда сейчас меньше всего походила на того безжалостного снайпера, который недавно методично отстреливал лопоухих русских мальчишек.

По-спортивному стройная, в меру загорелая, эта белокурая бестия с голубыми глазами на красивом чистом лице могла заставить пойти за ней любого мужика, любой национальности, а уж коротенькая модная юбчонка, подчеркивающая красоту ее длинных загорелых ног, могла возбудить даже полного импотента. Что же касается падких до красивых блондинок влюбчивых цыган...

Именно на этом и был построен расчет Бабека, чтобы без особого напряга нейтрализовать двух братьев охранников.

Неторопливо прохаживаясь в конце длиннющего проулка, где жили братья, Линда немного нервничала. Специалист-электронщик, который также входил в команду Бабека и загодя подключился к телефонной линии, сообщил, что Золтан приказал своим холуям в половине четвертого ждать его в условленном месте, то есть на перекрестке двух улиц, откуда выезжал обычно на своем «опеле» некоронованный король местных цыган. Но уже прошло пять минут после назначенного времени, а эти козлы черномазые словно забыли о порученном им задании.

Со злостью сплюнув в придорожную пыль, Линда выругалась негромко и в который уж раз стрельнула злыми глазами в конец проулка, где словно замерли у небольшого домика приметные красные «Жигули».

«Спят, поди, суки грязные!» — с яростью подумала она и вдруг невольно усмехнулась, представив, что было бы, если бы у них хозяином был Бабек.

М-да. В лучшем случае эти двадцатилетние долбое.. остались бы без зубов...

И вдруг мелькнула тревожная мысль: «А может, у них изменилось что? И этого придурка с наркотиками будут сопровождать не они, а кто-то другой?»

От этой мысли Линду бросило в жар, но она постаралась мгновенно успокоиться и взять себя в руки. Нет, этого просто не могло быть! Телефонная линия охранников Золтана прослушивалась практически круглосуточно, и если бы у них были хоть какие-то изменения — об этом сразу же стало бы известно и Бабеку.

— Матерь Божья, скорей бы! — прошептала она, и в это время около приметных «Жигулей» появились два парня в свободных цветастых рубашках навыпуск.

Линда невольно усмехнулась. В том, что у каждого из этих придурков сейчас по стволу за поясом, у нее не было никакого сомнения. Ну что же, тем хуже для них, философски решила она и постаралась согнать с лица остатки внезапно нахлынувшей тревоги и злости.

— Матерь Божья, помоги!

Наконец-то эти два разодетых петуха забрались в свою новенькую таратайку, она дернулась, потом медленно тронулась с места и вдруг с визгом и клубами проселочной пыли рванула в ее сторону.

Линда вышла на дорогу и с томной негой путаны, которая знает себе цену, лениво подняла обнаженную руку, призывно и в то же время просяще улыбнулась.

Завизжав тормозами и взметнув новые клубы пыли, «Жигули» резко затормозили, и с обеих сторон высунулось по ухмыляющейся цыганской роже. А тот, что сидел на водительском месте, даже ощерился сладострастно, сверкнув золоченой пастью, и почти пропел:

— Предупреждаю сразу: за проезд берем только натурой.

Перекинув сумочку за плечо и сверкнув при этом полуобнаженной грудью, отчего у водителя едва челюсть не отвисла, Линда обещающе улыбнулась.

— Сговоримся. Только вот по пути ли?

Она уже видела, что оба петушка надежно сидят на крючке, и теперь только осталось взять их живыми и тепленькими. Однако свою роль надо было сыграть до конца.

— Так куда, спрашиваю, гоните?

— Говори, куда надо! — вконец разохотился водила, видимо уже предчувствуя, как он срывает с этой красивой блондинки ее кофтенку, зарывается лицом в почти девственные груди, потом стаскивает эти шортики и...

— Улица Кирова, — все с той же томной негой в голосе проговорила Линда и открыла заднюю дверцу. Эта улица была тоже названа не просто так. Именно на ней находилась автомастерская, где была назначена встреча Рустама с Золтаном.

— Годится! — ощерился в улыбке водила. — Нам тоже туда. Но учти: вечером за мной ресторан и-и...

Он не успел закончить свою мысль, потому что

тяжелая рукоять пистолета опустилась чуть ниже шейного позвонка его несчастного брата и тут же ствол уперся в затылок самого водителя.

Опешив от столь неожиданного поворота событий и даже не успев согнать с изумленного лица глупую ухмылку, он попытался было развернуться к этой непонятной телке, которая вместо того, чтобы... Но тут же услышал тихий голос:

— Насчет потрахаться — потом. А сейчас, козел, делай то, что прикажу.

— Ну с-с-сука! — попытался было воспротивиться водила, но, получив болезненный тычок пистолетом в затылок, мгновенно замолчал, искоса поглядывая на уткнувшегося в панель бесчувственного брата.

— Так вот, насчет потрахаться и ресторана — это чуть позже, — властно повторила Линда. — А сейчас делай, что скажу. Иначе... — И она чуть повела стволом пистолета, накручивая на вороненую сталь длинные черные волосы парня. Чуть потянула на себя, заставив его скривиться от боли. — Так вот, сейчас потихонечку двигай вперед и остановишься сразу за поворотом через сто метров. Если будешь вести себя паинькой — вечером за мной ресторан. — И засмеялась, вновь ткнув его стволом пистолета.

Видимо решив больше не испытывать судьбу, но все-таки прошипев что-то невразумительное, водитель красных «Жигулей» (насколько поняла Линда, старший из братьев) медленно тронулся с места.

— И еще одно, — добавила Линда. — Не вздумай

выпрыгнуть или выкинуть какой-нибудь фортель. Пристрелю на месте.

Парень молчал, хмуро уставившись в лобовое стекло.

За поворотом, там, где проулок выходил на почти пустынную улицу, засаженную распустившими пух тополями и огромными кустами декоративной акации, он чуть прибавил скорость, спросил глухо:

— Где вставать?

— Видишь человека у обочины? — вновь ткнула его стволом пистолета Линда. — Около него и тормозни.

Парень хмуро кивнул и, видимо совсем забыв о пистолете, который торчал у него под рубашкой, спросил уныло:

— Угнать, что ли, хотите?

— Нет, просто подвезти кое-кого, — цедя слова, проговорила Линда и, когда он остановился подле вышедшего на обочину с иголочки одетого, выбритого до синевы южанина, добавила с нескрываемой угрозой в голосе: — А теперь пересаживайся ко мне и передай ключи этому человеку.

Цыган замешкался было на какую-то долю секунды, видимо сообразив, что вовсе не простым угоном здесь пахнет, и вспомнив, что у него за брючным ремнем торчит заряженный «макаров», но наглый южанин уже открыл дверцу с его стороны и, как щенка, вытащил его на улицу. Второй же рукой он ловко и довольно профессионально ощупал хозяина «Жигулей» и, слегка усмехнувшись, вытащил у него из-под ремня увесистый пистолет. Подтолкнул его в сторону приоткрытой задней дверцы, заметив при этом:

— Уголовный кодекс изучал? Так вот, до пяти лэт за это свэтит. — У него был легкий кавказский акцент. Потом он подумал немного и, уже забравшись на водительское сиденье, обернулся к Линде: — Права у него возьми.

Линда вопросительно посмотрела на вконец скуксившегося парня, и тот, видимо окончательно сообразив, что этой странной парочке лучше не противоречить, а тем более не строить из себя героя-одиночку, молча полез в карман, достал оттуда красивый кожаный бумажник с документами и так же молча протянул его девице. А ее напарник в это время обшаривал его бессвязно мычащего бра-тельника. Нащупав под его рубашкой такой же «макаров» с полной обоймой, он весело рассмеялся и тоже перебросил его своей напарнице. Потом включил зажигание и, отъехав в почти безлюдное место, неожиданно остановился. Резко обернувшись к хозяину «Жигулей», спросил, белозубо улыбнувшись:

— Чем колешься?

Понимая, что наступает какая-то развязка, цыган затравленно смотрел на своих мучителей, переводя глаза то на южанина, то на эту курву с сиськами.

— Ну? — требовательно повторил вопрос южанин.

Надо было что-то говорить, и телохранитель Золтана процедил невнятно:

— Так, травкой иногда балуюсь.

— Врешь, падла! — неожиданно весело рассмеялся южанин и повернулся к своей подруге: — Думаю, доза морфия для него сгодится.

— Зачем?! — попробовал было возмутиться вконец струхнувший парень, но, увидев в руках девицы уже наполненный шприц, понял, что сопротивляться здесь себе же в убыток будет, и молча подставил правую руку с набухшей веной. О чем он еще подумал, так это о предстоящем кайфе и о том, что если бы его хотели замочить, то сделали бы это сразу и выкинули на дорогу из машины. А тут...

Этим же шприцем Линда вкатила дозу морфия и его брату, который так и не пришел в себя. Затем красные «Жигули» рванули с места и буквально через несколько минут влетели в ворота просторного двора, где их поджидала длинномерная фура, к открытому заднему борту которой уже был приставлен сваренный из двух стальных швеллеров пандус. Около фуры стоял Джабарлы. Движением головы спросив, все ли в порядке, и получив такой же молчаливый утвердительный ответ, он коротко приказал, чтобы «Жигули» с напрочь вырубленными телохранителями загоняли в фуру, и когда убедился, что все сделано как надо, полез в свою кабину, на всякий случай сунув под истертое старое сиденье заряженный «макаров» одного из этих придурков.

В самой же фуре, кроме двух цыган, которые так и остались лежать в своих «Жигулях», остался и южанин, удобно примостившись на подвешенной сетке-качалке и положив подле себя коротковольный десантный автомат с двумя запасными рожками и второй пистолет Макарова.

Аллах, конечно, пока что был милостив к ним, но... В дальней дороге всякое может случиться.

Когда Джабарлы вывел фуру за ворота и она запылила по улице, Линда наконец-то вздохнула облегченно и вдруг рассмеялась непонятным смехом:

— Ну вот! А обещал и ресторан, и потрахаться...

15.40

Подъехав к перекрестку, где он обычно встречался с братьями Васильевыми, которые сами напросились в его телохранители, что, естественно, тешило душу Золтана, он в недоумении остановился и выругался грязным русским матом. Времени и так оставалось в обрез, клиент уже ждал у Захара, тем более что эта сделка обещала быть не только очень крупной, но и очень выгодной, а эти придурки с мышцами буйволов и с мозгами кур недорезанных застряли где-то, затягивая и без того драгоценное время. Марафет, поди, все навести не могут! А ведь сказано было козлам безмозглым, чтобы ждали его у перекрестка не позже чем в пятнадцать сорок.

Золтан выключил зажигание, открыл дверцу со своей стороны и, ступив одной ногой на подножку, со злостью сплюнул на землю. Эти придурки его подводили уже не единожды, но если подведут и на этот раз...

«Уволю к чертовой матери!» — распалял он сам себя, то и дело поглядывая на часы. Насколько он помнил, этот самый Рустам в мэрии должен быть к пяти, так что время еще было, но ведь нельзя же так. Приказал — в пятнадцать сорок, значит, будь любезен — в пятнадцать сорок. Иначе...

Что будет «иначе», он так и не успел додумать, потому что около его «опеля» тормознул шикарный «мерседес», за рулем которого сидел не менее шикарный, с иголочки одетый южанин. Не молодой, не старый, а примерно тех же лет, что и он сам.

Золтан хмыкнул недоуменно и, на секунду забыв о своих заплечных дел мастерах, уставился на хозяина иномарки, пытаясь угадать, откуда в этой дыре могла появиться столь шикарная и, видимо, очень богатая птица.

А хозяин «мерседеса» между тем просунулся к правой дверце и, доброжелательно улыбаясь, спросил, выдавая свое происхождение легким кавказским акцентом:

— Слушай, друг, что-то я совсем запутался. Как к драмтеатру проехать? Сам понимаешь, город чужой, а у вас здесь декада начинается.

— Что, актер? — заинтересовался Золтан, которого всегда тянуло за кулисы сцены да чтобы попить вволю с актерской братией. Тем более что почти вся местная труппа драмтеатра стала постоянным потребителем его «экстази».

— Куда там! — все так же улыбаясь, отмахнулся хозяин иномарки. — Директор труппы! Так сказать, администратор.

— Ни хрена себе! — окончательно забыв про свою охрану, пробормотал Золтан и, чтобы поближе познакомиться со столь знатным человеком, выбрался из своего «опеля» и, подойдя к дверце «мерседеса» с водительской стороны, принялся подробно и довольно толково объяснять, как лучше всего проехать в центр города.

Выбрался из своей иномарки и «директор труппы». Внимательно слушая чуть гортанный говор Золтана, он согласно кивал, потом, словно останавливая его, сказал «спасибо», и когда Золтан уже было открыл рот, чтобы вечером напроситься в гости или же самому пригласить актеров к себе, как вдруг хэкнул, словно косточкой подавился, схватился за живот, согнулся пополам и, даже не поняв как, оказался в салоне чужой машины. Выпучив свои цыганские глаза на «директора» и все так же ничего не понимая, он безмолвно, словно выброшенная на берег рыбина, хватал открытым ртом воздух, силясь оказать хоть какое-то сопротивление или хотя бы задать извечный вопрос: «За что?»

Однако первым заговорил «директор». Оглянувшись по сторонам, он вдруг вытащил из-под пиджака небольшой пистолет и ткнул его стволом в подбородок Золтана.

— Где наркотик?

Вопрос прозвучал тихо, но настолько зловеще, что Золтан дернулся и невольно потянулся рукой к внутреннему карману своего красного пиджака.

— Ясно, — все так же негромко произнес «директор труппы» и резко ударил Золтана рукоятью пистолета в висок. Тот хрюкнул и завалился на кожаные подушки «мерседеса».

— Дерьмо! — как-то очень спокойно и в то же время совершенно беззлобно проговорил Бабек, поудобнее разворачивая свою жертву. Затем быстро ощупал все карманы и, когда извлек на свет божий десять баночек из-под «но-шпы», битком набитых небольшими беленькими таблетками, удовлетворенно хмыкнул и, аккуратно уложив баночки в тайничок под сиденьем, покосился на бездыханное тело цыгана.

Еще раз убедившись, что все прошло «тихо и мирно» и свидетелей на улице не было, он не торопясь вылез из машины, подошел к «опелю», который сиротливо стоял на обочине, вынул из замка зажигания ключи и, сунув их к себе в карман, захлопнул дверцу.

Посмотрел на часы. Стрелки показывали пятнадцать пятьдесят три. Удовлетворенно хмыкнув, он сел на водительское место «мерседеса» и, чуть сдвинув завалившегося на подушках Золтана, с места рванул по безлюдной в этот час улице.

Через двадцать минут он въезжал во двор гостеприимного дома Джабарлы, а еще через пять минут уже затаскивал обмякшее тело доверчивого цыгана в подвал дома. Помогали ему сыновья Джабарлы.

5

Выехав за пределы города и благополучно проскочив пост ГАИ, Джабарлы выскочил на Южное шоссе и, держа положенные здесь восемьдесят километров, уверенно повел свою фуру по знакомой дороге, где он знал почти каждую колдобину и где почти каждый гаишник давно уже приметил его широкоскулое темное лицо, украшенное шикарными черными усами. Один Аллах знал, сколько маковой соломки и прочей дури перевез Джабарлы за те годы, что осел в городе. И перевез именно на этой машине, надежно пряча наркотики промеж ранних крупных помидоров, в ящиках с сочными персиками и черным сладким виноградом, которыми он все эти годы снабжал скудный российский рынок. Обратно он ехал с местной дешевой картошкой, ранней капустой или свеклой, чтобы выгодно продать это в засушливых степных районах, но такой груз, как ЭТОТ, он вез впервые. Оттого, видимо, и лезла в голову всякая дребедень о мизерной стоимости жизни и о том, зачем и кому все это надо. Впрочем, он хорошо знал, для кого и для чего живет. Убежденный семьянин, он свято верил только в Аллаха и крепость своей семьи, он любил своих сыновей, старался вырастить их настоящими мужчинами, оставить им побольше денег, случись вдруг с ним какая-нибудь беда, а все остальное было для него пшиком, тем подсобным материалом, который надо умно использовать для достижения намеченной цели.

Боялся ли он сейчас, везя в своей фуре столь опасный груз? Пожалуй, нет. Просто была какая-то невероятная усталость и дикое желание как можно скорее освободиться от этих проклятых цыган, которых он теперь винил за упущенный рынок в наркобизнесе, за те деньги, которые прошли мимо его рук, хотя могли осесть именно в его карманах, и за все те напасти, которые свалились на него в последнее время. Конечно, он прекрасно понимал, что эти цыганята — всего лишь пешки в чьей-то большой игре, но даже то, что они попались в капкан, поставленный Бабеком, радовало душу Джабарлы, и он даже секунды не жалел, что скоро земля, вернее — вода, примет еще два трупа.

Как говорится, на войне как на войне. Кто сильнее, тот и сверху. Правда, в одном месте он немного струхнул и даже сунулся было за «макаровым», который лежал у него под сиденьем.

Он только проскочил девяностый километр, как вдруг откуда ни возьмись вынырнула патрульная машина ГАИ. Словно специально поджидали менты очередного лопушка, чтобы штрафануть его за превышение скорости. Однако Джабарлы держал скромные восемьдесят километров и тормознули его, видимо, от скуки. А может, и надеялись сорвать небольшой куш, окажись вдруг за баранкой какой-нибудь лопушок.

Сплюнув в сердцах, Джабарлы проехал еще метров пятьдесят, стукнул условных три раза кулаком в перегородку, что означало для притаившегося в фуре боевика возможную опасность, после чего не торопясь достал документы, сунул «макаров» за поясной ремень, прикрыв его рубахой-распашонкой, и, все так же не торопясь, вылез из кабины.

Ступеньки были высокие, и пока он слезал на землю, успел в полной мере оценить ситуацию.

В городе еще, видимо, не заметили столь странного исчезновения двух телохранителей Золтана, причем вместе с машиной, и проверка эта, судя по скучающим рожам гаишников, на которых в то же время было написано послеалкогольное страдание и страстное желание содрать с кого-нибудь полтинник, а то и целый стольник на опохмел, моментально успокоила Джабарлы. Он даже похвалил себя, что догадался на всякий случай захватить в дорогу пять бутылок водки. Хоть в нынешнее время это и не дефицит, однако действует безотказно. Особенно когда те же менты или гаишники — знакомые ребята.

— Привет, служивые! — широко улыбаясь, проговорил он, протягивая лейтенанту права.

— Здорово! — хмуро ответил тот и кивнул молоденькому сержанту, исходившему похмельным потом под тяжеленным бронежилетом, чтобы не напрягался с автоматом, что висел у него на брюхе.

Мельком взглянув на водительские права и даже не удостоившись взять их в руки, лейтенант ленивым взглядом окинул закрытую фуру и так же лениво процедил:

— Чего везешь?

Джабарлы усмехнулся, отчего его густые черные усы расползлись чуть ли не на все лицо. Он давно знал этого вечного лейтенанта, которого и в звании не повышали, и бог знает за что все еще держали в областном ГАИ. А сколько денег и бутылок он ему передал за все эти годы, об этом только один Аллах ведает. И хотя они прекрасно знали друг друга, лейтенант практически всегда тормозил фуру богатенького, как он считал, азербайджанца и задавал один и тот же вопрос: «Чего везешь?» Правда, когда он бывал в хорошем настроении, то есть в подпитии, то прибавлял к этой фразе еще одно слово: «хозяин». Сейчас же, по-видимому со страшного перепоя, он был зол как черт.

Стараясь смягчить ситуацию, Джабарлы улыбнулся хитроватой азиатской улыбкой.

— Что отсюда можно везти? Для капусты со свеклой еще время не поспело. А картошку... Я ее чуть южнее прикуплю. Во-первых, молодая, а во-вторых, дешевле гораздо, чем здесь. Сам же понимаешь, — с известной почтительностью к погонам и в то же время почти по-дружески закончил он.

Вяло сплюнув в придорожную пыль, лейтенант осоловелыми глазами посмотрел на азербайджанца. Чуть прищурился, спросил безразлично:

— И что, совершенно пустой идешь?

— Отчего же?! — понимающе засмеялся Джабарлы. — Мало-мало, но кой-какой товар имеется.

И потухшие было глаза гаишника заинтересованно блеснули.

— Что, и накладная есть? — с иезуитской ухмылкой спросил он.

— Канешно, дарагой! — нарочито коверкая слова, мгновенно среагировал Джабарлы и почти бегом бросился к открытой дверце кабины. Уже со ступенек спросил, все так же растягивая в усмешке губы: — Тебе в одном экземпляре?

— Лучше в двух, — усмехнувшись, ответил лейтенант и кивнул своему напарнику, чтобы тот шел к патрульной машине. Нечего, мол, молодому поколению на нехорошие дела смотреть.

Достав из сумки две бутылки водки, Джабарлы сунул их в карманы, вытащил из-за пояса пистолет и спрятал его на прежнее место. Однако сигнал отбоя в заднюю стенку не простучал. Хоть явная опасность и миновала, однако всякое может случиться, и надо быть начеку до конца.

Все так же улыбаясь добродушной улыбкой хлебосольного хозяина, он, опять не торопясь, выбрался из кабины и направился к явно взбодрившемуся лейтенанту, который был, пожалуй, всего лишь лет на пять моложе его самого. Спросил тихо:

— Куда положить?

Лейтенант, отведя глаза от водителя, тяжело вздохнул и кивнул на патрульную машину:

— Ох и спаиваете вы нашего брата!

Джабарлы пожал своими широкими плечами: мол, каждому свое. Потом отнес бутылки в машину, стрельнув хитрым взглядом по благоразумно отвернувшемуся сержанту, положил их на переднее сиденье и уже пустой, но довольный вернулся к исходящему слюной лейтенанту.

— Могу ехать, командир?

— Ну а что с тобой еще делать? — ухмыльнулся тот. — Правил не нарушал, накладные в порядке...

Торопливо кивнув Джабарлы на прощание, он, даже не дождавшись, пока тот отъедет, заспешил к своей машине. Похмелье — оно и в Африке похмелье!

Отъехав с километр от гаишников, Джабарлы

условленным кодом отстучал в заднюю стенку кабинки, что означало — «опасность миновала», и до упора выжал педаль газа, стремясь как можно быстрее освободиться от опасного груза.

На сто шестнадцатом километре шоссе он свернул на едва приметную дорогу, которая вела через лес к речному обрыву, и, проехав с пару сотен метров, остановился. Отстучал в стенку, затем спрыгнул на землю и довольно сноровисто открыл заднюю дверь. Кивнул насторожившемуся боевику, чтобы тот помог ему спустить пандус, и когда пандус упруго лег на землю, они на пару спустили на землю «Жигули» с двумя телохранителями Золтана. Правда, сейчас телохранители были больше похожи на трупы, нежели на задиристых совсем недавно парней.

— Теперь твоя работа, — хмуро пробасил Джабарлы и добавил: — Отсюда до реки не больше километра. Дорожка — прямая, как раз к обрыву выведет. А глубина там — метров десять, не меньше. Так что этих орлов менты вовек не найдут.

Он отечески хлопнул парня по плечу и добавил:

— Делай, как Бабек велел. Ставь машину на скорость, разгоняй и... Только сам успей выпрыгнуть. Я буду ждать тебя на шоссе.

После дозы морфия, которую Бабек вкатил Золтану еще в машине, цыган оклемался только поздним вечером. Все это время Бабек сидел подле него, пытаясь вытащить из него хоть какую-нибудь информацию, однако тот был практически невменяем и приходилось ждать, когда этот «любитель театра» придет в себя и сможет хоть сколь-нибудь разумно отвечать на вопросы. В принципе вопрос у Бабека был один: имя и координаты поставщика таблеток «экстази», который, судя по всему, имел к этому редкому наркотику почти неограниченный доступ. Пластиковые баночки из-под но-шпы, которые этот цыган вез Рустаму, говорили о многом.

В начале шестого позвонил Рустам и спросил, как прошла операция. Выслушав Бабека, он удовлетворенно хмыкнул и спросил, не давал ли о себе знать Джабарлы. Еще загодя они договорились, что если все пройдет по намеченному плану, то Джабарлы перезвонит домой откуда-нибудь с границы с соседней областью, после чего махнет куда-нибудь в южный район, чтобы для отвода глаз и обеспечения себе полнейшего алиби, начнись вдруг разборки, прикупить где-нибудь несколько тонн молодого картофеля и ранней капусты и, уже затоваренный этим грузом, вернуться на другой день домой.

Однако контрольного звонка пока что не было, и это заставляло немного нервничать. Хотя Джабарлы и прикрывал надежный боевик из команды Бабека, однако жизнь, а тем более дальняя дорога с вездесущими ментами порой подкидывали такие сюрпризы, что ничего подобного и в кино не увидишь. А случись что с Джабарлы — в его дом тут же нагрянет уголовка, и тогда... Впрочем, так далеко даже в мыслях забираться не хотелось, и Бабек, чтобы хоть немного отвлечься от тревожных раздумий, то и дело тряс ушедшего в небытие Золтана, обливал его холодной водой, хоть проку от этого все равно было мало. Цыган напрочь вырубился от дозы морфия и только закатывал свои покрасневшие белки, когда Бабек особенно сильно хлестал его по щекам.

Рустам звонил в начале шестого, а где-то около семи в подвал влетел запыхавшийся, сияющий Аслан и прямо от двери выпалил, что только что звонил отец и просил передать: все прошло тип-топ. И еще: клиенты, мол, плавают в речке, а сам отец с помощником решили завернуть в Озерники. Там, мол, несколько совхозов на ранних овощах специализируются. Если все будет в порядке и удастся сторговаться и побыстрее загрузить несколько тонн картошки, то завтра к обеду они будут дома.

Это была хорошая новость! Теперь осталось лишь расколоть проклятого цыгана, но для этого надо было поначалу дождаться, когда он придет в себя и сможет более-менее осмысленно отвечать на вопросы.

Золтан оклемался — если, конечно, можно этим словом назвать его состояние после дозы морфия — поздним вечером, когда уж и солнце зашло да и в подвале стало не очень-то уютно. Открыв глаза, в которых плескалась какое-то животное бездумье, он поначалу скривился, недоуменно уставившись на красивого, рослого южанина, который стоял перед ним, покачиваясь с носков на пятки, потом, видимо, что-то прояснилось в его мозгах, в какой-то момент заработала память, он уже более осмысленно всмотрелся в ухмыляющегося Бабека, — было видно, как нервным тиком дернулась его щека, — и проговорил, словно выплюнул:

— С-сука! Я ж тебя, падлу...

Он попытался было подняться со старой панцирной сетки, на которую его уложил Бабек, но лишь дернулся неловко, видимо, только сейчас заметив крепкую капроновую веревку, которой был надежно привязан к своему ложу.

— Ну, блядь! — в бессильной злобе прорычал он, но тут же добавил просяще: — Я же обоссусь весь! Развяжи!

— Ничего, — успокоил его Бабек, с откровенной издевкой наблюдая, как спеленутый веревкой цыган пытается освободить связанные руки. Уж чего-чего, а связывать Бабек научился еще в Чечне, когда приходилось брать в плен ничему не обученных русских молокососов, а затем гнать их в лесистые горы, чтобы там уже решить дальнейшую судьбу. За кого выкуп можно было получить, а кого и в распыл.

Поняв всю тщетность попыток хотя бы ослабить веревку, Золтан затих на какое-то время, закрыв глаза и, видимо, пытаясь сообразить, за каким чертом он оказался здесь, но проклятые мозги выдавали только какие-то обрывки информации, которые он так и не смог связать в единую логическую нить.

А проклятый южанин терпеливо ждал, с насмешкой наблюдая за своим пленником.

Наконец Золтан открыл глаза, спросил тихо:

— Скажи хоть, где я!

— В гостях, — ухмыльнулся Бабек.

— В каких еще гостях? — глупее глупого спросил Золтан, и так он сейчас не был похож на того всесильного, богатенького фраера в «опеле», что Бабеку даже стало жалко его. Этот разодетый дурачок — всего лишь шестерка в чьей-то большой игре, однако первому придется отвечать ему. Впрочем, почему первому? Двое таких же придурков, возомнивших себя слишком крутыми телохранителями, уже успокоились на дне глубоченного омута, и вряд ли их кто-нибудь там найдет. По крайней мере в ближайшем будущем. Вот и этот придурок...

Не торопясь с ответом, Бабек прошел в дальний конец подвала, принес оттуда табуретку и, поставив ее в метре от своего пленника, устало опустился на нее.

— Да как тебе сказать, — протянул он, в упор разглядывая Золтана. — В хороших гостях. То есть хорошие люди живут в этом доме. Вежливые, — добавил он. — Вместо того чтобы отмудохать тебя да за яйца повесить, с тобой разговоры культурные ведут. Надеются, что ты жить хочешь и без лишних пыток или крови все сам расскажешь.

Многоопытный командир боевиков, прошедший жестокую, садистскую школу в Чечне, при слове «пытки» увидел, как вновь дернулся связанный цыган и глаза его наполнились откровенным страхом.

— К-каких п-пыток? — заикаясь, спросил он. — Зачем? Может, меня спутали с кем-то?

— Да нет, — вновь ухмыльнулся Бабек. — Ни с кем тебя, дружок, не спутали. А насчет пыток... Ну, это я в порядке дружеского предупреждения сказал. Чтобы ты знал, с кем дело имеешь.

На какое-то время в подвале воцарилась гнетущая тишина, и только учащенное дыхание Золтана говорило о том, что цыган наконец-то окончательно врубился в ситуацию и теперь пытается сообразить, как бы ему без особых потерь выбраться из всего этого дерьма.

Не торопил его и Бабек, понимая, что привязанный к панцирной сетке цыган и без лишних пыток расскажет ему все, что знает о своем поставщике и появившихся в городе таблетках «экстази». Наконец цыган повернул к своему мучителю голову и выдавил из себя:

— Чего... чего ты хочешь?

— Вот это уже совсем другой разговор! — расплылся в деланной улыбке Бабек. — А то поначалу обзываться стал, Зою Космодемьянскую из себя строить...

Он поднялся с табуретки, прошел к вешалке, на которой висел его пиджак, достал из кармана несколько баночек из-под но-шпы. Подбросив их на руке, вновь сел на табуретку, широко расставив ноги.

— Откуда это у тебя? — И, увидев, как у цыгана открылся рот для ответа, тут же добавил: — Только предупреждаю сразу: времени, чтобы ахинею твою слушать, у меня нету. Так что насчет лекарства и городской аптеки давай забудем сразу и ты будешь говорить только правду.

Золтан опять хотел было вставить какое-то слово, но Бабек вновь перебил его:

— И ты, и я, мы оба прекрасно знаем, что в этих баночках, и поэтому еще раз советую говорить только правду. Если же начнешь дурочку ломать... — Он не договорил, но Золтана и без этого уже бросило в жаркий пот.

Эх, если бы он только мог знать, что случилось с этими двумя мудаками братьями Васильевыми и какая блядь навела этого фраера на него самого?! Причем именно в тот день и в тот час, когда он с товаром ехал к Захару! А может, сами братья перекинулись на чью-то сторону, решив заработать на своем хозяине хороший куш? А что, возможно и такое.

Золтана даже перекосило от подобного предательства своих телохранителей, и он уж хотел было выругаться по этому поводу, но его тут же вернул в действительность спокойный и в то же время властно-настырный голос южанина:

— Ну? Я жду! Скорее расскажешь — быстрее дома у себя окажешься.

От этих слов Золтана отпустило мучительное чувство страха, и он, моментально сообразив, что, пожалуй, лучше всего будет не испытывать больше судьбу, кивнул согласно.

— Да, конечно! Щас расскажу. — Он облизал спекшиеся губы и просительно уставился на Бабека. — Только обещай, что сразу отпустишь меня.

Командир боевиков пожал плечами.

— А на хрена ты мне, спрашивается, сдался

здесь? Ведь тебя и кормить, и поить надо, в уборную водить — морока одна. Так что здесь ты не задержишься.

Внимательно следя за лицом южанина, Золтан вновь облизал губы, потом закрыл глаза, помолчал немного, после чего сказал негромко:

— Это «экстази». В таблетках. Оптом беру у бармена из ресторана «Центральный». Он сам на меня вышел и предложил распространять через моих цыган. Ну, сам понимаешь, дело выгодное, я и согласился.

Это уже было интересно и похоже на правду. Теперь надо было раскручивать заговорившего цыгана дальше.

— А он что, просто крупный оптовик или перевалочная база для «экстази»? — осторожно, без особого напора спросил Бабек.

— Н-не знаю, — мотнул головой Золтан. — Честное слово, не знаю. Но то, что он их может достать неограниченное количество, — это факт.

— А ему кто поставляет? — уже более напористо спросил Бабек.

— Тоже не знаю. Честное слово. Да и зачем мне это? Сам ведь, поди, по этим правилам играешь — любопытного либо пристрелят, либо в бок финку засадят.

Бабек был согласен и с этим, по своей собственной организации зная всю строгость уголовных законов, одним из основных принципов которых было молчание.

— Хорошо! Верю. Теперь расскажи мне об этом

самом бармене. Кто таков? Как зовут? Какую кликуху имеет и прочее. И еще раз предупреждаю: все проверю сегодня же. Если соврешь, то...

...Посланный Бабеком в ресторан «Центральный» старший сын Джабарлы подтвердил, что да, в баре «Центрального» крутит коктейли некий Валентин Строев, у которого, по рассказам, можно в любое время прикупить и парочку-другую таблеток «экстази». Парню чуть больше двадцати пяти лет, но он уже сумел перебраться из пригородного поселка на одну из самых престижных улиц города в приобретенный неизвестно на какие деньги шикарный коттедж. Живет один и только телок молоденьких меняет почти каждый вечер. Авторитетом пользуется громадным. Причем и в самом ресторане, и в казино, и на дискотеке среди наркоманов. Если у кого нет при себе денег — всегда может дать таблеточку «экстази» в долг, причем не берет при этом никаких процентов.

Это была серьезная информация для размышления. И когда Рустам уже ночью приехал в дом Джабарлы и Бабек выложил ему все, что успел узнать за это время о поставщике «экстази», Рустам только ухмыльнулся и сказал, будто отрезал:

— Значит, за этот кончик и потянем. Думаю, что этот самый бармен не просто крупный оптовик и даже не перевалочная база, а нечто покрупнее. И заметь, он должен иметь прямой выход на производителя. Носом чувствую, что это именно так. — Он потер руки и подмигнул командиру боевиков: — Так что наша с тобой работа только начинается.

— Так может, я и его, как этого? — кивнул в сторону подвала Бабек.

— Ни в коем случае! — осадил его Рустам. — С цыганом тебе, можно сказать, повезло. А бармен этот любой фортель может выкинуть, и тогда мы с тобой останемся при своем интересе. Не-ет, — протянул он, — нам все его связи, каналы и выходы на клиентуру нужны. Так что, дорогой мой, запрягай своих головорезов и устанавливай за ним самую плотную слежку. Причем чтобы фиксировался каждый шаг.

Бабек согласно кивнул головой, но тут же спросил:

— А этого?

Рустам удивленно посмотрел на своего земляка.

— Ты что, дурачком прикидываешься или уже совсем от сытой жизни соображать перестал?

— Ясно, командир! — ощерился в улыбке Бабек и добавил, словно хотел исправить свою мимолетную растерянность: — Все будет в лучшем виде!

Когда Рустам уехал, Бабек прошел в комнату, где его дожидался старший сын Джабарлы, и приказал, чтобы тот готовил свой «Жигуленок» к поездке.

— Далеко? — спросил Аслан.

— Да нет, на полчаса работы, — ответил Бабек и, прихватив с собой «макаров» — второй из тех, что Линда забрала у телохранителей Золтана, спустился в подвал.

Окончательно пришедший в себя цыган все так

же лежал на панцирной сетке, но теперь, после того как он с потрохами сдал своего оптовика, он вроде бы успокоился и только ждал, когда же ему, наконец, развяжут путы и отпустят восвояси. Увидев спускающегося по лесенке южанина, он призывно поднял голову и почти выдохнул с откровенной надеждой на близкое освобождение:

— Ну?

И столько невысказанного было в этом «ну?», что Бабек даже засмеялся невольно. Приняв этот смех за что-то очень хорошее, растянул спекшиеся губы и Золтан.

— Что, все как я сказал?

— Да, — кивнул Бабек, разматывая веревку на его ноге. — Все как надо! Так что сейчас отвезу тебя куда-нибудь подальше от этого дома, а там уж как знаешь.

Золтан радостно закивал своими черными патлами и уже совершенно спокойно подставил Бабеку свое лицо, когда тот сказал, что надо, мол, в целях безопасности глаза пока что завязать. Чтобы не знал, где проторчал этот день. Таков был неписаный порядок, и этому порядку надо было подчиняться.

Когда поднимались по лесенке вверх, Бабек предупредил идущего впереди Золтана:

— Щас посажу тебя в машину и поедем. Но учти, если вдруг нас тормознет где-нибудь милиция и ты откроешь рот, чтобы вякнуть что-нибудь... В общем, запомни: в бочину я тебе пару пуль всегда засадить успею!

— Что же я, мудак, что ли, полный?! — отозвался

на это предупреждение Золтан и, предчувствуя скорое освобождение, жадно, полной грудью вдохнул свежий ночной воздух.

Старший отпрыск Джабарлы был достойным сыном своего отца и знал ночной город, как свой родной дом. Он безо всякого напряга обошел наиболее контролируемые гаишниками и ночными патрулями улицы и вывел свои «Жигули» в захолустную пригородную зону, превращенную за последние годы в некое подобие бесхозной городской свалки. Чуть проехав к жиденькому перелеску, остановился и выключил зажигание. Устало повернулся к сидящим на заднем сиденье Бабеку и цыгану, который как сел в машину с завязанными глазами, так и остался сидеть с повязкой на глазах.

— Приехали, — процедил он сквозь зубы и добавил: — Пока этот хмырь отсюда выберется, мы уже и выспаться успеем.

Приоткрыв дверцу со своей стороны и внимательно осмотревшись при мерцающем лунном свете, Бабек удовлетворенно кивнул головой, чуть подумал и стащил повязку со своего пленника. Тот ошалело заморгал глазами, а когда чуть освоился, попросил:

— А руки?

— Щас и руки развяжем, — лениво ответил Бабек и резким взмахом ножа рассек капроновую веревку. Потом положил нож в карман и тихо процедил сквозь зубы: — Ну вот и приехали! Как и обещал. Так что можешь идти в свой табор.

Еще не веря своему счастью и столь легкому

освобождению, Золтан растянул губы в заискивающей улыбке, помассировал запястье руки и спросил на всякий случай:

— Что, вот так прямо можно и идти?

Он, видимо, даже не думал о том, сколько времени ему понадобится, чтобы выбраться отсюда к городу.

— Можешь прямо, а можешь и боком, — скривился в усмешке Бабек. И вдруг приказал гортанным криком: — Ну! Я жду! Или мне тебя выбросить отсюда?

— Да, я сейчас, — засуетился перепуганный Золтан и почти вывалился из открытой дверцы в какую-то грязь. Потом он мгновенно вскочил и, то и дело спотыкаясь о какие-то кочки и торчащие из земли железяки, побежал по мерцающей лунной дорожке, видимо даже не понимая, куда бежит. Лишь бы подальше отсюда! От этой машины, от этих страшных людей с рожами «кавказской национальности»!

В какую-то секунду он обернулся, махнул рукой, и в это время Бабек достал из-под ветровки тяжелый «макаров». Чуть двинулся к открытой дверце, вскинул пистолет и, почти не целясь, выстрелил в спину бегущего.

Золтан резко остановился, будто на его пути выросла невидимая преграда, медленно, как в киносъемке, всем корпусом развернулся назад и начал медленно оседать на землю.

Аслан с ужасом и любопытством смотрел на командира боевиков, который спокойно выбрался из салона «Жигулей», все так же спокойно подошел к лежащему на спине человеку, вновь поднял пистолет и спустил курок...

Сын Джабарлы слышал про контрольные выстрелы и даже видел это в американских боевиках, но чтобы вот так, наяву... А командир боевиков тщательно протер полой своей куртки пистолет и, когда убедился, что на нем не осталось отпечатков пальцев, отбросил его в сторону. Потом вернулся к машине, вновь уселся на заднее сиденье, проговорил тоном человека, который добротно сделал свое дело:

— Все, брат! Теперь — домой и спать. До обеда будем спать.

Уже поздно ночью получив всю информацию о сделанном, Рустам набрал домашний телефон следователя областного Управления ФСБ Лосева. Когда тот поднял трубку и недовольно спросил: «Кто?», Рустам передал привет из солнечного Азербайджана, потом назвал пароль, который был известен ограниченному кругу посвященных, и только после этого проговорил приказным тоном:

— Мне срочно нужна полная информация о бармене ресторана «Центральный» Валентине Строеве. Информация нужна полная. Кто он, что и кто может за ним стоять.

— Это что, столь важно, что нужно было будить среди ночи? — спросил явно задетый резким тоном собеседника майор ФСБ.

— Важно! Причем очень важно, — безо всяких азиатских экивоков отрезал Рустам. И тут же спросил: — Когда вам можно будет звонить?

— Ну-у, — замялся голос в трубке.

— Значит, так. Думаю, пары дней вам вполне хватит, так что постарайтесь выполнить все пункты моей просьбы.

— Где вас найти? — быстро спросил Лосев.

— Я сам вам перезвоню, — может быть, несколько грубее, чем следовало бы, ответил Рустам и положил трубку.

Он с некоторым запозданием подумал о том, что, пожалуй, не стоило говорить с этим майором в столь откровенно грубой форме. Все-таки, хоть и сволочной мужик, может в любой момент предать как своих, так и чужих, но он был следователем ФСБ, вел дела по наркоманам и был золотым и неприкосновенным фондом азербайджанского клана, который держал в этой области наркорынок. Рустам хмыкнул с удовольствием, вспомнив, как Джабарлы зацепил этого майора на кокаине. Бес попутал бойца невидимого фронта еще год назад, когда по одному из дел в качестве вещественного доказательства проходил килограмм кокаина. Лосев должен был уничтожить весь килограмм, но рука у него поднялась только на половину. Остальное же он решил продать. Вот тогда-то, на сбыте, Джабарлы его и зацепил.

6

Сначала по «пятерке» прокатился едва уловимый слушок, будто кто-то пробовал заключенных на вшивость, и вдруг она словно взорвалась. В «шестерке» ушлая братва раскусила внедренного туда мухолова, и теперь на одного мента в уголовке стало меньше. Особенно радовались блатные. С приукрашенными подробностями они пересказывали, как братва зацепила совсем еще желторотого мусора, который по состряпанной ему в ФСБ легенде пасся в межобластной больнице, и заделали ему «курносую», когда «этот щенок садился на дырку в отрядном сортире».

Рассказывали с садистскими красками, смакуя каждую от избытка чувств придуманную деталь. Красноперые и контролеры-контрактники были извечными врагами заключенных, а вот мухоловы, кукушки или стукачи-дятлы... И когда в какой-нибудь колонии у оперативников случался такой прокол, об этом в момент узнавала чуть ли не вся Россия.

Всему этому, конечно, можно было верить и не верить: уж слишком много подобных «правдивых» легенд ходило по российским тюрьмам и колониям, однако когда Антону об этом рассказал сам Бурят, Крымов только сжал зубы, с трудом сдерживая себя, чтобы не урыть на этом вот месте эту спокойную, почти бесстрастную скуластую рожу.

Теперь уже у Антона не оставалось никаких сомнений, что специальный агент, которого, торопясь, дабы только потрафить начальству, видимо, внедрили в «шестерку» без предварительной отработки легенды и без специальной подготовки, прокололся среди ушлых, повидавших виды блатных, и кто-то из местных авторитетов отдал команду убрать его. Видимо, парень копнул слишком глубоко, засветился где-то, и его...

Слушая Бурята и в то же время стараясь спрятать свои настоящие чувства поглубже, Антон представил, насколько страшной была смерть этого молоденького лейтенанта, которого сразу же после училища, желторотого и неподготовленного, послали в пасть к дьяволу. Крымов никогда не видел его в глаза, даже не знал, как зовут паренька, но знал, что это было первое его серьезное задание, ставшее и последним. Он должен был первым освоиться на территории химкомбината, а когда Крымов переберется туда, стать его связником.

И он, видимо, очень ждал его, ждал, а не дождавшись, стал предпринимать какие-то свои действия, и вот...

«Интересно, сам прокололся или же кто-то сдал его?» — мелькнула обжигающая мысль. Если сдали, то, возможно, этот человек знает и о существовании спецагента ФСБ, который также должен внедриться в «шестерку». Хотя вряд ли. Кроме Панкова и нескольких человек из спецгруппы, непосредственно задействованных в этом деле, о существовании «заключенного» Крымова больше не знает никто. Сам же связник должен был выйти на него после условленного сигнала, когда Крымов окажется на койке межобластной больницы. У него же связь с городом шла через врача-терапевта, которого тоже по каким-то соображениям включили в эту цепочку.

Насколько понял Антон, лейтенанта все-таки сдал кто-то из своих. Правда, о враче не было сказано ни слова, значит, этот некто был в курсе только той части операции, которая касалась внедрения агента в «шестерку». А это значило, что при желании уже можно было вычислить в кругу задействованных в операции лиц тех, кто мог знать о лейтенанте, но ведать не ведал о том, что лейтенант должен стать его, Антона, связником. И это было уже хорошо. Если можно, конечно, так цинично смотреть на трагическую гибель парня. Однако здесь нечего было распускать сопли, а постараться как можно быстрее обезвредить перевертыша с погонами на плечах.

И все-таки пока что это были только благие желания связанного по рукам и ногам человека. Ну что, что он мог сейчас сделать, майор ФСБ Антон Крымов, если даже не в состоянии связаться с Панковым, который, по его расчетам, уже должен со всей группой находиться в этом проклятом городе?!

В слепом бессилии скрежетнув зубами, что Бурят, видимо, понял по-своему — мол, собаке собачья смерть, Антон усилием воли постарался отогнать от себя все тревожные мысли и уже более осмысленно выслушать сочный рассказ своего бригадира, смакующего подробности о последнем часе юного оперативного сотрудника.

...Следить за ним стали сразу же, как только на зону поступил сигнал, что на одной из больничных коек лежит мухолов. Это был сигнал опасности, и косящие под больных блатные устроили повальную проверку всех новеньких, кого в последнее время привезли в «шестерку». Особенно присматривались к чахоточным и туберкулезникам, которых не сразу мог распознать даже опытный лепила, как на языке зэков зовется медработник ИТУ. Когда вычленили из новеньких четырех бедолаг, почти одновременно поступивших в «шестерку», троих отмели не раздумывая. Мужиков этих привезли с северных краев, с лесоповала, и они так харкали кровью, что здесь даже особых анализов не требовалось, чтобы поставить им диагноз, который был равен смертельному приговору. Туберкулез, причем в последней стадии. Перешли к четвертому, молоденькому парню-первоходку, который якобы загремел на зону по чистой глупости. Вернулся после дембеля домой, а его подружка с каким-то козлом трахается. Он и засадил ему финку промеж лопаток. Правда, козел этот жив остался, а дембеля, мол, в суд и на зону. Причем прокурор-сука представил дело суду как чуть ли не попытку предумышленного убийства, и малому впаяли полные восемь лет с отбытием части наказания в колонии строгого режима.

Что же касается туберкулеза, то он его, видимо, в армии заработал. Кормежка плохая, а службу нес в Архангельской области, где порой так заклиматит, что солдатский бушлат на рыбьем меху едва тепло держит. Одним словом — туберкулез, правда, как сказал врач, в начальной стадии.

Собственно говоря, эта самая «начальная стадия» ушлых зэков и насторожила. В «шестерку» можно было попасть только в том случае, если несчастный зэк уже кровью исходит. А иначе... Иначе добрая половина осужденных и подследственных валялась бы на чистеньких больничных простынях да хавала усиленный паек.

Короче говоря, зацепили парня, хотя еще и не были убеждены, что это тот самый мухолов, о котором пришла на зону весточка. Однако стали за ним приглядывать, а в СИЗО, где он будто бы под следствием сидел, маляву надежным людям отправили. Отпишите, мол, бродяги и люди добрые, что за человек такой с вами был. Те и отписали вскоре...

А к тому времени и сами туберкулезники замечать стали, что парень просто косит под больного. Ему бы, как говорится, только архангельский лес валить да чтобы комель потолще был, а он хилым давится, как понарошке, да за грудь держится, будто давит ему что-то.

Прищучили лейтенанта, когда он вечером в сортир зашел да уже штаны спустил, чтобы на дырку пристроиться. Тут-то его и взяли в оборот. Блатные, что за ним следили, его же ремнем скрутили ему руки за спиной, после чего накинули петлю-удавку на шею, а конец веревки к связанным кистям привязали, выгнув парня чуть ли не колесом. И уже после этого стали изгаляться над ним, требуя, чтобы он, «с-сука рваная, пидер ментовский», признался в своем «подлом деле».

Антон слушал Бурята, и ему порой казалось, что он больше не выдержит этой пытки рассказом, но, перебарывая себя страшным усилием воли, он исхитрялся даже поддакивать по ходу рассказа, возмущаясь «подлостью» ментов.

Бурят все время называл лейтенанта ментом, а это значило, что его связник выдержал все пытки, так и не признавшись, что он сотрудник Управления по борьбе с наркотиками. А ведь это, в принципе, могло бы ему и жизнь спасти. Одно дело — неизвестный мухолов, и совсем другой расклад — офицер УНОНа, за убийство которого могут потом и яйца оторвать. Впрочем, это были только возможные догадки да предположения, которые уже ничего не могли изменить. Здесь настораживало другое: та ярость и безрассудная жестокость, с которой блатные расправлялись пусть даже с ненавистным им секретным агентом Управления внутренних дел. Ведь знали же, суки, что за этим убийством последуют наезды начальства, различные разборки и перетряска спецконтингента «шестерки» в поисках виновных. Знали — и все равно пошли на это страшное убийство!

В голове тут же застрял вопрос: «Почему?».

Все это, конечно, требовало спокойного осмысления, но даже сейчас было ясно, что о внедренном оперативнике здесь, на зоне, знали и раньше, может быть, узнали сразу же, как только он туда попал, но почему-то терпели до поры до времени, а потом те, кто стоял за наркотиками, производимыми на территории химкомбината, видимо, почувствовали, что он крепко сел кому-то на хвост, может быть, завладел какой-то очень серьезной информацией, и не оставалось ничего другого, как убрать лейтенанта руками блатных и озверевших туберкулезников. Этим-то терять было практически нечего, и они в каждом милиционере видели своего прямого врага.

Слушая Бурята, Антон снова и снова ловил себя на мысли, что ненавидит, со страшной силой ненавидит не только стоящего перед ним бригадира и тех, кто убил лейтенанта, но и себя. Себя лично! Ведь не учини он тогда эту идиотскую драку с Левчиком и не попади в штрафной изолятор, он бы уже давно перевелся в межобластную больницу и тогда, может быть, смог бы хоть как-нибудь прикрыть своего связника.

От этой столь неожиданной и простой мысли он только еще сильнее сжал зубы, чтобы не выйти из себя.

А Бурят все глумился над погибшим, сам наслаждаясь садистскими подробностями своего рассказа:

— В общем, братва ему ручонки с ножонками спеленала, удавку на шею набросили, да знаешь ты — «ласточка» такая получилась. Ну а потом пару раз приподняли и со всего маха, значит, на дощатый сральник бросили. Говорят, у козла этого кровь ртом хлынула — значит, внутренности с первого раза хорошо отбили. Ну, интересуются у него, естественно, кто, мол, такой и чего на зоне вынюхиваешь, а он молчит, с-сука, и только кровью харкает. Тогда ему зубы раскрошили да кто-то елду свою вперил, а он, тварь поганая, только мычит что-то да кровью с зубами плюется. В общем, еще раза два об пол приложили, ну, а уж когда убедились, что толку от него все равно не будет никакого, кто-то из братвы его ножичком по горлу черкнул. А чтобы сортир кровью не заляпал, его вниз головой в дырку и затолкали.

В этом месте Бурят рассмеялся детским, невинным смехом.

— Говорят, так и нашли. По грудь в толчке, а над «дыркой» только голые ноги да жопа без штанов. Правда, жмурик уже!

Он замолчал, словно смакуя картину столь жестокого надругательства над оперком, ухмыльнувшись, покосился на Крымова и добавил, словно точку в разговоре поставил:

— Конечно, кое-кому на «шестерке» сейчас хреново придется, но все равно — собаке собачья смерть. Вот так-то, Седой!

И опять Антон только скрежетнул зубами, со злобной мечтательностью подумав о том времени, когда и на его улицу придет праздник. Одно было жалко, что он не сможет вот так же головой засунуть в засранную дырку дощатого сортира этих ублюдочных недоносков, а ими будет заниматься следователь прокуратуры, и еще неизвестно, какой вердикт вынесет самый «справедливый» народный суд.

Размышляя над трагедией, которая случилась в «шестерке», ворочаясь с боку на бок и уж в который раз обвиняя себя в том цейтноте, в котором он оказался, слишком долго задержавшись в пятой колонии, Антон поздно забылся каким-то тревожным сном и потому, когда прозвучал звонок общего подъема, только завертел головой, ошалело пытаясь вспомнить, где же он находится. Однако увесистый шлепок соседа привел его в чувство, и Антон по давнишней привычке до боли растер мочки ушей, помассировал пальцами лоб. Это был испытанный способ прогнать с себя остатки сна и усталости, да и заставить застоявшуюся кровь веселее заиграть в жилах.

Когда окончательно привел себя в рабочее состояние и смог хоть что-то соображать, услышал властный голос Бурята:

— Сегодня тренировок и выезда на дежурство не будет. Так что отдыхаем, братва.

— Что, и тренера[1] можно будет поиметь? — хмыкнул сосед Антона, в прошлом мастер спорта по вольной борьбе, осужденный на червонец за убийство какого-то лоха. — Вчера грев[2] кое-кто получил, так что...

— Насчет тренера сегодня забудь! — хмуро отрезал Бурят. — В «шестерку» должна большая комиссия нагрянуть, могут и к нам заглянуть. Так что Череп просил передать — если кого пьяным или под кайфом увидит... В общем, чтобы все были подстрижены, выбриты и одеты по уставу. А на рожах чтоб скорбь от происшедшего. Нам сейчас Государево Око подводить ни к чему. Начальству и без того за мухолова достанется.

Крымов оторопело слушал наставления своего бугра. Но даже не столько отеческая забота закоренелого бандита о майоре Зосимове заставила его насторожиться, сколько слово «дежурство». За все то время, что Антон находился в бригаде Бурята, он впервые услышал это слово. Дежурство... Значит, та

---

[1] Тренер — бутылка спиртного.

[2] Грев — посылка, продуктовая передача.

половина команды, которую ежедневно увозит куда-то воронок, на самом деле несет где-то дежурство, тем самым отрабатывая свой хлеб. Но где конкретно? И почему ни Бурят, ни остальные члены его бригады никогда не говорили об этом?

Табу? Пока не прошел положенный испытательный срок, когда и ему можно будет доверить что-то такое, о чем лучше помолчать до поры до времени?

— Ну что ж, — беззлобно хмыкнул все тот же сосед Крымова. — На нет, как говорится, и суда нет. Значит, вечером, когда начальство свалит и все успокоится, маленький бенц устроим.

— Видно будет, — уже более спокойно отозвался Бурят и повернулся к Антону: — А к тебе, Седой, дело есть. После завтрака останешься в столовой. Там тебя в подсобке человек один будет ждать. — И, заметив удивленное лицо Крымова, добавил, усмехнувшись: — Не бойсь! Твой старый знакомец. Разговор к тебе у него имеется.

«Старый знакомец... Кто бы это мог быть?»

Антон почувствовал, как у него неприятным холодком засосало под ложечкой, но только согласно кивнул и принялся молча заправлять свою кровать.

«Старый знакомец...» Что-то не мог он припомнить таковых среди зэков пятой колонии. Тем более что просьба, более похожая на приказ, была передана ему через Бурята, а это значило многое.

Старым знакомцем, который ждал Крымова в подсобке пищеблока и к которому его проводил дежурный контролер — что тоже было удивительно, — оказался тот самый заключенный Василий Васькин, которого некогда подселили в карцер к Антону и который, по его тогдашним словам, по «чистой случайности» попал в штрафной изолятор. Правда, теперь уже Антон мало верил в ту «чистую случайность», но этот округлый, с огромной лысиной мужичок, казавшийся добрейшего вида законопослушным гражданином, все так же испускал какие-то положительные флюиды, так что Крымов даже засомневался в своих психоаналитических способностях: чего они стоят, если он не смог распознать в разговорчивом и общительном Васькине авторитетного зэка, слова которого не могут ослушаться даже такие быки, как его Бурят.

Моментально припомнилось, как сразу же после выхода Васькина из карцера с Крымовым соизволил познакомиться Череп, а затем состоялось досрочное снятие наказания и непонятный разговор с заместителем начальника по режиму.

Все это было более чем странно, давало новую пищу для размышлений, и тренированная память Крымова тут же восстановила рассказ умнейшего подпольного цеховика Васькина, который сначала сверхчистую водку на свет произвел, а когда это дело запретили, перекинулся на какие-то мази для любви, а затем на «мозгобойку», как он назвал свой препарат для повышения внушаемости.

И получалось, что не просто так оказался в том карцере этот добродушный толстяк, чем-то похожий на Колобка из мультфильма.

Придя к такому мнению, Антон невольно насторожился, но все-таки изобразил на лице некое подобие изумленной и в то же время радостной улыбки.

— Вот уж не ожидал! — ощериваясь всеми зубами, проговорил он и остановился, просчитывая каждый свой шаг. Если этот самый Васькин действительно та фигура, о которой он подумал, то вести себя с ним надо было более чем аккуратно. По дружески, с достоинством и в то же время без панибратства. Такие мужики подобного не любят.

Однако Колобок, как успел окрестить его Крымов, сам пошел ему навстречу. Он дружески растопырил свои короткие, толстые ручонки и, как старого доброго соседа по нарам, дружески тиснул его за плечи.

— Не ожидал, говоришь? А я вот о тебе все это время думал.

Антон скроил удивленную физиономию.

— Что так?

— Да видишь ли, — хмыкнул Васькин, — в этих местах не так уж и часто умного человека встретишь, тем более готового на поступок. А ты, как мне тогда показалось, именно из этой породы людей.

Не зная, как понимать это вступление добродушного толстяка, Антон пожал плечами, пробурчал негромко:

— Ну что ж, спасибо на добром слове.

Колобок неожиданно рассмеялся негромким раскатистым смешком и рукой показал Антону на стул у огромного разделочного стола.

— Да я, собственно, не за «спасибо» твоим пришел, хотя и это приятно. Разговор будет! Садись. — Не дожидаясь, пока Антон разместится на своем стуле, он присел на краешек табуретки и вдруг спросил, спохватившись: — Кстати, ты, надеюсь, не очень плотно позавтракал?

И засмеялся, увидев выражение лица Крымова. Хотя бригада Бурята и пользовалась недозволенными благами на пищеблоке, однако зэк — он и в Африке зэк и его постоянное состояние — это ощущение голода.

— Тогда сейчас подхарчимся, — решительно произнес этот Колобок с замашками царедворца и крикнул куда-то в сторону длиннющего полутемного коридора: — Трошкин! Быстро — жареной картошки и все, что к ней положено!

Это уже было слишком даже для ко всему готового Крымова, и он только развел руками, как бы говоря тем самым: «Спасибо, барин. Чем смогу — отработаю».

— Вот и ладненько, — хохотнул фармацевт и как-то вдруг моментально посерьезнел лицом. — Ну, пока он там будет селедочку резать да картошку жарить, о деле малость поговорим. Значит, так, Седой! Наши люди тебя проверили, и действительно, человек ты не только решительный, но и умный, а это, как я уже говорил, большая здесь редкость. Или полные дебилы, или убийцы с мозгами курицы. А у кого и намечалось когда-то наличие серого вещества в голове, те по нарам рассосались да жопы свои попрятали. Но это вступление. А вот теперь к делу!

...Уже потом, вернувшись к себе в отряд и дословно припоминая и анализируя разговор с Васькиным, Антон вдруг ощутил, как его начинает пробирать горячечная дрожь охотничьего возбуждения. Видимо, все-таки есть Бог на этом свете, услышал милосердный молитвы раба своего Крымова и все расставил по своим местам.

Конечно, этот добродушный и в то же время очень жесткий Колобок с ученым кандидатским званием и опытом подпольного фармацевта открылся Крымову не полностью, но даже то, что он ему рассказал, позволяло Антону надеяться, что он все-таки справится с порученным заданием. Правда, в одном не признался Васькин — в том, что на территории «шестерки», доходяги которой работали на химкомбинате, его лаборатория производила наркотики типа «экстази». А сказал он, что приспособил под свои цели одну из лабораторий, и теперь «шестерка» гонит на продажу те же самые сверхдефицитные мази и «мозгобойку» по заказу проверенных клиентов.

Однако сейчас, в связи с убийством мента, вышел маленький прокол. Внешнюю и внутреннюю охрану этой закрытой для посторонних лиц лаборатории несли те быки из бригады Бурята, которых ежедневно возили в «шестерку» и обратно. Однако люди они там посторонние, и случись на территории больницы более-менее серьезная проверка в связи с этим убийством, их моментально могут вычислить, и тогда... В общем, этих быков от охраны лаборатории отстраняют, но и без пригляда ее оставлять нельзя. Так что принято решение отправить туда вторую половину бригады Бурята, в которую войдет и он, Крымов. Но если тех быков ежедневно возили туда из «пятерки», то Антона определят прямо на больничную койку с правом работы. Как и кто это сделает — этот вопрос Седого не касается. Главное, что все пройдет чисто и он будет буквально на днях переправлен в «шестерку» с надежным диагнозом. И как только он переступит порог зоны, расположенной на территории химкомбината, он тут же поступает в распоряжение главврача этой больницы.

«Ни хрена себе!» — невольно воскликнул Антон, подивившись размаху задействованных в производстве наркоты людей. Правда, непонятным оставалось, какую роль во всем этом деле играла «пятерка», и в этом тоже надо было еще разобраться.

Но что больше всего насторожило Антона, так это вопрос Колобка, остался ли у него тот канал, которым он пользовался при сбыте наркоты в Москве. Не сумев сразу сориентироваться, Антон вопросительно пожал плечами, а Васькин уже пояснил:

— Понимаешь, мазь и «мозгобойка» пошли промышленными партиями, город и область я уже затоварил, а выхода на более широкие просторы нет. Связи-то старые потеряны, а новых пока что не набралось. А Москва, сам понимаешь...

— Подумать надо... — понимающе отозвался Антон, а в голове уже горячечно стучалась радостно-обжигающая мысль: «Значит, у них нет каналов сбыта! Господи, удача-то какая! И они решили подключить к этому и его, Седого, у которого в «обвинительном заключении» красной линией значился сбыт наркоты».

И теперь, когда они ему поверили, надо будет очень аккуратно повести игру и, упаси бог, не прогореть на какой-нибудь мелочи. Мелочи... Одной из этих самых «мелочей» была связь с группой Панкова, потерянная с гибелью его связника, которую надо было восстанавливать любым приемлемым способом.

7

Теперь уже, когда был окончательно решен вопрос о переводе Крымова в «шестерку», он откровенно запаниковал. И причин тому было много. Если раньше, при начальной разработке операции «Пушер», когда Антона только вводили в зону и ему оставалось совсем «малое» — перевестись в межобластную больницу, после чего на него должен выйти спецагент, уже внедренный в «шестерку» и имеющий связь с городом, то теперь вдруг, почти в одночасье, все переменилось.

С садистской жестокостью заключенными «шестерки» убит связник. И судя по всему, на него навел кто-то из областного Управления ФСБ, из той же милиции или областной службы по исправительным делам, чьи люди были задействованы во внедрении лейтенанта в «шестерку». И значило это, что на местную наркомафию работает не только откровенный криминал, но и люди в погонах. Тоже, кстати, не особая редкость в нынешние времена, но здесь была другая опасность. Если этот КТО-ТО или, что еще хуже, ЭТИ КТО-ТО знают о спецгруппе Панкова, то провал операции, которой было отдано столько времени на подготовку, которая осуществлялась с постоянным риском и в которой уже погиб один человек, можно считать делом времени.

Все это заставляло думать, ломать голову. Буквально за последнее время Антон обнаружил на зоне столько всего непонятного, здесь жизнь поставила перед ним столько вопросов, на которые он не мог дать более-менее вразумительного ответа, что голова уже просто распухла от этих «что?», «где?» и «почему?». Но на главный вопрос он теперь уже практически имел ответ — на вопрос о причастности пятой колонии к темным делишкам, вернее, к производству таблеток «экстази» на территории химкомбината. Хотя по тем немногим оперативным данным, которые группа Панкова имела при разработке операции, предполагалось, что производством наркоты в области занималась именно «шестерка».

«Пусть так, — рассуждал Антон. — Но при чем тогда во всем этом деле ученый фармацевт с русской фамилией Васькин? Ведь не станут же на территории одной колонии и наркоту выпускать, и левые мази с мозгобойками производить? Да и команда мордоворота Бурята, который подчиняется сразу двум хозяевам: лагерному пахану Черепу и заместителю начальника по режиму майору Зосимову, — при чем она?»

Антон и раньше слышал, да и готовивший его инструктор в ФСБ предупреждал, что есть колонии, СИЗО и тюрьмы, где местное начальство давно уже снюхалось с блатными и под их прикрытием творит свои дела. При таком объяснении, конечно, можно было понять и более-менее спокойную жизнь Ока Государёва, и почти вольготную и сытую жизнь лагерных авторитетов, которые для собственной защиты создали бригаду Бурята. Но здесь было одно «но», через которое Антон не мог переступить.

Несмотря на все увиденное им своими глазами колония номер пять считалась красной колонией и по всем спискам и представлениям областной службы по исправительным делам считалась чуть ли не самой лучшей в регионе, на нее призывало равняться даже самое большое начальство. И через эту закавыку Антон перешагнуть не мог.

Не давали Крымову покоя и тот визит в СИЗО сначала умного и хитрого Васькина с его откровенным и как бы вызывающим рассказом про свои былые дела, затем более чем непонятное посещение лагерного авторитета, который держал под собой все полторы тысячи заключенных, досрочное освобождение его из карцера, а теперь уж и вовсе непонятное предложение пахать на команду Бурята.

Но что особенно врезалось в голову и что все чаще и чаще вспоминал Антон, так это сначала осторожный, а потом уже и просто лобовой вопрос Васькина об оставшихся связях и каналах Крымова по сбыту наркоты. Правда, в последний раз ушлый фармацевт представил это как поиск дополнительных каналов по сбыту криминальной «мозгобойки».

«Да что же это такое? Действительно дикое совпадение, когда на территории одной зоны производят и таблетки «экстази», и эту проклятую «мозгобойку», или же за всем этим стоит нечто более сложное, в чем опять же ему надлежит разбираться?

И тут опять со всей остротой вставала проблема надежной связи с Панковым. Во-первых, надо будет сообщить, что его переводят в «шестерку», надо разработать канал связи вместо убитого спецагента, но что самое главное — передать Панкову всю полученную им информацию и, возможно, поиметь от него что-нибудь и для себя новенькое.

Уже по привычке кинув руки за голову, Антон лежал на своей теперешней кровати, которую ни нарами, ни шконкой уже нельзя было назвать, и, закрыв глаза, ломал голову над все новыми и новыми проблемами, которым, казалось, никогда не будет конца.

— Слышь, Седой! Не спишь еще?

Приглушенный голос бригадира вернул Антона на землю, то есть в секцию, где команда Бурята уже негромко стонала и похрапывала, переживая события последнего дня.

— Ну? — так же глухо отозвался Антон.

Бурят какое-то время молчал, потом спросил с каким-то странным для него придыханием — будто бы стеснялся своих собственных слов:

— Слушай, Седой, а тебе телки ночами снятся?

Антон даже глаза открыл от неожиданности. Во-первых, он напрочь забыл, что это такое, а во-вторых... Кому они не снились на зоне, если ты, конечно, нормальный заключенный, а не спецагент, майор ФСБ Антон Крымов, по кличке Седой? Снились всем! Даже те, кому было далеко за шестьдесят, мечтали только «за ляжку подержаться и сиську поцеловать». Если, конечно, не брать во внимание педиков, как активных, так и пассивных, то остальная братва просто занималась онанизмом. Обычно втихую, под одеялом, когда уже все улеглись спать, но многие баловались этим и в открытую, выставив на тумбочку какую-нибудь фотографию или красивую бабенку в мини-купальнике. Как только ее к себе на грудь положил, руку под одеяло засунул, а то и постанывать стал — значит, еще одну телку «трахнул». Причем бесплатно.

Всевидящая братва обычно после такого «акта» интересовалась у «счастливчика»:

— Ну что, Ворон, опять герлу с Тверской прихватил? — Все уже давно знали, что самые шикарные и дорогие девахи — в Москве. Причем не где-нибудь, а на бывшей улице великого пролетарского писателя Горького.

Только что отстрелявшийся бедолага или отмалчивался на эту подначку, или же бормотал хмуро:

— Да пошли вы!..

— Да ладно уж, колись, коль застукали. Почем они, кстати, там сейчас?

Цены на зоне знали не хуже, чем в Москве, и мужик начинал включаться в игру:

— От полтинника до ста баксов.

— Ох, бля-я!.. — возмущался кто-нибудь из «мужиков». — Да мне ж за такие бабки цельный месяц надо было на «Уралмаше» вкалывать!

— А ты бы и не вкалывал, — урезонивали «мужика», получившего свой червонец за убийство жены в пьяном виде. — Поехал бы в родную златоглавую, вышел на Тверскую, снял бы штаны — и... Баксы бы так и посыпались. В столице, говорят, пахать новичкам целину ох как любят. Туда, говорят, не только теперь кошелки и мокрощелки с Украины переселились, но и мужики. Этих тоже пялят.

В секции начинался повальный гогот, «мужик» обижался, спрятав журнальную вырезку под подушку, но его все еще продолжали доставать:

— Слушай, Ворон, так сколько ты сегодня сэкономил, вдув такой телке за бесплатно? А? Ну колись же!

И тут же кто-то отвечал:

— Думаю, баксов сто. На слишком дорогую он не расколется, а вот если по полста зеленых... Да на пару палок... В общем, сто баксов и получается.

Но все это была хохма, бесплатная примочка к беспросветной жизни зэка, только и мечтавшего вырваться на волю, сбросить с себя штаны и дорваться до белого тела своей жены или подруги. Однако это были всего лишь мечты, так как срок у каждого был более чем приличный, и когда еще этот несчастный бедолага дождется желанного освобождения...

Однако был еще один способ, чтобы вспомнить, что и ты мужчина. Свидания с женами, которые не отказались от своих мужей, да еще свидания с сожительницами, но это только в тех колониях, где они разрешались местной администрацией. Так сказать, в качестве поощрения да чтобы бузы на зоне поменьше было.

Антон за все время пребывания в СИЗО, на этапе, в штрафном изоляторе и уже в бригаде Бурята, пожалуй, впервые вспомнил, что и он тоже мужчина. Однако признайся он в этом своему бригадиру, тот бы ему или просто не поверил, или же на смех прилюдно поднял. А потому он «признался» негромко:

— Поначалу, когда только сюда попал да в карцере оказался, нет, конечно. Но сейчас...

— Вот и я почти каждую ночь на стенку лезу, — хмуро пробасил Бурят. — Веришь-нет, раньше-то себя шибко крутым считал, нашу группировку от Владивостока до Москвы побаивались, любую самую раскрасивую бабенку мог трахнуть, были бы баксы в кармане, онанистов всяких и педиков откровенно презирал, а щас, падла, ручонка сама в ширинку тянется.

— Так вызови жену! — недоуменно посоветовал Крымов. — Ты ж, кажется, говорил, что у тебя краля, каких мало в мире. Тебе враз свиданку дадут. Тем более что ты в авторитете.

Бурят даже скривился от этих слов.

— Жена... С-сука она рваная, а не жена! Говорят, конечно, что и другие есть, но моя... Как только мне срок припаяли, она тут же развод взяла и с фраером одним питерским к нему рванула. Все распродала, блядина, тем более что я по дурости своей на нее и обе иномарки переписал, и дом с дачей — в общем, остался гол как сокол. Освобожусь, так и выпить в первое время не на что будет.

— А братва? — уже более заинтересованно спросил Антон, впервые слушая откровения своего бугра.

— А что братва?.. — уныло хмыкнул тот. — У нас почти всю группировку повязали. Причем такие срока намотали... Ну а те, кто на свободе смогли удержаться, с такой скоростью подальше от родных мест рванули, что их теперь хрен где найдешь. Да и телки, которые с нами были, тоже ноги сделали. Короче говоря, Седой...

Бурят замолчал надолго и вдруг скривился в полутьме комнаты в каком-то подобии улыбки, которая, правда, была больше похожа на страшный оскал загнанного в угол волка. Спросил негромко:

— Ты, поди, еще не слышал о невестах-заочницах?

— Как же! Еще в СИЗО про них такие байки рассказывали. И «Калину красную» вспоминали, и говорили, что это самые верные жены. Как проститутки, которые наблядовались лет до сорока, а потом вдруг семейной жизни захотели.

— Вот и я на это купился, — хмыкнул Бурят. — А тут раз сокамерник один подвернулся, раньше на Украине жил, ну и дал мне адресок своей бывшей соседки по дому. Вдовая, мол, говорит, но баба золотая. Что с телом, что с сиськами, что по характеру — лучше не сыскать. А горя такого намыкалась с перестройкой этой, что сейчас будет рада тебе, как...

Видимо вспоминая те свои мысли о заочной невесте, Бурят опять долго молчал, потом продолжал изливать душу:

— В общем, Седой, отписал я ей свое первое письмо, она мне, как положено, ответила. Я опять ей написал. Короче, эта бодяга и мутотень почти год продолжалась, и я уже почти представлял, как она приедет на зону, нам дадут свиданку, и-и-и... А тут вдруг вызывает меня Царево Око и протягивает мне конверт, причем адресованный начальнику колонии. Ну, я, конечно, верчу его в руках, не знаю, что делать, хотя конверт распечатан. А майор мне и говорит: «В общем, это тебе послание. Ты особо-то не расстраивайся, но все же прочитай».

И опять он надолго замолчал, видимо переживая то, что прочитал в том письме.

— Ну и?.. — заинтересованно спросил Антон.

— Что «ну и»? Читай вот сам! — Бурят полез в тумбочку, достал оттуда заляпанный, помятый конверт и протянул его своему соседу. — Читай! Может, сам умнее будешь.

Антон пожал плечами, достал из конверта такой же заляпанный руками листок, вырванный из ученической тетради, вгляделся в неровные строчки.

«Здравствуйте, товарищ начальник колонии! — начиналось письмо. — Зовут меня Анна. Я — та самая Анна, к которой вы проявили внимание и отписали мне подробное письмо, когда я попросила вас рассказать мне о заключенном, с которым начала тогда переписку. Также я вам благодарна и за то, что вы прислали мне целый ворох хороших слов об этом человеке, который мог бы составить мне большое счастье, когда освободится. Но очень вас прошу, прикажите ему, чтобы он мне больше не писал, и постарайтесь объяснить, что надеяться ему на меня просто нечего. И вовсе не потому, что я нашла себе достойного партнера, нет. Вы только поймите меня правильно.

Ровно год прошел с тех пор, как я получила от него первое письмо. За это время я, видимо, немного поумнела и много понаслышалась о «невестах-заочницах», как, оказывается, нас зовут. С одной даже познакомилась, и она рассказала мне, что ее партнер по переписке просто заставляет ее приехать к нему на зону и зарегистрироваться. Причем представьте: даже ни разу не встретившись. Ждать окончания срока не хочет никто. А у меня сложилось такое мнение, что им не жены нужны, а поставщики продуктов и постельные подстилки, способные облегчить им физические страдания. Вы понимаете, о чем я говорю? А вот отрывки из некоторых его писем:

«Анна, любимая и единственная, такая далекая, здравствуй! Отвечаю на твои слова, что мое письмо, которое ты получила, было таким хорошим и теплым, но одновременно холодным и больным. А причина тому — твой отказ на приезд ко мне. До свободы еще очень и очень далеко, а без женщины я здесь просто пропаду».

Потом обычно просят прислать хотя бы чаю, конфет, тапочки и теплые носки. Мой, правда, не просил.

Когда я впервые отвечала на его письмо, то сама искала опору в мужчине. И не только духовную, но и материальную. А сейчас инфляция, на Украине полная нищета, и если перевести мою месячную зарплату в американские доллары, то получится менее пятнадцати долларов!

Не могу я на эти деньги приехать на свидание и пойти в загс с завязанными глазами! Я не знаю этого человека! И не могу клясться в любви, лишь читая письма. Мне нужны время для знакомства, встречи и общение. Я не хочу выходить замуж лишь для того, чтобы кого-то жалеть!

Простите, товарищ начальник колонии, если что не так, но писать ему я больше не буду, да и ему прикажите больше не писать мне. Анна».

Антон прочитал письмо до конца, аккуратно сложил затрепанный листок, который могучий Бурят уже перечитал, видимо, не один десяток раз, и вернул его своему бригадиру.

— Хреново, конечно. А может, и к лучшему.

— Да я все прекрасно понимаю! — тяжело вздохнул бригадир. — Только, понимаешь, Седой, обидно все это очень. Когда монета в кармане звенела — эти твари как клопы в постель лезли. А как...

Он замолчал надолго, молчал и Антон. Уж кто-кто, а он-то, пожалуй, лучше других и многих понимал эту кровную обиду, сам побывав в подобной ситуации. Правда, здесь страдал от бабьей подлости и меркантильности махровый бык, бандит, активный член крупнейшей группировки, а тогда, несколько лет назад, страдал в Москве майор Комитета государственной безопасности Антон Крымов, которому под прикрытием чистки кадров за очень уж активную работу дали метлой поганой и он оказался на улице в чем мать родила. А на руках — жена и дочка. Жена без работы, но уже успевшая привыкнуть к хорошей и красивой жизни — естественно, за счет мужа. Вот тогда-то он, Антон Крымов, и запил. Запил по-черному, а особенно — когда его по рекомендации взяли телохранителем к одному новоиспеченному бизнесмену, ходившему до этого в рядовых фарцовщиках. И лишь он запил, жена мгновенно оформила с ним развод, довольно удачно разменяла квартиру, которую он получил, вернувшись из очередной горячей точки, — и остался он один на один со своими мыслями и проблемами. И как же хорошо, что его тогда нашел Игорь Панков и каким-то чудом смог вытащить из этой страшной ямы!

Одинокая грязная квартира с разбитым зеркалом, но почему-то работающим телевизором; днями не мытая, поросшая плесенью посуда в такой же грязной кухне, бог знает откуда появляющиеся деньги, которые он пропивал с такими же алкоголиками у родного магазина, затем поиск новых денег или просто стакана дешевой водяры на халяву; вечером «последний бросок» — чтобы на посошок, а утром просыпался с одной местной алкашкой у себя на диване. Девка была красивая и безотказная и, кажется, питала к нему определенную симпатию. По крайней мере, когда у него были деньги.

Господи, спаси от участи такой!

Антон вполне понимал своего бугра, но мысли сейчас у него лихорадочно работали совершенно в другом направлении.

«Заочная невеста... Возможное свидание».

Ему вдруг открылась хотя и мифическая, почти нереальная, но все-таки возможность восстановить утраченную связь с Центром, а значит и с группой Панкова.

— Слушай, — повернулся он к бригадиру. — А что, здесь любому и каждому свидание дают?

— Не, — глухо отозвался Бурят. — Только тем, у кого жены в законе.

— Это как? — не понял Антон.

— Господи, до чего ж ты глуп, Седой! — всем своим огромным телом потянулся на кровати Бурят, и было слышно, как застонало под ним дерево. — Это значит, что только тем женам, которые состоят в законном браке с нашим братом. То есть с зэком.

— А если я с сожительницей всю жизнь живу и нам эта роспись в загсе и на хрен не нужна? — возмутился Антон.

— Тогда дрочи свой член и занимайся онанизмом, — ухмыльнувшись улыбкой дебила, пояснил Бурят, но тут же спросил: — Ты что, правда не знал или придуриваешься?

— На хрена бы мне врать! — хмуро пробурчал Антон, хотя еще на пересылке слышал про какие-то новые правила, которые напрочь запрещали свидание осужденных с сожительницами. Но здесь был совершенно другой вариант, который он уже проигрывал в голове, и возможно... Как говорится, чем черт не шутит, когда Бог спит! — Слушай, Бурят, — забросил пробный шарик Антон. — Я тебе на полном доверии говорю: у меня действительно кроме бабенки, с которой почти всю жизнь без росписи прожил, больше никого нет. Ни родных, ни близких. — Он почти не врал, говоря эти слова. — Пойми, Бурят! Ни-ко-го!! А меня в эту проклятую туббольницу запихивают. И если у нас на «пятерке» еще есть возможность встретиться с ней, пусть даже на короткой свиданке, то там... Сам же знаешь, в «шестерке» полный карантин и можно только передачки с воли получать.

— Ну и?.. — насторожился бригадир.

Антон скривился в просящей улыбке.

— Бугор, ты же здесь в авторитете. Помоги хотя бы короткую свиданку устроить!

— Ты что, совсем охерел? — всем корпусом развернулся к Антону Бурят. — Авторитет... Ты что, забыл, где торчишь? Да на этой зоне только три настоящих авторитета: Череп, начальник «пятерки» да его Государево Око.

— Так поговори с Черепом. Вы же с ним кореша.

Бурят кисло ухмыльнулся.

— Знаешь, кто с Черепом в корешах? Нет? Так я тебе скажу. Бабуся в черном и с косою на плечах.

Все остальные для него — пристяжные и шестерки. И просить даже маленькую малость для тебя у майора Зосимова он не будет. Масштабом ты для него не подходишь.

Они вновь надолго замолчали, наконец Бурят снова соизволил снизойти до седого недоумка, которого сунули ему в бригаду. Спросил:

— А ты что, действительно с этой бабенкой так?..

Антон только кивнул молча, все больше и больше проникаясь сознанием, что это единственная возможность выйти по условному паролю в Центр и что она и впрямь осуществима. Если, конечно, госпожа Фортуна обернется к нему своим прекрасным ликом и звезды лягут как надо.

— Значит, так, — чуть помедлив и растягивая слова, протянул Бурят. — В этом деле Зосимов хозяин. И от него зависит, дадут свиданку или полный облом получишь. А на него только один человек может повлиять.

Антон даже сжался в ожидании.

— А человека этого фамилия — Васькин. Кстати, знаешь, какая у него кликуха на зоне? Магистр!

Магистр... Магистр с русской фамилией Васькин.

Антон невольно задумался. И вовсе не потому, что он до сих пор не слышал этой клички на зоне. Задумался потому, что лагерные авторитеты не каждый день дают столь знатную кликуху бывшему подпольному умельцу, тем более — постоянному неудачнику.

Магистр! За этой кличкой стояло очень и очень многое.

8

Однако, к великому удивлению и Бурята, и самого Крымова, Магистр без обычного в подобных случаях гонора и выпендрежа вновь встретился с Седым, внимательно и как-то очень умно выслушал его просьбу и, чуть подумав и почесав свою лысину, с едва уловимой усмешкой посмотрел на своего протеже. Пробормотал как бы про себя:

— Вообще-то это не положено. И если верхнее начальство в службе по исправительным делам узнает... — Он не договорил, однако и ежу было ясно, какую кару понесет администрация «пятерки». — И все-таки... еще раз скажу... Уж больно ты толковый мужик, Седой! И к великому сожалению, таких на зоне маловато. Или быки, как твой бугор со своей бригадой, или шпана засраная с насильниками, или же откровенные уголовники, превратившиеся со временем в авторитетов. Если дожили до этого срока, конечно. А вот чтобы умный да к тому же готовый пойти на риск...

Антон слушал рассуждения закоренелого зэка и удивлялся, отчего ему не дали кликуху Философ или, скажем, Цицерон, — уж очень любил он потрепать языком да порассуждать «за жизнь». Правда, у этого философа рассуждения были слишком уж откровенными и смелыми. Это на университетской кафедре можно такие рассуждения вести, но на зоне... Язычок-то остро заточенным перышком могут и укоротить, да и вообще умишка лишить, оставив навсегда с чисто лагерным диагнозом — «дурак второй степени».

Наконец-то Магистр угомонился и добавил, как точку поставил:

— Ладно! Считай, что сговорились. С майором я перетолкую, ну а там уж... — Он замолчал, потом добавил: — Характеристику, конечно, выдам, как для приема в партию. Так что будем надеяться.

В бригаде не знали, насколько Магистр был вхож к заместителю начальника по режиму, но Бурят даже рот открыл, когда в их секцию влетел дежурный по этажу и выпалил строго по внутреннему уставу:

— Осужденный Крымов! К заместителю начальника по режиму! Срочно!

А уже когда Антон был в дверях, дежурный добавил с долей чисто зэковского злорадства:

— Ну, Седой, кажись, пи...ц тебе! Государево Око просто так к себе не вызывает.

— Закройся, козел! — оборвал не в меру говорливого мужика Бурят и добавил тихо: — С Богом!

Кабинет заместителя начальника по режиму был все тот же, что и в первые разы знакомства, да и сам он практически ничем не изменился, правда, куда-то исчезла, может быть, излишняя спесь в разговоре с осужденным, когда чувствуешь себя полнейшим говном, а его чуть ли не Господом Богом. И ведь придумают же такое: начальник колонии — царь, да и фамилия у него подходящая, а при нем — хорошо обученный надсмотрщик — царево око, главная забота которого — бдеть, бдеть и еще раз бдеть.

А может, это поначалу просто так казалось майору ФСБ Крымову? Все-таки тот — майор, и он сам — майор. А ведь вот поди ж ты, в порошок обещал стереть и в качестве первого наказания в мокрый пердильник бросил. Знай, мол, наших!

На этот раз майор был совершенно другим. Он внимательным, изучающим взглядом, но более открытым и доброжелательным, чем прежде, с ног до головы осмотрел вытянувшегося перед ним Крымова и, видимо оставшись доволен своим осмотром, проговорил с легким барским оттенком:

— Чего-то я смотрю, округлел ты на наших харчах. Помню, когда с этапа пришел...

Не зная, что ответить, Антон улыбнулся на всякий случай, пробормотал невнятное:

— Так ведь, гражданин начальник...

— Ну ладно трепаться! — безо всякого перехода оборвал его Зосимов и кивнул на стул: — Садись. И рассказывай, в чем спешка такая со свиданием. Насколько я знаю, законной жены у тебя нету, а будто только одна сожительница.

— Да, но...

— Какие могут быть «но», Крымов?! — вскинул на него лицо Зосимов и достал из ящика письменного стола толстенную папку-скоросшиватель. Открыв ее на первой же странице, сунул ему чуть ли не под нос: — Читай вот! Только вслух читай.

Начиная понимать, что его афера выйти на Центр через встречу с какой-нибудь оперативной девахой, якобы сожительницей, с треском проваливается, Антон, читая, забубнил замогильным голосом. Однако то ли он читал слишком медленно, то ли эти документы настолько въелись майору в печенки, что он знал их почти назубок, но он взял из рук Крымова потрепанную папку.

— Мой ответ, Крымов, на твой запрос прост, и содержится он в двадцать шестой статье Исправительно-трудового кодекса, коим мы и руководствуемся. Вот слушай: «Длительные свидания предоставляются с правом совместного проживания с близкими родственниками (супруг, родители, дети, усыновители, усыновленные, братья, сестры, дед, бабушка, внуки). Все! И заметь, что среди перечисленных лиц совершенно нет никаких сожительниц. Не называется сожительница и в параграфе восемь Правил внутреннего распорядка исправительно-трудовых учреждений.

— Так-то оно так, — уже почти совсем сник Антон. — Но мужики на этапе рассказывали, что в некоторых колониях свидания осужденных с сожительницами практиковались долгое время, и даже вроде бы был какой-то документ, который как бы регламентировал порядок предоставления таких свиданий. Так вот там речь шла о совместном ведении хозяйства, общих детях...

Слушая Крымова, майор неожиданно усмехнулся и удивленно покрутил своей аккуратно причесанной головой.

— До чего ж ты подкованный мужик, Крымов! Послушать тебя, так можно подумать, что ты всю жизнь по тюрьмам да колониям проболтался.

Антон виновато вздохнул. Мол, каков есть. А жизнь, гражданин начальник, она всему научит.

— Так вот, должен огорчить тебя, Крымов. Сильно огорчить. Да, была такая практика, но только в нескольких областях. И родилась она в тот момент, когда старые правила безнадежно устарели, а новые еще не появились. Однако принятие в девяносто втором году закона о поправках к Исправительно-трудовому кодексу РСФСР автоматически отменило все местное законотворчество. И руководителям учреждений, к коим отношусь и я, дано строгое указание разъяснять осужденным данное положение Исправительно-трудового кодекса.

Зосимов, видимо, полностью вошел в свою роль и теперь даже не разъяснял первоходку всю глупость и безнадежность его просьбы, а словно гвозди вбивал в святое для него руководство к действию.

— Понимаешь, Крымов? Так я тебе еще более того скажу: нами уже получено строгое предписание ГУИНа о наведении полного порядка на местах. И если, не дай-то бог, будут выявлены случаи предоставления незаконных свиданий, то должностные лица, допустившие нарушения законодательства, будут тут же призваны к ответу.

Теперь заместитель начальника по режиму говорил как отчаянный блюститель закона — этакое действительно Око Государево, но Антону вдруг стала непонятна эта его излишняя многословность. Господи, сказал бы «Нет!» да на букву закона сослался — и все дела. А тут...

И он решил потянуть резину, в глубине души все же надеясь на русское «авось».

— И все-таки, гражданин начальник, может быть, гораздо правильней было бы такие свидания все же разрешить?

Зосимов ухмыльнулся и вновь с ног до головы оглядел Крымова своим фотографирующим взглядом.

— Смотрю я на тебя, Крымов, и удивляюсь: грамотный человек, а за колючкой вдруг оказался.

Антон виновато развел руками.

— Страна у нас такая, гражданин начальник: от сумы да от тюрьмы не зарекайся.

— Это уж точно! — невольно хмыкнул майор и вновь уставился на Крымова. — И все-таки давай вернемся к нашим баранам. И давай исходить из юридического афоризма, который существует уже более двух тысяч лет и на котором держится законность вообще: «Плох закон или хорош — это закон». И нечего его обсуждать. Но уж если об этом зашла речь, должен сказать, что такие сожительства, когда и общее хозяйство, и дети — большая редкость; людям, которые живут одной семьей, нетрудно бы и зарегистрировать свои отношения, а? И еще должен тебе сказать, Крымов, что большая масса сожительниц приезжают сюда с фиктивными справками. И есть даже случаи, когда они и в лицо-то не знали своих благоверных.

— А смысл? — откровенно не понял Антон.

Зосимов обреченно махнул рукой.

— Какой там к черту смысл? Можно и самому догадаться, что это за дамочки. А в этом году в одной из колоний была такая вспышка сифилиса, что...

Анализируя буквально каждое слово майора Зосимова, Антон не мог понять, зачем он все это ему выкладывает. Как говорится, на нет и суда нет. Однако на всякий случай сказал:

— Какой, к черту, у моей Любани сифилис! Мы уж почти десять лет вместе живем.

— А чего ж не расписались, коль любовь такая? — резонно спросил Зосимов.

Антон пожал плечами.

— То я когда-то женатиком был, то она — замужем. Ну а главное — квартирный вопрос, конечно. Сейчас-то он у меня практически решился, а тут...

— Логично, — подытожил майор и вновь ощупывающим взглядом уставился на Крымова. — За тебя тут осужденный Васькин просил. Он-то сам у нас в активистах числится. Так вот, говорил, будто тебя с подозрением на туберкулез в «шестерку» не сегодня-завтра переправят, а там карантин строжайший... Что, действительно себя хреново чувствуешь? — спросил он. — Я-то сам у лепилы нашего не спрашивал, но Васькин утверждает, будто чуть ли не вторая стадия.

Антон и сам хотел уже заговорить об этом, но майор опередил его на долю секунды, и Антону пришлось только качнуть головой в ответ. Потом он все же добавил:

— Хуже некуда. И вообще, смогу ли я ее после этого увидеть?

В общем-то, Крымова можно было понять чисто по-человечески, и Зосимов спросил, нахмурясь:

— Вас когда в больницу?

— Точно еще не знаю, но, как бригадир сказал, дня через два-три.

Зосимов задумался о чем-то и вновь стрельнул своими пронзительными глазками на осужденного:

— Так разве она успеет сюда из Москвы добраться? Если не ошибаюсь, она в столице живет? Да и... деньжат сколько потребуется!

Кажется, что-то стронулось в этом непонятном разговоре, и Антон мгновенно перестроился в тональности:

— Деньги — пыль, гражданин начальник! Была бы любовь. А насчет успеет ли приехать, так мне бы просто дозвониться до нее откуда-нибудь — и все. Если разрешите, завтра здесь будет. Из столицы-матушки самолетом, а уж из аэропорта — на такси.

— Богато живем! — удивленно хмыкнул майор. — Она у вас что — депутат Государственной Думы?

— Зачем? — засмеялся Антон. — Просто в одной совместной фирме работает. С одной страной Юго-Восточной Азии. Они оттуда нам ксероксы с компьютерами бракованными присылают, ну а наши умельцы здесь их до ума доводят и как новенький товар в продажу пускают. Бизнес, одним словом.

И вновь Зосимов уважительно хмыкнул, чуть подумал и, словно решившись на отчаянный поступок, махнул рукой.

— Она, ваша Люба, сейчас на работе?

— Должна быть.

— Телефон ее конторы?

Антон назвал. Это была законспирированная, оперативная фирма, подлинное назначение которой знали только несколько человек в Центре да майор Крымов. И выходить он на нее должен был только в крайнем случае, если вдруг случится что-то суперэкстремальное или совсем уж непредвиденное. И проверить истинное назначение фирмы не мог практически никто.

— А как отчество? — спросил Зосимов, набирая московский код. Ушлым он был человеком и все хотел проверить сам.

— Петровна.

Антон сжался в ожидании ответа. Только бы эта девчонка в звании старшего лейтенанта ФСБ оказалась сейчас на месте, а не вышла по бабьей привычке куда-нибудь в магазин или покурить, что почти одно и то же. Можно будет, конечно, объяснить сложившуюся ситуацию и любому другому оперативнику, но... На экстренной связи в Центре с ним должна была оставаться эта красивая и еще незамужняя деваха с фигурой американской фотомодели, и ему бы не хотелось объясняться еще с кем-нибудь. Лишние вопросы — лишние ответы. А рядом с тобой — опытный волчара, который не одного зэка раскусил и человеческую психологию знает не по учебникам.

«Господи, помоги!» — молил Бога Антон.

Наконец-то в телефонной трубке прекратились длинные гудки и весь ушедший в сплошной слух Антон уловил женский голос:

— Да, Москва слушает. Фирма «Атика». Вам удобнее говорить по-английски, по-немецки, по-французски или по-русски?

Не успел Зосимов и рта открыть, как все то же самое было повторено на чистейшем английском языке.

— По-русски! — едва успел он вставить слово и,

видимо торопясь, чтобы ему не воткнули еще и японский с корейским, быстро спросил: — У вас работает Любовь Петровна?

— М-да, — последовал недоуменный ответ.

— Я бы мог с ней сейчас переговорить?

— Слушаю вас!

Антон почувствовал, как у него захолонуло где-то внутри. Это был голос Любы!

Видимо не зная, что говорить дальше, Зосимов впервые растерялся. Потом откашлялся и произнес с хрипотцой:

— Здравствуйте, Любовь Петровна! С вами говорит заместитель по режиму ИТК номер пять майор Зосимов. Вы знакомы с осужденным Крымовым?

Долго, очень долго на другом конце провода молчали, и вдруг Любу словно прорвало:

— Что? Что-нибудь случилось? Ради бога! Это же муж мой! Уже столько времени прошло, а от него ни слуху ни духу. Ради бога! Только не молчите и скажите правду! Его что, Антона... Его убили?!

М-да, в Высшей школе КГБ были хорошие учителя, и преподавать они умели не только всякие штучки-дрючки, но и театральную подготовку. Причем на уровне третьего курса того же ГИТИСа.

Видимо, даже на сверхзакаленную психику офицера внутренних войск так подействовал этот страстный, кричащий напор оставшейся в полном незнании одинокой и, видимо, любящей женщины, что он, пробормотав только: «Да нет. Что вы! Жив ваш Крымов», — мгновенно передал ему трубку.

Все еще боясь ошибиться в звучащем в трескучей мембране голосе, Антон произнес вроде бы ничего не значащую условленную фразу и, получив нужный ответ, почувствовал, что у него отлегло от сердца. Стало легче дышать. Да, это была она, старший лейтенант ФСБ Любовь Петровна Щукина, руки, пышных грудей и таких заманчивых ног которой добивалась едва ли не добрая половина офицеров Управления, в котором она работала. Но Люба-Любочка-Любаня не очень-то спешила с выбором, продолжая искать то ли заокеанского принца, красивого и деньжистого, то ли настолько крутого русского бизнесмена или новоиспеченного политика, чтобы можно было бросить после свадьбы эту опасную работу, где тебя может хаять и поносить почти каждый безграмотный писака, и полностью отдаться полнокровной и красивой жизни, где свет юпитеров, бомонд, посольские приемы и презентации крупнейших фирм, а ты блистаешь среди всего этого дерьма, словно сказочная Золушка на балу.

Однако Антону надо было играть роль любящего мужа, вернее, сожителя, и он почти выдохнул в трубку:

— Любань, это я!

В трубке послышался сдержанный женский плач и, наконец, одно-единственное слово:

— Живой? — И затем: — С тобой все в порядке? Я уж извелась вся.

— В общем-то, живой, но... — И Антон замолчал, выдерживая специально для прислушивающегося Зосимова ту самую паузу, о которой говорил когда-то великий Станиславский.

— Что с тобой? Ну же! Говори!

— Любань, у меня обнаружили туберкулез и буквально не сегодня-завтра переведут в другую колонию, «шестерку». Ну, это специальная больница для заключенных, где от туберкулеза лечат.

— Не только, — быстренько поправил его майор.

— Да, не только! Там и операции делают, и все прочее. В общем, Любань, здесь такая хреновина. В той колонии полный карантин, так что тебя туда не пустят и можно будет только посылки пересылать. Белье, харчи да лекарство, какое врач пропишет. И если я тебя до отправки в больницу не увижу, то считай — все. А столько бы хотелось тебе слов сказать. Ведь мы же в последнее время почти не виделись, да еще ругань эта последняя...

— Какая ругань! — перебила его Люба. — Да я прилечу к тебе, куда только скажешь!

— Любаня, постой, теперь самое главное, — осадил ее Антон. — И слушай меня внимательно да не обижайся на сказанное. Понимаешь, в колониях положение такое, что на свидание пускают только официально зарегистрированных жен. А мы с тобой... В общем, сама знаешь. Однако ко мне тут отнеслись по-человечески и заместитель начальника по режиму, ну-у, майор, который с тобой только что разговаривал, разрешил нам свидание на сутки. Понимаешь, сутки?! Наговориться хочется. Однако здесь ты должна быть не позже чем завтра. Завтра! — с напором повторил он. — Садись на первый попавшийся самолет и лети сюда. Дальше — такси. Понимаешь, у нас с тобой только одни сутки!

Выпалив все это в трубку, Антон вопросительно

обернулся к Зосимову, как бы спрашивая его, все ли он правильно сказал, и тот одобрительно кивнул головой, добавив, правда:

— Точный адрес не забудь продиктовать, да пусть списочек составит, чего тебе привезти. Белье нательное, носки — в общем, сам знаешь, что тебе нужно. Да про харчи, харчи-то не забудь. Но чтобы спиртное — ни-ни!..

— Упаси меня бог! Что же, я вас подводить буду? — И вновь приложил трубку к вспотевшему уху, диктуя, какие вещи и продукты ему понадобятся в первую очередь.

Когда разговор закончился и взмокший от невероятного напряжения Антон медленно опустил черную, еще допотопную эбонитовую трубку на рычажки, он с благодарностью обернулся к майору. Господи, как же ему хотелось сейчас расцеловать его!

— Ну что, доволен? — видимо по-своему поняв состояние Крымова, спросил Зосимов.

— Век не забуду, гражданин начальник.

— То-то! И запомни, Крымов, долг платежом красен.

К контрольно-пропускному пункту пятой колонии, а попросту говоря, к тяжеленным железным воротам, сбоку от которых притулилось нашпигованное электроникой помещение для охраны, Люба подъехала на частном «мерседесе», который перехватила у аэровокзала и, сунув ошалевшему парню двойную плату, приказала коротко:

— Пятая колония! И чтобы меньше ста на спидометре не держал.

В этом областном городе видели многих и разных, но столь красивая телка с двумя распухшими сумками в руках, к тому же прилетевшая утренним московским рейсом... Да и в «пятерке» далеко не мальчики сидят...

Уважительно хмыкнув и решив, что это какая-нибудь жена или невеста кого-нибудь из столичных мафиози, водитель подхватил у нее тяжеленные баулы, забросил их на заднее сиденье и только попросил, чтобы «дама пристегнулась как следует».

Когда «мерседес» завизжал тормозами на асфальтированной площадке КПП, он так же уважительно помог вынести ее багаж и, пожелав «счастливого свидания», помахал, отъезжая, рукой.

Дежурный контролер, невысокого роста тридцатилетняя бабенка в звании старшего сержанта внутренних войск, тоже видела многое и разное, даже когда московские бандиты кавалькадой иномарок приезжали навещать своих подельников, оказавшихся в «пятерке», но чтобы ТАКАЯ красивая баба да еще с таким прямо-таки столичным шиком...

«Не иначе, как к кому-то из крутых», — решила она и, не дожидаясь, когда приезжая краля нажмет черную, истертую тысячами просящих рук кнопочку вызова, позвонила по внутреннему телефону старшему по смене. Но тот уже, видимо, был в курсе происходящего и только пробурчал недовольно:

— Если к Крымову, то пускай проведут в комнату свиданий и пусть ждет там. Личное распоряжение майора Зосимова.

Старший лейтенант ФСБ Любовь Петровна Щукина была далеко не девочкой, да и за годы работы на контору успела повидать немало, но когда переступила порог КПП...

Первое, что бросилось в глаза, — тяжелые, автоматически закрывающиеся, страшно лязгающие двери, много дверей, сплошных и решетчатых. Да еще металлические шлагбаумы, также открывающиеся автоматически. А в небольшом оконце с пластиковым стеклом — огромный щит с фотографиями каких-то страшных рож и такая же огромная черная надпись: «ВНИМАНИЕ! ОНИ СКЛОННЫ К ПОБЕГУ!»

Когда вышли наконец-то на улицу и в лицо брызнуло летнее утреннее солнышко, Люба вздохнула с невольным облегчением: «Господи, спаси и пронеси!» Оглянулась в ожидании увидеть Крымова лишь тогда, когда и слева, и справа, и сзади уже тянулся высоченный двойной забор, обнесенный мотками колючей проволоки, да торчали вышки по углам, в которых хорошо просматривались автоматчики.

— Что, впечатляет? — поняв состояние этой столичной крали, усмехнулся контролер, совсем еще молоденький паренек, видимо год или два назад демобилизовавшийся из армии. — Я тоже поначалу не мог привыкнуть, а потом ничего... Втянулся, одним словом.

Они шли к бараку, который переоборудовали

под комнаты для свиданий, как вдруг откуда-то из-за угла вышла небольшая колонна одетых в черное зэков и почти остановилась, остолбенев.

— О, бля-я! — простонал кто-то из мужиков и закрыл в вожделении глаза. — Сукой буду, если я ее сегодня на елдак не натяну!

— У тебя, Нюхач, уже есть одна — над шконкой висит, — заржали в колонне. — С той поначалу справься.

— Не-е, все равно отдеру! — не сдавался Нюхач.

— Молча-а-ать! — неожиданно заорал неизвестно откуда появившийся офицер в звании старшего лейтенанта, но было уже поздно.

Колонна стояла будто вкопанная на том же месте, где остановилась, а Люба словно ощущала, как ее раздевают, срывают сначала платье, лифчик и трусики, а кто-то уже и ноги ее раздвинул своими жадными глазами.

— О господи!..

Она вдруг с ужасом увидела, как какой-то молоденький заключенный вдруг встал на коленки и почти подполз к ней, стараясь заглянуть под коротенькую современную юбчонку.

— Сулимов, падла! — рявкнул старлей. — Ты у меня, пидер македонский, трое суток за это гальюн будешь драить!

— Да хоть всю жизнь, гражданин начальник! — ощерился в радостной улыбке заключенный. — Вы только посмотрите, какие у нее ноги!

— Молча-ать! — вновь заорал старлей и повернулся к женщине: — А вам, гражданка, советую в следующий раз брючный костюм надевать! Или хотя бы юбчонку поскромнее.

Кивая, словно попугай на жердочке, и уже ничего не соображая, Люба в сопровождении ухмыляющегося контролера дошла до деревянного барака, на окнах которого висели чистенькие занавески; они поднялись на второй этаж, и контролер с рук на руки передал ее полной сорокалетней женщине, которая сначала оглядела ее с явным удовлетворением и только после этого представилась:

— Младший инспектор по надзору Фазина. Зовут Тамара Степановна. Так что на эти сутки со всеми вопросами по быту и прочим делам — ко мне.

По длиннющему коридору с дощатым полом она провела ее в комнату, где эти сутки Люба должна была провести с Крымовым, и попросила, кивнув на распухшие от вещей и продуктов баулы:

— А сейчас дайте-ка я проверю содержимое. Не обижайтесь, конечно. Но порядок такой. Кто спирт с собой тащит, кто наркоту, а как-то даже пытались три револьвера системы «наган» в булках с хлебом на зону пронести. Сами понимаете, люди-то разные бывают.

— Да-да, конечно, — согласно закивала Люба, расстегивая сумки и подвигая их Фазиной. — Но у меня ничего этого нет. Клянусь вам.

Пока Фазина перебирала вещи и просматривала свежайшие фрукты и зелень, а также продукты, на которые начальник Управления выделил свои карманные деньги и которые тоже были закуплены не в самом плохом магазине, Люба успела осмотреться.

Маленькая комната, оклеенная дешевыми обоями, видимо, дощатые перегородки, аккуратно застеленная деревянная кровать, на которой ей, наверное, тоже придется спать, впритык к кровати тумбочка, которая здесь, видимо, заменяет и стол, да еще два стула, на которых и посидеть можно, и одежду повесить.

— А где же?.. — невольно улыбнувшись, спросила Люба, когда Фазина закончила проверку.

— А, так это все в коридоре. Я вам сейчас покажу. Кстати, вы и посудой нашей можете пользоваться, и электроплитой, если вдруг сготовить что захотите. Утюг даже есть. Так что все удобства!

— Хорошо, спасибо! — поблагодарила ее Люба и, чуть помявшись как бы для приличия, проговорила едва слышно: — Я вижу, вы вполне приличная женщина, а главное — добрая. Вы позволите отблагодарить вас?

— Да ну, что вы! — вроде как стушевалась Фазина, но Люба уже сунула ей в кармашек аккуратно свернутые две купюры по пятьдесят долларов. — Возьмите, пожалуйста.

Столь щедрые подарки здесь были, видимо, не столь часты, так что Фазина поначалу даже растерялась немного, но это был ее месячный оклад, и она проговорила только:

— Ну что вы! Разве ж можно так тратиться? Спасибо.

И, уже выходя из комнаты, добавила:

— Сейчас вашего мужа приведут, так что простынки чистые, не беспокойтесь. А если нужно будет что — тазик с теплой водой и прочее... так вы меня сразу позовите.

— Спасибо, Тамара Степановна.

Вот уж о чем меньше всего думала Люба в это время, так это о тазике с водой, чтобы подмыться. И вообще, она не знала, как вести себя в этой проклятой комнате свиданий с майором Крымовым. Конечно, она не могла сказать, что он ей совершенно не нравился, но одно дело легкий флирт на работе, и другое дело здесь...

Люба тяжело вздохнула и стала разбирать сумки. Колбасу, молоко и сметану можно было положить и в холодильник, о котором говорила младший инспектор по надзору Фазина, что же касается остального, то это можно было и в комнате попридержать. С особой гордостью она выставила на тумбочку трехлитровую кастрюлю с жареной картошкой и толстенными кусками сочного эскалопа. Сделала еще вчера сама, вспомнив, что Крымов всегда заказывал это блюдо, когда оно бывало в столовой.

Расправившись с едой, она стала выкладывать на постель его нехитрые шмотки, за которыми специально съездила на его квартиру, как вдруг в дощатую дверь требовательно постучали, и она наконец-то увидела Крымова. Как и положено, руки за спиной, исхудалый и бледный, будто и вправду туберкулезный больной, и совершенно новая для нее стрижка: не нулевая, но все-таки короткая, «под американского полковника».

Господи милостивый! Это был все тот же Крымов, но как бы и не Крымов. А что ее больше всего потрясло, так это не заживший еще, совершенно свежий шрам, который слегка уродовал его лицо.

Она не знала про его запои в прошлом, слышала только, что его бросила жена, запретив ему встречаться с дочерью, а еще он всегда был для нее живой легендой бывшего КГБ. И вдруг...

Люба невольно вскочила со стула и чуть уж было не сказала «товарищ майор», однако что-то щелкнуло в ее мозгах и она, уже безо всякой игры, бросилась Крымову на грудь.

— Антон-н-н...

Потом подняла глаза и увидела топтавшегося в дверном проеме охранника. Не зная, что сказать, пробормотала:

— Вы уж простите. Муж!

Тот кивнул и проговорил почти человеческим тоном:

— Оно понятно, конечно. — Но, видимо вспомнив, что есть еще и обязательные слова законника, добавил, нахмурившись: — Осужденный Крымов доставлен. О внутреннем распорядке и правилах поведения вы предупреждены. Срок свидания кончается ровно через сутки.

— Да, хорошо, спасибо, — бормотала Люба, не в силах дождаться, когда он наконец-то закроет за собой дощатую дверь.

Антон еще не верил, что так удачно свершилось задуманное и он теперь сможет выйти на Центр и группу Панкова. Как бы снимая какую-то пелену, которая мешала соображать, он медленно провел рукой по лицу и вдруг увидел перед собой не связника, а женщину. Молодую, красивую женщину, которая полными слез глазами смотрела на него.

Он даже сам потом не мог проанализировать то свое состояние. В голову ударила какая-то горячечная кровь, в глазах помутилось, он в долю секунды повернул ключ, торчавший в замочной скважине, и, обхватив ее за талию, бросил на жалобно скрипнувшую кровать, покрывая ее лицо, грудь и глаза несметным числом поцелуев.

— Люба... Любаня!

В какую-то секунду она вырвалась из-под него, оправила кофточку, пробормотала едва слышно:

— Нет! — И чуть погодя: — Да. Но только не сейчас. Ты и меня пойми! Я ж не подстилка. Понимаешь, я не могу та-а-ак, — почти простонала она, закрывая лицо руками.

— Да-да, конечно, — чуть отдышавшись, пришел в себя Антон и вдруг рассмеялся каким-то надрывным смехом: — Мы ж с тобой коллеги! Можно сказать, как Ленин с Крупской, когда она к нему в Шушенское в ссылку приехала. Выложила книги на столик, зажег он свою зеленую лампу, и стали они Карла Маркса штудировать.

— Дурак! — беззлобно сказала Люба и добавила тихо: — Но еще раз про Шушенское вспомнишь — точно будешь всю ночь литературу читать.

— Так мы же с тобой любящие сожители, — ухмыльнулся Антон. — Да и постель одна.

— Ничего, — урезонила его пыл Люба. — Ты меня знаешь! Я тебе его в такой узелок скручу, что потом и пи́сать не захочешь.

И засмеялись оба.

— Ладно, Любаня, прости, — наконец-то окончательно пришел в себя Антон и чуть приобнял Любу, извиняясь. — Но и меня, дурака, пойми. Тем более что я весь этот год к тебе неровно дышал. Кстати, ты надзирательше что-нибудь сунула?

— Естественно. Сто баксов. Тетка чуть не расплакалась.

— Ну и умница! Значит, целые сутки никакой слежки и подслушиваний не будет, — успокоился Антон и кровожадно потер руки: — Ну-ка, показывай, что в кастрюле. Носом чую — свиная отбивная с жареной картошкой!

Люба с гордостью кивнула своей царственной головкой.

— Угадал. Эскалоп! Причем, сама за свиной вырезкой бегала и целый вечер у плиты возилась.

Антон смолотил чуть ли не полкастрюли картошки и три куска мяса, а Люба, почти любуясь на него, подкладывала ему еще и еще. Наконец он сдвинул в сторону миску и осоловело посмотрел на девушку:

— Все! Спасибо. Больше не могу.

— А чайку? — спросила она. — Настоящего!

— Вот если только чаю...

Когда он пил чай, Люба с какой-то нежностью провела ладонью по его шраму, спросила, коснувшись горячечными губами его уха:

— Кто это тебя так?

Он отмахнулся было, но потом сказал:

— Так, шваль одна из контролеров. Ботинком, сука, врезал. Когда в карцер тащили. Офицерам-то бить не положено, так вот эти суки стараются.

И вдруг он поймал себя на том, что уже несколько раз произнес слово «сука», самое обиходное у зэков, хотя никогда бы не позволил себе этого в любой нормальной обстановке. Вот и не верь после этого философам, которые утверждают, что бытие определяет сознание. Еще как определяет!

— Слушай, Любань, ты уж прости меня, козла, за лагерные словечки, — виновато проговорил он.

— Ничего, отвыкнешь, — как-то очень уж тихо проговорила она и дрожащими пальцами стала медленно расстегивать ему робу, потом сбросила с себя кофточку, юбчонку.

Шалея от предстоящего, Антон еще не мог поверить своему счастью. А Люба словно слова любви ему шептала:

— Дурачок, нам же так много надо друг другу сказать. А если у стен уши?

И вдруг, словно решившись на что-то очень важное для себя, она рывком сбросила с кровати легкое одеяльце и первой легла на кровать, увлекая за собой Антона...

Уже далеко за полночь, когда они лежали, уставшие и насытившиеся друг другом, Люба вдруг замолчала надолго, потом спросила едва слышно:

— Если я забеременею, ты женишься на мне?

Антон ожидал чего угодно, но только не этого вопроса. Он повернул ее к себе, долго, очень долго смотрел на нее в темноте, потом ответил вопросом на вопрос:

— А если вдруг не забеременеешь? Тогда что, откажешь?

— Дурак! — произнесла она негромко, и Антон

вдруг почувствовал слезы на ее щеках. — Я же люблю тебя! И ты это видишь!

Ему ничего подобного не говорили целых десять лет, а может, и все сто. И поэтому он только прошептал негромко:

— Прости! Я буду тебе хорошим мужем.

— А я тебе образцово-показательной женой!

А потом они смеялись долго и счастливо, и Антон говорил:

— Слушай, Любаня, а на хрена тянуть. Давай здесь, на зоне, и повенчаемся?

— Чего-о? — с удивлением протянула она.

— На зоне, говорю, и повенчаемся. Посаженым отцом попросим быть Черепа — лагерного пахана. Авторитетный, скажу тебе, вор, ну а со стороны невесты твою надзирательницу попросим быть.

Люба икнула и даже смеяться перестала.

— Ты, случаем, не того...

— Брось ты! У меня все в порядке. А насчет венчания — это я на полном серьезе. В «шестерке», ну это та колония, которая как бы межобластной больницей считается, зэки собственными руками храм небольшой построили, так вот в нем не только батюшка покойников отпевает, но порой и заключенных с их сожительницами и невестами-заочницами венчает. В прошлом году, говорят, пять бракосочетаний было. Так что хоть завтра. Вернее, сегодня уже.

И опять Люба долго, очень долго молчала, потом обняла Антона и выдохнула ему в лицо:

— Я бы с тобой не только в тюремном храме повенчалась, но даже в склепе.

— Ну, это мы еще с тобой успеем, — хмуро пошутил Антон.

— Да, успеем, — грустно проговорила Люба. — Однако ты забыл, что сегодня меня ждет начальство с полным отчетом о моей командировке, а также надеется на твои выводы по поводу производства «экстази». Также я тебе должна кое-что сообщить и о той работе, которую успел провести Панков.

Господи, как же не хотелось отрываться от горячего, хотящего тебя красивого женского тела и опять возвращаться в эту проклятую действительность!

— А он что, уже в городе? — пересилив себя, с тоской спросил Антон.

— Да. Вместе со своей группой.

— Ну и?..

— Кажется, тоже что-то нащупал, но... В общем, милый мой суженый Антошка, связь в «шестерке» будешь держать через связника, а соответственно и выводы делать.

— Человек надежный? — осторожно спросил Антон.

— Вроде бы, — неуверенно проговорила Люба. — Сейчас и себе-то полностью не веришь... Думаешь, я думала о том, что с тобой в постель лягу? Хренушки! А увидела тебя здесь...

— Ну ладно, ладно, — Антон обнял ее и едва коснулся губами пышущего жаром плеча. — Об этом в Москве договорим. В загсе. А теперь давай-ка ближе к делу.

И вдруг рассмеялся тихонько.

— К делу, говорю, а не к телу.

Часть четвертая

1

Теперь уже окончательно обосновавшись со своей группой в городе, Панков разместил оперативников на сравнительно небольшой базе, которую специально подготовил для этой цели начальник областного Управления ФСБ и которая выгодно располагалась на довольно шумной улочке почти в центре города; сам же остался на конспиративной квартире — той самой, которую еще в первый приезд ему предложил генерал Толстых. Оставив свою команду размещаться и осваиваться в двухэтажном деревянном особняке, хозяева которого будто бы временно сдали его «группе шабашников», Панков отправился на свою квартиру, откуда и позвонил генералу. Однако его ждал маленький облом. Помощник Толстых вежливо сообщил, что Геннадий Михайлович знает о его приезде, но вынужден был в последнюю минуту срочно выехать в один из районов области, где сложилась довольно сложная обстановка. Генерал также распорядился держать для товарища Панкова оперативную машину, а для связи — лейтенанта Степина.

Выслушав это длиннющее сообщение, Панков поблагодарил вышколенного службиста, который, поди, носил майорские погоны, поблагодарил и хотел уж было положить трубку, как вдруг помощник добавил:

— Товарищ подполковник, Степин сейчас как раз в машине, а Геннадий Михайлович очень уж просил вас встретиться с ним и поговорить. Может быть, я его сейчас вам и подошлю?

— Хорошо, присылайте. Лейтенант знает, где меня найти.

Положив трубку, Панков — уже привычно — прошлепал босыми ногами к загруженному хлебосольными хозяевами холодильнику, проглотил голодную слюну, полюбовался его содержимым, достал из-под морозильника бутылку запотевшего самого настоящего нарзана, поискал глазами, чем бы его зажевать, и, остановившись на вполне приличной сырокопченой колбасе, принялся резать ее аккуратными кусочками. Ему чем-то очень нравился этот лейтенант Николай Степин, более похожий на рыжего десятиклассника, поэтому и встретить его хотелось по-людски.

...Рассказ лейтенанта оказался настолько интересным, что Панков даже чай забыл заварить. Да и самому Степину, видимо, было не до чая. Все-таки погиб не просто его информатор, который к тому же и сам давно уже сидел на игле, а погиб его бывший сокурсник, товарищ по институту, которого он, Николай Степин, уговорил работать на его отдел. Уговорил, и тот согласился. Причем, совсем не из-за каких-то там корыстных целей. Оказывается, Олег Климов, по прозвищу Доцент, уже знал, что ему хана — врач-нарколог точно определил: от силы — год, и... Что стояло за этим самым «и», было ясно даже начинающему наркоману, и Олег осознанно пошел на контакт с ФСБ, лишь бы упрятать за решетку побольше тех, кто сажает сопливый молодняк на иглу.

Но главное в рассказе Степина было даже не это. Главное было то, что лейтенант был уверен: Олег погиб от руки человека, причастного к областному Управлению ФСБ. Причем накануне той самой «демонстрации» городских наркоманов, которые вышли к зданию мэрии с требованием легализации торговли легкими наркотиками.

Выслушав сбивчивый и торопливый рассказ лейтенанта, Панков попытался остановить его:

— Слушай, Коля, а может, ты сейчас все-таки ошибаешься в своих предположениях? Ведь ты же сам говорил: при вскрытии установили, что твой информатор принял примерно грамм чистой коки. А ведь это — прямая смерть. — Панков, сожалея, развел руками: что, мол, тут поделаешь. — Хотя я и понимаю твои чувства. Все-таки он не просто твой информатор, а бывший твой сокурсник. Можно сказать, друг. Кстати, ты знаешь, сколько лежит сейчас в земле моих бывших информаторов? — Он сделал ударение на слове «моих». — Причем многие из них погибли именно по моей вине. Но ведь это работа, Коля. Трудная и жестокая!

— Да что вы меня уговариваете, товарищ подполковник?! Что я, щенок, что ли, несмышленый? Поймите, Олега именно убили! Вернее, не просто убили, а он сам, видимо боясь пыток, проглотил тот самый грамм коки, что был запрятан у него в зубах. А это все равно что убийство! И я вам всем докажу это!

Он решительно отодвинул угощение и вскочил с кресла.

— Вы могли бы сейчас поехать со мной в городской морг? Это недалеко совсем, — почти умоляюще просил он. — Олег еще там лежит. И патологоанатом — он честный врач, он вам все про его смерть расскажет.

«Н-да, раскладец, — мрачно подумал Панков, забираясь в служебную «Волгу». —Патологоанатом честный, а офицер Федеральной службы безопасности, чтобы замести какие-то следы и спасти свою собственную, а возможно, что и чью-то жопу от наказания, видимо, способствует убийству информатора... Впрочем, — решил он, — надо все же подождать с выводами до морга».

Нет, у Панкова и в мыслях не было усомниться в профессиональной честности врача. Но уж кто-кто, а он-то по роду своей работы прекрасно знал, какие заключения о смерти порой выдавали на руки родным и близким убитых, чтобы только не пострадала честь того или иного мундира. А здесь...

Стараясь отвлечься от всех этих невеселых мыслей, Панков повернулся к лейтенанту и попросил его еще раз повторить все то, что он рассказал ему на квартире. Спокойно, вспоминая все, даже самые малейшие подробности.

Он практически ни разу не перебил Степина по ходу рассказа, анализируя все происшедшее здесь несколько дней назад. Да, похоже, кого-то очень здорово напугал этот самый Олег Климов, наркоман по кличке Доцент.

Из рассказа Степина выходило, что Олег в последнее время начал ломаться от сильнодействующих наркотиков и, чтобы хоть как-то облегчить свое существование, временно перешел на «лошадку». Причем он давно уже перешел из разряда обычной наркоты в пушеры и последний год практически все время жил на Аляске — в чердачном городе наркоманов, где президентствовал некий Крысолов, тупой и жирный садист, который, кроме жратвы, легкого наркотика и молоденьких девчонок, больше ничего и знать не хотел. Но это, как говорится, прелюдия.

В тот день, когда погиб Климов, к ним на Аляску заявился известный в городе пушер по кличке Глист. Степин уже встречался один на один с этим Глистом и даже пригрозил ему всеми карами ФСБ, если тот не расколется начистоту. Глист малость струхнул и рассказал все, что знал.

Да, он действительно в тот день заявился к Крысолову, так как имел при себе полный набор наркоты: от травки до чистейшей коки, и к тому же должен был передать этому «жирному ублюдку», чтобы он на следующий день вывел всю свою Аляску на городскую демонстрацию наркоманов, которые будут требовать от властей полной легализации легких наркотиков — как, мол, в западных странах.

Об этой более чем странной демонстрации с митингом у здания городской мэрии Панков уже слышал, но более подробную информацию о ней хотел получить из рук начальника областного Управления ФСБ и поэтому попросил лейтенанта перейти непосредственно к делу.

— Так я же о деле и говорю! — возмутился Степин. — Штука вся в том, что Климов тоже пушером был, правда не таким крутым, как Глист, и он присутствовал при этом разговоре. К тому же эта гнида Крысолов, который избран на Аляске пожизненным президентом, велел Олегу, чтобы тот срочно оповестил о намечающейся демонстрации всех своих клиентов и приказал им собраться на площади у стадиона.

— Откуда у тебя эта информация?

— Товарищ подполковник! Так я же чуть ли не час с Глистом «беседовал», пока из него все это не выбил.

— Так, хорошо. Что дальше?

— Ну, побазлали они о том о сем, Олег проводил Глиста до чердачного выхода и уже там приобрел у него в долг грамм чистейшей коки. А грамм —это смертельная доза даже для втянутого наркомана. Ее обычно на три-четыре части делят. Глист признался, что кокаин был скручен в малюсенький целлофановый сверточек, и Олег, мол, тут же запихал его себе в дупло. Обычная практика у наркоманов, —

пояснил Степин. — Чтобы милиция при обыске не нашла.

— Так, что дальше?

— Ну а дальше самое интересное, можно сказать, начинается. Когда я Глиста поприжал и пообещал сдать со всеми его припасами и основными покупателями в Управление по борьбе с незаконным сбытом наркотиков (а там хоть и молодые, но крутые ребята пашут), он струхнул окончательно и рассказал все, чему потом был свидетелем.

Степин вырулил на какую-то загородную улицу, которая, видимо, и вела к городскому моргу, и чему-то грустно улыбнулся. Может, от мысли, что «все там будем». А может, и оттого, что, не случись Глисту нужды обзвонить своих клиентов, он, лейтенант ФСБ Степин, вряд ли смог бы узнать все то, что знал сейчас.

— В общем, так, товарищ подполковник. Глист был на почте, когда туда же буквально влетел и Климов. И тут же в телефонную кабинку заскочил, не заметил, что за перегородкой Глист звонит. Глист, естественно, заинтересовался, с кем это Доцент шептаться будет, — у них ведь тоже своя конкуренция, борьба за клиентуру. Вот он и затаился в своей кабинке. А стеночки-то там тонюсенькие, все слыхать. Ну, Климов набрал какой-то номер и попросил, как выразился Глист, «какого-то Степина». Ему, видимо, ответили, что Степина нет. Я в тот день, товарищ подполковник, действительно из области чуть ли не за полночь вернулся. Тогда, по словам Глиста, Олег спросил, с кем он разговаривает. Ему, видимо, что-то ответили, Олег пробормотал: «Да, конечно», и вот тогда-то...

Он надолго замолчал и, только когда они уже въезжали в огромные больничные ворота, продолжил:

— Вот тогда-то, товарищ подполковник, он и рассказал этому ублюдку из нашей конторы о готовящейся акции городских наркоманов. Его, видимо, спросили, кто передал информацию. И Глист явственно услышал, как Олег назвался Доцентом. А это у профессиональных наркоманов все равно что паспорт собственный показать.

Степин замолчал и, пока высокий, с чуть вьющимися седыми волосами патологоанатом не провел их в помещение, где на столе лежал уже отгрешивший на этой земле Олег Климов, не проронил больше ни слова.

Бренное тело Доцента было накрыто обычной плотной накидкой, чем-то напоминающей серую от грязи простыню, и когда врач отбросил ее в сторону, Панков даже отвернулся невольно, увидев почти высохшее, вконец изношенное тело покойного. Шрамы и шрамы. Большие и короткие. Продольные и поперечные. Это зрелище было не для слабонервных.

— Что, впечатляет? — с какой-то жестокой язвительностью усмехнулся врач. И, помолчав немного, пояснил: — Это здесь мои студенты поработали. Так что вы теперь не по рассказам писак-журналистов, а воочию можете убедиться, к чему приводит наркомания. И я, грешным делом, сына своего как на экскурсию привел. Смотри, мол. Любуйся! — Он дрожащими пальцами выбил сигарету из пачки «Явы» и, как бы продолжая с кем-то давнишний спор, сказал: — А то прихожу как-то домой, чувствую — марихуаной попахивает, травкой по-ихнему. Ну, я в комнату к сыну, а у него там компания таких же оболтусов балдеет. Меня и понесло. Вы что, кричу, совсем уже охренели?! Наркотой решили побаловаться? А сын мне: «Да мы, отец, травкой только затянулись. От нее же никакого вреда». Ну я и...

— Кстати, он тоже с травки начинал, — неожиданно вставил Степин. — Когда еще в институте учился.

— Вот так! — вздохнул врач и вопросительно уставился на посетителей: — Чем могу служить еще, господа офицеры? Как я помню, лейтенанту я буквально все по этому случаю рассказал и даже копию патологоанатомического заключения передал.

— Да, конечно, спасибо, — поблагодарил врача Панков. — Лейтенант подробно передал мне ваши слова. Но мне бы хотелось услышать кое-что непосредственно из ваших уст.

— Да ради бога, — пожал плечами врач и с готовностью посмотрел на Панкова: — Что конкретно вас интересует?

— Ну, скажем так: буквально все!

Патологоанатом вздохнул, натянул на руки прозрачные резиновые перчатки и резким движением перевернул бренные останки Климова на исполосованный врачами живот.

— Тогда начнем с этого, — ткнул он резиновым

пальцем в выстриженный участок головы Климова. — Видите эту обширную гематому и чуть ли не рассеченную кожу? Так вот, насколько я могу предположить, этого парня сначала ударили чем-то тяжелым по голове, причем сзади, а когда он пришел в себя, видимо, собрались его пытать — об этом говорят некоторые следы на теле покойного. Зная психику такого рода людей, то есть почти сломленных наркоманов, таких, жить которым осталось не больше года, я могу предположить следующее. Эти люди, которые его ударили, стали требовать от него что-то, а у него была припасена большая доза чистого кокаина. Вот он и... Как говорится, чтобы сразу и навсегда.

— Смерть наступила от передозировки?

— Так точно. Причем практически мгновенно. — Врач хмуро улыбнулся: — Вот и вся комедь, как говорили древние. Ну а все остальное вам может рассказать вот этот рыжий юноша. Прошу прощения, господа.

Когда возвращались обратно и уже выехали из ворот больницы, молчавший до этого Панков спросил:

— Где нашли труп Климова?

— В лесопарке. Это недалеко от города, но место там довольно безлюдное.

— Кто нашел?

— Мужик один с собакой. Грибы искал.

Панков надолго замолчал, потом вдруг снова повернулся к лейтенанту.

— А ты точно уверен, что его... В общем, что

виноват в его смерти тот, кому он передал ту информацию. — Он сделал ударение на слове «ту».

— Ну товарищ подполковник! — почти фамильярно воскликнул Степин и даже руками взмахнул от такой непонятливости. — Во-первых, кому бы это понадобилось сначала оглушить законченного наркомана, а затем везти его на машине в такую даль, а потом так его напугать, что он сам на себя руки решил наложить?

— Логично, но неубедительно, — возразил на эту возмущенную тираду Панков. — К тому же и должок у твоего Доцента мог быть.

— За должок у наркоманов убивают на месте. Причем где-нибудь в подвале или в крайнем случае в подъезде. Бутылкой по голове. А здесь... Я вот порасспрашивал кое-кого из постоянных жителей Аляски, и двое показали, что да, в тот самый день во двор ихнего города заезжала «Волга» с тонированными стеклами, из нее вышли двое прилично одетых мужиков и спросили, где найти Доцента. Потом видели, как Климов вместе с ними вышел из подъезда, который вел на Аляску, они посадили его в машину и... И все, товарищ подполковник! То, что от него осталось, вы только что видели в морге. Да и заключение врача слышали. Сначала страшенный удар по голове, и только когда он пришел в себя...

М-да. Это было классическое убийство информатора. Причем информатора, который мог помешать кому-то в каком-то серьезном деле. Узнать бы только кому...

— А что думает об этом начальник Управления? — спросил Панков.

— Ну товарищ под-пол-ковник... — иронически протянул Степин. — Он же генерал, а я всего лишь лейтенант. Правда, когда я доложил ему все мои выкладки, он только спросил, знает ли об этом кто-нибудь еще, и когда узнал, что нет, тут же приказал держать рот на замке. Так что вы первый, кому я все это рассказываю.

— По просьбе генерала? — уточнил Панков.

— Так точно! По его приказанию.

С генералом Толстых Панков смог встретиться только после восьми вечера. Криминальная обстановка в области была действительно весьма напряженная, причем орудовали здесь не только мелкие группировки и малочисленные банды, с которыми как могла справлялась милиция, но потянулись в эти края и более серьезные криминальные структуры, которые норовили урвать кусок пожирней во всех концах страны. Здесь на кону стояли такие деньги, которые нищим учителям да обносившимся шахтерам и в сказочном сне присниться не могли.

Злой и уставший, Геннадий Михайлович приехал к Панкову на конспиративную квартиру, прямо у порога передал ему сверток с бутылкой вполне приличного армянского коньяка и тут же пробасил, извиняясь:

— Ты уж прости, что не у себя принимаю, но за день намотался как собака и как представил себе свой душный кабинет со сломанным кондиционером... А дома, сам понимаешь, жена с дочкой. Ни поговорить, ни выпить.

— Да я просто счастлив! — принимая коньяк, расцвел в улыбке Панков. — Но это-то зачем? И так полный холодильник — забит всякой всячиной.

— Э, голубок, — улыбнулся генерал, на ходу стаскивая с себя потную рубашку. — То, что в холодильнике, — это для командировочных, так сказать, государственное. А это мое личное. Тем более что я только выдержанный армянский коньяк употребляю.

Он замолчал, потом скривился в виноватой улыбке.

— Слушай, Панков, ты уж прости меня, старика, а я у тебя тут душ приму. Не возражаешь? Веришь, будто вся грязь и пыль области на моей спине. Не помоюсь, так и рюмка в глотку не пойдет!

Пока начальник Управления плескался под душем, Панков быстренько накрыл на стол, к коньяку добавил припотевшую от морозца бутылку водки, выставил побольше нарзана, который словно и не убавлялся в холодильнике, и когда освеженный и гладко причесанный генерал появился из ванной комнаты, все уже было налито и даже вилочки с ножами лежали рядом с тарелками.

Прошедший когда-то школу МИДа, подполковник Панков любил не только чистоту и порядок, но и по возможности соблюдение этикета.

К делу перешли сразу же после первой рюмки, и

Панков вкратце пересказал генералу все, что слышал от Степина и от врача в городском морге.

— Я в курсе всего этого, — тряхнул генерал гривой густых каштановых волос, которые сейчас чуть пообсохли и теперь красивыми волнами лежали на его лобастой голове. — В курсе. Но мне хотелось бы услышать и твое мнение. Потому и попросил лейтенанта пересказать всю эту историю тебе. — Он чуть задумался и добавил: — Видишь ли, как мне кажется, это дело с убийством наркомана-информатора выходит далеко за пределы нашей области и концы его надо искать у вас в столице.

— Почему? — откровенно удивился Панков и даже поставил стакан, наполненный искрящимся нарзаном.

— А очень даже просто, — задумчиво проговорил Толстых. — Ни для кого не секрет, что среди наркоманов масса информаторов, которые работают как на милицию, так и на ФСБ. И убирают их только тогда, когда они начинают стучать на своих же. Причем убирают просто, без излишней помпезности и затейливости. Как говорит лейтенант Степин, бутылкой по голове — и в канаву. Доцента же уволокли в лес сразу же после того, как он сообщил в мою контору о готовящейся общегородской акции по легализации легких наркотиков.

Генерал явно знал, о чем он говорит. Раздумывая, продолжать ли, он на минуту замолчал, плеснул себе коньячку в пузатый фужер, молча в одиночку выпил его.

— А ты хоть представляешь, что такое легализация так называемых легких наркотиков на рынках города? То-то! Это беда, подполковник. Страшная беда! И мы-то знаем, откуда у нее растут ноги, хотя проводниками этой идеи являются азербайджанские группировки да некоторые наши идиоты из Государственной Думы, которые пекутся, сволочи, о правах человека.

— Но вы-то лично знали о готовящейся акции? — беспардонно прервав его, в упор спросил Панков.

— В том-то и дело, что нет. Те два дня и я, и начальник УВД были в Москве — так сказать, держали совместный ответ перед большим начальством за растущую в области наркоманию. А в это время какая-то б... в городской мэрии дает разрешение на проведение этого митинга! Представляешь?!

— Вполне, — кивнул Панков. И тут же, начисто забыв про субординацию, почти заорал, ударив кулаком по столу: — Но ведь эта б... этот человек в мэрии — не иголка в стоге сена! Найти-то его всегда можно!

Генерал легкомысленно накрутил прядь своих шикарных волос на палец, долго с прищуром смотрел на подполковника. Потом произнес почему-то едва слышно:

— А вот оказывается, что иголка. Понимаешь, подпись чья-то, причем с гербовой печатью, на прошении о митинге есть, и разрешение чье-то есть, но вот чье... Найти не можем. Мистика, да и только! Хотя мистикой здесь и не пахнет, а вот насчет денег-баксов...

Панков злобно выпил рюмку охлажденной водки. Со всей этой мистикой он не раз встречался и в родной столице. Но чтобы настолько открыто и нагло, как здесь...

— И что ж выходит — этот самый Доцент попал как раз на человека, который знал о готовящейся акции?

— Получается, что именно так, — согласился с ним Толстых.

— И тогда организаторы этой акции или те, кто ее прикрывал, чтобы не было утечки информации, решили принять меры...

— Да, думаю, что все именно так и было.

Панков чуть помолчал, потом поднял голову на генерала.

— Моя группа к этому делу, конечно, подключится. Но вы-то сами что-нибудь успели уже предпринять?

Толстых тяжело вздохнул и поднял на Панкова усталые глаза.

— Понимаешь, подполковник, в чем сейчас разница между мной и тобой? Нет, не в звездах на погонах. А разница в том, что именно в моей, а не в твоей конторе завелась эта гнида. Причем я чувствую — это кто-то из высших офицеров. А поэтому я просто не в состоянии начинать открытую игру в казаки-разбойники. Однако к поиску этой б... я подключил не только службу собственной безопасности, но и своих самых честных и преданных людей из других отделов. Так что мы тут не спим, как вы, москвичи, думаете.

В общем-то, Панков прекрасно понимал нынешнее состояние начальника областного Управления, а поэтому и добавил только то, что счел необходимым:

— Ладно, простите, Геннадий Михайлович, если что резко сказал. Мы тоже постараемся кое-что сделать по своей линии. — И вдруг спохватился: — А сдача спецагента в «шестерке» — это не может быть делом его рук?

Генерал пожал слегка оплывшими, но все еще крепкими плечами.

— Не знаю. Но может быть всякое. Сейчас проверяем, кстати, и этот момент. — Он ухмыльнулся чуточку пьяной улыбкой: — Работаем, как говорится, по всем каналам.

— Вы уж, пожалуйста, не перестарайтесь, — попросил его Панков. — «Шестерка» — моя епархия. У меня там сейчас спецагент. И до поры до времени трогать эту колонию запрещено Москвой.

— Прекрасно, — с какой-то безнадежной язвительностью рассмеялся генерал. — А вы спрашиваете, почему мы недостаточно интенсивно работаем!

— Ничего подобного, — запротестовал Панков.

— Да ладно, ладно, — отмахнулся генерал. — Хрен с ней, с «шестеркой»... Как говорится, баба с воза — кобыле легче. — Однако тут же посерьезнел лицом: — И все-таки ты меня держи в курсе того, что вы там накопаете, на «шестерке»! Лады?

— Годится, — легко согласился с таким предложением Панков.

После «годится» московского подполковника

Толстых помолчал немного, затем наполнил обе рюмки своим любимым коньяком и проговорил с каким-то нетерпением в голосе:

— Ну а теперь давай-ка поближе к нашим баранам, баронам — словом, черт его знает к кому. — И, не дожидаясь согласия Панкова, сказал невесело: — Должен вам с прискорбием сообщить, подполковник, что за подопечным, которого вы мне столь мило спихнули с рук на руки...

— Вы имеете в виду Строева?

— Да, того самого Валентина Строева, что в поте лица трудится барменом в ресторане «Центральный»... Так вот, моими топтунами установлено, что за этим самым Строевым установлена еще одна негласная слежка. Не наша, чья-то еще, но настолько профессиональная, что у этих парней кое-кому можно просто поучиться.

И замолчал, пытаясь, видимо, уловить реакцию московского гостя.

— Милиция? — предположил Панков.

Геннадий Михайлович хмуро ухмыльнулся.

— Если бы! Нет, подполковник. Здесь совсем другой расклад. И я откровенно боюсь, как бы нашего славного парня Строева прямо из бара не увели куда-нибудь в лесопосадки...

Эта фраза, произнесенная будто бы полупьяным говорком, заставила Панкова почти мгновенно отрезветь, и он почти выдохнул в лицо генералу:

— Что — конкуренты по «экстази»?

Толстых пожал плечами.

— Может быть, да, а может быть, и нет.

— Так кто же? — едва ли не кинулся к телефону Панков, с ужасом представив, как у него прямо из-под носа кто-то уводит пока что единственного фигуранта, причем довольно крупную величину, который напрямую работает с этими проклятыми таблетками и который может вывести его группу на основного производителя «экстази», производителя, ворочающего сейчас где-то в области почти что промышленным производством этих самых таблеток.

— Говорю же тебе, что пока точно не знаю. Но мои ребята сумели засечь этих орлов, когда те вели наблюдение за Строевым, и сели им на хвост. Так что я о них имею ежевечернюю и ежеутреннюю сводку. А заодно — и о твоем бармене.

— Ну, во-первых, он не мой бармен, а ваш, — несколько успокоившись, парировал Панков, — а во-вторых... — И почти взмолился: — Геннадий Михайлович, не трави душу. Ну хоть что-нибудь о них известно? Об этих, как ты говоришь, орлах?

Генерал совсем трезво посмотрел на Панкова и проговорил негромко, но как-то очень весело:

— Известно! Но должен тебя огорчить — та оперативная информация, которая лежит у меня на эту группу, лично мне оптимизма не добавляет. Это пятерка вымуштрованных боевиков или разведчиков какой-то очень крупной азербайджанской группировки, а вполне возможно — что и международной. Среди них очень эффектная молодая блондинка с прибалтийским акцентом. К тому же очень спортивная, впрочем как и парни тоже. А это значит, дорогой мой подполковник, что девица эта — снайпер, и торчат они в нашем российском захолустье совсем не для того, чтобы на местные достопримечательности смотреть, да белыми колготками хвастаться. Причем остановились они все в доме некоего азербайджанца Джабарлы.

— Что, политический беженец? — быстро среагировал Панков.

— Нет, эта семья у нас уже давно обосновалась. Сначала просто из братского Азербайджана ранние овощи да фрукты возил. Ну а потом и насовсем осел здесь. Вполне приличный дом построил, семью привез. Жена, два сына. Один из этих залетных орлов — Бабек его зовут — вроде бы как его родной племянник и приехал с друзьями и девушкой к дяде в гости. Не пьют, не курят, соседи на них не нарадуются.

Он хотел было пропустить еще одну порцию коньяка, но потом, видимо, раздумал и, со злой решительностью отодвинув бутылку почти на край стола, добавил:

— Нутром чувствую, мне эта соседская радость вот-вот боком выйдет. Как видишь, они тоже вышли на этого оптовика из «Центрального» и пока, как, кстати, и мы с тобой, отслеживают его связи.. А потом у них будет два варианта: или устроить в моем городе кровавую бойню, чтобы на корню уничтожить всех конкурентов, или же, правда уже малой кровью, заставить их работать на себя. Как сам понимаешь, ни тот, ни другой вариант мне совсем не в радость.

Все это было очень похоже на правду, об одном только Панков невольно задумался. Он не единожды бывал в Азии и на Кавказе, неплохо знал клановые обычаи и устои семей, и если исходить в своем предположении из их логики... Не-ет, или этот самый Джабарлы вовсе не случайная фигура во всем этом деле, далеко не последняя шестерка, или...

Здесь стояли сплошные знаки вопроса.

— Геннадий Михайлович, дорогой, — Панков тронул генерала за руку. — Давай договоримся так: я беру на свою группу всех этих южных орлов с белокурой девицей, а у меня к тебе единственная просьба.

— Это меня устраивает. Только сначала скажи, что за просьба?

— Узнай всю подноготную хозяина этого дома. Сдается мне, что если и не совсем он во всем этом деле голова, то интерес у него к таблеткам «экстази» самый прямой.

Толстых невольно хмыкнул.

— Думаешь, все эти годы он был перевалочной базой для той наркоты, что шла к нам через Азербайджан из Ирана?

Панков неуверенно пожал плечами. Всякое, мол, может быть. Хорошо, конечно, если ошибемся в этом предположении. А если в десятку попадем?

Домой генерал уехал что-то около двенадцати ночи, а рано утром Панкову позвонили из Москвы и сообщили, что наконец-то «его дружок» вышел на связь и к нему вылетела утренним рейсом «Цыпочка», так в отделе порой величали старшего лейтенанта Щукину. Обязанность Панкова — встретить ее на обратном пути, то есть через сутки, в аэропорту и снять всю информацию, которая могла бы его заинтересовать.

Это был праздник души!

2

Если бы Крымов не увидел наконец все это собственными глазами, он, наверно, так никогда в жизни и не поверил бы, что на территории огромного химкомбината (правда, работающего в последнее время только на треть своей мощности) разместилась так называемая межобластная больница для осужденных, основной контингент которой составляли больные туберкулезом, а также инвалиды второй и третьей групп с сердечно-сосудистыми заболеваниями, заболеваниями опорно-двигательного аппарата, а также органами дыхания и пищеварения. Как говорится, первые кандидаты на тот свет. Ну а чтобы «основной контингент» особо долго не мучился, у него над головами тоненькими противными струйками дымили здоровенные трубы, изредка выбрасывая в атмосферу канцерогенную гадость, от которой и здоровому человеку не поздоровится.

Правда, вечные зэки утверждали, что еще до того, как открылась больница, а точнее — колония № 6, «шестерка», как ее звали в простонародье, здесь, на этом химкомбинате, была просто колония общего режима. Это потом, после советский власти, умные головы при погонах решили переделать ее в лечебную колонию, при которой бы находилась больница. А чуть погодя решили: чего мелочиться-то? Забацаем, господа офицеры, межобластную больницу с наполняемостью в шестьсот пятьдесят человек! Скажем, четыреста коек для туббольных, а остальные — так, по мелочи. И забацали! Да так лихо, что из двадцати пяти врачей — четырнадцать аттестованных, а остальные вольнонаемные.

Это что касается медперсонала.

Но колония — она и в Африке колония. А посему в «шестерке» насчитывалось сорок шесть офицеров плюс тридцать прапорщиков и пятьдесят человек охраны. Так что, как подсчитал любознательный Крымов, вместе со службой охраны и надзора здесь насчитывалось аж двести пятьдесят человек персонала!

Что и говорить, цифра уважительная!

Ну а чтобы тем же туберкулезным больным оставшаяся жизнь сахаром не показалась, в больнице предусмотрели раздельное содержание больных по видам режима, определенного судом. А проще говоря, отдельные помещения для особого, строгого и общего режима. Также на зоне выставили два поста, которые должны были контролировать внутреннюю обстановку.

То есть здесь было даже похлеще, чем в «пятерке», если, конечно, не считать того, что большинство больных было освобождено от работы и жратва здесь была не в пример колонии строгого режима,

13-2

откуда привезли Крымова. В сутки каждому больному было положено сто пятьдесят граммов мяса или рыбы, пол-литра молока, сорок граммов масла, а также овощи, хлеб и много чего другого, о чем те же бастующие шахтеры и думать давно забыли. Одним словом, усиленное лечебное питание. Однако, несмотря на эту шикарную, в общем-то, жратву и даже те лекарства, которые по мере возможности добывало начальство, зэки стройными рядами пополняли местное кладбище, и местному батюшке, который служил в небольшой церквушке, сложенной руками тех же зэков, работы хватало, как в хорошем приходе. Чаще всего он, конечно, отпевал усопших, но бывали и такие, кто, чувствуя близкую кончину, просили окрестить их.

Нигде в жизни Антон Крымов не видел такой страшной смертности, как здесь! То ли трубы эти проклятые так действовали на больных зэков, то ли еще что, но факт оставался фактом. Жмурики косяками уходили на скромный погост, а их койки занимали новые претенденты, которые еще надеялись оклематься и выйти на волю «с чистой совестью».

Самому Крымову почти в самый последний момент изменили диагноз «болезни», и он попал в «шестерку» с заболеванием сердечно-сосудистой системы. Это его вполне устраивало, так как заведующий терапевтическим отделением больницы был тот самый связник, который согласился держать контакт с городом. Вернее, с группой Панкова. Миронов Дмитрий Алексеевич! Об этом сообщила ему Люба, о которой он теперь думал практически постоянно, тем самым скрашивая свое безрадостное существование в омерзительной палате, похоже совсем недавно выкрашенной белой масляной краской, которая все еще сохла, и запах ее сливался с ароматом той вони, которую распространяли вокруг трубы химкомбината.

Пока что он проходил ежедневные обязательные анализы. Что же касается его работы, ради которой он был сюда направлен из «пятерки», то ему было строго указано, чтобы он сам никуда не совался, а когда будет надо — к нему подойдет главврач и прикажет, что надо делать.

Так что, сдавая анализы, обходя врачей, Антон строго выполнял те предписания, которыми снабдил его ушлый лепила в «пятерке»; он запоем читал все, что попадалось под руку, смотрел телевизор, отжирался на усиленных харчах и думал, и думал о своей неожиданной любви, которая, как снег на его седую голову, свалилась на него в тридцать восемь лет.

Господи, это было счастье, о котором он уже и мечтать-то давно перестал и в которое нельзя было поверить!

И теперь он тоже, как и сотни, тысячи других зэков, ждал своего часа освобождения, чтобы хоть на минутку-другую прикоснуться к своей Любане. А вечерами, лежа в своей палате на более-менее приличной койке с панцирной сеткой, он слушал байки и рассказы зэков, которые отсидели не один срок и знали про российские тюрьмы и лагеря столько, что могли научные трактаты писать. Причем почти каждая байка или анекдот начиналась со слов: «А вот помню...»

Но больше всего Антон закатывался от смеха, когда его сосед через две койки начинал давить лагерные анекдоты. Казалось, он их знал миллионы.

«Как-то начальник тюрьмы вызвал в камеру арестанта, который уже отбыл свой срок, и бубнит ему:

— Вы выходите на свободу. Надеюсь, что хоть теперь начнете новую жизнь.

— Ах, гражданин начальник, — вздохнул несчастный. — Поймите и вы меня правильно. Не в том я уже возрасте, когда пускаются на подобные эксперименты».

Или вот еще.

«В пердильнике на двоих один мокрушник рассказывает другому:

— Эх, до чего же мы с женой приятно проводили время на берегу моря! Бегали, прыгали, закапывали друг друга в мягкий беленький песочек... Пожалуй, когда выйду на свободу, съезжу на то место и обязательно откопаю ее».

Но больше всего Антону нравился вот этот анекдот.

«Заключенный жалуется охраннику в тюрьме:

— Слушай, питание тут у вас отвратительное. Обязательно буду писать прокурору. Представляешь, в котлете вместо мяса — пистолет, а в баланде — патроны...»

Однако случались и грустные вечера. В один из таких вечеров тихо и спокойно умер Пал Палыч, ближайший сосед Крымова по койке справа. Он был ветераном Великой Отечественной войны, инвалидом первой группы, но лежал в том же отделении, что и Крымов. Причем в той же локалке — для строгого режима. Оказывается, старик в душевном порыве и за какую-то незаслуженную обиду замочил какого-то двадцатилетнего ублюдка, попытавшегося спьяну сорвать с Палыча орденскую планку вполгруди. Ну, наш суд, как известно, самый гуманный и справедливый, а посему влепили оскорбленному ветерану всего лишь десять лет лишения свободы. А у мужика не было одной ноги и к тому же болело сердце. Его и определили с ходу в «шестерку», в локальную зону для строгого режима.

Антон хорошо помнил тот момент, когда он впервые по-настоящему обратил внимание на этого старика с костылями. Он тогда увидел, что старик вдруг выронил костыли и завалился прямо у курилки, где уже гуртовались зэки, чтобы идти в столовую. Еще не зная местных правил, Антон обернулся, ища, кого бы попросить, чтобы подсобил, но кто-то просто ухмыльнулся ему в лицо, а кто-то отвернулся, сделав вид, что ничего особенного не случилось. А старик все лежал на земле и почти остановившимися глазами смотрел на своих сотоварищей, которые в любой момент могли и сами оказаться в его положении. Смотрел молча и даже без укора, видимо понимая, что в этом мире каждый умирает сам по себе.

Антон подошел к беспомощному старику, поднял сначала его, затем подал ему костыли. Кто-то хихикнул:

— О, бля! Еще одна медсестра появилась. Вдуем ей сегодня, братва!

Пинком согнав какого-то фраера со скамейки, Антон молча уложил на нее старика, затем так же молча подошел к сексуально озабоченному говоруну и страшным ударом в голову послал его в глубокий нокаут.

Теперь-то он знал, что уже имел на это право.

Кто-то крякнул удивленно, но к старику вмиг подскочили неизвестно откуда появившиеся доброхоты, помогли ему дойти до кабинета врача.

Это было в субботу. А чуть позже кто-то из заключенных подошел к Антону и, тронув его за рукав, проговорил с оттенком какой-то вины на лице:

— Слушай, Седой. Завтра воскресенье, в нашей церкви служба, а потом батюшка будет совершать обряд крещения. Палыч-то к этому давно готовился, но сейчас себя очень уж плохо чувствует и просил, чтобы ты подсобил ему добраться до церкви и там с ним постоял. — И добавил, будто просил сам за себя: — Сделай, кореш!

Антон только кивнул молча и проглотил неожиданно подступивший к горлу комок. Десятки раз побывав на грани жизни и смерти, он уже знал, как порой иные солдаты загодя чувствуют свою кончину.

Церквушка, сложенная больными зэками на территории химкомбината, была небольшая, но отчего-то имела настолько притягательную силу, что Антон даже поразился, оказавшись под ее невысоким куполом. Иконы и церковную утварь колонии подарил городской приход, и может быть, именно по этой причине церковка словно вселяла надежду на исцеление.

Так это или не так, но ни в Бога, ни в черта не верующие зэки сначала присматривались к службе в церкви, затем сами начинали креститься и бить земные поклоны, прося у Всевышнего милости и прощения, потом начинали исповедоваться священнику, а там, глядишь, и до крещения дело доходило. Век человека короток, а век заключенного, тем более больного, и того меньше.

У алтаря собралось человек десять, кто бы хотел приобщиться к православной церкви. Вошел батюшка. Не молодой, не старый, но с какой-то уверенной силой внутри. Посмотрел на собравшихся и...

Антон потом и сам не мог сформулировать точно, с чего бы это на него вдруг сошло это состояние, но он стоял посреди храма, поддерживал Пал Палыча и, как дите малое, внимал тому, о чем говорил священник.

— Я не вижу среди вас преступников, хотя кто-то из вас своровал, кто-то избил и ограбил человека, кто-то надругался над женщиной. Потому что вы — плоды безбожного воспитания, плоды нашего неустроенного общества, особенно нынешнего, когда проповедуется культ денег и насилия, когда никто никому не нужен. Но и полностью снимать вину с вас нельзя. Все вы, наверное, слышали о Боге, который создал весь видимый и невидимый мир, который создал человека и дал ему свободную волю, дал заповеди в Евангелии, по которым надо жить. А ваша воля склонилась ко злу, к нарушению заповедей Создателя. И как в этой жизни, так и в другой, которая наступает после смерти, вы понесете наказание, которое в миллионы раз страшнее земного, потому что оно будет длиться вечно.

Некоторые возразят: тело-то сгниет, какое уж ему наказание! Но тело наше есть только видимая оболочка нашего «главного человека» — души. Душа — это ум, совесть, чувства человека, она имеет форму тела, похожа, как говорится, лицом на лицо своего тела, только невидима, как невидим Бог, как невидим для нас воздух, который, как мы точно знаем, все равно есть. Так что после смерти человека остается живая душа, и она видит Бога и дает ему отчет о своей земной жизни.

Сейчас в вашей жизни наступил ответственный момент, между вами и Богом из-за ваших преступлений образовалась трещина, которая, если не покаетесь, перерастет в пропасть, а за ней — ад, где нет Его любви. Покаяние — это великий Божий дар человеку, ведь по своей любви Он не желает гибели грешных людей, а ждет от вас покаяния. Покайтесь и больше не грешите!

Будем же отвращать свою волю от злых дел! Сильный тот, кто имеет золото. Еще сильнее тот, кто может отказаться от него!

Злой мир распял Христа, когда он учил людей, как надо жить, чтобы спастись и иметь жизнь вечную с Ним в Царствии Небесном. Господь воскрес на третий день после своей Крестной смерти, как воскреснут при втором пришествии Его тела православных христиан и соединятся, обновленные, со своей душой. Но воскреснут не все, а крещенные водой и Святым Духом во Имя Господне...

И затем вдруг зычный голос, который словно вырвал Антона из этого состояния словно из гипноза какого-то непонятного и в то же время заполоняющего мозги:

— Кто из вас не крещен?

Подняли руки все. В том числе и он, майор Федеральной службы безопасности Антон Крымов. Затем он помог встать на одно колено плачущему Пал Палычу и сам опустился рядом. Посмотрел на залитое слезами лицо ветерана и вдруг увидел в его глазах сначала мольбу о помощи, а потом просветление, когда священник надевал ему простенький крестик на высохшую от болезни и душевных мук шею.

Подставил свою голову под крестик и Антон...

И еще он почему-то запомнил слова, которые будто для него лично произнес священник: «Господь поможет и укрепит всех, кто обратится к Нему со словами молитвы».

Умер Пал Палыч вечером того же дня. С крестиком на шее и с простенькой иконкой в обессиленных руках. Словно всю свою трудную жизнь ждал этого дня.

Это было в воскресенье. А в понедельник утром, сразу же после завтрака, Крымова вызвал к себе главврач «шестерки» подполковник медицинской службы Аркадий Петрович Борискин. Когда Антон доложил о своем прибытии, главврач кивнул ему на кресло, которое уютно устроилось подле зеркального журнального столика, спросил, курит ли «больной», и, получив отрицательный ответ, мгновенно закурил сам, бросив на зеркальную поверхность коробку довольно дорогих сигарет. Да и вообще, этот подполковник медицинской службы скорее походил на преуспевающего ученого из столичного НИИ, а не на запряжную лошадь, которая с утра до ночи должна решать проблемы колонии, куда понапихали больных туберкулезом, психов и калек.

Выпустив красивое колечко дыма, Аркадий Петрович умным, проницательным взглядом ощупал лицо сидящего перед ним осужденного и вдруг засмеялся приятным, раскатистым смешком.

— А вы, оказывается, человек поступка, Крымов, — отсмеявшись, проговорил он. — Пожалуй, далеко не каждый решится вступиться за безногого старика, тем более что вокруг были одни блатные.

«Донесли, значит! — хмыкнул про себя Антон. — Ну и какие выводы у господина подполковника?» Он еще не знал, кто будет его «шефом» в этой колонии, и теперь с интересом ждал, что же будет дальше. Хотя в то время, когда он поднимал с земли уронившего костыли Палыча, он меньше всего думал об этом.

А вальяжный Борискин выпустил еще одно колечко и проговорил:

— Это хорошо, что вы человек поступка. Именно таких людей мне в последнее время и не хватало.

Или быки-ублюдки, у которых и мозгов-то, или... — Он не договорил, еще раз всмотрелся в лицо Крымова и только после этого закончил свою мысль: — А у вас — все. И интеллект, который, между прочим, не скроешь, и решительность, и хороший послужной список.

Настороженно слушая главврача, чуть ли не слово в слово повторявшего то, что говорил ему некогда Васькин, Антон начал понемногу догадываться, кто будет его очередным шефом, и хотя его несколько насторожили слова «хороший послужной список», однако он решил не заострять на этом особого внимания.

— Впрочем, именно таким мне вас и рекомендовали, — неожиданно закончил Борискин, поднялся с кресла, на котором сидел, походкой уверенного в себе человека прошел к своему столу и вновь повернулся к Антону.

— Ну а теперь к делу, Седой! — и засмеялся. — Так, кажется, вас звали на зоне?

Крымов невольно усмехнулся этому ходу врача. «Психолог, сука!» Однако теперь и ему надо было сделать ответный ход, и он ответил хрипло:

— Так точно, гражданин начальник!

— А вот этого не надо, — вяло отмахнулся Борискин. — Это для других я... А для вас — Аркадий Петрович. Правда, если без свидетелей.

— Спасибо! — кивнул Антон, с искренним интересом ожидая, как же будут развиваться события дальше.

Но дальше пошло вдруг рутинное. Главврач взял

со стола толстенную папку с какими-то бумагами, долго листал ее, будто совсем забыв про своего гостя, потом спросил, даже не поворачиваясь к Антону лицом:

— Как вы думаете, Крымов, во сколько нам обходится один осужденный? Я имею в виду нашу больницу, где мы якобы полностью находимся на государственном обеспечении. В общем, можете не отвечать, так как не знаете этой цифры. Но одно могу сказать вам твердо: дорого. И если при советской власти в бюджете это были еще более-менее реальные цифры, то теперь, когда федеральному бюджету нечем платить даже учителям, а шахтеры просиживают задницы у Белого дома, эти цифры становятся для больницы вообще нереальными. А ведь вы уже и сами знаете: каждый день у нас в меню и мясо, и масло, и молоко.

Все это было чистой правдой. Как правдой было и то, что в стране не по дням, а по часам растет уровень туберкулеза, причем бóльший процент этого роста приходится именно на места лишения свободы, и больницы-колонии должны, обязаны вылечить этих туберкулезников, чтобы на волю человек вышел не только «с чистой совестью», но и с чистыми легкими, а не переносчиком этого страшного заболевания.

Главврач между тем все продолжал говорить и говорить, словно хотел заиметь в Крымове не только верного исполнителя, но и человека, который бы осознанно помогал ему.

«Но вот только в чем?» — этот вопрос как засел в голове Антона, так теперь и не отпускал его.

— Ну, с продуктами мы еще как-то выкручиваемся. Но вот с оборудованием и дефицитными лекарствами... — И главврач безнадежно развел руками. — Хотя раньше было все наоборот. Мы имели деньги, но не могли закупить необходимое оборудование и те же лекарства. Сейчас можно купить буквально все, но нет денег.

— Ну и?.. — не выдержал этой лекции Антон.

— Ну и приходится крутиться, выискивать — где что можно купить подешевле, работать на личных контактах с хозяйствами, чтобы то же мясо закупать не по рыночной стоимости, а чуть подешевле. Но это, повторяю, проблемы желудка. А вот что касается лекарств...

Он надолго замолчал, потом вновь измерил Крымова внимательным, изучающим взглядом и проговорил негромко:

— Насчет лекарств... Здесь тоже приходится крутиться. И даже очень. Приведу вам всего лишь один пример. Чтобы хоть как-то изворачиваться с лекарствами на те деньги, что нам отпускает государство, больница приобретает лекарственные средства, которые медицинская промышленность выпускает в порошках, а уже из порошков МЫ САМИ, — он сделал усиленное ударение на этих словах, — делаем лекарственные формы. И это дает огромную экономию. Скажем, глюкоза в баночках заводского приготовления обойдется нам в ДВАДЦАТЬ, представляете — в двадцать раз дороже, чем если бы мы приготовили ее сами. Вот за счет этого и живем, — закончил он.

— Это как же так? — не понял Антон.

— Да очень просто! — охотно пояснил Борискин. — У нас работают толковые фармацевты, а химкомбинат совершенно бесплатно предоставил нашей аптеке необходимое для производства таблеток оборудование и прочую разную дребедень, без которой просто не обойтись в производстве лекарств.

Антон вдруг почувствовал, как у него учащенно забился пульс. Однако, стараясь оставаться как можно более спокойным, он спросил с удивлением идиота:

— И что, все это на территории нашей больницы?

— Естественно! — с понятной гордостью ответил Борискин. — Даже скажу более конкретно: все это мы делаем в нашей собственной аптеке, под которую химкомбинат выделил нам огромную лабораторию.

— Грандиозно! — только и мог сказать на это Антон, в восхищении разводя руками. Это была удача, удача, к которой он так долго шел... — И чем же может помочь осужденный Крымов? — решился подыграть главврачу Антон. — У меня ни связей с хозяйствами, ни каких-либо возможностей раздобыть дополнительные деньги. По крайней мере здесь.

Борискин неожиданно рассмеялся.

— А там? — и кивнул куда-то за окно.

Антон неопределенно пожал плечами. Он и сам

был неплохим психологом, потому и понял, что между хозяином этого кабинета и им, якобы больным зэком, произошел какой-то еле ощутимый контакт. Это было хорошо. Очень хорошо!

— Впрочем, все это — шутка, — посерьезнел Борискин. — У меня на вас, Крымов, особая ставка. Буду с вами до конца откровенен. Понимаете, мне нужна своя, надежная команда умных людей, на которых бы я мог полностью положиться. Соответственно, и жить вы будете здесь не как в колонии, а почти как в нормальной обстановке. Правда, за колючей проволокой. Но все возможные и невозможные свидания с женами и девушками — это я вам обещаю.

Он помолчал, а потом придвинулся к Антону и, глядя ему прямо в глаза, добавил:

— Мне требуется несколько надежных и умных людей именно на производстве таблеток.

— Но я же в этом деле... — виновато развел руками Антон.

— А от вас ничего и не требуется. Для этого у меня есть опытные фармацевты, но они... В общем, в нашей аптеке мы делаем не только безобидную глюкозу, но и более серьезные таблетки, которые и стоят соответственно. И поэтому за фармацевтами, которые работают на некоторых участках, нужен глаз да глаз. Во-первых, кое-кто из них подвержен наркомании, во-вторых — просто украсть могут.

— То есть я должен буду выполнять роль надзирателя? — уточнил Антон.

Борискин хмыкнул.

— Вас правильно ввели в курс дела. Но я бы поправил формулировочку вашей должности: вы будете мастером участка. То есть вы наблюдаете, как идет работа, по подсказке старшего фармацевта кое-что корректируете и следите, чтобы на участке был полный порядок и никого из посторонних. Для этого вам будут даны буквально все полномочия. Вот и все! — неожиданно закончил Борискин.

— Ну что ж, спасибо за доверие, — улыбнулся Антон. — Когда начинать?

— Завтра! Вам же сегодня еще кое-какие анализы пройти надо?

— Да. И еще зайти в терапевтический кабинет. Давление что-то прыгает, — пожаловался Антон.

— Вот и заканчивайте всю эту галиматью прямо сегодня. А про давление свое скоро забудете. Обещаю вам!

Антон вышел из кабинета главврача и почти обессиленный прислонился к стенке. Господи, неужели еще несколько дней — и все?! И вновь — Москва, и он сможет увидеть свою Любу? Отдышавшись, он направился к кабинету Миронова, его добровольного связника, с которым уже успел войти в контакт. Осторожно постучался и открыл дверь.

Заведующий терапевтическим отделением оказался, на счастье, один и кивком головы пригласил Крымова в кабинет.

— Как сердечко, больной? — громко спросил он и добавил, отводя Антона в комнатенку, где стояла кушетка: — Снимите-ка рубашку. — Потом совсем тихо: — Зачем главный вызывал?

Выслушав сбивчивый рассказ Антона, удовлетворенно хмыкнул и пробормотал едва слышно:

— В принципе, я догадывался об этом. Об этом же и тому бедолаге-журналисту тогда рассказал, но... — Он развел руками, будто именно он был виноват в гибели слишком уж ретивого парня, а потом добавил со злостью: — Но это еще не все, Антон. Это, как говорится, только цветочки. Главное — узнать, откуда к нам в больницу поступает ряд компонентов метаквалона, из которых наши умельцы уже делают окончательный продукт в виде таблеток!

3

Пожалуй, не было и десяти утра, как Панкову позвонил генерал Толстых. Напрямую, минуя своего помощника.

— Проснулся? — даже не поздоровавшись, спросил он. — Так вот, тут ко мне только что один интересный человек пришел, так что срочно приезжай. Машину высылаю через три минуты. — И положил трубку.

Недоуменно передернув плечами, Панков стопочкой сложил оперативные документы по разработкам тех адресов, которые были пересняты из телефонной и записной книжек Валентина Строева, и спрятал их в потайной сейф, вмонтированный прямо в стену, которую прикрывал красивый гобелен. Первые данные о подельниках Строева, через которых он прокладывал надежные каналы сбыта таблеток «экстази» в бывшие союзные республики, пришли уже поздно ночью, он еще во многом не успел разобраться и теперь недовольно поморщился от столь беспардонного и срочного вызова начальника областного Управления ФСБ. Однако, зная, что тот по пустякам к себе в кабинет таскать людей не любит, быстро набросил на голое тело свежую рубашку, сунул удостоверение в карман и вышел из квартиры.

Улыбчивый Степин уже стоял со своей «Волгой» у подъезда дома и даже дверцу предупредительно открыл, поджидая «товарища подполковника». Сколько раз Панков просил лейтенанта называть его по имени-отчеству, но тот, будто попугай на жердочке, все твердил свое: «товарищ подполковник». То ли воспитан был так, то ли находил в этом обращении особый шик.

Высадив Панкова у массивных дверей своей конторы, Степин вежливо поинтересовался, ждать ли «товарища подполковника», и, получив утвердительный ответ, уткнулся в областную газету.

В кабинете начальника Управления, кроме самого хозяина, который, сидя за своим огромным столом, с кем-то разговаривал по телефону, Панков увидел шикарного пятидесятилетнего цыгана, который мог бы, пожалуй, своей колоритной фигурой украсить любой фильм о таборе. Увидев вошедшего человека в штатском, он суетливо, что никак не соответствовало его образу, приподнялся с мягкого стула, на краешке которого все это время сидел, и так же суетливо кивнул-поклонился вошедшему.

Завидев гостя, Толстых мгновенно оборвал разговор и, положив телефонную трубку, пробасил, обращаясь сразу к обоим:

— Знакомьтесь! Это товарищ из Москвы. — На что цыган сразу скис и закивал своим загорелым лицом, словно китайский болванчик. — А это — Захар! Захар, который может все. Без обиды скажу: наша городская достопримечательность и чуть ли не самый главный среди областных цыган.

— Ну уж скажете, начальник... — откровенно засмущался Захар и вновь кинул вопросительно-изучающий взгляд на Панкова. Уж что там генерал ФСБ рассказал ему о московском госте — неизвестно, но только смотрел на него этот маститый седой цыган с откровенным уважением.

— Значит, так, господа-товарищи, — чуть повысил голос Толстых. — Историю, рассказанную Захаром, я уже слышал. Так что прошу тебя, Захар, повторить все это товарищу из Москвы. Причем постарайся не упустить даже малейшей детали.

— Хорошо, начальник, — сглотнул цыган застрявший в горле комок и повернулся к Панкову.

— Значит, Захаром меня зовут, — начал он. — Автомеханик я, мастерскую держу. Любую марку с сыновьями могу голыми руками разобрать и собрать. Как новая будет бегать.

— Это он точно говорит, — подтвердил Толстых. — Но только ты давай-ка ближе к делу!

— Да-да, конечно, —тряхнул своей львиной гривой цыган и довольно толково рассказал, как к нему однажды «пришлепал на своей лайбе» армянин по имени Рустам, как они подружились, затем решили сделать маленький гешефт, благо наркотики в это время в таборе были, и как с этого момента начались все беды.

Произнеся слово «наркотики», Захар стрельнул глазами по человеку в штатском, а потом добавил:

— Моя вина, конечно, что я про эту дрянь тогда вспомнил и предложил Рустаму выгодный бизнес. Но вот начальник меня знает. Знает и то, что я честный цыган и готов нести ответственность за эту мою оплошность. Дело в другом. Погиб сын моего друга, Золтан, большой в таборе человек, и подстроено это так, будто именно его собственные друзья-телохранители и убили. В таборе сейчас большая разборка назревает, отец Золтана ответной крови требует. Но вы поверьте мне... Не могли, не могли эти ребята убить своего соплеменника, а тем более человека, на которого работали. Не в наших это правилах. А сделали это очень плохие и хитрые люди, которые знали, когда Золтан повезет наркотик на продажу, — в этом я уверен на все сто процентов!

Он замолчал, вытер крупный пот со лба и вдруг упал на колени.

— Об одном прошу вас: помогите разобраться во всем этом. Не дайте в таборе пролиться большой крови!

— Встань, Захар! — усовестил его Геннадий Михайлович. — Мы же с тобой мужчины. А ведешь себя...

— Что за наркотик был? — спросил Панков.

— «Экстази»! Много таблеток «экстази», начальник!

— Это уже интересно, — пробормотал Панков и с новым интересом посмотрел на поднявшегося с пола цыгана. — А откуда он появился в вашем таборе?

Захар сморщился, словно от зубной боли.

— Э, начальник! Жадность наших парней заела. У Золтана дружок есть, барменом в ресторане работает, так вот этот самый бармен и предложил ему за определенный процент продавать таблетки в городе. Дело, конечно, выгодное, вот Золтан и согласился.

— Точно «экстази»? — переспросил Панков, переглядываясь с генералом. — Может, еще что было?

— Э, начальник! — скривился от этого недоверия Захар. — Неужто я совсем ничего не понимаю? Когда много было, то Золтан их в баночках из-под лекарства но-шпа носил. Много раз повторял: «экстази»! Мол, самый лучший из наркотиков и самый дешевый.

— А почему, собственно, самый дешевый? — вопросительно поднял брови Панков.

— Бармен так Золтану говорил. Он же и цены устанавливал, выше которых наши уже продавать не могли.

— Значит, Золтан брал таблетки у бармена, раздавал своим пацанам, а те уже торговали ими по городу? — уточнил Панков.

— Да, и по области тоже. На дискотеках, в барах. Поначалу их, конечно, чурались, но когда распробовали...

Панков вопросительно посмотрел на генерала.

— Да, все именно так, — подтвердил тот. — Полностью подтверждается всеми оперативными данными.

— Хорошо. Теперь расскажи все, что касается убийства Золтана и исчезновения двух его телохранителей.

Цыган было опять рот открыл, чтобы пересказать всю историю, но хозяин кабинета тут же сам и перебил его:

— Обожди, Захар! Теперь я товарищу кое-что расскажу. В общем, так. Братья Васильевы должны были встретиться с Золтаном в пятнадцать тридцать, чтобы сопровождать его с товаром к Захару, где и должна была произойти купля-продажа. И вот именно после пятнадцати тридцати началось самое странное. Ну, братья Васильевы словно испарились — это ясно. А вот то, что случилось с Золтаном... В общем, когда он не приехал на назначенную встречу и его стали искать по городу, то вскоре наткнулись на его «опель», который сиротливо стоял неподалеку от того места, где Золтан должен был встретиться со своими телохранителями. Захар к тому времени весь табор на ноги поднял — хренушки. Нигде нет человека. Только на следующее утро его труп случайно обнаружил водитель мусоровозки, ехавший на городскую свалку.

В этом месте Захар схватился руками за свою гриву и молча закачался из стороны в сторону.

— М-да, — покосившись на цыгана, скривился генерал, сбился. Но тут же вновь поймал нить своего рассказа. — Так вот, его убили на городской окраине, рядом со свалкой, причем убивали профессионально. С контрольным выстрелом в голову. А цыгане, насколько я их знаю, ничего подобного себе позволить не могут.

— Да-да, — утвердительно закивал Захар.

— Теперь дальше, — движением ладони остановил цыгана генерал. — Когда Золтана привезли в морг и сделали вскрытие, то оказалось, что еще до того, как его убили, ему впрыснули приличную дозу морфия, ударили чем-то тяжелым по затылку, видимо рукоятью пистолета, и только потом уже убили. Причем, заметь, пропал он в пятнадцать тридцать, а убили его глубокой ночью.

— Думаете, пытали? — спросил Панков.

— Иного предположения просто быть не может.

— А что он с собой должен был везти? — повернулся к Захару Панков.

Тот удрученно склонил свою львиную гриву.

— Десять баночек с этими проклятыми «экстази». По сто штук в каждой.

— Ну и?.. — спросил у генерала Панков.

Тот только развел руками.

— По крайней мере, ни в его карманах, ни в его «опеле» мы эти самые баночки не нашли.

— А что с братьями-телохранителями?

— Как в воду канули. Ни их самих, ни их «Жигулей»!

— Да, да! — вновь заторопился Захар. — И мой друг, отец Золтана, думает, что это они убили его сына, чтобы украсть, а потом продать эти проклятые таблетки.

— Глупость какая-то! — отмахнулся Панков. — Надеюсь, Васильевы знали, у кого этот самый Золтан берет наркотик?

— Конечно! — как о чем-то само собой разумеющемся, сказал цыган.

— Тогда какой им смысл таскать его целый день по городу, пичкать морфием, видимо, пытать, а затем делать контрольный выстрел и только после этого скрываться из города? Не-ет, здесь все не так уж и просто, — поводив по воздуху пальцем, протянул Панков. — Здесь другой кто-то орудовал, а ваших дурачков Васильевых ловко подставили.

Захар перевел вопросительный взгляд на генерала, и тот утвердительно кивнул головой.

— Да. Я тоже так думаю.

— У Золтана были откровенные враги, которые могли бы пойти на подобное? — задал дежурный вопрос Панков.

— Откуда?.. — даже удивился Захар. — По крайней мере, среди таборных цыган — никого.

— А может, этот самый бармен мог подобное подстроить? — задал в свою очередь вопрос генерал.

— Смысл? — мгновенно среагировал Панков.

— Чтобы двойной навар поиметь, — пояснил

Геннадий Михайлович. — И деньги при нем останутся, и товар.

— Нет, дорогие, не мог бармен пойти на это, — неожиданно возразил Захар. — Во-первых, Золтан с таборными цыганами был ему нужен и как постоянный сбытчик товара, и как прикрытие. Ведь милиция, когда облавы на наркоманов шли, всех заметала, а вот цыган взять ни разу не смогла. Так что Золтан был ему нужен гораздо больше тех денег, которые он сейчас требует с табора.

Панков вопросительно посмотрел на Захара.

— Что-то я не понимаю последнего.

— А что тут понимать, господин начальник, — уныло произнес цыган. — Бармен отдавал Золтану товар под будущую выручку. А тут... Ни товара, ни денег. Вот он и требует их с моего друга. Табор, конечно, эти двадцать тысяч баксов насобирает. Но сами понимаете, господин хороший, неприятно все это.

— Да уж, — согласился с ним Панков и тут же задал новый вопрос: — А этот самый Рустам после всего, что случилось, появлялся у вас? Или хотя бы звонил?

— А как же! — с уверенностью произнес Захар. — Он и в тот самый день звонил, часов в шесть вечера. Спрашивал, приехал ли Золтан.

— А потом?

Захар тяжело вздохнул.

— А что потом? Когда Золтана нашли и он узнал об этом, то даже ко мне приехал, чтобы помянуть убитого.

— А он при этом что-нибудь спрашивал у вас? Я имею в виду насчет «экстази»?

Цыган нахмурился, вспоминая, и его смуглый лоб покрылся множеством глубоких морщин. Произнес неуверенно:

— Вроде бы спрашивал. Да, точно, спрашивал! Мол, кто еще из наших поддерживал такую же плотную связь с тем оптовиком, который распространял эти таблетки.

— Ну и вы?..

— А что я? Сказал, что не знаю. Мол, Золтан один этот бизнес в своих руках держал.

В кабинете на долгое время воцарилась гнетущая тишина, прерываемая только тяжелыми вздохами убитого горем цыгана, пока, наконец, Панков не спросил:

— Скажите, Захар, а как вы поддерживали связь с этим самым Рустамом?

— Просто, — ответил цыган. — Он мне звонил, а когда мне надо было — так я ему.

— Что? — встрепенулся Панков. — Так вы говорите, что знаете номер телефона Рустама?!

— Конечно! — не менее подполковника удивился Захар. — Я даже знаю, где он и квартиру снимает.

— Когда ты созванивался с ним в последний раз? — напористо спросил Толстых. — Ну, вспоминай!

Захар мучительно наморщил лоб и вдруг с силой ударил себя руками по коленям.

— Вспомнил! Два дня назад это было. Он еще просил его тачку посмотреть. Клапана, мол, стучат.

— Ну, Захар, цены тебе нет, — неожиданно улыбнулся генерал. — Значит, вот тебе бумага с ручкой, пиши нам все его данные: номер телефона и прочее. Постарайся вспомнить его особые приметы. И еще: когда он обещался свою тачку пригнать?

— Так она уже у меня стоит. Работы с ней много, возиться придется будь здоров. Только к завтрашнему утру мои ребятишки обещались сделать.

...Когда Захар уходил, генерал Толстых дружески похлопал его по плечу, сказав при этом:

— Насчет отца Золтана не беспокойся. Я сегодня же лично с ним переговорю, так что братской крови в таборе не будет. И обещаю тебе: убийц найдем! Причем очень и очень скоро. Но предупреждаю тебя, Захар: если ты хоть один самостоятельный шаг в поиске преступников сделаешь — можешь считать меня своим личным врагом. И сам, и сыновьям своим ни слова! Все понял?

— Будьте спокойны, товарищ генерал! Вы меня давно знаете. Захар никогда не подводил.

Когда цыган ушел, Панков поинтересовался мимоходом:

— Откуда столь близкое знакомство, товарищ генерал?

Явно принимая этот вопрос за похвалу, Геннадий Михайлович улыбнулся, довольный.

— Так я же в этих краях с молоденького лейтенанта начинал, подполковник. Захар в ту пору тоже молоденьким парнем был. Ихний табор только-только осел в наших краях, и вся эта забота с цыганской братией легла на мою голову. А он у них вроде как в молодых авторитетах был. Вот я с ним и сцепился. Другие цыгане страсть к лошадям имели да чтобы за чужой счет сладко пожить, а этот как хорошую машину увидит — так аж дрожит весь, бывало. Короче говоря, страсть у него к машинам. Особенно к иномаркам. А их в ту пору мало у нас было. Но он все-таки надыбал где-то одну, правда в соседней области, — угнал, естественно.

Толстых засмеялся добродушным смешком хлебосольного хозяина.

— Его предки лошадей да скот табунами угоняли, а этот, видать, всех захотел переплюнуть. Короче говоря, иномарку ту вместе с угонщиком нашли довольно быстро, и приговорили его к двум годам лишения свободы. А мне что-то жалко его стало, я и сделал все возможное, чтобы на условный срок заменили. С тех пор будто изменился мужик. Хоть и остался авторитетом у своих, но от табора отошел, женился, сыновей нарожал, потом я его в автомеханическую мастерскую устроил. Ну а сейчас... Знаешь, это я тебе без трепа говорю: пожалуй, нет такого автолюбителя в городе, который бы его фирмы не знал. И знаешь, как называется? Ухохочешься! «ЗАХАР МОЖЕТ ВСЕ!!!». И три восклицательных знака.

— Все это хорошо, — думая о своем, пробормотал Панков. — Меня же сейчас интересует одно: согласится он, чтобы мои ребята поставили на «мерседес» этого странного южанина по имени Рустам этакого малюсенького клопика?

— Микрофон или маячок? — уточнил Толстых.

— Конечно же микрофон!

— О чем речь! — почти возмутился генерал. — Прямо сейчас подъезжай со своими умельцами и устанавливай все, что считаешь нужным. Кстати, может, тебе мои электронщики нужны?

— Своего привезли, — кивком головы поблагодарил Панков начальника управления и задал мучивший его вопрос: — Геннадий Михайлович, что думаете по этому поводу?

— Что думаю?.. — генерал хмыкнул по привычке, искоса посмотрел на своего московского гостя. — Да примерно то же, что и ты. Наши умельцы выбили из-под ног южан рынок сбыта тяжелых наркотиков, и те решили жестокостью и хитростью возвратить утраченные позиции. И убийство Золтана, который, оказывается, был промежуточным звеном между барменом из «Центрального» и мелкими оптовиками, лучше всего доказывает это.

— А роль бармена в распространении «экстази»?

Толстых задумался на минуту, потом сказал уверенно:

— Одно из двух: или перевалочная база, или же очень крупный оптовик. А твое мнение?

— Я больше склоняюсь к первому варианту. Вернее, так. В данное время, то есть пока производители «экстази» не нащупали надежные каналы сбыта своего товара, этот самый Строев является и перевалочной базой, и оптовиком, и, как я думаю, очень активным членом группировки, обязанность которого — искать надежные каналы сбыта «экстази» в соседних областях и когда-то братских республиках.

— Что, уже есть оперативные данные? — заинтересованно спросил Толстых.

— Так точно! Сегодня ночью получил из Центра.

— Это уже хорошо-о, — удовлетворенно протянул генерал. — А что, если его сейчас взять и...

— Я уж думал об этом, — как-то нехорошо вздохнул Панков. — Думал! И самое большее, что мы из него сможем выжать, — это тот источник, откуда к нему поступают таблетки. Понимаете, Геннадий Михайлович? Всего лишь источник! А нам с вами надо взять про-из-во-ди-те-ля, — по слогам произнес Панков, — и всю структуру сбыта «экстази». Чтобы с корнем вырвать с-суку!

Генерал с немым удивлением посмотрел на москвича. Обычно сдержанный и спокойный, почти рафинированный интеллигент с высокими залысинами, который, как мог убедиться генерал, даже наедине с собой мясо ел не руками, а вилкой с ножом, и вдруг... «Сука»! Да с каким смаком! Видать, по-настоящему заело мужика это дело с проклятой наркотой.

— Хорошо, может, ты и прав, — согласился с Панковым Толстых и, взяв со стола несколько скрепленных листов бумаги, нацепил на нос красивые, в коричневой роговой оправе очки. — Теперь что касается твоей просьбы о Джабарлы.

Он вчитался в оперативную информацию и с какой-то тоской посмотрел на Панкова. Проговорил негромко:

— Знаешь, кажется, действительно в отставку пора. Уже в собственном доме мух ловить перестал.

— Что, тоже оптовик? — усмехнувшись самокритике начальника Управления, спросил Панков.

— Бери выше. Перевалочная база! Но рядится, подлец, под добропорядочного торговца овощами и фруктами. Но что обидно, все это практически на поверхности лежало. Стоило только чуть глубже копнуть, а моим сыскарям поработать вплотную с пушерами, как... — И он безнадежно махнул рукой.

— А может, этого самого Джабарлы прикрывал кто-нибудь? — осторожно спросил Панков. — Скажем, в той же мэрии, в Управлении МВД. Помните, вы и сами как-то говорили, что в конторе падаль какая-то завелась...

— Кстати, о падали, — перебил Панкова Толстых. — Кое-что прояснилось насчет гибели информатора, работавшего на Степина. Правда, должен предупредить, что это всего лишь одна из возможных версий, которую сейчас отрабатывают ребята из службы собственной безопасности.

— Ну же! — совсем уж не по уставу и тем более с нарушением субординации поторопил генерала Панков.

Однако Толстых пропустил этот возглас понукания мимо ушей и как-то совсем по-стариковски покачал головой.

— В общем, моя внутренняя контрразведка убеждена, что это дело рук следователя Лосева, майора. Выяснилось, что именно он в тот злополучный день несколько раз заходил в кабинет, где со своим напарником сидит лейтенант Степин. Степина, как тебе известно, в тот день не было, и в кабинете оставался тот самый капитан, что с тобой тогда на негласном обыске в доме у бармена был. И еще несколько раз заходил майор Лосев. Причем именно в то время, когда информатор звонил Степину. Капитану я верю больше, чем себе. Так что...

— Ну и...

— Повторяю! — уже более резким тоном оборвал подполковника генерал. — Это всего лишь одна из версий, которую будем проверять и проверять. Сам знаешь, ни за что ни про что шею человеку сломать — все равно, что два пальца... — И он сплюнул, тем самым давая понять Панкову, что эта разборка — его внутреннее дело.

Панков, впрочем, и не настаивал, хотя прекрасно понимал, что если в этом деле с наркотой замешан следователь ФСБ столь высокого ранга, то и его собственная операция может в любой момент сорваться. И тому была причина. Почувствуй вдруг южане, что за оптовиком, то есть барменом из «Центрального», через которого они, так же как и сам Панков, мечтают выйти на основного поставщика «экстази» или даже на лабораторию, где штампуют эти таблетки, появился хвост ФСБ, они тут же постараются или умыкнуть его куда-нибудь подальше, чтобы, уже в глухом подвале, выбить из него нужную им информацию, или же просто уберут — если, конечно, у них есть за что еще зацепиться. Другого варианта здесь не было и быть не могло.

Видимо, о том же самом думал и генерал Толстых. Вдруг он хмыкнул удовлетворенно и даже пальцами прищелкнул.

— Слушай, подполковник, а ведь на этом мы с тобой можем неплохо сыграть. И, как я мыслю, даже двух зайцев сразу завалить...

Вечером того же дня Панков встретился с пятеркой своих оперативников, которые уж который день подряд вели гостей Джабарлы. Вкратце сообщил ту информацию, что услышал нынешним утром в кабинете начальника областного Управления ФСБ, высказал собственное мнение по поводу дальнейшей судьбы бармена Строева, рассказал о некоем «армянине Рустаме», который, видимо, во всем этом деле тоже играет далеко не последнюю роль. Когда закончил, попросил высказывать свои соображения.

Лейтенанты и старлеи, каждому из которых едва перевалило за двадцать пять, но которые уже успели пройти хорошую выучку не только в оперативной работе, но и участвовали в антитеррористических операциях, молча переглянулись, ожидая, кто первым начнет оппонировать начальству, пока, наконец, старший лейтенант Старостин, худенький и невысокий, но могущий одним ударом завалить матерого быка, спросил, откашлявшись:

— Простите, товарищ подполковник. Как, говорите, этого армянина зовут?

— Рустам! А что?

— Да понимаете, в чем дело... В общем, когда я вчера в ресторане «Центральный» вел эту четверку азеров с ихней девицей, то уже ближе к закрытию к ним подсел еще один южанин. Я бы его национальность и не определил сразу — довольно интеллигентный молодой мужик. Так вот, вся эта чернота при его появлении со своих мест повскакала, и только Линда сидеть осталась. И старший этой пятерки, Бабек, несколько раз назвал этого черного щеголя Рустамом. А под конец — хозяином.

— Так, это уже интересно! — пробормотал Панков и тут же задал новый вопрос: — Они что, каждый день все в «Центральном» околачиваются?

— Не, товарищ подполковник. Обычно только эта самая Линда с Бабеком — в ресторане, в баре или на дискотеке, причем располагаются всегда так, чтобы в поле зрения был этот самый Строев, а остальные в это время пасут тех, кто у него наркоту покупает, иногда отслеживают их до дома или фиксируют режим улицы, на которой Строев купил свой коттедж. В общем, следят даже за соседями — кто во сколько домой возвращается, часто ли гости заходят.

— И какой вывод? — спросил Панков.

— Охота идет, товарищ подполковник. Причем даже не сама охота, а подготовка к ней. Чтобы в нужный момент наверняка выбрать тот самый угол, куда можно будет загнать зверя, а потом и освежевать его.

— Образно! — уважительно кивнул Панков. — Но главное, все это, наверное, так и есть. И тогда этот самый Рустам — такой же армянин из Карабаха, как я француз из Лиона.

Подумав немного, Панков спросил:

— Как считаете, кого может представлять здесь этот самый Рустам? Или еще проще: зачем он в этом городе?

Старостин поочередно хрустнул пальцами рук, потом окинул вопросительным взглядом свою команду и выдал, видимо, уже заготовленный ответ:

— Если Бабек командир боевиков, то Рустам — не менее как координатор, или на нем висит вся разведка той группировки, которая до настоящего момента ведала здесь наркотическим рынком.

— Логично! А Линда?

— Это проще, товарищ подполковник. Я пару раз наблюдал ее разминку по утрам — это же классический снайпер. И если я не ошибаюсь, все они сошлись еще в Чечне.

— А снайпер — это методичный и целенаправленный отстрел намеченного противника, — закончил его мысль Панков и добавил: — А посему я вполне понимаю опасения генерала Толстых по поводу передела рынка по сбыту тяжелых наркотиков. Если Джабарлы и Рустам поймут, что владельцы нового «экстази» им без боя свой рынок не отдадут — а те, естественно, не отдадут, потому что находятся на родной земле, — то в этом случае расклад может быть следующим. Рустам приглашает из Москвы боевое подкрепление, плюс местная азербайджанская община, и тогда... Так что давайте думать, господа офицеры!

4

Четверо действительно дипломированных фармацевтов, которые из поступающих в больничную аптеку составных метаквалона промышленным способом гнали уже готовые таблетки «экстази», поначалу встретили Крымова настороженно, но потом привыкли к нему, чифирнули с ним несколько раз, а узнав, что он не собирается закладывать начальству их маленькие слабости, и вовсе приняли его за своего. Он, правда, хоть и без специального образования (которым все четверо страшно гордились), но все равно мужик нормальный. И если раньше при нем молчали, уткнувшись в свои столы, заставленные специальной аппаратурой, то теперь могли рассказать при нем и о своем прошлом житье-бытье, и о том, кто за что попал на нары. Но особенно любили рассказывать, как впервые попробовали наркоту.

Особенно говорливым был Лешка Гришин, самый толковый химик из этой четверки.

...— Ну, первый раз попробовал я наркотик в компании, конечно. Среди нас всегда бывал парень, который в свои двадцать пять уже сделал пару «командировок», как любили тогда выражаться, в места не столь отдаленные. Ну а мы, молодые, слушали его разинув рты. Но что нам всем нравилось в нем больше всего — так это то, что он почти совсем не пил. Мы-то, сопляки еще, соберемся кодлой, пару бутылок дешевого вина раздавим, и давай слушать про его похождения. Правда, выпивали больше от скуки, чтобы время скоротать да себя развеселить. А вообще-то, хотите верьте, хотите нет, но мне в ту пору безразлично было: есть выпить — выпью, а на нет, как говорится, и суда нет. В общем, наша компашка могла вполне и без вина обходиться. М-да. А тут меня словно черт попутал, я и спрашиваю у своего тезки, его тоже Алексеем звали:

«Слушай, Леха, а чего ты совсем не пьешь? Что, расслабиться не хочешь?»

А он мне:

«Сопляки вы еще, в настоящем кайфе ни хрена не смыслите. Так что принесу вам завтра попробовать».

И ты знаешь, Седой, сдержал он свое слово. На следующий день принес с собой пробирку с какой-то жидкостью и шприц.

«Ну что, — говорит, — будем пробовать? Кто первый? — И засмеялся. — Да не бойтесь. Я вам по маленькой. Этого будет достаточно».

Ну, мы тогда все храбрые были, хотя я, мудак, уже в институте учился. Закатал, как водится, рукав рубашки и подставляюсь.

«Слушай, — говорит он мне, — у тебя дороги — ну вены, стало быть, —отличные. Сразу видно, что ни разу иглы не пробовал».

В общем, сделал он мне инъекцию, как заправский медик. Это я уже потом понял, что стаж у него более чем достаточный. И понимаешь, Седой, начал я вдруг ощущать тепло, как оно по крови разливается, в голове как-то странно зашумело, в теле появилась необыкновенная легкость. Я впервые тогда испытал такое состояние. Веришь, стало со мной происходить что-то совершенно непонятное. Одна за другой накатываются на меня какие-то волны, уносят мысли в совершенно другое время, в другой мир. И понимаешь, что удивительно, я в этом странном мире был и на самом деле счастлив...

А когда очнулся — опять увидел стены моего серого подъезда, улыбающиеся рожи друзей... Как тогда оказалось, со мной тогда «иглу» попробовали еще четыре человека. Ну, сразу же стали делиться впечатлениями, просить Леху, чтобы и завтра этот эксперимент повторить.

Естественно, он согласился.

И завтра принес, и послезавтра, но откуда брал раствор — молчал. И не поверишь, Седой, хоть и учился я тогда уже в институте, а тут словно вырубило: даже подумать не мог, что этот самый раствор денег стоит. Причем больших денег. А в один из вечеров, когда уж мы опять намылились кайф ловить, Леха пришел пустой. И давит нам следующую речугу:

«Все, щенки, хорош! На дармовщину и уксус сладкий. Пора бы и должок отработать».

Ну, у нас на лицах, естественно, масса удивления, а Леха нам и говорит:

«Да вы особо-то не гоните. Вам нужно только подстраховать меня. А остальное я сделаю сам».

Рассуждали мы недолго, тем более что уже вошли во вкус, а Леха обещался не обидеть при дележе. В тот вечер подломили мы аптеку. Через три дня — еще одна аптека. Потом тормознули машину «скорой помощи». В то время еще в этих машинах врачи с собой наркотики возили. А я к тому же научился и рецепты подделывать. Правда, наркотики по ним получал в разных частях города, засветиться боялся. Однако с Лехой мы вскоре разошлись. Он нам уже как компаньон не подходил. Понимаешь, Седой, запросы большие, а работать сил нет.

Пятеро нас тогда было. Три парня и две девчонки. Стали, как говорится, жить миром. Нам никто не нужен, и мы никому не нужны. Причем интересно: парням уже не нужны девчонки, а им — парни. Была только одна страсть.

В общем, затягивало все дальше и дальше. Вечером колемся, балдеем, ночью идем добывать отраву на следующий день. Деньги доставали по-разному. Воровали, грабили прохожих, выставляли квартиры. Причем все это делали легко, как бы играючи. Рассуждение одно: нам нужны были деньги, и мы их достаем любым способом, как бы имеем право.

Ну а потом мы все-таки засветились, и нас всех сразу взяли. И ты знаешь, Седой, может быть, это и к лучшему было. Я лично уже по себе тогда чувствовал, что ради дозы готов пойти на что угодно, вплоть до убийства. А потом судебный процесс, и длился он чуть ли не два месяца. В нашем деле столько разных эпизодов было, что...

В общем, тот первый кайф я уже никогда не забуду. А что самое смешное, так это то, что я за это время каким-то чудом институт свой закончил. Говорят, талантливым студентом был... — И он засмеялся заразительным смехом располагающего к себе человека.

Еще в первый день его работы в «шестерке» Крымову грамотно и толково объяснили, что если он и увидит кое-кого из своих фармацевтов под легким кайфом, то чтобы особо не расстраивался и вообще не обращал бы на это никакого внимания. Как оказалось впоследствии, кое-кто из них уже не мог работать без ежедневной дозы, и по личному разрешению главврача того же Алексея Гришина поддерживали в постоянном состоянии легкого кайфа.

— И сколько отмерил судья? — полюбопытствовал Крымов после его рассказа.

Перестав смеяться, Гришин обреченно махнул рукой.

— Полную катушку! Так что, думаю, отсюда и на погост снесут. Печень-то уже совсем ни к черту! Хорошо еще, что добрый человек в «пятерке» нашелся, поболтал со мной немного да помог сюда определиться. А то бы на зоне с ихней баландой уже давно копыта откинул. И звать бы забыли как.

При слове «пятерка» Крымов невольно насторожился, спросил как бы походя:

— Человек-то этот — не Магистр, случаем?

Мгновенно оклемавшийся Гришин удивленно уставился на своего «мастера».

— Ты-то откуда знаешь?

Стараясь не выдать своей радости, Антон взял Гришина за лацканы халата, отвел в угол и тихо, очень тихо сказал:

— Так ведь я тоже ему этим обязан!

— Выходит, ты тоже свой? — обрадовался фармацевт.

Антон пожал плечами.

— Выходит, что так.

Гришин чуть помолчал, потом прицокнул языком.

— Башковитый, я тебе скажу, мужик. Не зря Магистром кличут. Ему бы министром здравоохранения быть, а не по зонам торчать! — Гришина, видимо, несло после только что принятой дозы. — Думаешь, это все наш Борискин или Царево Око придумали? Херушки! Это Магистр достал через кого-то нужную формулу, тем более что необходимая аппаратура на «шестерке» уже была, подготовил команду толковых химиков с фармацевтами, так что оставалось только убедить нужных людей из руководства в полной безопасности всего мероприятия.

Гришин вновь рассмеялся смехом довольного жизнью и судьбой человека. А вытерев выступившие слезинки на глазах, добавил:

— А они, вохра эта сраная, будто ждали его предложения. Впрочем, — как-то по-детски пожал он плечами, — и их понять можно. Работенка говенная, все время за колючей проволокой, а лучший друг — сторожевая овчарка. Ну а что касается мани-мани, — и он потер пальцем о палец, — то здесь, как сам понимаешь, вша на аркане, да и та из пустого кармана убежала...

Вошедший в раж фармацевт говорил что-то еще и еще, но Антон, думая уже о своем, его почти не слушал. Это была пока что только рабочая версия, которую требовалось срочно проверить. Однако отработать эту версию мог только Панков со всей его машиной сыска.

Но оставался все-таки и ряд вопросов, которые мог выяснить только он, Антон Крымов, причем более благоприятный момент для этого трудно было придумать.

Гришин плыл уже окончательно, и Антон наконец-то решился:

— Слушай, Гришин, я хоть и не химик, но тоже кое-что в этом деле понимаю. Чтобы произвести настоящие «экстази», одного этого говна, — небрежно кивнул он на фармацевтическое оборудование аптечного цеха, — явно недостаточно. Ведь чтобы сделать отдельные компоненты метаквалона...

— Чепуха все это! — прервал его Гришин. — Хотя кое в чем ты и прав. Наша лаборатория может работать только на завершающей стадии синтетических наркотиков.

— Не понял? — пожал плечами Антон.

Гришин посмотрел на своего нового «мастера» как на несмышленого ребенка.

— Чего ж тут непонятного? Все ясно как слеза. Когда Магистр убедил нужных людей в полнейшей безопасности производства таблеток «экстази» и получил от них добро, он мгновенно связался со своими бывшими подельниками, и те обязались наладить ему регулярную поставку тех компонентов метаквалона, которые мы сами сделать не в состоянии. За определенный процент навара, конечно. Вот они и поставляют его нам раз в месяц. А мы уж сводим все вместе и пускаем на рынок уже готовые к употреблению таблеточки.

— Ну вот теперь все ясно, — рассмеялся Антон, дружески хлопая уже подсевшего на умняк[1] фармацевта. И добавил озабоченно: — Только как бы нам здесь с месячным запасом не засветиться! Борискин жалуется, что после убийства мента его сплошные комиссии заколебали.

— Да ему-то чего хныкать?! — моментально окрысился на главврача фармацевт, видимо имевший давний зуб на своего благодетеля. — «Пятерка» нам ровно на сутки товару отпускает, так что... Да хоть десять комиссий пускай припрутся! Готовые таблеточки враз уничтожить можно, а что касается оставшегося порошка... Поди-ка докажи, что это полуфабрикат наркотика! Да для этого одной Академии наук мало будет.

— Грамотно! — по-настоящему восхитился Крымов и уже почти любовно хлопнул разговорившегося Гришина по плечу. — Слушай, может, отдохнешь немного? А то ведь совсем поплыл.

— Да ты что, Седой! — возмутился фармацевт. — Щас только самый кайф пошел. — И добавил мечтательно: — Поговорить бы с кем-нибудь... Из умных, конечно. Понимаешь, все у меня хорошо, да вот только журналов по химии да по фармакологии совсем нет. Ты все-таки там ближе к начальству... Может, поспособствуешь?

— Попробуем! — успокоил его Антон и прошел к своему столу.

С трудом дождавшись конца рабочего дня и по-

---

[1] Подсесть на умняк — вызываемая наркотиком тяга к философским беседам.

жаловавшись на головную боль и повышенное давление, он двинул в кабинет заведующего терапевтическим отделением. Обе медсестры и дежурный врач-терапевт уже уехали домой, но Миронов все еще сидел за своим рабочим столом. Увидев вошедшего Крымова, спросил одними глазами: «Ну? Есть что-нибудь?»

Глубоко вздохнув, словно ему надо было уходить под воду, Антон молча кивнул и сел напротив врача, закатив левый рукав рубашки. Так же одними глазами спросил, можно ли говорить, и только после этого, почти беззвучно шевеля губами, пересказал все, что узнал от Гришина.

— Господи, до чего же все гениальное просто! — вскочил со стула Миронов и сунул Крымову пару каких-то таблеток, пояснив при этом: — Одна от давления, другая — снотворная. Вам, Крымов, сегодня обязательно надо хорошо выспаться!

Выслушав обстоятельный доклад Панкова, начальник областного Управления ФСБ нахмурился, потом покосился на москвича как на своего личного врага, побарабанил кончиками пальцев по блестящей поверхности стола и только после этого процедил куда-то в сторону, словно не хотел смотреть в глаза столичному гостю:

— М-да, всякой свиньи я мог ожидать от тебя, подполковник, но чтобы такую!.. Ты представляешь, что со мной в области сделают, если все это действительно окажется правдой и к тому же получит огласку?

Панков молча пожал плечами. Мол, воля ваша, господин генерал, можете и в сторонке остаться. Как в том анекдоте: все вокруг в говне, а я в белом фраке.

— Ну ладно, ты из себя особого патриота не строй, — видимо, совершенно правильно понял его Геннадий Михайлович. — Но и мое положение прочувствовать должен.

Высказав наболевшее, он замолчал надолго, потом поднялся из-за стола и уже более миролюбиво спросил:

— Твои выводы и предложения?

Панков улыбнулся. Довольно неплохо узнав за это время психологию генерала, он иного поворота в разговоре и не ожидал.

— Выводы следующие, товарищ генерал. Надо провести и вычленить всю цепочку до конца и тогда разом брать их.

— А не надорвемся? — покосился на него Толстых.

— Думаю, справимся, — ответил Панков. — Хотя, впрочем, можно уже и сейчас кое-кого взять да отправить в столицу победную реляцию, — не удержался он, чтобы не съязвить. — Глядишь, и медальку дадут. Сейчас как раз кампания по борьбе с наркоманией разворачивается. Только возьмем-то мы одни вершки, товарищ генерал. А вот корешки... Они ж через пару месяцев вновь прорастут, только в другом месте.

— Мал еще учить генералов! — видимо, не на шутку обиделся за «медальку» Толстых. — Вот поживешь с мое, да если еще полковника получишь...

— Ладно, Геннадий Михайлович, простите. Это я так, к слову. А вот что касается предложений... Думаю, эти самые компоненты для метаквалона Магистру доставляют откуда-то издалека, по крайней мере из города, где есть вполне приличная научная база. Я имею в виду химию и фармакологию. А это значит, что доставляют сюда эти компоненты самолетом, потому что время для них — деньги. По данным Крымова, это происходит раз в месяц. Причем регулярно. Так что нам остается только проанализировать регистрационные журналы местного аэропорта и выявить фамилию человека, который регулярно, раз в месяц, прилетает к вам в гости и тут же возвращается обратно, потому что его обязанность — только доставка груза и сдача его с рук на руки.

— Логично! — согласился с Панковым Толстых, подумал немного и добавил: — А ты не думал о том, чтобы ускорить события с братьями из солнечного Азербайджана? А то ведь они тоже ребята ушлые и могут всю обедню нам испортить.

— Думал, — хмуро кивнул Панков. — Но сделать это надо через вашего Лосева.

Когда они обговорили весь план предстоящей операции и Панков уже собрался уходить, Геннадий Михайлович вдруг вспомнил:

— Кстати, еще одна довольно интересная деталь. При более глубокой проверке нашего бармена оказалось, что он родной племянник майора Зосимова, заместителя начальника «пятерки» по режиму...

И, увидев недоуменный взгляд Панкова, объяснил:

— У Зосимова, оказывается, есть сестра, которая в свое время вышла замуж за некоего Строева. Отсюда и фамилия по отцу. Кстати, именно майор Зосимов рекомендовал своего племянника после демобилизации из армии на контрактную работу в «шестерку».

5

Лосев нервничал.

Словно зафлаженный волк, он метался по своему кабинету и не знал, что ему делать. Буквально час назад он совершенно случайно узнал, что эта «рыжая мандавошка» — лейтенант Степин, которого по личному распоряжению начальника Управления посадили на наркоту и который задницу свою рыжую рвал, чтобы только выслужиться перед начальством и как можно скорее получить очередное звание, все-таки вышел на бармена из ресторана «Центральный» и теперь настаивает на скорейшем возбуждении уголовного дела, чтобы вовремя взять этого бармена с поличным. И все бы ничего, если бы в этом самом Строеве не были столь сильно заинтересованы его, Лосева, друзья из богатенького Азербайджана. Правда, и у Джабарлы с его гостями, и у этой рыжей бестии лейтенанта интересы в отношении бармена в настоящее время сходились полностью. И те и другие хотели выявить через оптовика основных поставщиков «экстази». Правда, была между ними и разница. Если Джабарлы с его другом Рустамом это требовалось для того, чтобы развернуть торговлю «экстази» на себя, то для Степина...

Уж этот гаденыш постарается так раскрутить оплошавшего бармена, что тот моментально сдаст со всеми потрохами и своего хозяина-поставщика, и место производства. Если, конечно, знает, где оно находится. А это значит, что азербайджанская группировка потеряет возможный кусок от жирного пирога наркобизнеса, и простят ли они ему, следователю ФСБ Лосеву, подобное упущение — это еще вопрос.

Матерь Божья, как же ненавидел Лосев и тех и других! Азеров — за то, что вцепились ему в глотку железной хваткой, когда он сдуру прокололся на утаенном от следствия кокаине, а ФСБ... Здесь ненависть была особая, можно сказать, выстраданная. Ненависть, взлелеянная на детской обиде упущенных возможностей, когда он еще дал согласие работать в бывшем КГБ, мечтая поиметь от открывающихся тогда перспектив свой кусок сдобного белого хлеба, намазанного сливочным маслом и черной икрой. А потом наступил проклятый август девяносто первого года, затем — девяносто второй с его утрусками, перетрясками и полным развалом ТОЙ старой системы Комитета государственной безопасности, когда Лосев мог чувствовать себя если и не полным королем, то хотя бы человеком, которому навечно пожалован дворянский чин со всеми вытекающими отсюда последствиями.

В ту пору он на этих зазнавшихся южан и смотреть бы даже не стал, не то что разговаривать с ними. Но сейчас настали совсем другие времена. Эти черные платили ему за определенные услуги вполне приличные деньги, на которые он и содержал свою семью вместе с любовницей, а вот его родная контора... Хорошо еще, что хоть жалованье платят исправно. Что же касается других привилегий... Дворники и то, говорят, больше получают...

Однако надо было на что-то решаться, и Лосев набрал номер телефона, оставленный ему в свое время Рустамом.

Квартира, которую снимал этот жестокий и в то же время изысканно вежливый южанин, была совершенно чистой, Лосев ее сам проверял и знал, что он может звонить по этому телефону со спокойной совестью.

Узнав голос Рустама, он передал ему, что ФСБ зацепило бармена Строева и парню, видимо, не так уж много осталось «крутить свои коктейли». И еще: если, мол, Рустам с Джабарлы не хотят упустить возможность выйти на главных поставщиков «экстази», надо торопиться.

На другом конце провода чертыхнулись, потом долго молчали, пока, наконец, Рустам не спросил:

— Это точная информация?

— Слушай, ты!.. — возмутился Лосев. — Это тебе ФСБ, а не ваш базар, где килограмм отдают за два! Мое дело — предупредить, а ваше...

— Ладно, Лосев, извини, — миролюбиво произнес Рустам и тут же спросил: — Надеюсь, у нас есть в запасе хотя бы одна ночь?

— По крайней мере, сегодняшняя — это точно, — успокоил его Лосев. — Это я тебе как следователь говорю!

— Спасибо, брат! — поблагодарил его Рустам и добавил: — За мной должок! Так что готовь счет в швейцарском банке. — И засмеялся, еще раз поблагодарив Лосева за услугу.

...Когда послышался характерный звук отключаемого номера, совсем еще молоденький старлей, специалист по радиоэлектронике, всем корпусом развернулся к Панкову, чуть не задохнувшись от возмущения:

— Товарищ подполковник, так ведь таких, бля... — Он, видимо, хотел сказать, кого именно, но вовремя осекся и только с возмущением махнул рукой.

— Отставить эмоции! — осадил не в меру впечатлительного старлея Панков и добавил негромко: — Прав ты, дорогой мой, полностью прав, но сейчас главное наше с тобой дело — слушать. Все ясно?

— Так точно, товарищ подполковник! — отчеканил старлей и вновь включил магнитофон, нацепив на голову мощные наушники.

Они втроем (третьим был водитель) сидели в спертой духоте нескольких кубических метров спецмашины, которую Панков приказал поставить неподалеку от дома, где снимал квартиру Рустам, и слушали страстные переговоры азербайджанца, взбешенного столь неожиданным и неприятным сообщением Лосева, сначала с Джабарлы, а затем и с Бабеком. Наконец-то обо всем договорившись, Рустам дал своим подчиненным отбой и теперь уже окончательно положил трубку.

Взмокший радиоэлектронщик стащил с головы опостылевшие наушники.

— Кажется, все, товарищ подполковник.

Панков кивнул согласно и с облегчением выбрался из машины, внутри которой, казалось, уже совсем не осталось воздуха. Лето. Жара, хотя времени нет еще и одиннадцати.

За ним выбрался и старлей, которому, видимо, не давало покоя столь откровенное предательство следователя областного Управления ФСБ.

— Товарищ подполковник, — вновь забубнил радиоэлектронщик. — Так что же все-таки этому гаду будет?

Панков, который уже не раз встречался и с подобным предательством своих коллег, и с еще более худшим, когда гибли люди и накрывались целые резиденции за границей, лишь пожал плечами:

— Не знаю, старший лейтенант! Не знаю. Но думаю, что мало Лосеву не покажется. Его разговор с этой квартирой параллельно прослушивался и службой собственной безопасности. Так что коекакие выводы они сделали.

Усилив негласное наблюдение за коттеджем бармена Строева, который в это время был у себя дома и, видимо, по-своему готовился к вечерней смене, упаковывая для постоянных клиентов таблеточки «экстази», Панков поехал в областное Управление ФСБ. Толстых словно ждал его и только руками развел, показав подбородком на магнитофонную ленту, которая лежала у него на столе.

— Только что начальник службы собственной безопасности доставил, — глухо произнес он и добавил, сморщившись: — Откровенно говоря, до самого конца не верил, но сейчас...

И вдруг грохнул по столу кулаком, да так, что пепельница подскочила. Видимо, ничего подобного в хозяйстве не было со дня его прихода на столь высокую должность, и Панков вполне понимал состояние этого честного служаки, которому просто плюнули в лицо. И чем еще этот плевок аукнется...

— Хорошо еще, что вовремя выявили, — подсластил пилюлю Панков, откровенно жалея генерала. — Я слышал, что кое-где вообще подобные вещи начальство старается скрыть. А вы все-таки...

— Да ладно тебе, — вяло отмахнулся Толстых. — Лучше жену свою пожалей, когда щи помоями окажутся.

Оба засмеялись, а Толстых сказал:

— Как говорится, дашь на дашь. У меня для тебя тоже ценная информация. Мои ребята поработали с журналами регистрации пассажиров в аэропорту и, кажется, надыбали этого гуся, что поставляет эти проклятые компоненты метаквалона.

— Ну?.. — даже подался к генералу Панков.

— В общем, некий гражданин Юркин из Новосибирска. Вот уже в течение восьми месяцев каждое первое число прилетает сюда утренним рейсом, а вечерним улетает. Причем в тот же день. И еще одна интересная деталь: у него всегда заранее заказан обратный билет.

— Неужто он самый? — еще не до конца веря этой удаче, спросил Панков.

— Уверен! — утвердительно пробасил генерал. — Во-первых, и это самое, пожалуй, главное, его однодневные вояжи полностью совпадают с началом активного поступления «экстази» на рынок наркотиков, а во-вторых, что тоже немаловажно, этот вояжер прилетает из Новосибирска, где все еще сохранилась мощная научная и производственная база, на которой при желании можно не только метаквалон, но и черта лысого заделать.

— Согласен, — задумчиво проговорил Панков и чисто автоматически посмотрел на свои часы, купленные им по дешевке еще в Афганистане. Это были знатные часы, и показывали они не только время, но и месяц, и день недели, и даже год, в котором ты живешь.

До следующего первого числа, то есть первого августа, оставалось три дня. Так что времени на подготовку к встрече «гостя» с новой партией полуфабриката было более чем достаточно.

— Мои люди тебе понадобятся? — спросил Толстых.

— Естественно! — кивнул Панков. — И еще вот что, Геннадий Михайлович... Убедительная просьба: до конца всей операции Лосева не трогать!

— Ты что, совсем меня за дурака держишь? —

по-настоящему обиделся генерал, но тут же смягчил свой тон: — А еще водку вместе пили!

— Коньяк, дорогой Геннадий Михайлович. Коньяк! — рассмеялся Панков и даже руки потер в предчувствии близкой развязки. — И скоро еще, думаю, выпьем. На посошок.

— Сплюнь! А то сглазишь...

И еще в тот день была одна интересная встреча. Где-то после обеда Крымова вызвали в кабинет главврача, и он, не зная, чего ожидать от столь неожиданного вызова, настороженно вошел в кабинет Борискина. В общем-то, что уж скрывать: пока не переступил высокий порожек кабинета, нехорошее чувство предстоящей опасности не покидало его. Впрочем, как казалось Крымову, тому была причина. Уж шибко разговорился он в тот раз с этим законченным наркоманом Гришиным, которого Борискин держал на производстве таблеток «экстази» только благодаря его таланту фармаколога. «А вообще-то, — в какую-то секунду подумал Антон, — может быть, именно вконец опустившиеся наркоманы и нужны здесь Борискину с ушлым Магистром. Отпахал какой-то срок на производстве «экстази», получил сверхдозировку — и привет. И вместе с такими вот Гришиными уходила и тайна подпольного производства наркотиков на территории межобластной больницы...»

Однако когда Антон открыл обитую толстенным поролоном дверь и переступил порог кабинета, то сразу же понял, что все его опасения напрасны. В двух глубоких креслах, напротив друг друга, сидели за журнальным столиком Борискин с Магистром и мирно пили кофе. Причем, на что сразу же обратил внимание Антон, не как врач с больным, а как два совершенно равных человека, которым есть о чем поговорить за чашечкой хорошего бразильского кофе, от аромата которого можно было и голову потерять.

Остановившись у порога, Антон содрал с головы летнюю кепчонку, фасон которых российские служаки зачем-то позаимствовали у американских заключенных, и, вытянувшись по уставу внутреннего распорядка, гаркнул:

— Осужденный Крымов...

Даже не дав ему договорить, Борискин кивнул на свободный стул.

— Садись, осужденный Крымов. К тебе вот тут человек приехал. Разговор имеет.

Антон невольно обратил внимание, что этот интеллигент в белом халате вдруг заговорил с какой-то едва уловимой интонацией заключенного, с лагерной интонацией, и улыбнулся про себя. Верно люди говорят: с волками жить — по-волчьи выть.

А колобок по кличке Магистр уже во все лицо улыбался вошедшему, насыпая в свободную чашечку кофе. Одну ложечку, вторую. Долил кипятка из чайника «Тефаль». И только когда закончил эту приятную обязанность гостеприимного хозяина, спросил негромко:

— Поди, уж забыл запах хорошего кофе?

Антон, пожалуй впервые за все эти месяцы не кривя душой, согласно кивнул головой. Да, уж чего-чего, а вкус настоящего кофе он действительно забыл. И поэтому чуть ли не дрожащими руками взял в ладони чашечку, отхлебнул глоток и закрыл глаза. Это был вкус и запах размеренной московской жизни, когда...

Впрочем, об остальном лучше было не думать.

Они мирно пили хороший бразильский кофе, который, судя по всему, неплохо умел варить гурман Борискин, хрумкали крошечными сухариками, каких в России отродясь не было, лакомились подсоленными орешками, говорили о какой-то хренотени, навроде того, будет Ельцин выставляться еще на один президентский срок или все-таки передаст это место одному из своих преемников, и все это время Магистр то откровенно внимательно, то искоса посматривал на Крымова, который хоть и поддерживал общий разговор, однако делал вид, что свое место за этим столиком знает. Вперед со своими суждениями не лез, да и на стуле сидел не по-барски, а как очень осторожный гость, которого в любую минуту могут и подальше послать.

Наконец Магистр допил свою чашечку, каким-то кошачьим и в то же время решительным движением отодвинул ее в сторону и всем своим мягким корпусом развернулся к Антону.

— Ну и будя. Кофейком хозяин нас побаловал, теперь можно и о деле поговорить.

Антон вновь невольно насторожился. О каком еще, к черту, деле, когда его и так уже ввели в святая святых. Однако, вторя Магистру, он тоже отставил чашечку в сторону, потом внимательно посмотрел сначала на хозяина кабинета, затем на его более чем странного гостя. Можно было бы, конечно, и сказать в этом случае что-нибудь типа «слушаю» или еще какую-нибудь хреновину, но он счел за лучшее промолчать, сделав, однако, вид, что весь внимание. Где-то нутром понимал, что главное сейчас — не раболепствовать. Надо дать понять этим двум зубрам, что он вовсе не лыком шит и с ним тоже можно дела делать. Впрочем, как прочувствовал Антон, настоящим зубром здесь был этот невзрачный человек с внешностью Колобка, а главврач Борискин пока что торчал на подхвате. Хотя, наверно, тоже стремился к власти.

— Ну, как тебе мой протеже? — спросил Магистр, повернувшись к Борискину.

Антон мгновенно среагировал на слово «протеже», хотя по своему положению Магистр мог его и Седым назвать и просто зэком. И это было хорошим знаком.

— Побольше бы таких! — отреагировал главврач, давая тем самым характеристику Крымову. Впрочем, насколько понял Антон, эти два теневика еще до его прихода обговорили все, что им было нужно, в том числе обсудили все его, Антона, плюсы и минусы. Но, оставаясь в душе культурными людьми, которые ни в коем случае не могут обидеть нормального человека, эти два кота решили немного поиграть в кошки-мышки.

— Вот и ладненько! — совсем уж по-обыденному

произнес Магистр и словно точку поставил на прежних их раздумьях. — Значит, так, Аркадий Петрович. Полностью вводим человека в дело, и не позже чем через день-два он должен быть в своей любимой столице с чистенькими документами.

Борискин кивнул согласно и вновь подсыпал себе пару ложечек молотого кофе и залил его кипятком.

Антон ошалело смотрел на Магистра, откровенно не понимая, о чем тот говорит.

— Чего? — спросил он, так и оставшись сидеть с открытым ртом.

Главврач лишь рассмеялся на это, а не любящий терять время Магистр произнес глухо:

— Помнишь, когда мы с тобой в карцере познакомились, ты как-то мимоходом признался, что у тебя в столице осталось несколько вполне приличных каналов по сбыту наркотиков?

Делать вид, что он этого не помнит, — значит сразу выставить себя полным идиотом, и поэтому Антон произнес коротко:

— Ну?

— Значит, они существуют?

Теперь уже Антон ощупывающим внимательным взглядом прошелся сначала по Магистру, затем по Борискину. «Выходит, сработала наживка!» — обрадованно подумал Антон и чуть плотнее сел на стуле. Теперь он мог говорить с этими людьми почти на равных. Правда, почти... Особо зарываться было попрежнему небезопасно для жизни.

— Существуют! По крайней мере, кое-кто просил передать через Любу, что моя доля лежит в надежном банке и на нее капают вполне приличные проценты.

Проговорив это, Антон вдруг понял, что выиграл самый важный ход и теперь, если, конечно, сдуру и радости не наломать дров, партия будет за ним. Он обратил внимание, как при упоминании Любы Магистр бросил стремительный взгляд на своего коллегу по бизнесу и тут же повернулся к Антону.

— Слушайте, Крымов, а ваша Люба что... тоже...

Он не договорил, но и так было ясно, что он хотел бы спросить этим «тоже».

Антон невразумительно пожал плечами.

— Вы же понимаете, что о таких вещах никто в открытую не говорит...

— Да, конечно! — мгновенно согласился с ним Магистр. — И все-таки?

— Могу сказать одно, — может быть, чуть более жестко, чем следовало бы, произнес Антон: — Их контора занимается ремонтом закупленных в Сайгоне бракованных ксероксов, а затем перепродает все это дело не только в России, но и в бывших братских республиках. То есть география охвата преогромная. И естественно, возникающие при этом связи. Причем связи на очень приличном уровне. А качественный наркотик нужен сейчас практически везде.

Он замолчал, подумал немного и добавил веско:

— Только приличные люди, которые и деньги могут соответствующие платить, абы у кого, тем более на рынках, покупать его не будут. Это удел малолеток. Этим сойдет и Черное, и Блэк саббат[1], и прочее. А хорошему клиенту — ему рекомендация нужна.

Кольнув Антона острым, пронизывающим взглядом, будто он преподал ему урок начальной арифметики, Магистр тоже подсыпал себе пару ложечек кофе, однако заливать кипятком не стал, а уставился на Крымова.

— И что, вы имеете возможность давать подобные рекомендации?

Антон скромно пожал плечами и вдруг рассмеялся, решившись сделать еще один важный выпад:

— Господа, но при чем тут мои клиенты и ваша «мозгобойка»? Им хороший кайф нужен, а как вести переговоры с нужными людьми, они и без нас знают!

— Ладно, Крымов, забудь! — оборвал его Магистр и добавил, усмехнувшись: — Ты же не дурак! И прекрасно знаешь, о чем идет речь и что выпускает в своей аптеке врач Борискин!

— Хорошо! Допустим, догадываюсь. Так что с того?

Магистр хмыкнул и снова уставился своими пронзительными глазами на Крымова.

— Отвечаю. Нам нужны хорошо налаженные каналы по поставке наркотиков в Москву и желательно в страны СНГ!

— Вот это уже совсем другой разговор! — прого-

---

[1] Черное, Блэк саббат — морфийсодержащий раствор, продукт кустарной переработки опийного мака, слабый аналог героина.

ворил Антон и тоже позволил себе налить чашечку кофе; аккуратно взял с блюдца несколько орешков. — Все это так! И я вас понимаю. Но и вы меня правильно поймите. Я-то что с этого буду иметь? Вот эту робу, баланду и утренний подъем по звонку?

Антон увидел, как при этом его вопросе Борискин посмотрел на Магистра мгновенным косым взглядом. Да, видимо, прав был фармаколог Гришин, когда признался под кайфом, что главная скрипка во всем этом оркестре — осужденный Васькин, по кличке Магистр.

— Временно, по крайней мере пока все не утрясется, — и баланда, и роба, и утренний подъем по звонку. А ты что, сразу фрак захотел? — с какой-то злостью произнес Магистр. Потом, как бы успокоившись, добавил: — Но это временно. А потом жить будешь как у Христа за пазухой. У тебя будет практически все, что ты захочешь, но... Но на территории зоны, конечно.

И вдруг он засмеялся.

— Слушайте, Крымов! Вы ведь умный человек, к тому же человек дела. Представьте, что вы большой ученый и работаете где-нибудь в Арзамасе-шестнадцать! Та же самая зона, только вы там почему-то будете считать себя в фаворе и свободным человеком! Ну а здесь на открытый вами счет будут регулярно капать ваши проценты от прибыли, и что я вам еще твердо обещаю — досрочное освобождение. Причем, — поднял он свой толстенький палец, — с совершенно чистыми документами.

Помолчал, потом спросил негромко:

— Ну что?

Антон развел руками.

— Только дурак мог бы отказаться от такого предложения.

— Я тоже так думаю.

— Но у меня одна просьба.

— Да? — вопросительно вскинул свою голову Магистр.

— Мне необходимо предварительно связаться с Любой.

— Господи! Да хоть сейчас!

6

Изучив записи телефонных переговоров, которые на протяжении дня вел Рустам с Джабарлы и Бабеком, и убедившись, что южане по отношению к бармену Строеву намерения имеют более чем решительные, Панков собрал свою команду, чтобы решить, как до поры до времени вывести Строева из-под удара. Да так, чтобы он этого даже не заметил. В планы Панкова входило брать его последним, чтобы ранним арестом не спугнуть всю эту подпольную братию, включая дядю бармена, который верой и правдой следил за соблюдением режима на «пятерке». И поэтому подполковник, выслушав мнения и доводы своих коллег, принял самостоятельное решение:

— Значит, так, товарищи офицеры...

Наблюдатель, который следил за коттеджем Строева, сообщил, что «объект вышел из дома, закрыл входную дверь, спустил с цепи своего серого, закрыл калитку и, сев в свою тачку, укатил в сторону центра».

Панков посмотрел на часы: начало седьмого. Скоро откроется ресторан «Центральный», и бармен Валентин, которому в былые времена за его пунктуальность и «многостаночную» работу обязательно присудили бы почетное звание «Ударник коммунистического труда», вновь начнет крутить свои затейливые коктейли, лихо раскатывать по зеркальной стойке фужеры с коньяком и высоченные стаканы с пенящимся пивом. Затем переместится на довольно дорогую молодежную дискотеку, нырнет в ночной клуб, где его уже ждут постоянные клиенты, — и везде он будет самым желанным и дорогим гостем, который несет людям радость. Всего лишь несколько долларов, одна маленькая таблеточка — и приход[1], а после него кайф — временное состояние полной эйфории. Сидя в машине и думая обо всем этом, Панков невольно усмехнулся. Интересно, а что выбрал бы бывший контролер, а ныне бармен Строев, знай он, что за ним идет довольно серьезная охота и его конкуренты-азербайджанцы должны будут именно этой ночью, сразу после закрытия ночного клуба, дать ему возможность спокойно дойти до своего шикарного коттеджа и уж там... А пытать эти ребята умеют — в этом Панков не сомневался. Так вот, что бы Строев выбрал: пытку своих конкурентов, которая известно чем

---

[1] Приход, приходнуло — первый удар по сознанию вскоре после употребления наркотика.

могла закончиться, или арест, суд и черную робу с номером на кармашке?

Однако все это была сплошная лирика, и Панков отдал команду по рации начинать первый этап операции.

С того места, где была припаркована его машина, просматривалась вся улица, зажатая с двух сторон высоченными заборами, через которые свисали тяжелые ветви с гроздьями зеленых еще яблок. Вот к одному из таких заборов подъехали самые что ни на есть обычные «Жигули», из них вышел невысокий, подтянутый парень, позвонил в калитку, подождал немного, затем бросил что-то здоровенной псине, внимательно разглядывающей в щелку непрошеного гостя, и когда кобель, офонаревший от запаха суки, которой была пропитана тряпка, забыв все свои обязанности, начал пускать слюни страсти, молодой человек спокойно вошел в калитку, поднялся на крыльцо, быстро открыл входную дверь, и тут же за ним из «Жигулей» вышли еще трое парней. Правда, эти были и ростом повыше, и плечами пошире. «Жигули» тут же отъехали, и только после этого, с опаской поглядывая на озверевшего от желанного запаха пса, во двор вошел и сам Панков, приказав водителю припарковаться на параллельной улице и сидеть на рации, ожидая дальнейших указаний.

Еще раз оглянувшись на улицу и убедившись, что их проникновение в дом осталось незамеченным, он закрыл входную дверь на ключ и отдал команду рассредоточиться по точкам.

Скоро, вернее, когда стемнеет, в коттедже должны были появиться еще одни визитеры.

...Обычно довольно сдержанный в своих чувствах и выдержанный в поступках, Бабек сейчас почти ненавидел этого проклятого холеного бармена, который уж совсем обнаглел, приторговывая таблетками. И волноваться было отчего. Хотя Лосев и дал клятвенное обещание, что этого оптовика в ближайшие день-два ФСБ трогать не будет, но только одно дело — обещания следователя, и совершенно другое — оперативная обстановка, когда все может измениться буквально в одно мгновение. Да и начальству из ФСБ может шлея под хвост попасть после какой-нибудь накрутки из Москвы, и они, чтобы только отчитаться за свою работу, решат арестовать этого гаденыша не завтра или послезавтра, а вот сейчас, прямо у стойки бара, когда он, придурок, будет кому-нибудь передавать очередную таблеточку. Или в подсобном помещении, где у этого гаденыша, насколько понял Бабек, заделан тайничок, в котором он всегда держит баночку-другую из-под но-шпы. И что тогда? В открытую схватиться с фээсбэшниками и отбить у них бармена?..

А что еще остается делать? Упусти он этого оптовика — клан ему этого никогда не простит!

— О Аллах! — шептал он горячечными губами, моля Его, чтобы удача осталась с ним и на этот раз.

«А может, прямо сейчас взять этого козла, когда он выйдет очередной раз из-за стойки и направится в орущую и визжащую толчею дискотеки?»

Эта мысль несколько раз забивала его сознание, но он тут же отбрасывал ее, понимая, что своей нервозностью может испортить все дело. Пропади вдруг среди вечера бармен, его тут же бросятся искать, и в первую очередь поедут к нему домой, а там...

План Бабека, который одобрили и Рустам с Джабарлы, был прост и гениален.

Как только стемнеет, Рустам с двумя боевиками Бабека проникают в дом Строева и спокойно ждут там, пока этот козел не закончит работу и не подцепит очередную телку. Задача самого Бабека с Линдой и еще одним боевиком — вести весь этот вечер бармена и отрéзать от него всех, кто вдруг попытается навязаться к нему в гости. В крайнем случае навязаться к нему в гости самим, тем более что он уже положил глаз на Линду, когда та крутилась около стойки бара. Но это в самом крайнем случае. Если вдруг он пропадет и его начнут искать не только менты с этой проклятой ФСБ, но и свои же подельники, то первое, за кого они возьмутся, — это будет баба или компания, с которой он уехал после работы домой. А уж светиться Бабеку было совсем ни к чему: у них в этом городе работы еще хватало.

В очередной раз окинув прощупывающим взглядом зал и убедившись, что людьми в штатском здесь и не пахнет, Бабек заставил себя успокоиться и, чтобы хоть немного расслабиться, заказал еще одну бутылку шампанского. Линда со своим напарником в это время крутилась на дискотеке и тоже пыталась просечь возможную опасность. Однако Лосев не обманул: пока что все было тихо.

...«Гости» появились ровно в одиннадцать. За час до закрытия ресторана. Видимо, тоже хотели обезопаситься, чтобы сработать вчистую. Их было трое. Рустам, которого Панков уже хорошо знал в лицо, и с ним еще двое крепких, плечистых южан в одинаковых, довольно просторных куртках-ветровках. Это значит, что боевики Бабека довольно неплохо подготовились к захвату Строева и на всякий непредвиденный случай или на случай нежелательной встречи с милицейским патрулем у них под куртками был сосредоточен целый арсенал оружия.

— Главное, чтобы гранатами, суки, не запаслись, — пробормотал Старостин и добавил: — Все остальное — семечки.

— Скажешь тоже, — повернулся к нему Панков. — На одного безоружного бармена — трое амбалов, да еще с гранатами!

— Товарищ подполковник!.. — как на ребенка малого, покосился на Панкова старлей. — Вы, поди, все больше по заграницам работали, с цивилизованными людьми дело имели, а тут — южане. Тем более... — Он не договорил и только обреченно рукой махнул в темноте. — Их хлебом не корми, но дай обвешаться гранатами, да чтобы по два «макарова» за поясом торчало и автомат на пузе. А то еще он и пулеметной лентой обкрутится... Навидался я их! Что в той же Чечне, что при ликвидации бандгруппировок.

...Над яблоневым садом висела чуть ли не полная луна; из-за опущенных штор второго этажа было хорошо видно, как один из боевиков подошел к калитке, что-то бросил насторожившейся серой зверюге, — похоже, прибегнув к тому же приему, что и фээсбэшники, и, когда пес стал яростно обнюхивать это нечто, пропустил в открытую калитку Рустама со вторым боевиком, которые спокойно поднялись на крыльцо, бренча связкой отмычек.

Пора было готовиться к операции.

Бесшумно спустившись на первый этаж, Панков так же молча подал условный знак парням из группы захвата; руководивший ими Старостин большим пальцем показал, что все будет о'кей, и все замерли, чутко прислушиваясь к поворотным звукам отмычки. Наконец-то скрежетнул один замок, потом второй, прошло несколько тягучих секунд — и с тихим скрипом стала открываться массивная металлическая дверь, пропуская в увеличивающуюся щель спокойный лунный свет.

Прошло еще несколько секунд. Вероятно, гости убеждались, что в доме действительно никого нет; наконец дверь растворилась полностью, и на пороге выросли три человека, в руках которых тускло поблескивал отполированный металл пистолетов. И вроде бы все! Никаких гранат, зажатых в свободных руках.

Последним шел Рустам. Еще раз оглянувшись на залитый лунным светом двор и, вероятно, убедившись, что за ними никто не следит, он аккуратно прикрыл за собой входную дверь и, что-то пробормотав по-своему, включил фонарик.

...Хруст выбиваемых зубов и выламывание рук, на которые уже наброшены стальные наручники, русский мат и почти беззвучный вопль человека, которого ударом ноги в мошонку завалили мордой на пол, заставили Панкова слегка передернуть плечами и тяжело вздохнуть. За последнее время он уже отвык от подобных операций по захвату террористов и теперь даже поежился немного, невольно представив, каково этим южанам, которые так и не успели сообразить, что же с ними произошло. Двое лежали молча, и только Рустам негромко постанывал. Видимо, Старостин все-таки сломал ему руку, когда выкручивал у него зажатый в кулаке фонарь.

Подсвечивая тоненьким лучиком фонарика, так, чтобы не было видно с улицы, кое-кто из ребят распахнул ветровки, и ушлый старший лейтенант ФСБ Старостин неожиданно рассмеялся каким-то детским, заразительным смехом.

— Товарищ подполковник, с вас причитается!

— Чего еще? — не понял Панков.

— А глядите-ка! — пнул одного из боевиков старлей. — Самые настоящие РГ наступательного действия. Разброс осколков двадцать — двадцать пять метров. А вы говорили — одни «макаровы»! Что ж я, ихнего брата не знаю, что ли?

И действительно, вооружение у команды Бабека было более чем основательное: пять гранат, короткоствольный автомат с двумя запасными дисками, три «макарова» и два «вальтера» с запасными обоймами, новенькие блестящие наручники, видимо предназначенные для Строева, и несколько шприцев с коробочкой запаянных ампул, в которых просматривалась бесцветная жидкость.

М-да, не хотел бы оказаться Панков на месте несчастного бармена!

Неожиданно один из парней зашевелился и, сплюнув сгусток крови, пробормотал что-то, из чего можно было понять только одно слово: «педерасты!»

К этому ребятам было не привыкать, и кто-то произнес негромко, но довольно явственно:

— Не педерасты, козоеб ты поганый, а Федеральная служба безопасности России! И вот ты, между прочим, лежишь как барин, а перед тобой стоит подполковник ФСБ...

— Разговорчики! — оборвал не в меру говорливого оперативника Панков. — Разбираться с ними будем в другом месте. А сейчас срочно подчистите в доме, чтобы у хозяина даже мыслишка не закралась, что у него были гости, и всех задержанных — в машину. Повторяю: срочно!

Наконец-то залы ресторана покинули последние посетители, отгремела музыка на дискотеке, и уже сереньким мерцающим светом стало пробиваться летнее теплое утро, когда из ночного клуба начали расползаться последние посетители.

Проклиная многостаночную работу Строева, который из-за своей непомерной жадности хотел обслужить всех клиентов, желающих покайфовать на пару с какой-нибудь бабенкой, уставший, перенервничавший за прошедшую ночь, как последняя собака, Бабек сидел на переднем сиденье невзрачных серых «Жигулей», которые выделил «для работы» Джабарлы, и с нарастающим нетерпением ждал, когда же, наконец, в дверном проеме ночного клуба появится этот проклятый бармен. За весь вечер, что они пасли его в ресторане, Бабек настолько возненавидел этого русского придурка, который, пожалуй, был одних лет с ним, что сейчас с наслаждением представлял, как будет издеваться над ним и пытать, калеными клещами вытаскивая из него адреса и клички его подельников по бизнесу. Даже если он сразу же во всем признается, все равно. Но этот придурок — Бабек иначе его мысленно и не называл — уже ближе к ночи подцепил какую-то сисястую телку, так что придется брать на душу лишний грех. Впрочем, может быть, еще и удастся ее отшить. Хотя... какая разница? Трупом больше, трупом меньше — главное, чтобы дело выгорело!

Размышляя над всем этим, он вдруг почувствовал, как у него начинают слипаться глаза, и с завистью покосился на мирно посапывающего за рулем Аслана, старшего сына Джабарлы. На заднем сиденье дремала Линда, тоже уставшая как собака. Еще один боевик терся в предбаннике казино, чтобы случаем не упустить Строева.

Впрочем, Бабек даже не понимал, отчего это он так волнуется из-за этого говнюка. Его обязанность — спокойно, без каких-либо эксцессов довести бармена до его дома, где этого козла уже ждет сам Рустам с ребятами. Главное — чтобы Строев нынешней ночью до своего дома добрался. С бабой или один — это не имело никакого значения. А вот если он вдруг решит свернуть к кому-нибудь в гости, скажем к той же телке, тогда надо будет очень аккуратно вырубить лишних свидетелей, пересадить этого орла в «Жигули» Джабарлы и доставить его уже не в коттедж, а прямо в подвал земляка, где пытать его будет еще удобнее!

Задумавшись, Бабек даже не заметил, как неподалеку остановился шикарный джип «чероки», из которого вышли два парня и ленивой походкой направились к серым «Жигулям». Остановились в двух метрах, неторопливо закурили от одной зажигалки, и только после этого один из них спросил, сунув свою морду в проем опущенного стекла:

— Слушай, ты не знаешь, во сколько эта богадельня закрывается?

Бабек невольно насторожился. Уж слишком нахально вел себя этот русак. Впрочем, имея такую машину...

— А что? — спросил он.

— Да понимаешь, хозяин приказал заехать к закрытию, а когда оно, это закрытие?

Бабек хотел было ответить, что и сам не знает, но, заметив, как уж слишком нахально второй русак, видимо телохранитель загулявшего хозяина, рассматривает откинувшуюся на заднюю спинку Линду, невольно нахмурился и только пробурчал, чисто автоматически нащупав рукоять пистолета под ветровкой:

— Ты бы объяснил своему корешу...

— А чего? — незлобиво возмутился тот, открывая дверцу «Жигулей» и втискиваясь в салон, где белели оголенные женские ноги. — Сколько скажете, столько и заплачу.

Ошалевший от столь невиданного хамства со стороны какого-то русского быдла, Бабек хотел уж было послать этих сексуальных придурков куда подальше, как вдруг увидел, что из пузатого джипа выпрыгнули еще двое парней. Причем у каждого рука была за поясом. А уж он-то знал, что это значит.

«Неужто сука Лосев предал? Или выследили?» — резкой, острой болью пронеслось в голове, и он выхватил из-за пояса пистолет.

Однако первой все-таки среагировала Линда, выпуская пулю за пулей в живот и грудь навалившегося на нее оперативника. Свободной рукой она попыталась было открыть вторую дверцу, но старший этой группы захвата капитан Грушин успел пару раз нажать спусковой крючок, а затем резким ударом тяжелой рукоятки «макарова» запрокинуть мгновенно облившуюся кровью голову Бабека, зажав при этом его открывшееся горло второй рукой.

Тот захрипел, и Грушин тут же вывернул у него пистолет и сунул его в лицо обезумевшему от страха Аслану.

Стонущую от дикой боли Линду, у которой плетьми висели простреленные руки, уже волокли к джипу.

— Где еще один? — на выдохе спросил Грушин, задирая к небу голову Аслана стволом «макарова».

— В... в казино, — с трудом ответил тот, со страхом сдвигаясь к своей дверце.

— Пойдешь сейчас туда и срочно, понимаешь, срочно вызовешь его на улицу. Скажешь, Бабек зовет.

— А... а если?..

— Быстро, сука! — рявкнул Грушин, пытаясь в то же время прощупать пульс завалившегося на подушки товарища. — И если...

Он даже договорить не успел, как сын Джабарлы вылетел из салона «Жигулей» и бегом бросился в сторону казино. Следом за ним — два оперативника. Вот он влетел в светящийся неоновыми огнями пустой подъезд, возле которого уже не было ни охраны, ни вахтеров, и нырнул внутрь здания. Через минуту-другую он появился в проеме дверей и показал пальцем на свои «Жигули», отчаянно жестикулируя при этом. Пятый член команды Бабека кивнул согласно, и в это время страшный удар в основание черепа заставил его сначала согнуться вдвое, а потом медленно осесть на теплый асфальт. К подъезду тут же подскочил шикарный джип, боевика мгновенно втащили в просторный салон, а Грушин уже отдавал резкие команды:

— Петька вроде бы жив еще. В реанимацию! Срочно!! Сучку эту — в больницу! И чтобы охрана при ней была постоянно. Остальных — в «Жигули»!

Он развернулся к сыну Джабарлы и почти рявкнул:

— За руль! Быстро!! Я буду сзади. Чуть что — вышибу все мозги! Это я тебе обещаю точно.

— К-куда ехать? — заикаясь, спросил вконец струхнувший парень.

— К дому! — прошипел Грушин, который не мог себе простить этой глупой стрельбы. Тем более что стреляла баба. И вдруг спохватился: — Вас что, должен ждать отец?

— Да.

— Во сколько?

— Ну-у, как только закончится все это...

— Хорошо. Из первой же телефонной будки позвонишь ему и скажешь, что все в порядке.

Аслан молчал, понуро опустив голову. Он понимал, что это предательство по отношению к отцу, к семье, к их общему бизнесу, но поделать с собой ничего не мог. Страх! Дикий, испепеляющий страх сковывал его сознание.

Моментально связавшись по рации с Панковым и доложив ему о происшедшем, Грушин почти втолкнул ошалевшего от страха парня за руль, но, видя, что тот практически не в состоянии вести машину, вытащил его за шиворот с водительского места, усадил рядом и, приказав показывать, куда ехать, с места рванул «Жигули».

Уже отъехав с километр, он подивился тому, что ни на выстрелы, ни на крики никто даже не высунулся из окон. То ли привыкли уже к тому, что у казино частенько хлопали газовые пистолеты, то ли было раннее утро и уставшие горожане почти не воспринимали происходящее, но факт оставался фактом. Ни милиция к ним не подъехала, ни охрана этого злачного заведения даже не почесалась. Хоть и было хреново на душе и он винил себя за то, что один из его людей сейчас находится на грани смерти, однако не мог удержаться, чтобы не усмехнуться. Вот и взывай теперь к людям, если тебя почти в центре города задумает кто-нибудь ограбить! Дожили, едрена мать!!

На перекрестке улицы, где жила семья Джабарлы, Грушина уже поджидал Панков в битком набитой машине, откуда слышался мат и стоны избитых людей. Еще раз выслушав Грушина, Панков двумя пальцами взял за подбородок все еще дрожащего Аслана, спросил, сможет ли тот проехать оставшиеся четыреста метров. Парень утвердительно кивнул головой.

— Хорошо! — резко бросил Панков. — Тогда садись за руль, а я буду рядом. Отец уже ждет вас?

И опять сын Джабарлы молча кивнул своей черной головой.

— Хорошо, — вновь повторил Панков и, повернув лицо азербайджанца к себе, спросил негромко: — Последняя партия наркотиков давно пришла?

Аслан какое-то время молчал, потом рыскнул глазами по просторной куртке «русского начальника», под которой явственно просматривался бронежилет, и, почти рыдая, процедил сквозь зубы:

— С неделю назад.

— Оптовики еще не разобрали?

Тот отрицательно качнул головой.

— Спрос очень маленький. Почти все дома лежит.

— В подвале?

Парень промолчал и только вздохнул обреченно, что означало «да».

— Хорошо! — уже в третий раз произнес это слово Панков и добавил устало: — Но боже упаси тебя, парень, если твой отец что-либо заподозрит еще до того, как мы въедем во двор. Сам понимаешь, мои ребята сейчас злы как черти и особо церемониться с вами не будут.

— Вы только маму не трогайте, — вдруг тихо попросил Аслан. — Она-то здесь ни при чем.

— Обещаю! — тронул его за плечо Панков, и серые «Жигули» мягко тронули с места.

Джабарлы-старший был умным человеком, крестьянином до восемнадцатого колена, и его крестьянская мудрость давно уже предсказывала, чем закончится его прибыльный бизнес с наркотиками. Чувствовал и понимал, но никак не думал, что все это случится так быстро и именно ТАК. Вооруженные люди из ФСБ, московский подполковник, который задавал какие-то вопросы, избитые в кровь, закованные в наручники боевики Бабека, поскуливающий от боли Рустам, в глазах которого все еще плескалась ненависть, обыск в присутствии соседей, которые с удивлением взирали на тщательно упакованные пакеты с наркотой, и, наконец, страшное сообщение о том, что эта сучка Линда разрядила в оперативника чуть ли не всю обойму из своего пистолета. Причем в «Жигулях»

Джабарлы. А за рулем в это время сидел его старший сын...

Этот потомственный крестьянин был умным человеком и понимал, чем может кончиться лично для него самого и для его семьи гибель офицера ФСБ! А потому только сидел на стуле и тихо раскачивался, обхватив голову руками и подвывая.

— Послушайте, Джабарлы, — неожиданно произнес русский подполковник. — Хотите сделку?

Азербайджанец вскинул на Панкова покрасневшие от мученической боли глаза. Сделку? Какую сделку? Может, он ослышался?

Видимо поняв его состояние, Панков пояснил, усмехнувшись:

— Что, все о деньгах думаете? Нет! Я о другом. У вас два сына, и если младший косвенно завязан только на перепродаже наркотиков, то старший... Надеюсь, вы понимаете, что светит ему по российским законам, если следователь сочтет и его входящим в боевую группу Бабека, на совести которого уже три трупа. Я имею в виду Золтана и братьев Васильевых. — Про убийство наркомана-информатора Панков пока что умолчал. С этим делом будет разбираться генерал Толстых, когда они сегодня утром арестуют следователя Лосева, предъявив ему соответствующие обвинения.

— Но ведь он не убивал! — почти закричал Джабарлы.

— Да, лично он не убивал, — подтвердил Панков. — Но участвовал в этом. Короче говоря, я надеюсь, что вы, умный человек, российский уголовный кодекс знаете и можете представить, чем все это может кончиться для парня. Тюрьма, Джабарлы! Тюрьма! Причем на довольно длительный срок.

— Что я должен сделать? — едва слышно произнес азербайджанец.

— Немногое, — так же негромко сказал Панков. — Дать письменные показания, как убили Золтана, братьев Васильевых, и показать место, куда вы спрятали трупы вместе с машиной.

Джабарлы долго молчал, видимо обдумывая предложение подполковника, наконец произнес тускло:

— Ну а я-то что буду с этого иметь?!

— Лично вы — ничего! Вам и так за хранение, перепродажу и распространение наркотиков на территории России влепят по полной программе. А вот что касается старшего сына... Тут я вам даю честное слово русского офицера, что постараюсь вывести его из-под основного удара и он отделается только легким испугом.

Джабарлы вскинул голову, долго и как-то очень пристально смотрел на Панкова, наконец спросил:

— А зачем вам это надо? Ведь вы же и так выбьете из Бабека с Рустамом все показания?

— Да, выбью! — согласился с ним Панков. — Но я также хорошо знаю наши тюрьмы и знаю, кем выйдет ваш сын из колонии. А вот этого мне бы хотелось меньше всего. И еще одно... Вы можете мне, конечно, не поверить, но мне откровенно жалко вашу жену, которая в одночасье останется без всех мужчин в доме.

7

Ровно в девять, когда у генерала Толстых начинался рабочий день, в кабинете начальника областного Управления ФСБ раздался настойчивый телефонный звонок. Помощник в это время готовил шефу оперативную сводку происшествий за последние сутки, и поэтому трубку снял сам генерал. Говорил Панков.

Вкратце доложив начальнику управления об окончании ночной операции, он попросил генерала самолично позаботиться о раненом, который чудом остался жив благодаря бронежилету, но все равно еще был в реанимации, а потом добавил устало:

— Кстати, можете сегодня вечером порадовать своего друга Захара, что крови в таборе не будет. Джабарлы уже дал письменные показания, как были убиты Золтан с братьями Васильевыми, так что готовьте сейчас водолаза и кран с выбросной стрелой, который мог бы вытащить из реки машину вместе с утопленниками. Джабарлы лично покажет это место.

И так как генерал молчал, видимо переваривая услышанное, Панков добавил:

— Благодарности потом. А сейчас должен вам напомнить, Геннадий Михайлович, что сегодня первое августа. И ровно через два часа, если, конечно, не будет задержки рейса, из Новосибирска прибывает самолет с господином Юркиным. Надо бы подготовиться к встрече.

Но генерал Толстых все это время думал, видимо, о чем-то более важном для него и, когда Панков замолчал, спросил негромко:

— Мы можем прямо сейчас задержать Лосева?

— А это уж ваши проблемы! — откликнулся Панков. — Но у меня к вам, товарищ генерал, еще одна просьба. Чтобы взять Юркина мне нужен ваш человек, который смог бы ориентироваться при задержании. Причем такой человек, о котором мало кому известно, что он работает в вашем управлении.

— Лейтенант Степин сгодится? — тут же нашелся генерал.

— Вполне! Передайте ему, чтобы добирался до аэропорта в такси. Место встречи — в зале ожидания на втором этаже. И чтобы, уважаемый Геннадий Михайлович, никаких служебных машин! С мигалками или без таковых, — не удержался, чтобы не подковырнуть генерала, Панков.

Тот, видимо, это понял по-своему и, чуть подумав, спросил:

— Может, дополнительная помощь нужна?

— Упаси бог! — мгновенно ощетинился Панков. — Сорвете мне операцию — я на вас докладную напишу!

Загодя заручившись через свое руководство моральной поддержкой Главного управления по исполнению наказаний, Панков расставил своих людей с машинами по периметру небольшой площади, где кучковались местные такси, рейсовые автобусы, а также частные тачки, и теперь, стараясь унять все нарастающую дрожь волнения, ждал, когда же наконец объявят прибытие рейсового самолета из Новосибирска. По данным регистрационного журнала, который уже передали из Новосибирска, пассажир Юркин сидел в кресле 4 «Б» и сейчас вкушал все прелести полета. Проблема у Панкова была сейчас одна: как с точностью до микрона вычислить выходящего из самолета курьера из Новосибирска и не засветиться при этом у тех, кто будет встречать его на месте.

Если следовать логике, груз, который доставит Юркин, должен находиться в неприметном чемодане с бельем, причем этот чемодан должен обязательно быть сдан в багаж, дабы обойтись без лишней проверки. Значит, этот самый Юркин зайдет в зал ожидания, получит свой чемодан или сумку, причем это у него будет единственное место, что тоже очень важно для выявления личности курьера, а затем выйдет на площадь. И вот тут...

Впрочем, весь этот перехват курьера с его грузом можно было бы провести гораздо проще, перехватив Юркина, еще когда он будет сходить по трапу, но такое задержание грозило провалом всей операции. Господин Юркин мгновенно откажется от своего груза, связник или встречающий, заметив арест, мгновенно сообщит об этом своему хозяину, тот — в «шестерку». В результате чего все наработанные в больничной аптеке таблетки «экстази» будут мгновенно уничтожены, и на поверку останутся одни только показания бармена Строева, что наркотики он получал непосредственно от главврача межобластной больницы. И доказать это будет практически невозможно, так как тот же ушлый Аркадий Петрович Борискин скажет и докажет, что все это «злобные наветы бывшего контролера-контрактника Строева», которого он якобы выгнал из «шестерки» за «халатное отношение к службе».

И попробуй докажи тогда, что верблюд — это верблюд. Но главное — совершенно чистыми останутся майор Зосимов и Магистр. А это значит, что спустя какое-то время вся эта машина заработает вновь. Но уже более хитро и изощренно.

Все эти мысли так занимали Панкова, что он даже не почувствовал, как рядом с ним на скамейку незаметно сел Степин.

— Товарищ подполковник, — едва слышно обратился он. — Когда я сюда ехал, то нашу «микрушку» обогнал на своих «Жигулях» майор Зосимов.

Панков даже поморщился от такой новости. Этого просто не могло быть! Ведь не такой же дурак этот майор, чтобы самолично встречать курьера с грузом?! А почему, собственно, дурак? То, что привезенный из Новосибирска порошок предназначен для производства «экстази», еще надо доказать, а доказать это практически невозможно. Метаквалон этого ряда может быть использован для чего угодно. А что касается личной встречи... Пожалуй, и он, Панков, так бы сделал в целях собственной безопасности. Ведь эти ребята еще не знают, что их ведут буквально по всем направлениям. А если это так, то чем меньше людей знает о поэтапном производстве таблеток, тем спокойнее для производства.

«Неужто удача?!»

— Зосимов тебя в лицо знает? — спросил Панков.

— Знает, — уныло признался Степин. — Я с ним несколько раз контачил, когда в ФСБ стал работать. Так что, думаю, он меня запомнил.

— Он в форме? — спросил Панков.

— Как обычно.

— Значит, с работы на пару часов отпросился, — заключил Панков и тут же спросил: — А номер «Жигулей»?

Степин назвал.

— Значит, так, Коля. Давай-ка сейчас огородами обратно в город, а то ты мне всю малину можешь испортить. А мы уж тут сами справимся.

— Слушаюсь, товарищ подполковник! — уныло произнес рыжий лейтенант, явно огорченный тем, что не будет участвовать в задержании.

Убедившись, что лейтенант вышел из зала ожидания аэропорта, Панков тоже спустился вниз и, пристроившись к толпе курящих у стеклянных дверей мужиков, прощупал глазами залитую солнцем площадь, на которой раздельными рядами устроились городские и рейсовые автобусы, такси и частный извоз. Новенькие «Жигули» майора Зосимова стояли чуть в сторонке, в тени раскидистого тополя, а сам он, облокотясь на открытую дверцу своей машины, чисто профессиональным взглядом шарил по площади, по лицам людей и в то же время прислушивался к какому-то бесполому бурчанию, то и дело вырывающемуся из динамика.

Спокоен и уверен в себе был майор внутренних войск Зосимов. Да и чего, собственно, ему было волноваться? Бесперебойно работала хорошо налаженная машина по производству таблеток «экстази», с рынка сбыта наркотиков были практически вытеснены конкуренты, спрос рождал предложение, к тому же в Москву уже отправился гонец для возобновления каналов сбыта качественной наркоты. Да и проценты, которые капали ему с каждой партии проданных наркотиков, были немалые. Еще немного, и...

Правда, дальше столь заманчивого «и» он своей фантазии хода не давал.

Наконец-то объявили прибытие борта из Новосибирска, и встречающий люд бросился в зал ожидания. Однако Зосимову торопиться было некуда и незачем. Курьер, который должен доставить необходимые компоненты метаквалона, прекрасно знает его в лицо, знает, где обычно стоит его машина, и светиться Зосимову в малолюдном зале ожидания было совсем ни к чему.

Но вот стеклянные двери распахнулись, и из них говорливой, бурлящей толпой повалили прилетевшие этим рейсом пассажиры. Заметив высокого, довольно интеллигентного вида человека с небольшим чемоданом, по-деревенски перевязанным крест-накрест капроновой веревкой, Зосимов невольно напрягся и помахал ему рукой.

— Есть! — пробормотал про себя Панков, также

заметив этот жест подтянутого, с хорошей строевой выправкой майора внутренних войск, и тут же отдал своим команду сесть высокому с чемоданом на хвост.

Однако этого не понадобилось. Увидев майора с «Жигулями», курьер приветственно помахал ему рукой и, улыбаясь как старому знакомому, направился к нему. Они пожали друг другу руки, курьер сунул чемодан на заднее сиденье, однако сам сел рядом с водителем, и «Жигули», стремительно набирая скорость, рванули в сторону города.

Все это время велась оперативная съемка.

Теперь перед Панковым встала новая проблема: где лучше взять эту парочку? Сейчас или чуть позже? Решил не спешить. Дал майору въехать в город и радостно убедился, что тот направляется к своему дому. По крайней мере, в ту сторону.

Это снова была удача!

Зосимов подъехал к пятиэтажке, где жил со своей семьей в двухкомнатной квартире, припарковался недалеко от подъезда; курьер взял с заднего сиденья свой чемодан, и они поднялись в квартиру майора. Спустились обратно к машине буквально через час, причем с тем же чемоданом, только он уже был без капроновой веревки.

В руках майора, кроме ключей от машины, больше не было ничего. Снимавший оператор оторвался от окуляра, пробормотал глухо:

— Все, товарищ подполковник, можно брать обоих. Это я вам как доктор говорю. Длинный сбросил свой товар на хате майора и получил свои бабки. А вам, видать, придется прокурора уговорить, чтобы санкции на обыск добиться. Все-таки майор, а не хрен собачий!

— Разговорчики! — оборвал его Панков, прекрасно понимая, что теперь все будет зависеть от позиции военной прокуратуры и ее разворотливости.

Однако и у него еще оставались кое-какие возможности. И главное — задержание длинного с его чемоданом, в котором должны лежать пачки денег в банковской упаковке за оказанную услугу по производству особо сложных компонентов метаквалона. Затем немедленный допрос и выбивание правды. Причем любыми способами. Параллельно — арест Строева, который после своей ударной работы мирно почивал с молоденькой девчонкой у себя в коттедже. И обыск! По крайней мере, Панков уже знал, ЧТО искать в его доме и ГДЕ искать. Правда, одновременно со всем этим он должен провести еще одну операцию, пожалуй самую главную, без которой вся работа его спецгруппы может сойти на нет. И здесь важна была прямая поддержка ГУИНа, представитель которого уже должен был вылететь утренним рейсом из Москвы.

Вместе с полковником из ГУИНа этим же рейсом прилетел и журналист в штатском, который должен был сделать материал об областном отряде спецназа, если вдруг в какой-нибудь из колоний начнутся массовые беспорядки с захватом заложников. Про обычные СИЗО, тюрьмы и колонии уже было писано-переписано, а вот что касается таких точек, как межобластные больницы для осужденных... О них вообще мало кто знал из законопослушных граждан.

Времени у «журналиста», так же как и у московского полковника, было в обрез, и областное начальство УВД, созвонившись с «шестеркой» и получив добро от главврача, решило это дело в долгий ящик не откладывать, тем более что освобождение заложников спецназовцами было чисто показательным, и в этот же день, чуть ближе к вечеру, решило показать спецназовскую выучку. «Журналист», хорошо проинструктированный Крымовым, где и в каком месте больничной аптеки хранится окончательная продукция его бригады и где старший фармаколог держит запасы тех компонентов метаквалона, которые доставляются курьером из Новосибирска, должен был сыграть в этом спектакле главную роль. Причем в присутствии понятых из тех же спецназовцев и областного руководства ИТУ.

...Когда Аркадий Петрович Борискин наконец-то врубился, что его провели как дитя малое, было уже поздно. Он бросился было к телефону, но в это время на квартире майора Зосимова тоже шел большой шмон. А соединенная воедино цепочка из показаний задержанных, наличие в доме Строева более трехсот таблеток «экстази», а также находящиеся в больничной аптеке и на квартире Зосимова совершенно идентичные полуфабрикаты для изготовления высококачественного синтетического наркотика, за одно только хранение которого возбуждается уголовное дело, давали следственной бригаде широкое поле деятельности. Сыскарям из Российской прокуратуры предстояла длительная и кропотливая работа по выявлению и уточнению всех потенциальных адресатов, которым предназначались огромные плюшевые бычки, загодя закупленные на местной фабрике игрушек оборотистым барменом из ресторана «Центральный».

Также предстояло выяснить, кто конкретно сдал блатным спецагента УНОНа, посланного на первое и последнее в его короткой жизни задание...

Вместо послесловия

Приняв душ, который хоть чуть-чуть смывал дневную августовскую жару, Антон с газетой в руках лежал на огромном диване, мельком просматривал какую-то очередную ахинею, как вдруг из кухни раздался голос Любы:

— Антон, быстрее! Колонию твою показывают!

Отбросив газету, Антон рывком соскочил с дивана и бросился на кухню, где у Любы стоял небольшой цветной телевизор. И обомлел, остановившись в дверном проеме.

На фоне автоматных очередей, людских криков, мата, высоченного забора из мотков колючей проволоки, которые клубились по периметру зоны, — а это была его родная «пятерка», — выступал мэр этого несчастного города и совершенно спокойно говорил о том, что наконец-то у них в городе вскрыта группа распространителей наркотиков, среди которых наиболее активную деятельность проявляли цыгане из давным-давно осевшего здесь табора и «некоторые лица кавказской национальности». В связи с этим городскими властями решено «криминальный табор» ликвидировать силами спецназа.

Застыв на пороге, Антон ждал, что же этот козел скажет про азербайджанскую наркомафию и производство «экстази» на зоне, но...

Зато следующее сообщение буквально поразило его. Со скорбной миной на роже мэр сообщал, что в колонии номер пять из-за упущений администрации вчера вечером вспыхнули беспорядки с захватом заложников. Поднятый по тревоге отряд спецназа вынужден был открыть огонь на поражение, в результате чего оказались и убитые. Однако все заложники живы и невредимы.

А потом оператор дал картинку, от которой Антону захотелось выть по-волчьи. В одной из камер была свалена в кучу вся бригада Бурята, которая все это время прикрывала производство таблеток «экстази». Самого же бугра Антон узнал только по широченным скулам да залитой кровью могучей шее, на которой все так же крепко сидела его могучая голова.

— Ах, с-суки!.. — простонал Антон и без сил опустился на порожек. — Ты понимаешь, они же свидетелей убрали! Понимаешь? Вроде бы бунт, заложники... Ой, с-суки поганые!..

Люба удивленно смотрела на Антона.

— Кто, Антон?

— Все! И мэр этот поганый в первую очередь, который подмахнул Рустаму разрешение на проведение митинга с демонстрацией. Помнишь, я тебе рассказывал? Разрешение есть, а концов, кто его подписал, — нету! Ох же с-суки!..

Он поднялся с порожка, спросил грубо:

— У нас водка есть?

— Антоша... — попыталась обнять его Люба. — Ты же год уже не пьешь!

Он так же молча освободился из ее рук, пошарил у себя в карманах, насчитал двадцатку с мелочью и почти выскочил из дома.

Коммерческая палатка была рядом, в ста метрах от подъезда, и он почти пробежал их. Сдвинул плечом стоявшего у окошечка мужика, сунул продавщице деньги.

— Бутылку!

Затем сорвал с нее жиденькую пробочку вместе с акцизной наклейкой, крутанул «для разбега» и с каким-то звериным наслаждением сунул горлышко в рот.

В бутылке забулькало, а он стоял и пил, не обращая внимания на снующих вокруг людей, и был похож в этот момент на пионера-горниста, которому наконец-то доверили заветный горн...

ОГЛАВЛЕНИЕ

Литературно-художественное издание

Юрий Гайдук

ОПЕРАЦИЯ «ПУШЕР»

Редактор *А. С. Карлин*
Художественный редактор *О. Н. Адаскина*
Компьютерный дизайн: *И. А. Герцев*
Технический редактор *Н. В. Сидорова*
Корректор *Е. Н. Новикова*

Подписано в печать 25.01.2000.
Формат 84×108 $^{1}/_{32}$. Гарнитура «Таймс».
Усл. печ. л. 25,2. Тираж 4000 экз. Заказ № 309.

Налоговая льгота — общероссийский
классификатор продукции ОК-00-93, том 2;
953000 — книги, брошюры

Гигиенический сертификат
№ 77.ЦС.01.952.П.01659.Т.98. от 01.09.98.

«Олимп».
Изд. лиц. ЛР № 070190 от 25.10.96.
123007, Москва, а/я 92
E-mail: olimpus@dol.ru

ООО «Фирма «Издательство АСТ»
ЛР № 066236 от 22.12.98.
366720, РФ, РИ, г. Назрань, ул. Московская, 13а
Наши электронные адреса:
WWW. AST. RU E-mail: astpub@aha.ru

Отпечатано с готовых диапозитивов в типографии издательства
"Самарский Дом печати"
443086, г. Самара, пр. К. Маркса, 201.

Качество печати соответствует предоставленным диапозитивам.